新　潮　文　庫

幸　福　の　船

平岩弓枝著

新　潮　社　版

6718

幸福の船*目　次

ワールド・クルーズ 9
女優 31
秘密 54
キャンディにて 76
惜春 99
不釣り合い 122
紅海にて 144
ナイル川 167
スカラベ 190
スエズ運河 215
予期せぬ客 238

アクロポリスにて 263
めぐり合せ 288
騎士の館 319
リンドス 342
海峡 365
イスタンブール 390
白い海峡 417
人間模様 441
別離 464
新しい展開 487
幸福の船 509
特別対談　豪華客船に乗ろう 532

幸福の船

ワールド・クルーズ

ワールド・トレードセンターに隣接するシンガポール港のターミナルの入口に、父の姿をみつけて中上三帆子はタクシーをそこへ着けるよう運転手に指示した。

満開のブーゲンビリヤの花影に立っている父の髪は、午後六時を過ぎてもまだ充分に明るい南国の太陽の光の中で、まっ白に光ってみえた。

六十を過ぎるあたりから、ぼつぼつ白いものが目立ちはじめていたものの、今年の正月、家族で記念写真を撮った時には、半白といった感じであった。それが一カ月そこそこの間にすっかり白髪になってしまった理由のわかっている三帆子は、改めて胸が痛んだ。

車が停って、父親は走り寄って来た。父親も亦《また》、近づいて来たタクシーの中の娘の姿を早くから認めていたに違いない。

「金はあるか」

財布の中のシンガポール・ドルを数えている娘に中上虎夫が声をかけ、三帆子は、

「空港で両替して来たから……」

笑顔で返事をした。

実際、心の奥の重いものとは別に、父親の姿をみたとたんに、安堵《あんど》が体のすみずみにまで広がっている。

外国旅行は今回が初めてではなかったが、成田空港を発《た》って一人きりの機上での約七時間と、到着してからタクシー乗場まで、馴《な》れない外国の空港というのは、けっこう緊張を強いられるものだ。

「空港まで迎えに行ってやるつもりだったんだが、思いの外に病人が多くてね」

運転手が車のトランクから出したボストンバッグを受け取りながら、父親がいい、

「荷物、これだけか」

意外そうに訊《き》いた。

「だって、お父さん、横浜を出る時、積み込ませてもらったから……」

日本客船クイン・エルフランド号は三月三日に横浜を出航しておよそ三カ月の世界一周クルーズの途上にあった。

中上虎夫は、船医として横浜から乗船したので、その身の廻りの品々を船室へ運ぶ際にシンガポールから乗る三帆子のスーツケースも一緒に積んだ。皺《しわ》になりやすいドレス

やスーツなどは、船が横浜港を出る前に三帆子自身が父親の船室のクローゼットへ、父親の服と共に次々とハンガーにかけておさめてしまった。

従って成田を出る時には、積みそこねた細かなものを入れたボストンバッグ一つでこと足りたのであった。父親はそのことをもう忘れているようである。余程、厄介な病人でも出たのかと、三帆子は不安になった。

クイン・エルフランド号には乗船客だけでも約七百人、スタッフを加えると千人近くが乗っている。それに対して船医は中上虎夫一人であった。

ターミナルビルの二階へ上ると、細長い通路のむこうにクイン・エルフランド号の偉容がみえて来た。

横浜を出航する時、母や兄と共に見送りに行って、三万トン近くもある豪華客船クイン・エルフランド号に驚嘆したものだったが、こうして外国の桟橋《さんばし》に横づけになっている姿をみると改めてその端麗な容姿にほれぼれとしてしまう。

空の青と海の青の中に身をおいた白い船はその名のようにエルフランド（妖精《ようせい》の国）の女王にふさわしいと三帆子は思った。

桟橋のむこう側には、もう一艘《そう》、外国船が入っている。

「ロッテルダム号だよ。アットホームないい船だったが、今度がファイナル・クルーズだそうだ」

引退前の最後のクルーズ中だと中上虎夫が教え、三帆子は背のびをして、そっちを眺めた。

「お父さん、乗ったことがあるのでしょう」

「お前が生まれる前の年かな、母さんと一緒に横浜からニューヨークまで乗った」

「三十年も昔じゃない」

父親は船好きであった。少年の日には海軍へ入ることを夢みていたが、昭和二十年の終戦で日本は軍隊を失った。

親の後を継いで医者になってからも、金と暇のやりくりをして時折、外国船に乗っていたのは、三帆子もよく知っている。

長い通路のむこうに小さなデスクをおいて船員の姿がみえた。

「中上先生、お帰りなさい」

白い副船長の制服が三帆子には眩《まぶ》しかった。

横浜を出る時、父が紹介してくれた吉岡登である。

「三帆子さん、無事に着かれたようですね」

三帆子は少し固くなって挨拶《あいさつ》をした。

「今日からお世話になります。どうぞよろしくお願い致します」

「こちらこそ……中上先生、これで御安心ですね」

笑った表情が海の男にしては優しすぎる感じであった。

「横浜出港以来、先生の首は日本へ向ってのびっぱなしだったんです。それくらい、三帆子さんの到着を待ちこがれていらっしゃったんですよ」

「なにをいうか」

中上虎夫が苦笑いをし、先に立ってギャングウェイを上って行った。

ギャングウェイから船内へ入ったレセプション・ホールで、三帆子は何人かのスタッフに出迎えられた。

「中上先生がお待ちかねでしたよ」

「先生、今日からお寂しくなくなりますね」

などといった声に取り巻かれながら、三帆子は、こうしたスタッフの人々にもそれとわかるほど、父親が自分を心配していたのだと改めて思った。父親はその理由を殆《ほと》んど口に出していない筈《はず》だが、或《ある》いはうすうす気がついている人もいるのかも知れない。

三帆子を船室へ案内すると中上虎夫はすぐ診療室へ出かけて行った。

今朝、この船がシンガポールへ入港したのは午前八時で、乗船客の大方は午前九時頃に観光に出発している。診療室の診療時間は本日は午前八時から九時までとなっているのだが、中上虎夫はどうもそれ以外の時間も病人をみているらしい。

「病気は医者の勤務時間に合せるわけには行かないのだからな」

というのが虎夫の口癖で、三帆子は子供の頃から急患のおかげで、父と約束した外出の予定を変更させられ続けて来たから、もう一向に驚かない。

だが、父親は三十分足らずで帰って来た。

患者に格別の異常がなかったという。

「上海《シャンハイ》がひどく寒かったんだよ。それで随分、風邪をひいた人が多かった」

乗船客の平均年齢が六十七、八だと娘に教えた。

「お前が着いて、一歳ぐらいは若くなったかな」

老人の風邪は油断が出来ないし、大半の人は六十を過ぎれば、なんらかの形で体に異常を持ちはじめている。

「風邪は最初の養生が大事だといったんだが、とにかく、大抵の人が世界一周の旅に出たという興奮で躁状態になっている。上海の次の寄港地が香港《ホンコン》だったから、そこで上陸してまたぶり返したのだの、悪化させた人もいるのだよ」

発熱して船室にこもっている客も何人かいると聞いて、三帆子は眉《まゆ》をひそめたが、父親にいわせると、船旅ほど病気になっても驚かない旅行はないらしい。

「考えてごらん、ベッドでゆっくり静養していても、船は予定通りに進んで、次の寄港地へ運んでくれる。医者も看護婦もついているんだ。考えようによってはこれ以上、贅《ぜい》沢《たく》な旅はないね」

船内アナウンスが、二度目の夕食時間を知らせていた。

「今夜はカジュアルだから、そのままでいいよ」

父親は診察着を脱いでシャツの上にジャケットを羽織り、娘を伴って船室を出た。

ダイニングルームはレセプション・ホールと同じ階で、見渡した限りでは七分ほどの人々がテーブルについている。

船長の熊谷信一郎には、ここで挨拶することになった。

「この旅を、どうかいい思い出作りに役立てて下さい。スタッフ一同、心から歓迎しています」

船長の視線は、遠慮がちながらこの数カ月の中《うち》に三帆子を襲ったアクシデントを承知している様子を示していた。

少なくとも、この船旅で傷心をいやして欲しいと願っている船長の気持を三帆子は感じ取った。

もっとも、熊谷船長はそれ以上のことは一切、口にしなかった。

横浜を出てから、海が全く荒れず、穏やかな航海であったこと、そのために船が揺れないので、船客の中には、折角、船旅に出たのだから、もう少し船上にいるらしくピッチングでもローリングでもあって欲しいなぞという人がいると笑っている。

「そういうお客に限って、本物のピッチングやローリングにぶつかると、忽《たちま》ち、中上先生の御厄介になるんですが……」

船酔いのことだと、わかって、三帆子はちらと父親をみた。

「実は私も船酔いが心配なのです。こんな大きな船で外洋に出るなんて、はじめてのことですから……」

「今まで船に乗ったことはありますか」

船長の隣の席からアシスタントの光川蘭子《みつかわらんこ》が口をはさんだ。すらりと背が高く、ボーイッシュな感じの美人で、年は三帆子と同年輩でもあろうか。

「瀬戸内海航路に一度、でも、快晴で揺れませんでした」

「この船はフィン・スタビライザーという横揺れ防止の装置がついていますから、あまり揺れないと思いますけれど、それに三帆子さんは中上先生がついていらっしゃるから」

「父は船酔いには薬よりも甲板を歩くほうが効き目があるという乱暴な医者ですから頼りになりません」

「ええっ、ドクターって、そんなことをおっしゃるんですか」

光川蘭子が大袈裟《おおげさ》に驚いて、船長が笑った。

「そうすると、僕も明日から甲板を歩かせられるかな」

「船長さんでも、お酔いになるんですか」

釣られて三帆子が訊き、

「今回は今のところ無事ですが、前に酔ったことがありますよ。別に船長失格にはなりませんでしたが……」

賑《にぎ》やかな食事は早く終った。

この船のシンガポール出港は午後十一時の予定であった。

クルーとしては、のんびり食事を楽しんではいられない。

「甲板へ出てみようか」

父親がいい、三帆子はプロムナードデッキへ案内された。

その甲板はこの船が横浜を出港する際、父の虎夫が見送りの家族へ長いこと手を振り続けた場所であった。

船の頭上でロープウェイが往復していた。

シンガポール本島から沖合にあるセントーサ島へ渡す観光用の交通で、船から見上げると、若いカップルが多かった。セントーサ島はレジャーアイランドとして開発されているので、シンガポールの夜景を見物しがてらのデイトスポットとして人気があるらしい。

「この船、新婚さんは乗っていないの」

三帆子の問いに父親は苦笑した。

「残念ながら一組もいないね。いくら金持ニッポンでも、三カ月の世界一周をハネムーンというのは無理だろう」

そういえば、自分の結婚が決まった時、父が、十日間ぐらいの船旅をハネムーンにしたらと提案したことを三帆子は思い出した。

「この節は東南アジアのクルーズにも、なかなかいい船が廻っている。ヨーロッパへ行くことを思えば、金額からいってもたいして変らないし、わたしの知人に頼んでみてもいいが……」

父親の思いやりを、三帆子の婚約者は一笑に付した。

「船旅なんて引退した老人が出かけるものじゃありませんか。毎日、海ばかり眺めて退屈極まりない代物《しろもの》ですよ。僕らは若いんですから、そんなつまらないことに時間を潰《つぶ》したくありませんね」

あの時、わたしはやがて結婚する相手に、いいようのない不安を感じたのだったと三帆子は夜景をみつめながら考えていた。

三帆子の父が船の好きな男だと知っている相手であった。末娘の名を三帆子とつけた父親を承知の上で、平然と船旅は退屈、老人のするものと容赦なくきめつけた相手の無神経がいやらしく思えた。

虎夫は娘の婚約者に何もいわなかった。むしろ、婚約者の発言を三帆子がどう受けとめたのか、そのことで三帆子が婚約者に距離を感じ出したのではないかと恐れていた節がある。

そして、三帆子も消すことの出来ない暗い予感を心のすみに持ちながら、周囲の誰もが口にする良縁という言葉の甘い響きにずるずるとひきずられて、自ら破局へ歩いて行った。

「先生、こちらにいらっしゃいましたの。マーライオンの目が光って、そりゃあきれいでございますよ」

声をかけたのは中年の女性であった。赤いポロシャツに白のウィンドブレーカーを羽織っている。

小高い所にマーライオンの像がみえていた。

頭がライオンで、体は人魚といった形の白い像は海へ向って居り、全体にライティングされている。

その女性のいう通り、両眼からはレーザー光線のような照明が海へ向って射《さ》していた。

「そちら、お嬢さんですか」

訊《き》かれて、虎夫はその女性に三帆子を紹介した。

「幼稚園につとめて居《お》りまして、卒園式が十日に終りましたので、シンガポールから乗船して来ました」

それは事実であったが、微妙なニュアンスが違っていた。幼稚園はこの三月末で結婚のため、辞めることになっていた。卒園式は三帆子にとって退職の日だったのである。

だから、四月になって三帆子が長年、奉職した幼稚園の入園式の日が来ても、先生として三帆子が幼児を迎えることはない。

結婚式がキャンセルになったからといって、一度、決めた退職をなかったことには出来ない。仮に幼稚園側が戻って来てよいといってくれても、三帆子にもプライドがあった。

挙式寸前になってキャンセルしなければならない事情は、三帆子のせいではなかったが、そんな相手と婚約した三帆子にも責任がないとはいえない。少くとも三帆子は自分を単純に被害者として片付ける気になれなかった。

「おきれいなお嬢様ね、御結婚はまだ……」

何も知らない相手の質問は、時として無遠慮になるが、とがめるわけにも行かない。

相手は本当に何も知らないのだ。

「結婚はして居りません」

父親が何かいう前に、三帆子は明るく答えた。

実際、結婚しなくてよかったというのは本心である。

「今の方は、皆さん結婚願望がおありじゃないみたいね。それに、こんなすてきなお父様がいらしたら、お相手を決めるのが難しいでしょう」

「こちらは山岡さんとおっしゃって、洋裁のお仕事をしていらっしゃるそうだよ」

虎夫が会話に割り込み、山岡と呼ばれた女性は華やかな笑い声を立てた。

「先生、お古いわ、洋裁なんて……。せめてファッションとでもおっしゃって下さいな」

「あの、デザイナーでいらっしゃるんですか」

父をかばうつもりでいった。

「デザイナーは主人です。私は主人のアシスタントとビジネスのほうをね」

甲板をアナウンスが流れた。

この船はあと一時間でシンガポール港を出港します。下船なさる方はレセプション・ホールまでお越し下さい。

「港で、乗船客の知り合いの人なんかが、船の見物かたがた、乗って来るんだよ。その人達の下船をうながしているんだ」

虎夫が娘に説明し、それをしおに船尾のほうへ歩き出した。

プロムナードデッキは前よりも人が増えていた。

「さまざまな人が乗っている。質問好きも少くないが、まあ、適当に聞き流すくらいの気持でいたほうがいい」

父親が暗がりで娘の顔色を読むようにし、三帆子は微笑した。

「平気よ。あたしはこだわってなんかいません。折角の船旅ですもの、楽しまなけりゃ」

初老の父親がうなずいた。

「お客の殆《ほとん》どがそういっている。楽しまなけりゃ馬鹿《ばか》らしい。しかし、楽しむというのも、なかなか大変だよ」

翌朝、三帆子は目がさめた時、一瞬だが、自分がどこにいるのかわからなかった。

船上と気がついたのは、ほんの僅《わず》かの揺れが感じ取れたからで、カーテンのすきまから洩《も》れて来るあかりで隣のベッドをみると、父の虎夫の姿はなかった。

起き上って、カーテンをひいた。

鮮やかすぎるほどの南国の陽光が海に輝いている。

この船室は、ツインベッドに、リビング用の小テーブルに椅子《いす》が二つ、壁ぎわに書きもののための机とサイドボード、それに二人用の洋服箪笥《だんす》が備えつけになっている。バスルームはそれほど広くはないが、トイレと洗面台を含めて、ちょっとしたホテル並みだし、化粧品などを置く棚のすべてにしっかりした柵《さく》がついているのは船が揺れた時、瓶などが下へ落ちない用心のためらしい。

洗面をすませ、着替えをして、椅子の上に丸めてあった父親のパジャマをたたんでいると虎夫が戻って来た。

「起きたのか」

プロムナードデッキを散歩して来たといった。

「今日も、いい天気だ。三帆子にとっても、さいさきがいいな」

揃《そろ》って、ダイニングルームで朝食をすませた。ダイニングルームでは和食で給仕人が必ず、御飯ですか、お粥《かゆ》ですかと訊いている。

「アメリカンスタイルのブレックファーストならリドデッキだ。わたしは大体、朝は和食党だが、三帆子は好きなほうへ行っていいんだよ」

という父は、御飯のおかわりをしている。

三帆子にとって、はじめてのワールド・クルーズは穏やかにスタートを切った。

この船の診療室は、航海中は大体、午前中は八時から九時まで、午後は五時から六時までがオープンとなっているが、緊急時はいつでもというきまりだし、診療時間内では終らない場合も多い。

殊《こと》に、風邪をひいている人が目立った。

「日本を出る時、けっこう寒かったのに、いつまでも甲板にいてやられたという人もいる。なにしろ、世界一周の旅に出るというので、大方が躁状態というか、まあ、張り切っていたんだね。出航時に風に吹かれて故国に別れを惜しんでいる中に、ぞくぞくして来たなんてことになる。それでも御当人は元気なつもりで酒を飲んだり、過食をしたりしているから、気がついた時には咳《せき》が止まらなくなっていたり、高熱が出てひっくり返ったりする。老人が多いから、たかが風邪といっていると危ないんだよ」

最初の寄港地の上海も寒かった。

その他に、食べすぎや緊張から来るストレスで、胃腸を悪くした人も少くない。

三帆子がみる限り、虎夫の診療時間は規定をオーバーしていた。

船室へ戻って来ても、カルテを読んでいる。

それは船客が日頃、かかりつけの医者とか検査を受けている病院などからもらって来たものであった。

高齢者が多いだけに、三カ月余の船旅の途中、万一を考えて、そうしたカルテを持参する。持病のある人は尚更《なおさら》であった。

医者によっては、そうしたものを渡されていても、当人が発病するまでは、まず読まない者が少くないが、虎夫は丹念に目を通しているようだ。

三帆子のほうは、まず洗濯から始まった。

この船はクリーニングの専門家をおいているので、虎夫はワイシャツなどは、そちらを利用していた。

が、下着などは、やがて乗って来る娘をあてにして、ひきだしに突っ込んでおいた節がある。

横浜を出てからシンガポールまで、およそ十日間、運動用のトレーナーは勿論《もちろん》、パジャマも少々、汗くさくなっていた。

洗濯室は七階にあった。

電気洗濯機と乾燥機が各々、十数台、備えつけてあるし、アイロン台やアイロンも完備している。

最初の半日を、三帆子は父の洗濯物とアイロンかけに過した。その洗濯室に、一人だけ男性がいた。

もっとも、洗濯室は必ずしも女の世界ではなかった。

船には男だけで乗っている人も珍しくないし、この節は男性でも電気洗濯機の操作ぐらいは知っている。

しかし、その男性が女達の注目を浴びたのは、洗っているものが男物だけではなかったせいであった。

むしろ、彼が乾燥機から出してたたんでいるのは、ピンクや黒のランジェリーで、それも上等のレースをふんだんにあしらった高級品ばかりであった。彼はそれらをネットに入れて洗い、乾燥し、アイロン台の上に並べて丁寧にビニール袋におさめている。

それが終ると、次にはこれも明らかに女物とわかる木綿のブラウスなどを、器用に霧吹きを使ってしめり気を与え、スチームアイロンを使ってクリーニング屋が顔まけするほどぴっちりと仕上げて行くのであった。Tシャツにジーンズという恰好《かっこう》だが、すらりとした長身で、彫りの深い顔立をしている。

三帆子が感心したのは、その男の態度であった。

女物の洗濯やアイロンがけをしているのに、ちっとも悪びれたところがない。なんというのか、ごくさりげなく、当り前といった印象であった。

しかし、洗濯室にいる、いわゆるおばさん連中は、明らかに目ひき袖《そで》ひきして、男を意識させ合っている。

甚《はなは》だしいのは、わざわざ、三帆子の腕を突いて、彼のしていることを教えようというお節介なおばさんもいた。

三帆子は無視した。

男が女物の洗濯をしていたところで、なんということはない。

父親のパジャマにアイロンをあてようとして、三帆子はその男の隣のアイロン台しか空いていないのに気がついた。

他のアイロン台が一杯ということは、おばさん達が故意にそのアイロン台を敬遠したものか。

父親のパジャマとポロシャツを持って、三帆子はアイロン台へ行った。

備えつけのアイロンのコンセントをさし込んで、少しばかり迷ったのはアイロンのスイッチであった。ごく普通の家庭用のアイロンとかわりはないようにみえるのに、電気を通ずるために、どこを操作してよいかわからない。

「失礼……」

隣から男の手が伸びて、壁ぎわについているスイッチをひねった。

「これで通電します。温度は目盛を見て合わせて下さい」

「ありがとうございます」

赤くなって、三帆子は礼をいった。女の自分がアイロンの操作がわからなかったというのが恥かしかったが、男はもうわき目もふらずに白い麻のシャツにアイロンをかけている。

三帆子がパジャマ一枚のアイロンがけを終える前に、男は自分の仕事をすませた。

壁ぎわのスイッチを押しながら、ちらと三帆子をみたのは、電気を切るのもここだと教えるつもりだったのか、かなり大きな木綿の洗濯袋を下げて、洗濯室を出て行った。

とたんに、今までしんとしていた洗濯室が賑《にぎ》やかになった。

彼がいる間は、女同士のお喋《しゃべ》りを中断していたらしいおばさん達が、

「よくやるわね」

「売り出してもらうのも、らくじゃないわ」

「でも、女王様の御機嫌を取ってりゃ、スターじゃないの」

「うちの息子なら、やめさせるわ」

などといった声の中から、三帆子へ向って、

「ねえ、今の人のこと、知っている」

と訊いた女がいた。

昨夜、プロムナードデッキで三帆子父娘《おやこ》に話しかけた山岡という服飾関係の仕事をしている女性であった。

「ここにいらした方ですか」

故意に、三帆子はとぼけた。

「そうよ。あの恰好いい男性……」

「知りません」

「スターの卵……」

「俳優さんですか」

「研究生ってところかしら。けっこう、いい役もついているそうだけど……」

初老の男性が二人、洗濯室へ入って来た。

二人とも、一目で自分のものとわかるTシャツや下着類を洗濯機にぶち込んで、洗剤

を取りに行く。

山岡という女性が男二人にひるんだ様子をみせている中《うち》に、三帆子は洗濯物をまとめて、

「お先に……」

と挨拶《あいさつ》し、洗濯室を出た。

おばさん達のお喋りの仲間に入るのは、なるべく避けようと思っている。父の虎夫は他人の噂話《うわさばなし》をするのを嫌うし、三帆子もこうした船上では、わずらわしい気がした。

だが、その日のディナーで、三帆子は再び、洗濯室で注目されていた男性をみた。

ドレスコードがフォーマルと指定のあったディナーで、船客は盛装していた。

男はタキシードが常識だが、日本船のことで三ッ揃の背広という客もいる。女のほうはまちまちで、和服にしても紋付あり、訪問着あり、つけ下げ、小紋と人さまざまだし、ドレスに至ってはパリの夜会に出てもおかしくないようなのから、エスニック風あり、ネグリジェスタイルありで、似合う似合わないは別にして、日本人も随分と贅沢《ぜいたく》になったものだと感動するほど華やかであった。

ダイニングルームの前のホールには、熊谷船長をはじめとするクルーが並び、船客の多くは一緒に記念写真をとっている。

エレベーターが開いて、一人の女性が他の船客に囲まれるようにして下りて来るのを

三帆子は眺めていた。

薄く色の入った眼鏡をかけているので、年齢ははっきりしないが、決して若くはない。背は高かった。黒のドレスに大粒の真珠のネックレス、イヤリング、ブレスレット、髪は高く巻き上げて、そこにも真珠の髪飾りが品よく光っている。

その人が、熊谷船長に近づいて挨拶をし、カメラマンがまちかまえていたように、たて続けにシャッターを押した。

どこかでみたようなと思い、三帆子はあっと思った。

高井真澄、日本の演劇界では女帝のような存在であった。

数々の演技賞に輝き、映画全盛の頃には舞台とかけもちをして、そのどちらでも絶賛を博した。

その高井真澄が、三帆子の父に近づいて、にこやかに頭を下げている。周囲は船客で一杯になり、誰もがカメラを向け、中には隣へ並んでカメラマンに指図をしている女性もいる。高井真澄は誰にも愛想よく、カメラにおさまっていた。

ぼんやり眺めていた三帆子は、高井真澄が軽く手を上げるようなそぶりをし、その方向からタキシード姿の男性が人をかき分けて走り寄り、自分の手に持っていたビーズのハンドバッグからレースのハンカチを出して真澄に渡すのをみた。タキシードの男は、洗濯室でアイロンのスイッチを教えてくれた彼であった。

女優

その夜の食事は、ダイニングルームのほぼ中央の席に、船長の熊谷信一郎とアシスタントの光川蘭子、ドクターの中上虎夫に娘の三帆子、それに主賓として女優の高井真澄、その同伴者である真田誠吾、元A銀行頭取、吉島豊雄、志津子夫妻、不動産会社の会長の松木行一、千代子夫妻の十人がテーブルを囲んだ。

三帆子はあとで知ったことだったが、この船の場合、フォーマルのドレスコードのディナーでは、上等の客室の客や常連を、船長がもてなすといった形式で同席するのが慣例となっていた。

道理で、父が食事に出る前に、今夜はいい服を着ろと何度もいっていたのかと三帆子は少々、晴れがましい気持で父親の隣にすわっていた。

熊谷船長が客の一人一人を紹介し、最後にシンガポールから乗船したと、中上三帆子をひき合せた。

「とても可愛《かわい》らしいお嬢様が乗っていらしたと、お船の奥様方が噂をしていらしたのは、こちらのことだったんですのね」

最初に口を切ったのは、高井真澄で、

「ドレスがよくお似合いよ」

と微笑した。

フランスピンクのシフォンジョーゼットのワンピースは、三帆子にとって、本当は嫁入り支度の中の一枚であった。

かなり正式なパーティにも着られるようにと高級ブランドのパリコレクションの中からえらんだもので、胸に細かいプリーツをたたんであるだけのシンプルなデザインはオートクチュールの技術をプレタに生かしたものならではの洒落《しやれ》た服である。

ディナーはフランス料理で、カリフォルニア産のワインの銘品が勧められた。

「これは、なかなかのものですな」

早速、元銀行頭取が誉《ほ》めた。

「ひとむかし前までは、ワインといえばフランス、馬鹿《ばか》の一つおぼえみたいにいっていたのが、この節はイタリアもすばらしい、カリフォルニアにも凄《すご》いワインが出来ることを知らされた。まあ、それだけ日本人が贅沢になったのでしょうが……」

「ワインの銘柄というのは、どうも憶《おぼ》えられんのですわ」

不動産会社の会長がざっくばらんにいった。

「これは旨《うま》いと思うて、ソムリエに名を教えてもらっても、家へ帰るともう忘れておる。家内は年のせいやといいますが、わしは名なんぞ憶えんでもええ、旨いワインを飲むだけで充分やと居直っております」

「私も、会長さんと同じですの」

高井真澄がおっとりと同意した。

「お芝居の中でワインの名前が出て参りますと憶えますが、味のほうはさっぱり……。なにしろ、お芝居では中身まで本物のワインと申すわけには参りませんから……」

「中身はなんですか」

「大体、グレープジュースでございます。ロマネ・コンティもシャトウ・ペトリウスも」

テーブルを囲んでの話題は賑《にぎ》やかに盛り上って行ったが、それに全く加わらない人間が一人いた。

高井真澄の同伴者として紹介された真田誠吾で、彼は自分からは決して口を開かなかった。それでいて、一人だけ疎外《そがい》されているようには周囲に感じさせない。さりげなく、左右の客にバターを取って勧め、ひかえめに話を聞いているのが自然体であった。

けれども、結果的には誰も彼に話しかけなかった。

高井真澄は完全に彼を無視していたし、真田誠吾のもう一方の隣にすわった会長夫人は何を話題にしてよいか困惑したあげく、沈黙を守り通した。

三帆子の席は真田誠吾の正面であった。

で、みるともなしに眺めていると、彼の挙措は極めて優美であった。ナイフやフォークの扱い方も、ものの食べ方も、ワイングラスを取り上げる間のよさといい、まるで舞台の上で観客の視線を浴びて食事をしているような気くばりがあるといって、きざではなかった。しかも、彼の存在自体は目立たない。

高井真澄は対照的であった。

一つ間違うと行儀悪くなる一歩手前まで、自由奔放にものを食べ、ワインを飲み、話に興じている。

二時間ばかりの食事は賑やかなまま終った。

客は船長に礼を述べて席を立って行く。

「流石《さすが》、大女優だね。たいした貫禄《かんろく》だ」

中上虎夫が呟《つぶや》き、光川蘭子が笑った。

「男性は皆さん、高井さんに注目って感じでしたよ」

「光川さんは、真田君に注目ってところかな」

「あたしよりも、お二人の奥様方ですよ」

「美青年だからな。船長が十年若けりゃ、いい勝負だったのに……」

熊谷船長が手を振った。

「僕があの年だったら、とても、ああ堂々とはして居《お》れませんよ」

「さあ、どうでしょう。船長もお若い頃から百戦錬磨の兵《つわもの》って噂ですけど……」

「冗談じゃない。誰だい、そんな無責任なことをいう奴《やつ》は……」

光川蘭子が逃げ出して行き、船長もテーブルを離れた。

「三帆子さん、疲れたんじゃないかな」

歩き出しながら、いたわるような視線を向ける。

「緊張しましたけれど、とても、楽しゅうございました」

「それは、よかった」

ダイニングルームの客の大方は、もうグランドホールへ移動していた。

今夜はかなり名の知れた歌手のショウがある。

「よかったら、行っておいで。お父さんはもう寝るよ」

ダイニングルームを出たところで中上虎夫がいい、三帆子はエレベーターに乗って行く父親を見送ってから螺旋《らせん》階段を上ってグランドホールへ行った。

ショウは、まだ開始時間までに三十分以上もあり、ステージはダンスタイムとなっている。

空いていた隅の席へ腰を下してステージをみると、高井真澄と真田誠吾の踊っているのが目についた。

きちんとステップを踏んでいるともみえないのに、いい雰囲気であった。

この船は昼間、ダンス教室というのがあって、初級、中級、上級と三クラスに分けているほど、乗船客に人気がある。

今、ステージで踊っている大半が、そのダンス教室でレッスンを受けている人々で、教えられた通りのステップを行儀よく踏み、おまけにダンスの先生が廻っては姿勢を直したりしているのは、まるでダンス教室の延長のようで、こうしたダンスタイムは本来、社交場という考え方からすれば、いささか滑稽《こっけい》であった。

もし、この船客の中に外国人がいたら、早速、もの笑いの種にされかねないところだが、幸い、日本人ばかりである。

その、いささか野暮なダンス集団の中にあって、高井真澄と真田誠吾のカップルの踊りは、優雅で小粋《こいき》であった。

「あれが、本当のダンスね」

という声が三帆子の背後で聞えた。

「あとの連中のは、さしずめ、ダンスのおさらい会だよ」

「外国船じゃ、まず、見ない風景だね」

などといった会話が続いているところをみると、どうもダンス教室の常連に反感を持っているグループもあるらしい。

曲が終って、高井真澄がテーブル席へひきあげて来た。そこここで拍手が起っている。

それらに軽く会釈《えしやく》をして、真澄の視線が三帆子の上で停止した。

「三帆子さん、お一人……」

「はい、父は、もうやすみました」

「それじゃ、誠吾君、お相手しなさい」

真田誠吾が近づいて来たので、三帆子は慌《あわ》てた。

「ごめんなさい。私、踊れません」

「大丈夫、誠吾君のダンスは一級品よ。踊れなくても、ちゃんと踊れますよ」

真田が微笑した。

「一曲だけでも、お相手をさせて下さい」

それ以上、もたもたするのは不様《ぶざま》であった。

三帆子は会釈をし、真田にエスコートされてステージへ出た。

「よろしく、お願いします」

固くなっていったのに、真田は丁寧に頭を下げた。

「こちらこそ、よろしく」

曲はワルツであった。

どうやら、ダンス教室の上級がワルツをレッスン中らしい。今まで踊っていた人々とは違う顔触れがステージに勢揃《せいぞろ》いした時には、もう真田誠吾は三帆子をリードして踊っていた。

「踊れるじゃありませんか」

耳の傍で真田がささやいた。

「ずっと昔、兄が学生の時に、学園祭で兄のパートナーをつとめさせられて、そのために兄が教えてくれたのを、今、思い出したみたいで……」

実際、そんな感じであった。

すっかり忘れていたステップが、真田によっていきなりひっぱり出されたようである。

「若い頃にアルバイトで、ダンス教室の先生やってたことがあるんです」

「若い頃にっておっしゃっても、今もお若いのに……」

「若くありませんよ、もう三十過ぎました」

三帆子はうっかり相手の顔を直視した。

真田は照れくさそうに苦笑している。

二十なかばくらいかと三帆子は想像していた。

「私より年上なんですね」

「勿論《もちろん》ですよ」

少しためらって訊《き》いた。

「おいくつなんですか。私は二十九、来年は大台にのるんです」

「それこそ若くみえますよ。大学出たてといっても通用する」

「御親切に。感謝します」

やっと、体から固さがとれた。

「もう一曲、如何《いかが》ですか」

すでに二曲目に入っていた。真田は三帆子の返事を待たずにステップを止めない。

二曲目もワルツであった。

二人の周囲は、先生に注意されながら、真剣に踊っている中年、或《あ》いは初老のカップルばかりである。

「ドクターには、横浜を出た時から、うちの先生がお世話になっています」

真田が低く話し出し、三帆子はうちの先生というのが、高井真澄のことだと理解した。

「どこかお悪かったのですか」

「乗船前から風邪をこじらせていまして、なにしろ、舞台が続いたものですから……。お元気な方ですが、やっぱり疲労がたまっていたと思います」

「舞台というのは、大変なのでしょうね」

「重労働ですよ。舞台俳優は体が丈夫でないと続きません」

きれいにターンをして話し続けた。

「ドクターも、うちの先生は実年齢より十歳は若いとおっしゃって下さいましたが、持病もありますので……」

若い時に手術をして、その輸血のせいで急性肝炎をわずらったことがあると真田はいった。

「むかしむかしのことで、当人は治ったと思っていたようですが、年をとって来て肝臓に障害が出て来ました」

「肝臓ですか」

思わず呟いたのは、高井真澄の肌の色が浅黒くみえるのを思い出したからで、もし、それが病気のせいだとすると、症状は決して軽くはない。

「かかりつけの先生がもう少し、休みを取らなければいけないとおっしゃるのですが、当人が仕事を休みたがりません。それでマネージャーが、この船旅に出るようにスケジュールを組んだのです」

世界一周、三カ月の休養になる。

「当人は横浜を出るまで渋っていましたが、乗船してみるとファンに囲まれていい御機嫌になりました」

曲が終って、真田は三帆子を伴ってテーブル席へ戻って来た。

「すてきでしたよ」

礼をいった三帆子にそう答えて、高井真澄は席を立った。真田を従えてステージへ上る。

ダンスタイムが終るまで踊り続けて、高井真澄はグランドホールを去った。

ショウはみないつものようである。

客席のすみで三帆子はショウを見物し、船室へ戻った。

父親はパジャマ姿でテレビをみていた。

「お帰り。面白かったか」

と入って来た娘に声をかけた。

「ダンスタイムに、真田さんと踊ったの」

明日になれば、必ず父親の耳に入ることだから、自分から報告しておくのが無難だと思った。

「高井さんが、どうしても踊りなさいとおっしゃって、断り切れなかったから……」

「お前、踊れたのか」

「兄さんと学園祭の時、踊って以来だから、けっこう、あやしいステップだったけど」

「高井さんはダンスなんかしてるのかね」

父親が医者の顔になった。

「三十分以上、踊ってたけど、でも、ショウは見ないでお帰りになったわ」

「晩飯の時も、かなりワインを飲んでいたな」

「肝臓が悪いんですってね。真田さんが心配していたけど……」

「無理はしないほうがいい」

かかりつけの病院からカルテをもらって乗船して来たのだと虎夫はいった。

「うんと悪いの」

「静養が必要なのは事実だよ」

患者の病状については、家族にも口の固い父親を知っていたが、三帆子は気になった。

「高井さんって、おいくつなの」

「若くみえるが、年は年だ」

「七十を越えてる……」

虎夫は苦笑した。

「当らずといえども、遠からずかな」

テレビを消してベッドにもぐり込んだ。

三帆子が真田と踊ったことは、翌日、大きな話題になっていた。

「お似合いでしたよ」

なぞと、わざわざ、中上虎夫にいう者もいる。

父親が苦虫を嚙《か》みつぶしたような顔をしたのを見て、三帆子は二度とダンスタイムにグランドホールへ出て行かなかった。

高井真澄と真田誠吾は同じ船室に入っている。

年は親子ほど違っても、二人が恋人であることは衆知なので、それは船内での話題になっていた。

船医の娘としては、そんな厄介に近づくつもりはないし、真田誠吾に関心があるのでもない。

婚約者に裏切られて、手近なところで代理をみつけたなぞと、父親に思われるのも癪《しやく》であった。

シンガポールを出港して二日目の午後に、クイン・エルフランド号は右舷《げん》にロンダ島を眺め、インド洋へ入った。

天気はやや崩れて、時折、小雨が降る。

海上はタンカーが多くなった。小型船の往来も少くない。

三帆子の日常も、漸《ようや》く船上生活に馴《な》れた。

手芸教室でブローチを作ったり、海のシルクロードについて、講師の話を聞いたりするのが楽しみになって、一日がすいすいと過ぎて行く。

高井真澄が倒れたのは、インド洋に入って三日目であった。

昼食の時間が終って、三帆子は何人かの船客とリドデッキに出ていた。

そこは船尾で、洋上が広く見渡せる。

気温が連日三十度を越えているので、午後になるとデッキのプールに何人かが集って来た。誰が決めたわけでもないのに、午前中は男性がプールを使い、午後は女性が優先するようになっている。

船上の狭いプールなので泳ぐといっても知れていたが、それでも水着でばしゃばしゃやっていた客の一人が三帆子にも水着になって来いと勧めるので、止《や》むなく部屋へ戻って着替えて来ると、デッキのビーチパラソルの下で真田誠吾がビールを飲んでいた。

彼も水着のパンツにアロハシャツを羽織っている。

「泳がれるんですか」

三帆子が訊くと、

「男は三時からだそうです」

笑いながら答えた。

「真田さんなら、一緒でもいいわよ」

などと甲高い声がプールから聞えて来た時、船長のアナウンスがあった。

右舷にイルカの大群がみえるらしい。

デッキにいた客が、右舷側へ集った。

船は大きく海上をカーブして、イルカの大群へ近づいて行く。

水着の上に大判のTシャツを着た恰好《かっこう》で三帆子も甲板の手すりにかけ寄った。

前方の海上でイルカが次々とジャンプしている。

「二、三十頭はいますね」

隣から真田誠吾が声をはずませた。

「横浜を出てから、イルカに出会うのは、これが最初です。三帆子さんはラッキーですね」

手すりは人垣が出来ていた。

真田は押し出されたような恰好で三帆子の背後にぴったり寄り添っている。

僅《わず》か五分ばかりのイルカ見物に、三帆子は汗をかいた。

船はイルカの群に別れを告げて、元の航路へ戻っている。

デッキの上で笑い声が起った。この船の客の中では若い年齢に属する夫婦が、興奮している人々に、

「皆さん、そんなにイルカが珍しいんですか」

といっている。

「お宅は珍しくないんですか」

中年の女性グループが不思議そうに訊き、その夫婦はちょっと顔を見合せるようにした。

「わたしらは、伊豆に住んでいますから……」

「シーパークとか、そういうところでイルカの曲芸をしているから……」

「いいえ、うちの目の前の海で、始終、イルカがはねています」

「海の近くにお住いですか」

「旅館やってますから……」

「伊豆あたりの海にも、イルカがいますの」

「ええ、珍しくもなんともありません。あんまり大きな声じゃいえませんけど、イルカを食べる人もいますよ」

しらけた顔をして女性グループが去り、真田がアイスクリームを二つ、手にして三帆子の傍へ来た。

「如何ですか」

「ありがとうございます」

デッキチェアに並んでアイスクリームを食べることになった。

そうなると、なんとなく周囲が自分達二人に注目しているのがわかって三帆子は当惑したが、真田はそうした雰囲気が伝わらないのか泰然としている。

「三帆子さん、船は何度目ですか」

「こんな豪華客船は生まれてはじめてです」

この船に乗ってから何度も繰り返した返事であった。

「船医の娘だからといって、そんなに機会があるわけじゃないのです」

「僕は二度目ですよ」

屈託なく真田は続けた。

「十年ぐらい前に、青年の船というので、東京築地《つきじ》の晴海《はるみ》埠頭《ふとう》からサイパンまで往復しました」

一万トンそこそこの船で、随分、揺れたと真田は朗らかな声で話した。

「半分ぐらいが船酔いでした」

研修生という名目で乗っていたのは、さまざまの企業の新入社員だったが、三分の一は女性だったと真田はいった。

「最初の二日ぐらいは、食堂に出て来ない女性が多かったですよ」

「真田さんもお酔いになりましたの」

周囲が耳をすませているのがわかっていて、三帆子は固い調子で訊《たず》ねた。

「僕は酔っていられません。研修生じゃないのですから……」

アルバイトで給仕をしていたと笑った。

「皿を運ぶのが、あれほど難しいとは思いませんでしたよ。お盆を両手でしっかり摑《つか》んで、あっちへよろよろ、こっちでよたよた、まるでアヒルのボーイです」

笑い声が起った。真田はちらとそっちへ視線をやり、ちょうど食べ終った三帆子のアイスクリームの器を取り上げると、その時の恰好を真似《まね》ながら、スタンドへ返しに行った。

そのままデッキのいい位置で陽気にタップを踏んでみせる。

わあっと声が上り、拍手が起った。

高井真澄がデッキに姿をみせたのは、ちょうどその時で、

「誠吾君、みっともない真似はやめなさい」

凛《りん》とした声が甲板に響き渡って、船客はいっせいにそっちを向いた。

だが、真澄はすでに背をむけて歩き出していた。

デッキからリドカフェへの入口をまたぎ、二、三歩進んだところで、ぐらりとよろめくと足許《あしもと》から崩れ落ちるように床に倒れた。

三帆子がデッキチェアから立ち上った時には、もう真田が高井真澄の傍にいた。

「先生……」

と声をかけながら、軽々と高井真澄を抱き上げる。

「三帆子さん、ドクターをお願いします。船室へ運びますので……」

ふりむいて声をかけ、そのまま、大股《おおまた》にリドカフェを横切って行った。

三帆子がリドカフェの入口の電話へ走って行くと、もうクルーの一人が診療室へ連絡をしていた。

「中上先生は、高井さんの船室へ行かれるそうです」

近づいた三帆子に伝えてくれる。

「かっこいいわね」

「あたしも一ぺん、ああいうふうに抱かれてみたいわ」

不謹慎な女客の声を背にして三帆子は高井真澄の入っているジュニアスイートの船室へ行ってみた。

ちょうど、父の虎夫が看護婦と共に、そのドアを入って行くところであった。

真田誠吾が出迎えている。

「なにか、お手伝いすることがありましたら、外にいますから……」

三帆子の言葉に柔らかくうなずいてドアを閉めた。

廊下に船のスタッフが集って来た。

副船長の吉岡登、光川蘭子、客室係の園山などが緊張した面持で顔を揃《そろ》え、三帆子はその人々に、ざっと自分が目撃した限りの高井真澄の状況を説明した。

船室のドアが開いたのは、思ったよりも早かった。

看護婦は中に残り、中上虎夫だけが廊下に出た。

「大丈夫、少々、血圧が高いが……心配な状態ではないので……」

「急に倒れたとのことですが……」

光川蘭子がいい、中上虎夫は穏やかに遮った。

「御当人は、めまいがしたといっておられる。倒れると危ないと思って、咄嗟《とっさ》にしゃがみ込んだそうだよ。まあ、あまり、さわがないで下さい」

看護婦が出て来た。

「少し、おやすみになるそうです」

「それがいい。昨夜、眠れなかったようだから……」

スタッフと共に、中上虎夫も診療室へ去って行き、三帆子は船室へ帰った。

夜の食事には真田誠吾が一人だけで出て来た。

「御厄介をおかけしてすみませんでした」

三帆子の父に挨拶《あいさつ》し、虎夫は、

「さっき、お粥《かゆ》を部屋へ運ばせたそうだが、召し上がれたかね」

と訊いた。

「はい、あまり食欲がないと申しますので、お粥と茶碗《ちゃわん》むしをルームサービスでお願いしましたら、なんとか残らず食べられました」

今は、また眠ってしまったので、自分の食事に出て来たという。

「それはよかった。食べられないようなら、点滴をしなければと思っていたのだが、あとで様子をみに行きましょう」

よかったら、一緒のテーブルで、と虎夫がいったのは、この際、日頃の高井真澄の健康状態を二、三、訊《き》きたいと考えたためであったが、真田は嬉《うれ》しそうに頭を下げた。

「ありがとうございます。光栄です」

そのテーブルは、中上虎夫父娘《おやこ》二人だけだったから、真田を加えて三人になる。

給仕人が飲物を訊きに来て、虎夫は、

「僕は、ビールだが、真田君には好きなものをさし上げてくれ」

と答えた。真田はちょっと考えるようにして、ウィスキーの水割を頼んだ。

「先生はビール党ですか」

中瓶のビールを父娘で分けたのをみて、自分は遠慮そうに水割のグラスを手にした。

「若い時は、いろいろと飲みましたがね。この節は年のせいで飲むとすぐ眠くなる。まあ、娘と晩酌《ばんしゃく》程度が一番、具合がいいのですよ」

高井真澄さんは、酒豪のほうですか、と早速、虎夫は医者の顔になった。

「酒は強いですよ」

前菜に箸《はし》をつけながら、真田が答えた。

「ファンの方などの招待で飲んでいますと、底なしという感じがしますが、まず酔った様子をみせません。その代り、家へ帰ったとたんに正体がなくなったりします」

それは長年の女優業で自然にそうなったのかも知れないが、

「芝居仲間の気のおけない連中と飲んだ時も昔はそうだったといいますが、最近は少し酔うと、まわりの者に絡《から》んでみたり、あまり酒癖がよくなくなりました」

苦笑してみせた。

「家では、どうですか」

「せりふがおぼえられない時なぞ、水割を二、三杯飲むと、はずみがついていいといいまして……芝居の興行中は、夜の部がはねて家へ帰って来るのが、どうしても十時を過ぎます。それから風呂《ふろ》へ入って寝るまでの間に、ワインとか日本酒を……」

「ワインはどのくらい……」

「だんだん、弱くなりました。近頃はグラスに二杯がせいぜいです」

「寝つきはいいほうですか」

「悪いです。ほとんど毎日、導眠剤のお世話になっています」

「量は増えていませんか」

「お医者様のいわれるぎりぎりのところです。それで眠れない時は、足をマッサージしたりして、なんとか……」

「食事は、不規則でしょうな」

「舞台のある時は、朝、遅くとも九時には起きませんと……自己流の健康体操をして、果物と野菜のミックスジュースを飲んで、それから劇場へ車で行きます。食事らしい食事を摂《と》るのは、昼の部と夜の部、つまり、芝居は大抵、一日二回公演ですから、その一回目が終ったあとになります」

「どんなものを、召し上るんですか」

「蕎麦《そば》とかうどんが多いです。五分ぐらいですませて、普通はそのあと、ファンの方が楽屋へいらしたりして、サインをしたり、話をするのですが、昨年あたりからは疲れがひどいので、面会禁止にしてもらって、楽屋で横になっていることが増えました」

いささか沈痛な口調になった真田をみて、三帆子は舞台女優というのは、かなりハードな日常なのだと驚いた。

高井真澄の実年齢はどうやら七十を過ぎているらしい。

当り前の女なら、ゆったりした老後の暮しに入れるところを、二十代、三十代と同じようなスケジュールで行動している。

「なにしろ、僕らの劇団は、高井先生の名声と人気におんぶしているようなところがありますので、どうしても先生中心の公演になります」

水割は一杯だけでやめ、真田は表情を翳《かげ》らせたまま、食事を続けた。

秘密

食事が終った時、看護婦の大月三和子が、光川蘭子と一緒にやって来た。

船客の一人が、食事のあと、急に気分が悪いといい出したという。

「岡田さんとおっしゃって、東京の方です。息子さんがスーパーマーケットをやっていらっしゃるそうで、御当人は昨年、定年退職なさったとか……」

虎夫がナプキンを置いて立ち上った。

三人がひとかたまりになってダイニングルームを出て行く。

「ちょっと船室へ行って、先生の様子をみて来ますが、そのあと、もし、よろしかったらコーヒーをつき合って頂けませんか」

真田にいわれて、三帆子は断りそびれた。

ディナーは和食風だったので、終りは日本茶であった。真田にいわれてみると、なんとなくコーヒーが飲みたいような気分でもある。

ラウンジへ行く前に、高井真澄の船室へ寄った。

ドアをそっと開けて入って行った真田は、すぐに出て来た。

「よく眠っていますよ。顔色もよくなったし、もう大丈夫だと思います」

三帆子をうながしてラウンジへ行った。

ウェイトレスに、真田はウィスキーの水割を注文した。

「一杯だけ飲ませて下さい。なんだか神経が緊張して……もとに戻らない感じなのです」

高井真澄が倒れてショックだったのだろうと三帆子は同情した。

コーヒーと水割が運ばれて、真田はグラスの半分ほどを一息に飲んだ。ほっと大きく肩の力を抜く。

「心配なさったのでしょう。随分……」

他にいう言葉がなく、三帆子は真田をいたわる気持でそんなふうにいった。

「父は、立ちくらみだったそうだと皆さんに説明していましたが、今までにも、ああいうことはあったんですか」

「今度で三回目です」

うつむいたまま、真田がいった。

「低血圧なので、よくふらふらするし、立ちくらみのようなことは珍しくありませんでしたが、あんなふうに倒れるのは、昨年の秋からのことで……」

「主治医の先生は、どうおっしゃっていますの」

「あんまり、いいことではないと……それ以上、くわしいことは教えてもらえませんでした」

「御心配ですね」

「劇団の今後を心配しているみたいです。僕は、そんな先のことまで考えたって仕方がないといったのですが……」

キャンドルスタンドの灯で、真田の表情が微妙に揺れていた。

「立ち入ったことをうかがうようですが、高井さんにはお身内の方はいらっしゃらないのですか」

高井真澄という女優が恋多き女だったというのは、日本の芸能界の常識であった。三帆子の年齢の者は、それほど高井真澄の過去にくわしくはないが、数回の結婚歴があり、その他、スキャンダルになった恋愛事件も少くないように聞いている。けれども、現在は独身であり、だからこそ、真田のような年若い恋人を同伴して船旅に出ているのも、マスコミはともかく、別に不倫ということにはならない。

「高井先生は孤独な人なのですよ」

ラウンジから大きなガラス窓を通して夜の海が見えていた。

「あの人は私生児だし、母親も子供の時に歿《なく》して、養母に育てられたそうです。結婚は、四回もしているのに子供は出来なかった。少くとも、正式の結婚相手の子はいないんです」

真田の口調に疑問を感じながら、三帆子は口をはさまなかった。

どこか、ものうげに窓のむこうの闇《やみ》を眺めている真田は主役が舞台の上で独白をしているような雰囲気がある。

「身内といえば、母親の妹の子がいたんですが、戦争で死にました。その他に親類はありません」

「お寂しいでしょう」

ふっと呟《つぶや》いて、三帆子は高井真澄の名誉のためにいい直した。

「でも、劇団員の方々からは、親以上に尊敬され、慕われている方ですから、寂しがっている暇はないでしょうね」

真田誠吾は高井真澄の主宰する劇団の若手俳優であった。そうした立場の人にとって、劇団のシンボルである高井真澄を、孤独な老母扱いされるのは不本意だろうと三帆子は推量したのだったが、真田の返事は意外なものであった。

「高井先生は孤独でしたよ。僕がはじめてあの人に会った時、彼女は本当に孤独で、寂しすぎました。だから、僕はあの人の傍にいようと決心したのです」

真田の視線が自分に向けられたとわかって、三帆子は当惑した。

もしかすると、真田は高井真澄との関係を弁解するために、そうした事情を話そうとしているのかとも思う。

「三帆子さんは……いや、この船に乗っている人はみんな、僕を高井真澄の若い燕《つばめ》と思っているでしょうが、実は、そんなものではないのです」

真田の眼の中に悪戯《いたずら》っぽい表情が浮んだ。

「僕の顔、高井真澄に似てませんか」

あっけにとられて、三帆子はまじまじと真田をみつめた。

「あの人は、正式な結婚では子供を産めなかったんです。でも、世間に公表出来ない相手との間には、一人、男の子を産んでいました。それが、僕らしいのです」

らしい、という部分に自嘲《じちよう》が感じられた。

夜のラウンジはその広さにくらべて船客の姿が少かった。

船客の大半が六十代以上で、夜は早寝が多いこともあったし、船室でくつろいでテレビをみている人も少くない。

夜更《よふ》けまで賑《にぎ》やかなのは、グランドホールのダンスステージとバアぐらいである。

このラウンジに人が集まるのは、午前と午後のお茶の時間と決っている。

その意味では、真田が打ちあけ話をするのに、もっとも都合のいい場所かも知れなかった。

「こんな話、三帆子さんには御迷惑でしょうね」

真田がすまなさそうにいい、三帆子は首を振った。

「父がよく申します。多くの人は、運命的な重荷を背負っているものだと……」

「運命的な重荷ですか」

かすかに唇をまげ、真田が話を続けた。

「高井真澄が三度目の亭主と別れたのは、演出家の富永孝一といい仲になったのが原因でした。その頃、真澄は映画の世界で大スターになって、随分、いい作品にも出ていましたが、いわゆる演技賞とは縁がなくて、しかも映画そのものが、明らかに斜陽になっていました。あの人はもともとが舞台女優でしたから、やっぱり、自分の本領は舞台だと思ったといいますが、内心は自分よりも若い舞台女優がさまざまの賞を受けたのがショックだったんだと思います。映画から舞台へ復帰するために、富永孝一という新進気鋭の演出家は、高井真澄にとって絶対に必要な存在だったと思います」

富永孝一の名は、三帆子も知っていた。その人が活躍した頃、三帆子はまだ赤ん坊だったから、勿論《もちろん》、その演出した芝居をみたことはないが、かつて日本の演劇界の重鎮で、高井真澄の最後の夫だったというくらいの知識はある。

だが、真田の口から語られる高井真澄と富永孝一の関係は、ひどく、なまなましかった。

「高井真澄は、富永孝一と結婚したかったんでしょうが、富永には女房がいました。離婚するといいながら、富永が煮え切らなかったので、真澄は焦《じ》れたんでしょう。富永と愛人関係にありながら、別の男とも恋愛関係になりました。それが、僕の父で、当時は広告会社の社員だったそうです」

話が思いがけない方向にむいて、三帆子は驚いた。

「世の中は皮肉なものです。高井真澄が僕の父の子を妊《みご》もって、正式に結婚しようかという話が出た頃に、富永孝一の離婚が成立したんです。高井真澄にとって必要なのは、一介のサラリーマンなんかじゃありません。自分を演劇界の女王に仕立上げることの出来る男です。僕の父は真澄の自分勝手な願いを理解して、生まれた子を引き取り、真澄と別れたそうです」

真田の口調はそっけないほど淡々としていた。

まるで、高井真澄が演じる芝居のストーリィを話しているような調子である。

「高井真澄の産んだ子は、父の姉夫婦の戸籍に入りました。ですが、僕自身は父の母に育てられました。養父母が間もなく離婚したせいもあるのですが……」

ふっと真田が口をとじた。グラスに残っていた水割をのぞくようにして苦笑した。

「なにしろ、みんな、死んでしまったのですよ。実の父も、養父母も、おばあさんも出生の秘密は、祖母が病気になってから打ちあけられたといった。

「おばあさんが高井先生に手紙を出したんですね。入院していた病院に高井先生が訪ねて来て、それで僕に劇団へ入らないかと勧めました」

「それが最初だったんですか」

かすれた声で三帆子がきき、真田がうなずいた。

「高校を出て以来、随分、いろいろな職業につきましたが、定職ってのは持てなかったし、まあ、俳優も悪くないなといったような感じで、おばあさんが死ぬと、高井先生の家へ行きましてね。それからずっと、劇団の研究生兼、高井先生の付き人をして来ました」

「そのこと、劇団の方は御存じなのですか」

「マネージャーの福原さん以外は知らないでしょうね」

「何故《なぜ》……」

「高井先生がいわないからです」

「だって……どうして……」

富永孝一が生きている中《うち》ならとにかく、彼はもう十年以上も前に病死している。

「真田さんが、高井真澄さんの本当のお子さんだってこと発表したって、全然、かまわないじゃありませんか」

「マスコミの餌《えさ》になるだけですよ。出来そこないの母物映画みたいだと、高井真澄は笑ってましたもの」

真田が伝票を取って立った。

「ありがとう。僕の話を聞いて下さって……自分のこと、こんなふうに話したのって、はじめてなんですよ」

ラウンジを出たところで、三帆子は真田と別れた。

船室へ戻って着替えをしていると、父の虎夫が帰って来た。

「どこにいたんだ。真田君と一緒じゃなかったのか」

「ラウンジでコーヒーを飲んで来たけど……」

「真田君は……」

「船室へ帰った筈《はず》だわ」

虎夫が上着を脱ぎ、娘はそれを受け取ってハンガーにかけ、クローゼットへおさめた。

「どうかしたの」

「高井さんからフロントに電話があって、わたしを呼んでくれといったんだ。で、光川君に一緒に行ってもらった」

船室には高井真澄が一人で、真田の姿はなかった。

「真田さんは、高井さんがよく眠っているのを確かめてから、ラウンジに来たのよ」

「目が覚めたんだな。その後で……」

「なにか、まずいことでもあったの」

真田の姿がなかったために、真澄が心配したのかと思った。

「いや、背中が痛むといわれてね。一応、診察した」

「悪いの」

「相当、悪い。スタッフと相談して、高井さんの主治医に電話をしたよ」

場合によっては、適当な港で下船させ、日本へ帰国するようなことになるかも知れないという父親の言葉に、三帆子は茫然《ぼうぜん》とした。

「真田さん、そんなに悪いと思っていなかったわ」

「明日、わたしから話すよ」

「高井さんは、そういうこと、御存じなの」

「いや、御当人には、まだ話していない。二、三日、様子をみてのことだからね」

この船は、明日、スリランカのコロンボに入港する。

その後はアラビア海を横切ってインドのボンベイへ到着する。

「だんだん、日本から遠くなるわね」

「それもあるが、なるべく航空機の便利な所から帰れるのがよいと思っているよ」

出来れば、日本までの直行便のある所がいいと虎夫がいった。

「高井さんの体力を考えると、長時間の飛行は勿論だが、乗りかえに時間のかからないことも大事だ」

「そんなに悪いの」

「日本へ帰って、手術をすることになると思うが……」

父親の表情が冴《さ》えないと三帆子は思った。

「聞いてはいけないことだと思うけど、万一ということもあるの」

父親は返事をしなかった。それが返事の代りであった。

「真田さん、ショックだと思うわ」

父親の脱いだワイシャツやネクタイを片づけ、ガウンを渡していった。

「ここだけの話にしてね。真田さんは、高井さんの息子さんなのよ」

ガウンを羽織ってバスルームへ行きかけた虎夫がふりむいた。

「なんだと……」

「折角、お母さんと暮せるようになったのに、気の毒だわ」

「そんな話を、お前にしていたのか」

「高井さん、今日みたいな倒れ方をしたの、もう三度目ぐらいですって。彼はとても心配していたけど……」

父親は娘の表情を眺めた。

「あんまり、安い同情はするなよ」

そのまま、バスルームへ入った。

翌朝、三帆子が目ざめた時、船はもうコロンボの港へ着岸していた。

隣のベッドをみると、父親はすでに出て行ったらしく、パジャマが椅子《いす》の背にかけてある。

着替えをすませて甲板に出てみると、岸壁にバスが十数台並んでいた。

この船がコロンボ港に滞在している間、船客達はスリランカ観光のバスツアーに出かける。そのためのバスが、もう勢揃《せいぞろ》いをしているのであった。

「三帆子さん」

と呼んだのは、この船客のためのツアーをコーディネイトしている村上遥子で、

「今、お父様に申し上げたんですけど、今日のバスツアーのキャンディ観光にキャンセルが出て、もし、よろしければ三帆子さん、いらっしゃいませんか」

という。バスツアーは、船客に大層、人気があった。

この船のツアーは、高齢者や歩くのに自信のない人や車椅子の客のために、バスの車窓から観光するという特殊なプログラムも作っているので、船客が各々の体力に応じたツアーをえらぶことが出来る。

そのせいもあって、病気で休養している客をのぞいては、殆《ほと》んど全員がツアーに参加する。従って、どのツアーも満員で、急に申し込んでも無理ということだったが、やはり、どたんばになって体調を崩してキャンセルする客も出て来るらしい。

「ありがとうございます。よろしくお願いします」

「それでは、九時にグランドホールへ集合して下さい」

キャンディ観光は一日がかりなので、そのつもりで支度をして下さい。サングラスと日焼け止めもお忘れなく、と親切なアドバイスをして、村上遥子はいそがしげに甲板を出て行った。

リドカフェへ朝食に行くと、父の虎夫がテーブルについていた。

ここはバイキングスタイルなので、三帆子も手早く好きなものをお皿にとって、父の傍へ行く。

「今朝、随分、早かったのね」

三帆子が起きた時、父親はもう船室にいなかった。

「高井さんの具合をみに行ってね。それから診療室にいた。上陸日は患者さんが早くにやって来るんだ」

観光に出かける前に、ちょっと血圧を計ってもらいたいとか、なにかと相談に来る客があるという。

「キャンディへ行けるようだな」

「お父さんも一緒なの」

「いや、わたしは船に残る。いろいろ用事もあるし、気になる患者もないわけじゃない」

キャンディには二十年も昔だが行ったことがあるが、いい所だとつけ加えた。

「高井さん、どうなの」

「落ちついている。背中の痛みもおさまった。だが、一時的だから……」

隣のテーブルに船客が来て、虎夫は口をつぐんだ。

「オプションの料金はお父さんが払っておいてやるよ。まあ、セイロンの休日を楽しんでおいで……」

朝食をすませ、診療室へ戻る父と別れて、三帆子は船室へ戻った。

ツアーに参加する客は、そのツアーの出発時間に合せてグランドホールに集合するようアナウンスがくり返されている。

キャンディはセイロン島の古都であった。

日本でいうと、京都といった感じのようである。

グランドホールでミネラルウォーターの小瓶をもらい、少々の注意を受けてから、グループごとに分れて上陸した。

定められたバスの一番後の席にすわって、三帆子は渡された一日のスケジュールを眺めた。象の孤児院、仏歯寺、植物園を廻るコースになっていて、昼食はキャンディのホテルでとるらしい。

「お隣、失礼してもいいですか」

男の声がして、三帆子はスケジュール表から顔を上げた。

三十そこそこだろうか、男にしては華奢《きゃしゃ》な感じのするのが、遠慮そうに三帆子の隣の席を眼で示している。

気がついてみると、バスはすでに一杯で空いているのは、三帆子の隣しかない。

「どうぞ」

会釈《えしゃく》していった。

「よろしかったら、窓側へ……」

「とんでもないです。ここで充分です」

その言い方が可笑《おか》しかったらしく、周囲の中高年の女性達から笑い声が起った。

男は照れた様子でうつむいたが、すぐ三帆子のほうを向き直った。

「弓削《ゆげ》俊之介《しゅんのすけ》といいます。よろしくお願いします」

「中上三帆子です。こちらこそよろしく」

「船医の中上先生のお嬢さんでしょう。乗船なさってすぐに、うちの祖父《じい》さんが友達に聞いたといって教えてくれました」

ガイドが乗客の人数を確認し、バスはすぐに発車した。

岸壁の周辺は倉庫街で、人も車も少かったが、そこを抜けたとたんに大渋滞が待っていた。

道路は車があふれ、歩道は人で埋まっている。

「ラッシュアワーにしては遅いわね」

前のほうの座席で客の一人がいい、それに対してガイドは、スリランカの交通事情は極めて悪いと説明している。キャンディ日帰りの旅は最初から波瀾《はらん》ぶくみであった。

道の脇《わき》に野原が広がり、そこにバラック建ての小屋が軒を並べていた。

「あれは、難民かなんかですか」

やはり、前方の席から客が質問したが、ガイドは困ったような笑いを浮べたきり返事をしない。

「この国はタミル人とシンハラ人の差別がひどくて……」

そっと、弓削俊之介が三帆子にささやいた。

「乱暴ないい方ですが、まあ、シンハラ人が白人なら、タミル人は昔の黒人とでもいったような感じです。随分、改善はされたといいますが、やはり、いい地位についているのは圧倒的にシンハラ人だし、貧乏なのはタミル人という図式は、あまり変っていないようにみえます」

「弓削さんは、前にもスリランカへおいでになったことがあるのですか」

ひかえめに、三帆子は訊《き》いた。

「今度が三度目です。キャンディは二度目ですが……」

「スリランカがお好きなのですか」

「きらいじゃありませんが、旅の目的はインドの神話とか伝説を集めていたので……」

「お仕事で……」

「趣味です。仕事は、作家を志していたのですが、先輩から児童文学が向いているといわれて転向しました。といっても、まだ三冊しか本を出していませんが……」

道の両側に店が並んでいた。

どれも粗末な店がまえで、土間に米やスパイスなどの入った袋や叺《かます》をならべているのだの、けばけばしいほど鮮やかな色彩の布地をかけてある店、その間にコカコーラやジュースを売る店、靴屋、雑貨屋が続いている。

相変らず道路は渋滞していて、バスはのろのろとしか進めない。

が、乗客はまだそのことを気にしていなかった。スリランカの小さな町の物珍しい状景をバスの中から眺めてガイドの説明に耳を傾けている。

ガイドの話は、スリランカの教育制度に及んでいた。

この国では、能力があれば、勉強熱心であるならば、無料で大学まで行くことが出来るというくだりになって、弓削がそっと三帆子にいった。

「あの説明には無理があります。第一にタミル人は大体、地方に暮しています。つまり農民とか漁師が多いのです。地方の小学校と都会の小学校では随分、勉強の内容のレベルに差があるのです。それと、貧しい農家では子供も大事な労働力です。殊《こと》に農繁期には猫の手も借りたいくらいだから、五、六歳の子は親と一緒に田んぼに出ます。三歳、四歳の子は赤ん坊のお守りをする。昔むかしの日本もそうだったようですが、とても学校へ行って勉強する暇がない。つまり貧しいタミル人には最初からハンデがつきまとうんです」

例外として、農村のきびしい環境の中から優秀な成績を上げ、中学、高校と進む者もないわけではないが、裕福な家に生まれて子供の時から申し分のない教育を受けた者のほうが有利であるのは間違いがないと弓削俊之介は低い声で三帆子に説明した。

「無料で大学まで行けると聞くと、大層、すばらしいように思いますが、現実には成績が左右するわけで、貧乏人にとって、それほど有難い制度とはいい切れないと思いますよ」

バスは漸《ようや》く町の中を抜け出して郊外へ出ていた。

とはいえ、やはり車の通行量は多い。道幅が狭くなった分、追い抜きは出来ないから、ただひたすらに列をなして走行する他はない。

「あれは、桜じゃないですか」

三帆子の前の席の老夫婦が窓外を指した。

住宅地に、薄桃色の花をつけた樹《き》がみえている。

「ジャカランダですね」

弓削俊之介が即座にいった。

「桜に似ていますが、色がやや紫がかっています。ハワイやオーストラリヤでも、よくみかけますが……」

「弓削さんは、あっちこっちへ旅行してなさるようですな」

通路をへだてた席から、初老の男が話しかけた。

「それほどではありません。親父《おやじ》の転勤について歩いた程度で……」

「今日、おじいさんはどうなすった」

「キャンディまで遠出をするのは面倒だからと、俳句仲間の方々と市内へ出かけました。適当にスケッチをして歩くそうです」

「おじいさん、おいくつですか」

「八十五です」

「それにしてはお元気ですな」

「本当は、祖母と二人でこの船に乗る予定だったのです。出発直前に祖母がころんで腕を怪我《けが》しまして、幸い、たいしたことではないようなので、多分、アテネぐらいから乗って来る筈《はず》です。それまでは、僕が代役をつとめているわけです」

「それじゃ、おばあさんが乗って来られると、あなたは下船されるのですな」

「残念ですが、そうなります」

弓削と男達の話を聞きながら窓外の景色を眺めていた三帆子は、ふと建築中の家の棟のあたりに人形のようなものがぶら下っているのに気がついた。

黒い布で作られているせいか、どことなく不気味にみえる。

「あれは、魔除《まよ》けのようなものらしいですよ。新しい家を造る時、それをねたんで魔物がやって来る。そのための魔除けだときいたことがあります」

弓削俊之介がいったように、何軒かの建築中の家には、みな、それらしい人形がつるされている。

バスはひた走りに走ったが、目的地にはなかなかたどりつかないようであった。

正午近くになって小さな村のところで停車した。

この先に象の孤児院があって、近くの川で水浴びをしている象の群がみられるのだという。

炎天下をバスから下りた人々は土がまっ白に乾いている道を歩いて川のふちまで行った。

象はおよそ十数頭、大小さまざまのが水を浴びている。

「まだ子供の時に、親が密猟者に殺されたり、病気で死んだりして、飢え死にしそうになったのを、ここの近くの施設へ連れて来て飼育しているのです」

ガイドが説明した。

「大きくなると、寺にあずけられ、仏歯寺のお祭の時に、盛装して行列に参加します」

キャンディには、釈迦《しゃか》の歯をおさめた仏歯寺という名刹《めいさつ》があって、その祭にはきらびやかに飾られた象の行列が見物出来るらしい。

このバスツアーのスケジュールでは、仏歯寺の観光をすませてから昼食の予定だったが、どうやら時間が大幅に遅れたためにホテルでの昼食が先になるようで、ガイドと共にこのツアーの世話人として同行した船のスタッフがその旨《むね》を客に告げている。

土埃《つちぼこり》の中をバスはホテルへ向って走り、客達は漸く疲労の色をみせはじめた。

ホテルの食事はスリランカ料理であった。何種類ものカレーがバイキングスタイルで供される。

「スリランカではインドと同じく、朝からカレーなんです。種類も多くて、各々の家庭スパイスのきいた料理はなんでも好きだという弓削俊之介は細い体に似合わず、カレーを大盛りにして食べている。

同じカレーでも、ソフトな味つけもあれば、口の中が熱くなるような極辛のものもある。

年配の人の中には、皿に取ったものの、殆《ほと》んど食べられない有様で、何か他の料理はないかと、船のスタッフを困らせる様子もみられた。

日本を船出して以来、船で出される食事は、日本人の口に合うよう吟味されたものばかりであったから、客の大半が外国を旅している際に遭遇する筈の不自由さを殆んど知らないままに日を重ねて来た。

考えてみれば、香港やシンガポールで上陸し、船以外の所で昼食をとることがあっても、それは中華料理で、まず日本人の口に合わないことはなかった。

スリランカで、人々は初めて食べつけない外国の食事を口にする機会を持ったことになる。この国のカレーが日本の家庭料理のカレーとは似て非なるものであることを、まるで知らなかった人もいたわけで、船客にとってこの日の昼食は最初のカルチャーショックになった。

キャンディにて

スリランカは、かつてイギリスの統治時代、セイロンと呼ばれていた。日本人にとっては、セイロン紅茶によって親しまれた国で、丘陵地帯はどこも茶畑が広がっている。

有名なのはヌワラ・エリアで、広大な茶畑と共にイギリス人による避暑地としても開発され、ヨーロッパ風のホテルも残っている。

キャンディはそのヌワラ・エリアの丘陵の北麓《ほくろく》に当り、周辺の高地はやはり上質の紅茶となる茶葉を収穫する畑が連なっていた。

ここは十五世紀にシンハラ王朝の都がおかれた所で、盆地という地形から日本人はどことなく京都のような古都をイメージしやすい。

「キャンディという名前はシンハラ語のカンディ・ウダ・ラタ、つまり山の高い国という意味だそうですが、そのカンディをヨーロッパ人が訛《なま》ってキャンディと発音したのがもとだといいますよ」

食事を終えて、ホテルのダイニングルームを出てから弓削俊之介が三帆子にいった。

「このホテルは、もうキャンディの中なのですか」

閑静な住宅地といった環境の中にある新しいホテルであった。

「勿論《もちろん》です。繁華街といいますか、市の中心はキャンディ湖の北西にかたよっているんですが……」

一行はまた各々の定められたバスに分乗した。

車窓からみる限り、キリスト教の教会がかなり多い。

「スリランカは仏教国ではないのですか」

柿色《かきいろ》の衣を着て町を歩いて行く僧侶《そうりょ》達の姿を目にしながら、三帆子は隣の席の弓削に訊《たず》ねた。

「三分の二ぐらいが仏教徒だって聞いたことがありますよ」

インドを発祥地とした仏教は、一つはシルクロードを越えて中国へ渡り、日本にも伝来した。いわゆる大衆への教化を目的とする大乗仏教で、もう一つがスリランカから東南アジアへ伝播《でんぱ》された小乗仏教だと、弓削は学生に講義でもするような口調で話し出した。

「ただ、小乗仏教という名称は、大乗仏教が修行を積んだ高僧が大衆を大きな乗り物にのせて仏の道へ運んで行くというのに対して出来た言い方で、こっちは長老を中心とする坊さんの集団で、一人一人が修行をし、自分自身を救済するという性格、つまり小さな乗り物といった恰好《かっこう》なんです。だから、人間は誰でも出家して一人一人が修行しなければ救われないことになっている。でも、小乗仏教といういい方は蔑称《べっしょう》だというんで、上座部というほうが無難です」

同じ仏教国のタイが、王様でも、形式的ではあるが僧侶の修行をし、托鉢《たくはつ》などをするのも、小乗仏教の建て前からだと弓削は説明した。

「で、三帆子さんはおそらくキャンディの町にキリスト教の教会が目立つのは何故《なぜ》かと考えたんでしょうが、スリランカのキリスト教信者はせいぜい七、八パーセント、その九割がカトリックで、もともとはスリランカに北ヨーロッパ人が教会を作り、布教したんですが、信者はそうしたヨーロッパ人とこの国の人達との混血が多かったみたいですね。殊にキャンディはこの国の都だったから、まずポルトガルが入って来て、次にオランダだのイギリスだのが支配した。キャンディに教会が多いのは、そういう歴史と無縁ではないと思います」

弓削俊之介の話に耳をすませていたらしい通路の向かい側の席の男が感心した。

「流石《さすが》、作家を志しただけあって、弓削さんはもの知りですなあ」

「旅が好きなのは、祖父《じい》さんゆずりなのです。学生時代からよく貧乏旅行をしてました」

「あなた、おいくつですか」

「誕生日が来ると、ちょうどです」

「まだ、お若いんですな」

初老の男の声には羨《うらや》ましげなものが滲《にじ》んでいた。

「わたしの若い頃は戦争と戦後で、とても外国へ旅行するどころじゃなかった。こうやって船で世界中を廻るなんて、夢のまた夢、親父《おやじ》が戦死しているんですが時々、親父にすまないと思いますよ」

バスが商店街へ入っていた。

商店街といっても、古ぼけていてろくな店もない。

「このあたりは変らないな」

小さく弓削が呟《つぶや》いた。

「そこの先にクィーンズ・ホテルというのがありまして、この前はそこに泊ったんですが、とにかく古色蒼然《そうぜん》としていい雰囲気でした。エレベーターは手動式のイギリス風のドアで、これが実にのんびりと動くんです。エアコンはありませんから、大きな扇風機が頭上でごっとんごっとんと廻っている……」

そのホテルがみえて来た。

確かに外見はコロニアル風で、イギリス人好みの建物であったが、長年の風雨に耐えてくたびれ切っている。

「晩飯のあと、フロントでモーニングコールを頼んだんです。目ざまし時計の調子がよくなかったので……フロントマンがにこにこしてOKという。で、部屋へ戻ってつくづくとみたら、受話器がどこにもないんですね。これじゃモーニングコールなんぞ出来ないじゃないか、いい加減なものだと、調子のよくない目ざまし時計をセットして寝たんです。朝、ボーイがとんとんとノックする。慌《あわ》てて起きてドアを開けたら、グ・モーニング・サーという。そのボーイははだしなんです。つまり、それが植民地時代からのモーニングコールの方法だったわけで、なんというか、僕にはショックでした」

大型のバスは、クィーンズ・ホテルの先をまがって駐車場へおさまった。

仏歯寺はキャンディ湖のほとりにあった。

駐車場から出て来ると、石畳の参道に出る。

茶色の屋根のむこうに朱色の屋根が続いている。白い壁が鮮やかで、正面の八角形のお堂はまだしも、左手の白一色の彫刻に飾られた建物なぞは、とても、日本人の持つ仏教寺院のイメージには程遠い。

「なにしろ、伝統的なお寺なんですよ」

三帆子を八角堂の前に立たせてカメラを向けながら、弓削がいった。

「お釈迦さんが歿《なくな》られて火葬にした際、誰かが歯を一本盗んだというのですね。四世紀になってインドの小さな国の王子がそれを手に入れてセイロン島へ持って来た。その頃の都はアヌラーダプラだったそうですが、都が転々とするたびに仏歯も運ばれて、このキャンディに落ちついた。十六世紀の終りらしいです」

現在の建物はその当時のものが一部残って居り、八角堂や周辺は最後のキャンディの王、スリー・ウィクラマラジャシンハが建てたものだが、十九世紀前半、イギリス統治時代に留置場になっていたこともあるという。

「現在は図書館のような役目をしているとのことです」

スリランカの寺院はどこもそうだが、参詣人《さんけいにん》は靴を脱いではだしにならなければならない。

その靴の番人が入口近くにいた。

初めにお布施《ふせ》として十ルピイぐらいは渡してやるのがきまりらしいが、なにも知らない人はそのまま靴をはいて行ってしまうので、番人はその都度、追いかけて行ってお布施を要求している。

石の廊下はひんやりとしてははだしで外を歩く習慣をとっくに失っている日本人には、どうも気味悪く感じられるとみえて、爪立《つまだ》ちして行く人もいる。

外からみた大きな建物はその内部にあるもう一つの御堂を蓋《おお》うように建てられている

のであった。

つまり、その二階建の小さな御堂が、十六世紀末の本来の仏歯寺ということらしい。その脇《わき》へ廻って行くと二階の部分にきらびやかな装飾が加えられていて、それは福井の永平寺から寄進されたとガイドは説明している。

仏にたむける花籠《はなかご》を買い、仏前に供えて合掌している三帆子を、弓削はちょっと不思議そうに眺めていた。

「三帆子さんは仏教信者ですか」

表へ出て靴をはきながら、訊《き》く。

「そういうわけじゃありません。菩提寺《ぼだいじ》は天台宗ですけれど、その隣に神社もありますから、お寺へ行く時は、お宮へもお詣《まい》りをします」

子供の時からの習慣で、別になんの抵抗もない。

「キリスト教の教会へ行けば、やっぱりお辞儀をします。クリスチャンではありませんけど。おかしいですか」

三帆子の言葉に、弓削は笑った。

「いや、とてもいいと思いますよ」

参道を戻って来ると、ガイドが急ぐようにといっている。これから植物園へ寄って船まで帰るとなると、時間的に相当、苦しいようであった。

予定ではコロンボ港へ夕方の六時半に戻るので、クイン・エルフランド号がコロンボを出港するのは午後九時。乗船客は必ず七時までに帰船するよう指示されている。船客の世話をするためにバスに同乗して来た船のスタッフにしてみれば、せっぱつまった状況にあるに違いない。

けれども、客のほうはのんきで、せっかくの古都キャンディを少し歩いてみたいという人もいるし、

「スリランカは宝石がとれるんでしょう。そういうのは、どこへ行って買えばいいんですか」

とガイドに訊ねている女性もいる。

「キャンディ日帰りは、交通渋滞を考えると、いささか無理がありましたね」

三帆子の前の席にいた老人夫婦の中《うち》、夫のほうがいった。

新田というその人の名前を弓削は知っていた。船室が隣合せなのだという。

「以前に来た時は、それほど道が混まなかったんですが……」

弓削が弁解するような返事をした。

「俊之介さんはスリランカのどこを廻られたんですか」

新田夫人が口をはさんだ。

「コロンボをふり出しにキャンディからシギリヤ・ロックをみてハバラナ、それからポ

ロンナルワ、アヌラーダプラと廻って列車でコロンボへ下りて来て、また列車でベントータからゴールまで行きました。親父の知り合いがこっちに赴任していた時だったので、いろいろ便宜をはかってもらえたので……」

「俊之介さんのお父さんは、商社へお勤めでしたわね」

「そうです。学生時代は親父のコネを随分、使いました」

「スリランカでは、どこが一番よかったですか」

新田夫人の質問に、弓削は考え込んだ。

「どこも、それなりに面白かったと思いますが、シギリヤ・ロックは、機会があったら是非、お目にかけたい気がします」

シギリヤ・ロックと呼ばれる岩山は二百メートル足らずの高さだが、頂上が平たくなっていて、テーブル・マウンテンのような形にみえると弓削はいった。

「その岩山の頂上は城になっていて、しかも、華麗な王宮だったらしい。その岩肌をけずった壁に美しい女人像が描かれているんです」

シギリヤ・レディと名づけられたその壁画は一八七五年にイギリス人が発見したもので五世紀の後半に、この岩山に王宮を造った際に描かれたと、弓削はすらすらと話した。

「あとから、シギリヤの旅行記を書く仕事があって調べたものですから、よくおぼえているんですが……」

その王は、父親を殺し、弟を追放して王座についたものの、弟の復讐《ふくしゅう》を怖《おそ》れて岩山を居城にした。

「でも、たった十一年だったんです。その王がシギリヤに住んだのは……なにしろ、インドから援軍を得て攻めて来た弟に滅ぼされてしまったんですから……」

千五百年も昔に描かれたシギリヤ・レディは色鮮やかに、不思議な微笑をたたえていると弓削はいった。

「その画は、誰かを描いたものなのかね」

新田が訊き、弓削は首をふった。

「いろいろな説があるのですが、結局はわかりません」

「美人なんだろうね」

「妖《あや》しいほどの美人達です」

「高井真澄さんみたいかな」

新田が笑った時、ガイドが僅《わず》かな時間だが土産物屋へ寄ると乗客に伝えた。

ぞろぞろとみんなが下車してから、三帆子はバスに残ってガイドブックを開いた。

シギリヤ・ロックの話は、弓削の話した通りであった。

王の名前がカッサバで、シギリヤ・ロックがみつかったのは王が死んで千四百年も経《た》った後のことになる。

イギリス人に発見されるまで、壁画の美人達はひっそりと眠り続けていたのだろうかと思う。

弓削の話に心を動かされたせいで、シギリヤへ行きたいと思った。

世の中には、知らない場所が無数にあると改めて考えた。

自分は生きている中に、そのいくつに出会えるのだろうか。

弓削は一番にバスに戻って来た。

小さな紙包をそっと三帆子にさし出す。

「白檀《びゃくだん》を彫ったガネーシャの像があったので、もし、よかったらキャンディへ来た記念にと……」

それは象の顔をした神像であった。

「ヒンズー教の神様です。シバ神の子なんだけど、あんまり乱暴だったので象の顔にされてしまう。でも、智恵《ちえ》の神様だし、僕は最初に来た時、たった千円で、青銅の古い時代のガネーシャを買って以来、この神様が好きになったんです」

「私に、これを……」

「もらってくれたら、嬉《うれ》しいですが……」

ためらいながら、三帆子が礼をいったのは、その神像の表情が魅力的だったからである。

どこかやんちゃで聡明《そうめい》な感じがする。

バスはコロンボ港へ向けてひた走りに走った。

山道が終ったあたりで陽が落ちた。

薄暮の小さな町にはまだ灯がともらず、多くの人々が店の入口や戸外に出て漫然と往来を眺めている。

「家の中より外にいたほうが明るいし、まあ日本の夕涼みといった感じもありますね」

弓削の言葉に、新田夫人が同意した。

「日本でも、一昔前《ひとむかしまえ》は、あんなでしたよ。あたしが子供の頃、夕御飯を早くすませて、ああやって表に出て、線香花火なんかをしたものですよ」

今の日本は過疎地《かそち》と呼ばれているようなところでも、家庭用電気製品は一通り揃《そろ》って、クーラーも備えている家が多い。

「電気を思う存分、使っていて、原発反対っていうのも、考えてみれば変な話ね」

新田夫人が呟《つぶや》いた時、バスはケラニヤ駅の前を通過した。

ちょうどコロンボからの列車が到着したところらしい。大勢の男女が駅の建物から吐き出されてきた。

「みんな、コロンボ市内へ働きに行っている人達ですよ」

ビジネスマンは少く、殆《ほとん》どが肉体労働者のようであった。

疲れ切って家路を急ぐ姿は、万国共通の思いがある。

港が近づいて、クイン・エルフランド号がみえて来た。

船は電飾されて、クリスマスのイルミネーションのついたビルディングという恰好《かっこう》である。

船客はいっせいに安堵《あんど》の声をあげ、いそいそとバスを下りてタラップを上って行く。ギャングウェイには、船のスタッフが出迎えていて、

「お帰りなさい。お疲れさまでした」

と、ねぎらいの声をかけ、客も、

「只今《ただいま》。疲れたけど楽しかったわ」

「やれやれ、やっと帰って来ましたよ」

などと返事をしていた。

船旅のいいところは、こうした雰囲気だと三帆子は感動していた。

「祖父《じい》さん、只今」

という弓削の声がして三帆子がふりむくと、レセプションのところに恰幅《かっぷく》のいい老人が立っていて、孫息子に笑いかけている。

「キャンディはどうだった」

「よかったよ。三帆子さんの隣の席にすわれたんで、尚《なお》、よかった」

そのあたりにいた人々が笑い出し、三帆子は赤くなって、弓削俊之介に礼をいい、老人にも頭を下げて、階段を上った。

船室には、父の虎夫がいた。

「予定より、だいぶ遅れたな」

お帰り、と娘に向けた顔が曇っていた。

「高井さん、思った以上に悪いんだ」

正直のところ、日本を出港した時から、高井真澄の病状について不安を持っていたと、虎夫は娘に打ちあけた。

「高井さんのマネージャーが真田君に持たせたカルテをみたのは、日本を出てから二日目のことでね。もっと前に真田君が渡してくれていたら、いや、船が日本を出港する前に、高井さんの病状を知っていたら、この旅に出ることをやめてもらったと思う」

三帆子は息を呑《の》んだ。

「そんなに悪かったんですか」

「カルテにはそこまでは具体的に書いてなかったんだが、素人《しろうと》なら知らず、医者がみればおおよそのことがわかる」

今日、日本の、高井真澄のかかりつけの医者と電話で連絡を取った、と虎夫はいった。

「次の寄港地から日本へ帰国するように、吉川先生に説得してもらったよ」

吉川というのが、高井真澄の主治医の一人で、G医大の教授であった。

「吉川先生とおっしゃる方が、電話で高井さんにお話しなさったんですか」

三帆子の問いに、虎夫はうなずいた。

「あちらがいわれたよ。もし、事前に船旅に出ることを知っていたら、極力、反対したとね」

高井真澄は昨年、入退院をくり返していたのだと虎夫は沈痛にいった。

「具体的な病名をいわなくても、わかるだろう。要するに手術が不可能な状態にまで進んでいたということだ」

「真田さんは知っていたんですか」

「おおよそはね」

「御当人は……」

「告知されていないらしい。しかし、気がついているかも知れないね」

「旅客機で帰国出来るんですか」

「今のところは大丈夫だ。ボンベイへ入るまでに、なるべく体力をつけてもらう」

コロンボからの帰国も考えてみたが、

「日本への直行便は週二本で、来週まで便がない。乗りかえは大変だと思ってね」

ボンベイにはマネージャーが、知り合いの医者を同行して迎えに来るという。

「大変なことになったのね」

「他の船客には伏せておく。スタッフも知っているのは船長と副船長、チーフパーサーの新井君ぐらいのものだから、三帆子も承知しておくように……」

「わかりました」

船内アナウンスが二度目の食事の開始を伝えている。

通常は五時と七時半と二回に分れるディナーは、各々、船客の希望に従って決めてあるが、今日のようにツアーが遅れると、船に残っていた人や早く帰船した人に一回目へ廻ってもらい、調整をすることになっている。

「私は先にすませたよ。行っておいで」

父にいわれて、三帆子は船室を出た。

ダイニングルームは、殆どキャンディまで出かけた船客で占められていた。

無論、例外はいる。

入口近くのテーブルに真田誠吾がいた。

「先生にルームサービスの食事をさせていたので、遅くなったんだ」

向い合せの椅子《いす》にすわった三帆子にいった。

「召し上がれたの。高井先生」

つとめて、さりげなく三帆子は応じた。

真田も心得ているのか、そう深刻そうな顔はしていない。

「なんとかね。中上先生の注射がきいてるんだと思う」

キャンディはどうだったかと訊かれて、三帆子はひかえめに、仏歯寺や町の様子を話した。真田は黙って聞いている。やはり、船室の高井真澄のことが心配なのだろうと気の毒に思い、三帆子もつい、言葉少なになった。

実際、真田は食後のデザートもそこそこに椅子を立って行った。

一人になって、三帆子がお茶を飲んでいると、テーブルのそばに人が立った。

弓削俊之介である。

「勝手にコーヒーを注文して来たんです。ここで御一緒させて下さい」

いささか強引な申し出だったが、人なつこい感じの弓削がいうと、断りそびれる。

「今日はガネーシャの像をありがとうございました」

気がついて三帆子は礼をいった。早速、父親に報告するつもりが、高井真澄の病状の話で折を失っている。

「名前をおぼえてくれたんですね」

弓削が嬉しそうに笑い、

「ああいうものに、関心がありますか」

と訊《き》いた。

「今まで全く知りませんでしたけれど……」

いいかけて、ふと思い出した。

「随分、昔のことなんですけど、父がお土産に孔雀《くじゃく》に乗っている変った童子の像を買って来てくれたことがあったんです。てっきり、仏像だと思い込んでいたのですけれど……」

弓削が目を輝かした。

「それ、ムルガンです。スカンダともいいますが、やっぱりヒンズー教の神様ですよ。女の人には、ガネーシャより人気があるみたいですが……」

「そうだったんですか」

我が家では、なんだかわからないままに、仏壇に飾ってあると三帆子がいい、弓削が笑った。

「そりゃあ一向にかまわないが、でも、出来ることなら、ガネーシャは三帆子さんの机の上にでもおいてもらいたいです」

「ムルガンと一緒に、飾り棚へ並べます」

「よろしくお願いします」

三帆子と向い合ってコーヒーを飲み、弓削はダイニングルームを出たところで挨拶《あいさつ》をして階段を上って行った。

インド洋は晴天が続いていた。

コロンボを出て二日目の夜に、クイン・エルフランド号のデッキで夏祭の催しがあった。

小さいながら、中央に櫓《やぐら》が組まれ、祭りの大太鼓が据えられて、スタッフが打ち鳴らす。

船客の中には、あらかじめ、こうした催しのあるのを予測して浴衣《ゆかた》持参の人々がいて、櫓の周囲には賑《にぎ》やかな手踊りの輪が出来た。

気温は夜になっても暑いが、甲板は風が吹き通る。

バーベキューのディナーで串刺《くしざ》しにした肉や野菜を中心にバイキングスタイルのメニユウがずらりと並んでいる。

三帆子がデッキのすみにしつらえられたカウンターで、ビールのサービスを手伝っていると弓削俊之介が、祖父の手をひっぱって近づいて来た。

「祖父《じい》さんです。名前は弓削仙之介と申します」

改めて孫の紹介を受けた恰好の弓削老人が三帆子に会釈《えしやく》をした。

八十五歳というのに、背筋がぴんと伸びている。しかも、日本人のその年齢の男にくらべて、背丈があった。がっしりとした体つきは少々、肥りすぎだが、腕は筋肉が残っている。

「弓削さんは、なにかスポーツをしていらしたんですか」

やはり、ビールのサービスを手伝っていた光川蘭子が訊いたのは、彼女も年に似合わない弓削老人の体格のよさに着目したせいのようである。

「スポーツかね」

弓削老人がビールのジョッキを受け取りながら答えた。

「若い頃はいろいろやったが、この年になるとテニスとゴルフくらいかな」

俊之介がいった。

「剣道やってるじゃないか」

「馬鹿者《ばかもの》、あれはスポーツとはいわん。武道だ」

まわりが笑い出し、俊之介も一緒になって笑っている。

「凄《すご》いんですねえ」

光川蘭子があっけにとられ、たまたま、そこへやって来た熊谷船長がつけ加えた。

「弓削さんは、五段だよ。なにしろ、スポーツ万能、武芸百般に通じていらっしゃる」

「そりゃオーバーだよ。船長《キャプテン》、あなたこそ、大学時代は剣道部の主将をつとめて居《お》られたそうじゃないですか」

「昔ばなしですよ」

「こっちは、むかしむかし大昔だ」

一休みしていた手踊りが、また、はじまった。

手拍子と団扇《うちわ》の波が賑やかに廻って行く。

「明日はボンベイですな」

弓削老人が船長にいった。

月が海上にみえた。

夏祭のデッキを抜けて、三帆子が船室へ戻ったのは、父の虎夫がいつまでも姿をみせなかったからである。

虎夫は船室にもいなかった。

診療室へ行ってみると電気がついている。

虎夫の前には真田誠吾が腰をかけていた。三帆子の姿を認めて、虎夫が手を上げる。

「かまいませんか」

遠慮がちに三帆子が訊き、虎夫が答えた。

「いいよ。話は終ったんだ」

真田にいった。

「君も腹が減ったろう。デッキへ行って飯にするといい。高井さんは少くとも、あと三時間は眠っていると思うよ」

自分も着がえてデッキの夏祭をみに行くといい、虎夫は立ち上った。

「三帆子、すまないが、ここの電気を消しておいてくれ」

父親が出て行き、三帆子は診療室を見廻してから室内の灯を消し、入口のドアに鍵《かぎ》をかけて廊下に出た。

真田誠吾はそこに待っていた。

「明日、ボンベイで下船します」

すでに父から聞いていたことだったので、三帆子はうなずいた。

「マネージャーの福原さんがボンベイに今夜、到着する予定なんです」

正午前に乗船して来て、それを待って一緒に行くのだといった。

「ホテルで高井先生を休ませて、夕方の便で成田へ向うことになります」

乗りかえではないが、デリーを経由するので、成田まで十一時間余りかかる。

「お気をつけていらして下さい」

言葉をえらびながら、三帆子は挨拶をした。

「高井さんがお元気になられることを心からお祈りしています」

「先生はもう無理ですよ」

さらりといった。

「医者もこの夏を越せるかどうかといっているんですから……」

黙ってしまった三帆子に笑いかけた。

「日本へ帰ったら、僕の舞台をみに来て下さい。招待状を送りますよ……」

「舞台の予定が決っていらっしゃるんですか」

「多分、うちの劇団は、秋に高井真澄追悼公演をすることになるでしょう」

「そんなことは、どうかおっしゃらないで下さい」

思わずいった。

「真田さんらしくないわ」

「クールに生きようと思っているんですよ。死んだ者はそこで安らかに眠れるが、生きている者には戦いの人生が残っているのですから……」

「戦いの人生……」

「舞台は常に戦いです」

廊下のむこうに着がえた虎夫の姿がみえて、漸《ようや》く、真田は歩き出した。

惜　春

クイン・エルフランド号がボンベイに入港したのは三月二十二日午前八時であった。

これまでの寄港地と同じく船客の殆《ほと》んどがオプショナルツアーでボンベイ観光に出かける。

中上虎夫は一般乗船客のための診療時間が過ぎると、すぐに高井真澄の船室へ行った。

高井真澄はまだネグリジェ姿でベッドにすわっていたが、部屋はすっかり片づいて、大きなスーツケースが三個、すみのほうに荷作りされていた。

船室には真田誠吾の他に、もう一人、色の浅黒い男がいた。

六十代だろう。額がかなり抜け上っていて、度の強い眼鏡をかけている。総体に如才ない感じで腰も低かった。

「中上先生でいらっしゃいますか。マネージャーの福原と申します。この度は大変に御厄介をおかけ致しました」

船から連絡を受けてすぐに日本を発《た》ち、昨夜、ボンベイへ到着したといった。

「どなたか、お医者さんに一緒に行ってもらおうと思ったのですが、急のことで間に合いませんでした」

福原自身は、万一を考えて、あらかじめインドの査証《ビザ》を取得してあったので、なんとか出発出来たのだと説明した。

「実は、高井さんが今度の船旅に出かけることになりまして、なにかで途中、帰国するようになった場合、私としてはいつでも迎えに発てるよう準備しておくようにと指圧の先生から忠告されまして……」

「指圧の先生が……」

驚いた中上虎夫に、高井真澄が笑った。

「私ね、病院嫌いなんです。それで、いつも指圧の先生に体のことを相談しているんですけど、その先生が日本にいても、船旅に出ても悪くなる時は一緒だから、好きなことをしてお出《い》でなさいっていいましてね」

「病院の先生には相談しなかったんですか」

あきれたように福原がいった。

「わたしは、てっきり大学病院の先生がいいといわれたと……」

「相談して、いけないっていわれたら、いやですからね」

「相変らず、無茶だな」

「でも、おかげでいい旅が出来たわ」

中上虎夫は持参した血圧計で高井真澄の血圧をはかり、脈をみた。

「大丈夫ですかね」

マネージャーが訊いた。もっとも、彼は思ったよりも高井真澄が元気そうに見えるといい、安心した様子でもあった。

「下船なさる前に、診療室へ来て下さい。念のため、注射をしておきます」

今朝は何か食べましたかと中上虎夫が訊き、高井真澄は、ヨーグルトとオートミールを頂きましたと返事をした。顔色は悪いが、昨夜よりは声にも体にも力がある。

最初は下船してから空港へ向うまでホテルで休ませてと考えていたマネージャーが、船側から、

「高井さんが下船されても、すぐに別のお客が高井さんの船室に入るわけではありませんし、もし、よろしければ、船から直接、空港へ向われたほうが厄介がないのではないですか」

と勧められて、

「それは大変、助かります。よろしくお願いします」

と返事をしたため、高井真澄の一行は午後三時に船を下りて空港へ行くことになった。

その日、三帆子は市内観光に出かけず、船に残っていた。一つには高井真澄を見送りたいと思ったのと、もう一つは、看護婦の大月三和子をショッピングに出してやりたいと考えたからである。

大月三和子は民族衣裳《いしょう》に興味を持っていて行く先でそうしたものを買い集めている。殊《こと》にボンベイではインドの女性の着るサリーを買いたいといっていた。

で、中上虎夫も前々から彼女に下船する許可を与えていた。

三帆子は看護婦の資格は持っていないが、門前の小僧で、ちょっとしたことならわかる。なにかあった時のために、船内に残っていて父の役に立ちたい気持が強かった。

昼食後、父の虎夫は診療室で高井真澄の主治医にあてて手紙を書いていた。それには船に乗ってからの彼女の健康状態を細かく記してあって、虎夫はそれをマネージャーの福原に持たせるつもりであった。

三帆子は入口の受付にすわって本を読んでいた。看護婦代理という恰好《かっこう》である。

人の気配で顔を上げると福原が立っていた。

「先程、中上先生が大学病院の先生に渡す手紙があるから取りに来るようおっしゃったので……」

という。

福原を待たせておいて、奥の部屋へ行くと、外の声が聞えていたらしく、虎夫が、

「もう出来るから十分ほど待っていてもらってくれ」

机から顔を上げないで指示した。

戻って来て、三帆子はその旨《むね》を福原に伝え、椅子《いす》を勧めた。

「こうなることはわかっていたのですが、高井さんはいい出したらきかないもので……」

船内は適度にクーラーがきいているのに、福原は汗をかいている。

「成田へ到着したら、そのまま病院へ直行することになりますが、まず、二度と病院から元気な姿で出ることはないでしょう」

悄然《しょうぜん》としている福原に、三帆子はさりげなくいった。

「でも、よかったと思います。僅《わず》かな日々でも、高井さんは真田さんと水入らずでお過しになれて……」

福原がまじまじと三帆子をみつめたので、三帆子は慌《あわ》ててつけ加えた。

「あの……変な意味ではありません。私、真田さんから事情を教えて頂きました」

「真田が、あなたに……」

「御存じなのでしょう。福原さんは……」

たしか、あの打ちあけ話の時に、真田はマネージャーの福原はすべてを知っているといった筈《はず》である。

「高井さんと真田の間柄ですか」

「息子さんなのですってね。高井さんの」

「真田が……」

「正式にはその方と結婚出来なかったとか」

福原が手を上げた。

「中上先生のお嬢さんでしたね」

「はい」

「あなたに、真田が、自分は高井真澄の子だといったのですか」

「そうですが……なにか」

「高井真澄が正式に結婚出来なかった男との間に出来た子だと……」

「はい」

「成程ね」

福原が笑い出したので、三帆子はいやな気持になった。

「お嬢さんは、大変、おきれいだから、真田はそういう作り話をしたくなったのかも知れませんよ」

「作り話ですって……」

「あいつはわたしの甥《おい》に当るんです。母親はわたしの姉で、亭主は九州で農業をやっています。両親とも健在ですよ」

絶句して、三帆子は福原を眺めた。

「本当ですか」

「勿論《もちろん》ですよ。わたしはもう三十何年も高井真澄のマネージャーをやっていますが、高井真澄の親類でもなんでもありません。従って真田も高井真澄と血のつながりなんかないですよ」

「でも……」

信じられなかった。三帆子にその打ちあけ話をした時の真田の眼は少しうるんで、その言葉には説得力があった。

「第一、高井真澄の本当の年齢は八十すぎているんですよ。もし、真田が高井の子だと、五十になって出産したことになる。まあ、世間に例が全くないことはないでしょうが、五十代の高井真澄は映画からテレビに転向して、次々と高視聴率をあげていた。わたしはその時分から高井真澄の所属するプロダクションに勤めていて、あの人のスケジュールのやりくりをしていたんですが、とても出産なんかしている暇はなかった。なにしろ、連続ドラマを二本から三本かけ持ちしていた頃なんです。それに舞台があったわけですから……」

奥の部屋のドアが開いて、虎夫が封書を持って出て来た。

「お待たせしました。これを、あちらへお渡し下さい」

封書の上には、高井真澄の主治医の名前が書いてある。

「ぼつぼつ、下船なさる時間ですね」

虎夫が腕時計をみ、用意してあった医療品のケースを持った。

「高井さんの船室へうかがいましょう」

父と福原が出て行ってから、三帆子は診療室のカーテンをひき、ドアに鍵《かぎ》を閉めた。

そうしている間も、福原の言葉が頭の中を廻っている。

真田は、自分が高井真澄の若い燕《つばめ》と思われていることに抵抗があったのかと思った。

それにしても、高井真澄の子だと、途方もない嘘《うそ》を考えついたものだと可笑《おか》しくなった。

レセプションへ行ってみると、船長、副船長、チーフパーサーなど、主な船のスタッフが顔を揃《そろ》えていた。

高井真澄を見送るためで、船に残っていた船客や、早く観光をすませて帰って来た人人が聞き伝えたのか、そのあたりに集まっている。

光川蘭子が来た。

「今、高井さんがみえます」

エレベーターのドアがあいて、高井真澄が姿をみせた時、そのあたりにいた人々の間から歓声が上った。

彼女は和服を着ていた。

白地に墨絵で肩からは枝垂《しだ》れ桜が、裾《すそ》には牡丹《ぼたん》と蝶《ちょう》が描かれている。

着物は白と黒だけの単彩だが、帯は朱金に龍紋《りゅうもん》を織り出した華麗なものであった。

髪は一つにまとめ鼈甲《べっこう》の櫛《くし》を挿している。

化粧はいつもより濃く、その分、あでやかであった。

「キャプテン、本当にお世話になりました。途中でこの船とお別れすること、本当に残念でございます。でも、一生の思い出になりました。皆様に心から感謝致します。ありがとう存じました」

その声は大劇場の舞台の上から観客に向けて語りかけられるように、朗々として、しかも情にあふれていた。

「出来ますことなら、この船が世界一周を終えて横浜へ帰られます日には、なにをさておいても、もう一度、皆様にお目にかかりたく存じて居りますが、その願いがかなえられますかどうか。でも、皆様、どうぞ、つつがなく、よい旅をお続け下さいますように。ではお別れ致します。ごきげんよろしゅう……」

熊谷船長が用意された花束を高井真澄へ贈った。

船客の中から拍手が起り、それにすすり泣きがまじった。

副船長の吉岡に先導されて、高井真澄はマネージャーと真田誠吾を従えてギャングウェイを下りて行く。

そこにタクシーが待っていた。

三帆子は父の虎夫と、あとからギャングウェイを下りてタクシーに近づいた。

「お気をつけて……東京でまたお目にかかりましょう」

吉岡がタクシーの中の高井真澄にいい、代って虎夫が傍へ寄った。

「機内に落ちついたら、薬を忘れずに飲んで下さい」

「中上先生……」

高井真澄が顔を寄せた。

「本当は船で死んで、海に葬《ほうむ》って頂きたかったのに……口惜《くや》しいわ」

タクシーが動き出し、見送る人々が手を振った。

ボンベイの強い日ざしが照りつけている港の道をタクシーはまっしぐらに空港へ向けて走り去った。

ぞろぞろと、人々が船へ戻る。

「御病気で帰国するなんて思えないわね」

船客の女性がいった。

「急な仕事が出来て下船するっていっても不思議じゃないわ」

その人々がすっかりギャングウェイを上り切ってから、虎夫は三帆子をうながして港に背を向けた。続いて、吉岡副船長とアシスタントの光川蘭子と。

「まるで大輪の花でしたね」

吉岡がいった。

「映画の一シーンをみているみたいだったわ」

光川蘭子が呟《つぶや》いて、大きな吐息を洩《も》らした。

中上虎夫はなにもいわず、船室へ戻ると冷蔵庫をあけてビールを出した。

「飲むか」

と娘へ訊《き》く。

「あたしはジュースにする」

オレンジジュースの缶を取った。

「なんだか、信じられないわ」

高井真澄の命が、もう半年と宣告されていた事実もだが、その愛人の真田誠吾が、自分のことをかくし子だと三帆子にいったことも夢のような気がする。

「真田君は、みんなに自分は高井真澄のかくし子だといっていたようだね」

虎夫がビールを飲みながらいった。

「癌《がん》って、本当なの」

「光川君も聞いたそうだし、うちの看護婦も聞いたようだ。滅多に男には話さなかったらしいが、船客の女性はみんな、そう信じているんだとさ」

「私も聞いたわ」

「マネージャーがいってたじゃないか。やっぱり、高井真澄の若い愛人とみられているのは、彼にとって苦痛だったんだよ」

「でも、事実なら、それはそれでいいじゃないの」

現代は、いってみれば、愛が第一であった。

男女の年の差も、昔のようには問題にされない。

「高井さんの寿命が、もうたいして長くはないと知らされて、彼は慌てたんじゃないかな」

虎夫が苦笑まじりにいった。

「意地の悪い見方かも知れないが、高井さんが健在で、劇団の女王である中《うち》は、高井さんの鶴《つる》の一声で、いい役にもつけるだろうし、テレビに売り込んでもらうことも出来る。高井さんのかつての恋人の中には、そうやって世に出してもらい、その後、実力もあって売れる役者に成長して行った人もあるそうだ。しかし、彼の場合、如何《いか》にせん、もはや、女王様には昔日《せきじつ》の面影はない。もし、高井さんが死ねば、劇団の仲間だって、今までのやっかみから、彼にいい顔はしないだろうし、下手をすると劇団にいにくくなるかも知れないね。とすれば、嘘とわかっても、高井真澄の落し子だと、噂《うわさ》をふりまいておくのも一つの道じゃないかな」

三帆子は少し大袈裟《おおげさ》に驚いてみせた。

「お父さん、どこから、そんなこと聞いて来たの」

「スタッフの中に芝居通がいるんだよ。光川君なんかも、うがったことをいっていた」

「やっぱり、受け売りか」

「お前、本気で真田君に同情していたんじゃないのか」

少しばかり心配そうな父親に三帆子は首をすくめた。

「同情はしましたよ。でも、つくづく俳優って大変だと思った」

真田にしても好んで嘘をついたわけではあるまいと思った。いってみれば、俳優としての保身のためである。

「あの人、人生は戦いだっていってたわ」

高井真澄にしたところで、すでに癌の痛みの出ている体で、わざわざ、華やかな装《よそお》いをし、化粧を凝らして下船した。

「普通の人なら、メイクなんぞしたくもない。出来れば、楽な恰好《かっこう》でと思うでしょう」

病みやつれた顔を他人にみせたくないという俳優の見栄《みえ》と誇りが、苦痛に耐えても華やかに美しい自分を演出する。

「とても、気の毒な感じがしたわ」

「高井さんは、わたしにもっと怖いことをいったよ」

ソファに腰を下ろし、虎夫が窓のむこうの空を眺めた。

海のへりから茜色《あかねいろ》が僅《わず》かの中に広がって行く。

「あの人は船で死ぬつもりでいたんだ。それも遺書を残して、海へとび込む気だったんだよ」

流石《さすが》に三帆子は眉《まゆ》をひそめた。

「そんなことをしたら、船が困るわ」

もしも、投身するところを誰かが目撃し、船長に通報すれば、船を停めて救助しなければならなくなる。

知らない中にとび込まれたとしても、そのまま行ってしまうわけにもいかないだろうし、捜索を依頼するにせよ、厄介はこの上もない。下手をすれば、航海の予定が大幅に狂い、収拾のつかないことになりはしないか。

「高井さんの胸中には、三帆子が考えるようなことはなかったんだ。あの人はこういったよ」

もし、自分が病気で死んだら、その当座は新聞だの雑誌などに少々はとり上げられるだろうが、半年も経《た》てばみんなが忘れてしまう。十年も過ぎれば、高井真澄なんて知らないという人々が増えて、僅かに年をとったファンが、昔の映画やテレビ、それに舞台をおぼえていてくれるだけ。それも月日が過ぎるにつれて、どんどん消えてしまう。けれども、船上から投身自殺をしたら、その死がショックだった分、世の中の人の記憶に残る。

映画の歴史にも演劇の歴史にも、世界一周の豪華客船クイン・エルフランド号の船上から、どこそこの海に消えた不世出の女優として高井真澄の名前が記録される。

「どうせ死ぬなら、派手な死に方をしなけりゃ損じゃないかと、高井さんはいったんだよ」

「いつ、そんなことを……」

とんでもない打ちあけ話をされた父親の立場を三帆子は案じたのだったが、

「もう、一人では体を動かすのが不自由になってからだよ。コロンボを出港したあとのことでね。それでも心配だったから、真田君に了解をもらってベランダに特別の鍵《かぎ》をつけた」

「そんなことがあったの」

「僅か二日間だったがね」

それに、そんな話をした時の高井真澄にはもう自殺願望はなくなっていたのだと虎夫はいった。

「高井さん自身がいっていたよ。船の上って案外、具合よく海へとび込める場所ってないものですねえとさ」

「冗談じゃないわ。そんな人迷惑なこと……」

「真田君がいったよ。俳優の中には、すべてが自分を中心に動いていると錯覚する奴《やつ》がいるんだと……」

殊《こと》に女優は、舞台においても、まず自分のせりふ、自分の衣裳《いしよう》、自分のかつら、自分の小道具、すべて自分の何々が優先して、その舞台のバランスだの、共演者のことに考えが及ぶ人は少ないものだと、真田は虎夫に愚痴ったらしい。

「高井さんも、その一人だというわけ……」

父親が笑った。

「高井さんが倒れてから、真田君とは少々だが、二人で話をする機会があった。芸能界の不思議さをお父さんも知らされたわけだ」

ボンベイ出港は午後六時であった。

暮れなずむ空の下を、クイン・エルフランド号はゆっくりと栈橋《さんばし》を離れる。

甲板に出て、出港風景を眺めながら、三帆子は今頃、高井真澄の一行はボンベイの空港で、搭乗アナウンスを聞いているのではないかと思った。出来れば、彼女達の乗った便の機影がみえないものか。

しかし、クイン・エルフランド号の行く手の空には、その昔、万葉人が豊旗雲《とよはたぐも》と呼んだ細く長い雲がたなびいているばかりであった。

三帆子が船室へ戻って、ディナーへ出るための支度をしていると、看護婦の大月三和子がやって来た。

「今日はありがとうございました。おかげで観光もショッピングも出来ました」

礼をいわれて、三帆子は照れた。

「そんなぁ、あたしはなんにもしたわけじゃないし……」

実際、緊急な患者も来なかったし、三帆子が父親の助手をつとめる必要は全くなかった。

「あの、これを、……中上先生から適当なのをみつけて来てくれとおたのまれして買って来ました。お気に召すといいんですが……」

三和子がさし出したのはサリーであった。

木綿とは思えないほど、薄く、しなやかな手ざわりの布は赤紫色に金糸を織り込んである。柄は南国風の花と孔雀《くじやく》であった。

「きれい……」

三帆子の表情をみて、大月三和子は安心したようであった。

「これ、手描きなんです。きっと、三帆子さんに似合うと思って……」

そこへ、虎夫も戻って来た。

「これはいいね。流石、大月君はこういうものの専門家だけあって、目が肥えている」

誉《ほ》められて、三和子は満足そうに微笑した。

「専門家というほどではありません。好きでいろいろと調べているだけで……」

虎夫からあずかった金の残りを領収書と共に机の上においた。

「いつか、お召しになって下さい。この船のディナーの時に。着方は私がお教えします」

出て行く三和子を、ドアまで送って礼を述べた。

布地を鏡の前へ持って行って肩にかけてみると、強烈な色彩なのに、案外、派手にはならず、上品なイメージであった。

「お父さん、こんなの、大月さんに頼んだの」

鏡に映っている娘の姿を眺めていた虎夫が答えた。

「多分、お前が上陸しないと思ったのでね。それに大月君は姉さんがそっちの専門家で、彼女も知識があるんだ。特に西インドの綿にはくわしいらしいから、何かの折に訊いてごらん」

船のアナウンスが、二回目のディナーの開始を伝えていた。

今夜のドレスコードはカジュアルなので、三帆子はブラウスにスカート、虎夫もポロシャツにジャケットという服装でダイニングルームへ向った。

ディナーの席では、やはり、下船した高井真澄のことが大きな話題になっている。すでに彼女の病名も知れていて、最後の船旅に母子《おやこ》で来られてよかったと涙ぐんで話す婦人客もある。

中上父娘《おやこ》のテーブルには熊谷船長と光川蘭子が同席した。

「高井さんがエレベーターから出て来た時、わたしは春たけなわの日本を感じましたよ。満開の桜、そして牡丹、実に見事でした」

熊谷船長がいい、光川蘭子が続けた。

「あの時の高井さんは花の精、いいえ、まるで春の女神といった印象でしたね」

その一生を女優という華やかな世界に生きた人が、来年の春には、再び花を見る機会が持てないということを、四人は各々に考えていた。

高井真澄にとって、この春は人生最後の春であるに違いない。

「日本へお帰りになれば、桜は咲いていますね」

思わず三帆子はいった。

船内ニュースでも、日本の桜前線がすでに関東に近づいていると知らせていた。

医者は告知をしていないといったが、高井真澄はすでに自分の病名も、残り少い命も悟っているようだった。その高井真澄のために、せめて、日本の春がより美しくあって欲しいと三帆子は思う。

「あの人は、最高の女優さんですよ」

ぽつんと中上虎夫がいった。

「わたし達、観客にこれ以上はないと思わせる美しい春の姿をみせてくれて、去って行った。高井さんの下船する時の晴れ姿は、わたし達への、最後の贈物だったのだと思いますよ」

そこに観客がいる限り、命をかけても美しく、華やかな自分をみせたいと願うのは女優としての本能であると同時に、優しさだと虎夫は高井真澄を追想した。

「ああいう女優さんは、もう二度と出現しないかも知れませんね」

テレビ時代はスーパータレントを増産したが、命がけで自分を表現するような役者根性を否定してしまった。

そんなに思いつめるのは愚か者だ、もっと気軽く生きようじゃないかといった環境からは、万人に感動を与える俳優は誕生して来ない。

なんにせよ、その夜のクイン・エルフランド号のダイニングルームは、去って行った華麗な春を惜しむ会話で静かに更《ふ》けて行った。

翌日のインド洋はやや波が高かった。

シンガポールから乗船した三帆子にとっても、この船で揺れを感じたのは最初のことである。

「横浜を出てから、全く揺れなかったからね。これで少しは船らしくなった」

中上虎夫はそんな冗談をいいながら、いつもより早く診療室へ行った。船酔いを起した船客のために投薬、或《ある》いは注射などをするためだったが、三帆子がのぞいた限りでは、それほど患者が押しかけている様子はなかった。

揺れるといっても僅かなものである。

診療室の様子をみた帰りに、三帆子は高井真澄の船室の前を通ってみた。たまたま、メイドが部屋の掃除をしている最中でドアが開けはなしてあり、室内がみえた。

荷物が運び出された部屋はがらんとして、高井真澄がこの部屋を使っていた時は、欠かしたことのない花籠《はなかご》もなくなっている。

中央の踊り場へ出て来た所で、光川蘭子に出会った。

「高井さんのお部屋は、横浜までどなたも入らないわけですか」

思わず訊《たず》ねたのは、横浜を出る際、高井真澄はこの船で世界一周をするつもりだった筈《はず》だと考えたからである。

その三分の一のところで、彼女は心ならずも下船して行った。

「それが、高井さんのマネージャーの福原さんが下船した高井さんの代りに、別の方を途中から乗せてもらえないかと申し出られたそうなの」

船側としては、一応、東京の本社と連絡を取って福原へ返事をしてもらうことにしているが、

「そういっちゃなんだけど、世界一周の料金はすでに払い込まれているわけでしょう。船の規則では、客の都合で途中から旅をキャンセルした場合、料金の払い戻しはしないことになっているから、まあ、高井さんのほうからの希望を受けることになるんじゃないかしら」

クイン・エルフランド号にとっては前例のないことだが、止《や》むを得ないのではないかと光川蘭子はいう。

「どなたが乗っていらっしゃるんですか」

「それは、まだ、わからないの。福原さんは何もいわなかったし、どこから乗るのかも、具体的には決っていないみたいだったわ」

情報が入ったら教えてあげる、といい、光川蘭子は螺旋《らせん》階段を下りて行った。

時計をみて、三帆子はグランドホールへ向った。

終日航海の日には必ずなにかのイベントがある。今日は乗船している講師によるスエズ運河についてのレクチャーがある予定で、船客はぞろぞろとグランドホールへ集っていた。

で、三帆子もそれに出席するつもりで階段を下りかけると、エレベーターのほうで男の怒声が聞えた。

「危ないじゃないか。もっと気をつけて押せ」

ふりむいてみると、車椅子《くるまいす》に乗った男が、それを押している女性をどなりつけているのであった。おそらく親子だろう。男のほうは七十を過ぎている様子だが、女はせいぜい四十そこそこにしか見えない。ジーンズにひまわりの花のような色のTシャツが似合っている。男の叱責《しっせき》に女は明るい声で笑い、車椅子を押して歩き出した。

不釣り合い

車椅子を利用している老人とそれを押していた中年の女性を、三帆子はてっきり親子と思っていたのだったが、それが間違いだとわかったのは、オマーンのサラーラへ入港した日のことであった。

サラーラでの滞在は短かく、午前八時に入港して午後一時半に出港する。

「小さな町なのですよ。ドファール地方の中心都市なんですが、日本でいえば一と昔前のローカルな町というところですかね」

チーフパーサーの新井敬一が観光に出かけて行く中上虎夫と三帆子にいった。

観光といっても四時間そこそこで、サラーラ博物館にゴールド・スーク、それに旧約聖書に出て来る聖人、ヨブの墓を見学するスケジュールであった。

「時間も短かいし、わたしもサラーラは初めてだから、バスに余裕があったら、三帆子と一緒に廻ってみたいが……」

前日、虎夫がツアーデスクの村上遥子に訊ね、二人分の観光申込みをすませておいたものである。

「いってらっしゃい。あんまり何もないので、びっくりなさるかも知れませんよ」

新井がギャングウェイから手を振って、虎夫と三帆子はそれに応《こた》えながら、最後の専用バスへ乗り込んだ。

そのバスの前から二番目の席に内藤夫妻がすわっていた。

こうして専用バスで観光に出かける際、足腰の不自由な人のために、前方の二、三列は空けておくのがクイン・エルフランド号の乗船客の常識になっている。

「これはこれは、内藤さんも、このバスでしたか」

虎夫が声をかけたので、三帆子は、あの車椅子の老人が内藤という姓だと、そこで知った。

虎夫がバスの乗客に挨拶《あいさつ》しながら、一番後方の座席に着くと、周囲から、

「ドクター、いいですね。今日はお嬢さんと一緒で……」

などと声がかかる。

サラーラでは英語ガイドによる観光になると、あらかじめ船側から船客に了解を求めていたように、バスの前方に立ったガイドは発車すると早速、英語で説明をはじめた。

「サラーラは、今の王様の生まれた所だそうだよ。町には王宮もあるそうだ」

耳をすませていた虎夫が窓ぎわにすわっている三帆子にそっとささやいた。

「王様の名前は、スルタン・カブースとかいってたみたい」

「スルタンというのは王様ということだよ」

父娘《おやこ》の語学力では、虎夫のほうがやや上であった。日本の英語教育は読んだり書いたりに重点をおいているため、英語の成績は決して悪くはなかった三帆子だが、どうもヒアリングには自信がない。

もっとも、ガイドは比較的ゆっくり話しているので、三帆子にもなんとなく理解できる。

道路はまだ新しく、それなりの広さがあったが、車の数は少い。

ところどころに建設中の建物がみえるが、人家は殆《ほと》んどなかった。

海沿いに王宮がみえて来たあたりから町らしくなった。

バスが着いたのは、サラーラ博物館で、建物が小さいのはまだしも、内へ入ってみるとサラーラ郊外の遺跡から発掘された土器や石板が少々、あとはオマーンの古くからの漁法を説明したものや、漁具、それに民族衣裳《いしょう》、工芸品が飾られているだけで、どんなにゆっくり見て廻っても三十分はかからない。

博物館の中を内藤老人は車椅子ではなく、ステッキを突いて歩いていた。

「随分、貧乏たらしい博物館ね。ガイドがミュージアムなんていうから、どんなに金銀財宝が飾ってあるのかと思ったわ」

賑《にぎ》やかな声は山岡清江で、彼女のグループも三帆子達と同じバスであった。

「内藤さん、お一人で大丈夫ですか」

山岡清江が近づくと、内藤老人はあからさまにうるさそうな顔をした。

「奥様はどちらに……」

山岡清江がめげもせず訊《き》いて、内藤は、

「知らん」

そっけなく首をふった。足をひきずるようにして奥の展示室へ行く。

「内藤さん、御機嫌の悪いこと……」

山岡清江が連れの女性にいった。

「まあ、苛々《いらいら》もしたくなるでしょうけどね。奥様がああお派手になさっちゃあね」

「奥様は、こぼしていらっしゃいましたよ。船に乗っても、朝から晩まで、おじいちゃんのお世話では、気が滅入《めい》るって……」

会話が遠去かって、三帆子はそっと父親に訊ねた。

「内藤さんって、御夫婦で乗っていらっしゃるの」

虎夫がうなずいた。

「あちらは高名な弁護士さんだよ。昨年、脳梗塞《こうそく》をやって左半身が不自由になったんだが、リハビリをがんばって、あの程度まで回復されたそうだよ」

内藤武志といい、横浜に事務所をかまえているのだと、虎夫は展示室から出て来た内藤を目で追いながら続けた。

内藤は古い船の模型の前で立ち止っている。

その陳列品に興味があるのではなく、一休みしている様子であった。

「行こうか」

腕時計をみながら虎夫が娘をうながした。

「外で写真でも撮ろう」

玄関の脇《わき》に売店があった。民芸品や織物などを並べているが、店員はいない。
五、六人の日本女性が品物を眺めていた。そこへ山岡清江が入って行った。
「まあ、内藤さんの奥様、こんなところにいらっしゃいましたの。御主人様、お一人で大丈夫なんですか」

とがめるというよりも、どこか面白そうな山岡清江の言葉に、その女性が応じた。

「いいのよ。あんな意地悪爺《じい》さん、放っとけば……」

三帆子は、思わず足を停めた。

内藤さんの奥様と呼ばれた女性は、この前、エレベーターから車椅子を押して現われた黄色のTシャツの若々しい人である。

三帆子は先を歩いて行く父親に走って追いついた。

「内藤さんの奥様って、随分、年が違うのね」

虎夫がちらと売店をふりむいた。

「そのようだな」

「あたし、てっきり、親子だと思ってた」

博物館の前庭で写真を撮っていると、山岡清江のグループも来た。

「すみません。三帆子さん、シャッターお願い出来ますか」

呼ばれて三帆子はそっちへ行った。虎夫は博物館の建物にカメラを向けている。

「三帆子さん、内藤夫人、ごらんになった」

三帆子にカメラを渡しながら、山岡清江がささやいた。

「きれいな方ですね」

当らずさわらずの返事をした。この女性がけっこうお喋《しゃべ》りなのには気がついている。

「御主人と三十四も年が違うんですって。御主人は七十二、奥様は三十八……勿論《もちろん》、後妻よね」

三帆子は黙ってカメラをかまえた。

「よろしいですか。撮ります」

山岡はよたよたとグループのところへ戻って、カメラに向いた。しかし、三帆子がカ

メラを返しに行くと、

「あちら四年前に正式に結婚なさったんですってよ。その前は十年も愛人で……」

三帆子は軽くお辞儀をして、父の側へかけ戻った。

娘を待って、虎夫は一緒にバスへ向う。

バスの中からみていると、内藤夫人は山岡清江達と一緒にさっさとこっちへ歩いて来る。

その後方をステッキを突いた内藤武志が、不自由な足どりでついて来た。

バスに乗って席へすわるまで、内藤夫人は夫をふりむかなかった。ガイドに助けられてバスのステップを上って来た夫が隣の席へ腰を下ろしても、知らぬ顔をしている。

博物館の次はゴールド・スークであった。

名前は輝かしいが、古ぼけた町の中におよそ百メートルばかりの横丁があり、そこに貴金属店が軒を並べている。

「オマーンなんて、滅多に来られる所じゃない。記念に何か買って行こう」

虎夫はその一軒に入って、金のチェーンを四本買った。

細い鎖には各々、異なった彫りがあってシンプルなようで洒落《しやれ》ている。

値段は安かった。虎夫の交渉がうまかったせいか、全部で五百ドルということで商談がまとまった。

「これで、家族への土産が出来たな」

母の由香利、兄嫁の加奈子、姉の秀子、そして三帆子と四人分のネックレスが揃《そろ》った。

「本当の値段をいうなよ」

虎夫が笑い、三帆子も笑ってVサインをした。

四本の中《うち》、好きなのを自分のにしていいと父親は娘にいったが、三帆子は一番、値段の安いのを自分のに決めた。

「あたしは、お父さんに連れて来てもらったんだし、それに、これが一番、気に入っているの」

そういう気の使い方をする娘を、父親は好ましく思う一方、いささか不愍《ふびん》であった。

バスへ戻って驚いたのは、中上父娘の席と通路をへだてたところに、内藤夫人が腰をかけていたからである。

その席は最初から空いていた。

このバスは定員より二名ほど乗客が少かったので最後部の席は虎夫と三帆子だけで、もう二人分が空席だったのだが、そこに内藤夫人が移動して来ている。

「主人は体が大きいので、隣にすわると窮屈なんですの」

と彼女は説明したが、どうも、そんな単純な理由ではなさそうに思えた。

果して、三帆子に、

「なにか、お買いになりました」

と訊く。別にかくすほどのことでもないので、三帆子は自分の首にかけていたネックレスを示した。

「これを、買ってもらいました。あとは家族に少々、お土産を……」

ちょうど戻って来た前の席の西沢という男性が三帆子のネックレスを眺めた。

「やはり、デザインが面白いですね、サラーラで売られているアクセサリーは独特で、首都のマスカットよりもアラビア風だとかききましたが、いい記念になりますね」

虎夫が傍から答えた。

「安物なんですよ。しかし、西沢さんにそういわれると、いい買い物をしたような気になりますよ」

三帆子は改めてネックレスを眺めた。たしかにアラベスク風の装飾が美しい。

「ほら、ごらんなさい」

内藤夫人が前方の夫へ叫んだ。

「あなた、聞えたでしょう。だから、記念になにか買いたいっていったのに、あなたのけちが、こんな所の店のものなんぞ仕様がないって……なによ、意地悪爺《じじ》い……」

内藤武志は妻をふりむかなかった。走り出したバスの前方をみつめている。

ヨブの墓のあるところは山の小高い場所であった。

山と山とが連なっているところを、バスはひたすら登って行く。駱駝《らくだ》がみえた。

このあたりの住民が飼っているのだろうか、何頭もが草を食べていたり、車窓に近づいて来たりする。

乗客達の中には、窓越しにカメラのシャッターを切ったり、中には駱駝の写真が撮りたいから車を停めて欲しいという客もいる。

もっとも、ガイドも運転手も日本語は全く通じないし、彼らに英語でそのことを交渉に行くほどの熱意のある客もいない。

やがて、ヨブの墓のある山頂へついた。

バスを下りて行く時に、またアクシデントが起った。

最後部から通路を前方へ行った内藤夫人が座席から立とうとしている夫に向って、

「あなたは下りる必要ないわよ。一度、お墓へ入りそこなった人間が、なにも人様のお墓をみることはないわ」

と捨てぜりふを吐いて、とっとと下車して行ったものだ。

流石《さすが》にその周囲の人々は非難がましい視線を内藤夫人に向けたが、その当人はもう彼方《かなた》を歩いている。

「下りられますか」

内藤武志の近くの席の男性が声をかけた。ステップを下りる時、手助けしようと考えたためであったが、内藤は、

「いや、須美子のいう通りなので、バスに残ります」

苦笑まじりに答えた。

乗客は内藤のその様子にやや安堵《あんど》してバスを下りた。

けれども、ヨブの墓へ向けて坂道を上りながら、

「どうも、とんでもない奥さんだな」

とささやく声が聞えた。

おそらく、ゴールド・スークで貴金属を買う、買わないで始まった夫婦喧嘩《げんか》のあげくと誰もが承知しているが、それにしても妻の発言は度が過ぎていたし、誰もが不快をおぼえていた。

道は細く上り坂で、そのところどころに花が咲いている。とりわけ、真赤なハイビスカスや濃いピンクのブーゲンビリヤが美しかった。

ヨブの墓というのは、小さなモスクであった。その中に遺体と称するものがおさめられている。勿論、外からはみえない。

「旧約聖書の中の聖人の遺体というと、ミイラみたいになっているんでしょうか」

と真面目《まじめ》に訊く人もいて、尋ねられたほうも答えに窮している。

それらの人々の視線はモスクへ入らず、その近くの林の中で、若い男と話をしている内藤須美子へ好奇心たっぷりに向けられていた。

若い男は彫りの深い、エキゾチックな容貌《ようぼう》をしていた。

内藤須美子は大柄な女だが、その男はスリムでかなりの上背があった。

「どこかでみた顔だと思ったけど、思い出したわ」

モスクからの帰り道に、そんな声が聞えた。

「帝劇のミュージカルに出ていた人よ。たしか、沖縄出身で、アメリカでオーディションを受けて、むこうの舞台で活躍していたとか聞いたけど……名前は……」

「滝沢丈治じゃなかった……」

「そうそう、ジョージよ。ジョージ……」

そうした会話が耳に入ったらしく、虎夫が娘に聞いた。

「お前、知ってるか」

「名前は聞いたことがあるけど、舞台はあまり見ていないから……」

多分、ボンベイから乗船したエンターテイメントのメンバーだろうと虎夫はいった。

「クルーズディレクターの中林君がいっていたよ」

ピレウスまで乗船して、何回かショウを見せる筈《はず》だと聞いて、三帆子は首をかしげた。

「内藤さんの奥様、知り合いなのかしら」

「ファンかも知れないがね」

しかし、先刻の内藤須美子と滝沢丈治の様子はかなり親しげであった。

バスの待っている所へ戻ってみると、林の中に駱駝が二頭いて、人々がそれへカメラを向けている。

「三帆子、そこへ立って……」

虎夫が駱駝のいる風景の中で娘の写真を撮っていると、その脇を内藤須美子が早足で通りすぎながら聞えよがしにいった。

「まあまあ、皆さん、駱駝が珍しくって。動物園へ行けば、いくらだってみられますのに……」

含み笑いが、ハイビスカスのむこうから華やかに聞えて来た。

港へ戻って来たのは予定より一時間遅れで、人々は早速、昼食のためにダイニングルームやリドカフェへ出かける。

三帆子が父親とリドカフェへ行くと、弓削俊之介がいた。

「いいものをあげましょう」

紙にくるんだ小さな包みをさし出した。

「乳香です」

小さな石鹸《せっけん》のかけらのようなものが入っている。

「祖父《じい》さんが乳香の木をみたいというので、車を頼んで行って来たんですが、見ると聞くとでは、だいぶイメージが違いましてね」

乳香というのは、たとえば伽羅《きやら》や沈香《じんこう》のように長年かかって木の中から誕生するものかと考えていたら、いきなりガイドが木に切れ目を入れ、そこから液体が滲《にじ》み出て来たと、俊之介は笑った。

「それはガイドからもらったんですがね」

乳香のサンプルとして持って来たのを、チップをやってとり上げたという。

「ほんのおすそわけです。御家族への話の種に……」

娘と共に俊之介に礼をいった虎夫が訊《たず》ねた。

「乳香の木は、神聖なものだと聞いたことがあるのですが、どんな木ですか」

「なんの変哲もない、といったらアッラーの神に叱《しか》られるでしょうが……祖父さんもつまらん木だといいながらスケッチしていましたよ」

古代エジプトでは宗教儀式にこの乳香を用い、ローマでは死体の焼却の際に乳香を焚《た》いたり、病気の治療に利用したと伝えられている。

その乳香がサラーラで採れるというのは、三帆子には初耳であった。

すでに食事はすませたという弓削俊之介がリドカフェを出て行き、虎夫と三帆子が並んでテーブルについていると、内藤須美子が入って来た。カフェの中をぐるりと見廻すとそのまま出て行く。

「御主人を探しているのかしらね」

そんな声が聞えて、三帆子もおそらくそうだと思い込んでいた。

内藤武志が一人でステッキを突きながらリドカフェへやって来たのは、三帆子達が食後のコーヒーを飲んでいた時で、入口にいたチーフパーサーがすぐテーブルに案内した。

勿論《もちろん》、すぐあとから内藤夫人が来るものと思っていたのだが、いくら待っても姿を現わさない。

様子を眺めていたチーフパーサーがたまりかねたように内藤の傍へ行き、メニュウをみせて、好きなものを聞き、彼が料理を皿に取って来て、内藤に供した。

内藤武志はボーイにビールを注文して飲んでいる。

「どうも、お手数をかけて……」

チーフパーサーの新井に礼をいい、フォークを取って食べはじめたところへ、須美子が来た。

「あなた」

あきれたように夫の前の椅子《いす》に腰を下ろしていった。

「ここはバイキング形式だから、あなたには無理なのよ。下のダイニングルームで食べましょうといったのに……」

夫は返事をしなかった。黙々と食事を続け、それを須美子はじっとみつめている。周囲の人々も会話をやめて、それとなく内藤夫妻を観察するような恰好《かっこう》になった。

新井が一度だけ、内藤夫妻のテーブルへ行った。

「奥様にも、何か、お持ち致しましょうか」

「私は、けっこうよ」

「では、お飲みものでも……」

「いりません」

新井が去り、あたりがしんとなった。

内藤武志は皿に盛られている料理を半分も食べなかった。

一本のビールを飲み終ると、ステッキを突いてリドカフェを出て行く。少し間をおいて須美子もその後を追った。

「変じゃございませんこと……」

三帆子の隣のテーブルの女性グループが早速、話し出した。

「さっき、あちらの奥様、ここをのぞいていらしたでしょう。あれは、なんなのかしら。御主人には、ここはバイキングだから下のダイニングルームにしようと約束なさったというのなら、ここへ来る必要はないじゃございませんか」

「下のダイニングルームに、御主人がいなかったんじゃないの」

「だったら、船室をみに行くとか」

「探していたのは、別の人かもね」

悪戯《いたずら》っぽいいい方であった。

「あちら、何も召し上らなかったじゃございませんか。でしたら、後で、どなたかと……」

忍び笑いが聞えて、三帆子は父親の顔をみた。虎夫は飲み残りのコーヒーをそのままにして椅子を立った。リドカフェの入口に看護婦の大月三和子の姿がみえたからで、近づいて行くと、

「先生、内藤さんが診療室に……」

という。

なんとなく、三帆子も父のあとから診療室へ行った。

奥の診療室の椅子に、内藤武志がかけている。

「どうも、お食事中、すみませんな」

といったのは、リドカフェにいた虎夫に気がついていたとみえる。

「いや、もうすみました」

虎夫が内藤の前へすわり、三帆子は受付へ行った。

「大月さん、お食事、まだでしょう。どうぞ、行って下さい」

大月三和子はこの船に知人が乗って居り、食事はおおむね、同じテーブルでしている。今日の観光もその人々と一緒のバスであった。

看護婦が白衣を脱いで出て行ってから、三帆子は受付の机の前に腰を下ろした。

今朝のように観光に出かける時間が早い時には午前中、診療室に来られないということもあって、今日の診療時間は午後二時からになっていた。時計の針はまだ一時半を廻ったばかりだが、それでも内藤のように診療室へやって来る客もいる。

どうやら、内藤は頭痛を訴えているようであった。

「先程、ビールを召し上っていましたね」

父の声が聞えた。

「ビール程度のことをやかましく申し上げるつもりはありませんが、なるべく、ひかえめになさっておいて下さい」

内藤が少し黙り込んでから、話し出した。

「実は病気をして以来、ずっと禁酒禁煙の生活を送って来ました。別に飲みたいとも思いませんでしたので……」

それまでは煙草《たばこ》はともかく、酒はかなり飲んでいたという。

「ビール、日本酒、ウィスキーと、なんでもよかったのですが、今の女房がイタリア料理の店を出すことになって、イタリアワインを仕入れる必要が出て来まして、味をみてくれといわれて、以来、ワイン党になりました。女房がワインは体によい、アルカリ性だからというので……」

「どのくらい、召し上ったんですか」

「日に平均二本ですか。女房も少し飲みますが、大方はわたしが……」

「それは多すぎますよ。酒は酒ですから……」

「わかっていたのですが、女房が勧めるので、つい……」

新しい銘柄のワインが入荷すると、客に出す前に味をみてくれと頼まれる。

「わたしも、嫌いではないので……」

そのせいばかりではないだろうが、結局、患《わずら》った。

「なんでも徹底的にやる人間なので、酒も煙草もふっつりとやめ、リハビリに関してはお医者さんから誉《ほ》められるくらい、熱心に取り組みました」

そのおかげで、車椅子からステッキを使って歩けるまでになった。

「それは、今日、サラーラで拝見しましたよ。りっぱです。誰にでも出来ることではありません」

「先生……」

と内藤が悲痛な声になった。

「わたしは、この船に乗ったのが間違いだったようです」

船で世界一周をしようといい出したのは自分のほうだったと、内藤は告白した。

「わたしの病気に関して、須美子は責任を感じて、実によく看病してくれました。リハビリも、須美子の協力がなかったら、こう順調には行かなかったと思います。それで、須美子をねぎらうために、外国へでも連れて行きたい。あれは旅行が好きで、年に三、四回はあちこち、友達に誘われて出かけていました。わたしの入院中はどこへも行かれませんでしたし、退院しても手のかかる病人でしたから……」

考えたのは、普通の旅行では、まだ自分の体力、歩行の問題があって外国を廻る自信がなかったが、船旅なら大丈夫ということで、

「幸い、知人がこの船のことを勧めてくれましたので申し込みました」

スイートルームならば、ちょうどキャンセルが出たところで、具合よく乗船出来ることになり、およそ半年、リハビリにもはずみがついた。

「奥さんは、船旅に出るのを反対なさっていらしたのですか」

虎夫が訊ねた。

「最初は店があるからと……。須美子がやっているイタリア料理の店のことです。しかし、実際にその店は腕のいいコックが万事、心得ていますし、マネージャーの杉本というのは家内の弟ですから、別に須美子が留守をしてもなんの心配もないのです。これまでにも須美子は二週間ぐらいは平気で外国へ出かけていたのですから……」

「最終的には奥さんも同意なさったわけですね」

「そうです。喜んでくれたと思っていました」

内藤の声がどんどん暗くなって行くのを、三帆子はドア越しに聞いていた。

船旅に出て、いったい、どんな亀裂《きれつ》が夫婦の間に生まれたのか不思議であった。

これほど優雅で、贅沢《ぜいたく》な旅の出来る人は、よくよく恵まれた星の下に生まれたとさえ、三帆子には思えるというのに、内藤はどうやら、この旅に参加したのを後悔しているらしい。

「横浜を出て、暫《しばら》くは平和でした。ですが、シンガポールが近づいたあたりから、須美子の様子が変りました。なんというか、私の傍にいたがらない。始終、船室の外へ出かけて、やれ、ダンス教室だ、この際、書道をやりたいからとか、英語の教室があるから行って来るとか、そのくせ、講師の先生方のお話がグランドホールであるので、わたしが聞きに行きたいといっても、つまらないからやめておくといい出すのです。おまけに何かというと、わたしに突っかかって来る。これでは気の休まる時がありません。今日にしたところで、バスの中であんな暴言を吐く。あんなことは、今までの須美子になかった。わたしにとっては信じられない思いでした」

それで、つい、ビールを飲んでしまったと内藤は訴えた。

「お話はよくわかりました。あなたのお気持には納得しました」

虎夫が穏やかな調子で答えた。

「しかし、奥さんにしてみれば、折角の船旅で、この際、いろいろと経験してみたいこともおありでしょう。どなたもそのようですが、船に乗ると、のびのびする。同時に活動的にもなるのです。普段、やったことのないものに挑戦してみたり、あれもこれも教室に出てみたいと欲ばりになる。しかし、やがて飽きます。落ちついて来て、本当に自分のやりたいことだけをするようになるのは船旅のスケジュールが半分に近づいたあたりからでしょう。世界一周の船旅に出た方々は、大抵、躁状態になります。おそらく、奥さんもそういうことだと思いますよ」

「ありがとうございます。そううかがって、ほっとしました」

内藤の声に漸《ようや》く力が感じられた。

紅海にて

オマーンのサラーラを出港したクイン・エルフランド号は、暫く右舷《げん》に見事な断崖《だんがい》を眺めながらアデン湾へ向って進んでいた。

三帆子が滝沢丈治のステージをみたのは、その夜のことであった。

黒いタキシード姿で登場した彼は、ミュージカルナンバーを数曲、歌い踊った。

アメリカで活躍しているというだけあって、古いものではコール・ポーターやガーシュインの曲、新しいミュージカルのものでは、ロイド・ウェッバーの「スターライト・エクスプレス」や「オペラ座の怪人」などの曲目が多い。

彼と一緒に乗船した女性歌手や四人のダンサーと組んでのステージはめりはりのついた楽しいものだったが、日本人客の、殊《こと》に男性は日頃、ミュージカルなどを見ることもなく、曲に馴染《なじみ》が薄かったようである。

「大体、日本の男って劇場へ行かなすぎよ」

翌日の午後、お茶を飲みにラウンジへ出かけた三帆子は中央のテーブルに集っていた女性グループの中の聞きおぼえのある声に、そっちを眺めた。

女ばかり五人の中に滝沢丈治が黒一点という感じで囲まれていた。

威勢よく演説しているのは内藤須美子で、白いスパッツに熱帯魚をプリントしたカラフルなシャツを着ている。

右舷の窓ぎわの席から弓削俊之介が手を上げた。

「よろしかったら、どうぞ」

ラウンジは殆《ほと》んど満席で、誰かと一緒のテーブルでもないと無理であった。

俊之介はそれを知って声をかけてくれたようで、三帆子は礼をいい、さしむかいの椅《い》子《す》についた。

「今日はボンベイから乗船した和菓子の職人さんがいろいろ作って、それでここが満員盛況のようですよ」

今日のラウンジで日本茶と和菓子のサービスがあるというのは、船内新聞にも出ていたが、三帆子はそれほどの人気とは思いもしなかった。

給仕人が日本茶と、さまざまの和菓子をのせた盆を持って来る。

弓削俊之介が練りきりを取り、三帆子は水羊羹《みずようかん》をもらった。

俊之介は旨《うま》そうに練りきりを口に運んでいる。

「久しぶりですよ。和菓子は」

三帆子へ笑顔を向けた。

「お好きなんですか」

「祖父《じい》さんから、女の食うようなもんばかり食って、だから、柔弱なんだと叱言《こごと》をもらっています」

「お祖父様は、それで、いらっしゃらないんですか」

「昼寝しているんです。アデンがみえたら起こせといわれて……」

クイン・エルフランド号は、今日の夕方、紅海の入口、イエメンのアデン港の沖合を通過する予定であった。

「内藤さんの奥様は、始終、お芝居なんかをごらんになりますの」

中央のテーブル席から女達の声が聞えて来た。どうやら、内藤須美子が参加しているダンス教室の仲間らしい。

「以前は歌舞伎が大好きで、毎月、必ず出かけていましたの。でも、ロンドンでミュージカルをみてからやみつきになって、ニューヨークのブロードウェイと両方を年に一度ずつ、でも、近頃はニューヨークよりもロンドンのほうが面白いみたいで……」

滝沢丈治が口をはさんだ。

「奥様、最近はロンドンへ……」

「二年ばかり行っていません。主人の病気で、それどころではなかったのです」

「最近のロンドンは、少々、ミュージカルが行きづまっているようですよ。マッキントッシュも『ミス・サイゴン』の後が続かないみたいで……」

高名なプロデューサーの名を滝沢丈治は口にした。

「僕も、『ミス・サイゴン』のニューヨーク公演には、参加していたんですよ。ヴェトナムの旗持って大勢で行進したり、もっぱらダンスでした」

「そういうのって、やっぱりオーディションを受けるんですか」

須美子が訊《き》き、丈治がうなずいた。

「そうですよ。たいした役でもないようにみえますけど、オーディションはきびしくて、最後まで生き残るのは容易じゃないんです」

「ミス・サイゴン」の場合はヴェトナム戦争の爆撃跡を表現するために、ステージに月の表面みたいなクレーターを作った。

「でこぼこの舞台で踊るんです。うっかりすると、すぐ足をくじきます」

「そんなの、危いじゃないの」

須美子が眉《まゆ》をひそめ、滝沢丈治が笑った。

「怪我《けが》したって、代りのダンサーはいくらだっているんです。そこがブロードウェイの凄《すご》いところで……」

中央のテーブル席での話し声はラウンジのすみずみにまで聞えていた。周辺の客は時折、彼らのほうを眺めるが、中央のテーブルの仲間は全く気にしていなかった。

「今日、アデンを通過すると、いよいよ、紅海ですね」

そっと、俊之介が三帆子に話しかけた。

「僕は子供の頃、紅海というのは、海水の色が赤いのだとばかり思っていました。親父《おやじ》から、海の色ではなくて、その沿岸の大地の色だと教えられて、それはそれでショックでした」

細長い紅海はアラビア半島とアフリカを二つに分断している。

明日からの航海が、もし晴天に恵まれるならば、太陽に染まる山々と大地を目にすることが出来るだろうと、俊之介は目を輝かせている。

「はじめてなんですよ。紅海を船で行くのは……」

「私も、勿論《もちろん》、はじめてです」

こうした客船で外国を廻るのが、そもそも生まれて初めての経験なのだと、三帆子はいった。

「父が、よく船の話をしましたので、子供心に、いつか乗ってみたいとは思っていましたが、現実にはなかなか……」

「夢が、かなったわけですね」

「家族の思いやりのせいなんです。私に、ちょっとつらいことがあったものですから
……」

うっかり、ぽろりと言葉が出てしまったのだったが、弓削俊之介はそれを追求しようとしなかった。

「お茶をもう一杯、もらって来ます」

ついと立ち上って給仕人のほうへ行った。

そういうところが、彼の人柄であった。

ラウンジの客は各々に午後のお茶を楽しむと席を立って行った。

和菓子人気で、いつもより多く客がやって来る。ラウンジの広さは限られているので、適当に席をあけなければ、どうしても待つ客が増えて来る。

二杯目のお茶を飲み、三帆子も俊之介と共にラウンジを出た。中央のテーブルはまだ陽気に話がはずんでいる。

各々の船室へ別れる前に、俊之介が訊いた。

「この船がサファーガに入ると、一日観光でルクソールへ出かけるツアーがありますが、三帆子さんはいらっしゃいますか」

「一応、申し込んであるのです。父は参れませんが……」

ルクソールは、その昔、テーベと呼ばれ、首都として栄えた歴史のある土地であった。カルナック神殿とかルクソール神殿とか、ガイドブックを読んだだけでも、興味のある遺跡がある。

「サファーガからの日帰りだと、少々、距離があるので大変ですが、是非、出かけられるといいですよ。僕も祖父さんと行きます」

船では一日観光とは別に、ルクソールに一泊し、空路、カイロへ飛んで、ポートサイドで船に合流するツアーも組んでいた。

「祖父さんの事を考えると、そっちのほうがいいんですが、そうすると、スエズ運河を船で越えられない。祖父さんはどうしてもスエズ運河を船でとがんばるんで、強行軍を承知で、一日ツアーにしたんです」

そんな打ちあけ話をしてから、弓削俊之介はエレベーターの前で、三帆子と別れた。

アデン港の沖を、クイン・エルフランド号が越えたのは、日没寸前であった。

熊谷船長のアナウンスが、間もなく、バブ・アル・マンデブ海峡へさしかかると知らせている。

甲板に立つと、夕陽の残光を浴びているアデンの岩山と、その入江の奥にアデンの港が遠望出来た。

もっとも、港そのものは遠すぎてみえない。

あの入江のかげのほうに、と、甲板に立っている三帆子へ船員が教えてくれたものである。

島影にちらちらと灯が並んでいるのを眺めていると、何故《なぜ》か日本の我が家が思い出された。

時差があるから、日本は今、真夜中ぐらいだろうか。代々木上原の家に住む家族の中《うち》、母はもう寝ているに違いないが、夜更《よふ》かし名人の姉の秀子はまだ机に向っているかも知れなかった。N大医学病院に勤務している女医の姉は三十二歳だが、まだ結婚する気がない。

美人で頭がよく、男まさりのこの姉は三帆子にとって自慢の存在でもあった。子供の時から、どのくらい、この姉に助けられたことか。

父の虎夫がこの船に医者として乗ることが決った時、三帆子を連れて行って下さい、と、まっさきに口に出したのも、秀子であった。

「三帆子は感情を押し殺す癖があるのよ。その分、深く傷つくのに、性分でどうしようもない。この際、世間をよく見て、自分の気持を正直に表現する方法を学んで来るといい。世の中、そりゃあ、いろんな人がいるものなのよ」

珍しく成田空港まで送ってくれた際、姉がいった言葉を、三帆子は脳裡《のうり》に浮べた。

たしかに、ひっ込み思案で内向的で、当人にその気はないのに、結果的にはいい子ぶりっ子になってしまう自分の欠点を、姉は案じてくれているのだと思う。

「失礼だが、中上先生の娘さんですな」

背後から訊《たず》ねられて、三帆子は我にかえった。ふりむくと、初老の夫婦が立っている。

「アデンの港がみえると聞いて出て来たのですが、どのあたりでしょうかね」

三帆子は船の後方を指した。

島影の灯は、かなり遠去かっている。

「港はみえないようです。でも、あの町の灯のむこう側だとか……」

「ほう……」

夫が妻をふりむき、三帆子が指した方角へ顔を向けた。

薄暮が、もう夜に変っている。

「いよいよ、紅海ですね」

妻のほうが、三帆子へいった。

「このあたりは以前にいらしたことがおありですか」

「いいえ。どこもかしこも、はじめてだらけなのです」

三帆子の返事に品のいい夫人が笑った。

「私も、なのですよ」

三木と申しますと、改めて名乗った。

「夫婦で旅行するのは、結婚して今度が最初なのですよ。新婚旅行もしていません」

夫が妻へいった。

「出かけたじゃないか。伊豆へ……」

「行った中に入りませんよ。宿へ着いたとたんに会社から電話が入って……」

夫が苦笑した。

「あれは仕方がない。工場に事故が起ったのだから……」

「あなたはとんで行ってしまって、翌日も、結局、そっちへは行けそうもないから、土産を買って帰って来いって。どこの世界に新婚旅行をたった一人で過して、仲人《なこうど》さんなんぞにお土産を用意して帰って来たなんて花嫁がありますか」

「古いことを……よくおぼえているものだな」

「忘れられやしませんよ」

夫婦の会話が明るい感じだったので、三帆子も微笑して聞いていた。

「それ以来、御一緒の旅行は一度もなしですか」

「ええ一度も……いつだって、主人は一人で出かけました」

「仕事だよ」

「ゴルフでしたよ」

「ゴルフも仕事の中なんだ。何度いったらわかるのかね」

妻が笑い出し、三帆子に会釈《えしやく》をして甲板を歩いて行った。夕食前にデッキウォーキングをする人々にまじって、歩調を速める。

穏やかな、いい夫婦という印象であった。

三帆子がその夫婦のフルネームを知ったのは、ツアーデスクの前であった。

ポートサイドからカイロ一日観光にキャンセルがあったと聞いて、早速、申し込みに行ってみると、そこに三木夫人がいた。

「主人が、やっぱり、カイロ観光に行くといい出しまして……私が申し込んだ時、自分は以前に行っているから、もう行かないと申しましたのに……」

ツアーデスクの村上遥子が愛想よく応《こた》えた。

「御主人様は、いつ頃、カイロへいらっしゃいましたのですか」

「二十年以上も昔のことですのよ。中近東へ長期出張の時、ついでに見て来たとか」

「それではカイロの町などは少し変っているかもしれませんね。もっとも、ピラミッドやスフィンクスは変りようがありませんでしょうが……」

ここにお名前を、と村上遥子が申込書を示し、三木夫人が書いた。

三木芳彦、七十歳、三木恒子、六十歳、住所は東京の郊外であった。

十歳の年の差を、三帆子は意外に思った。

甲板でみた限りでは、三木芳彦は七十歳より若くみえたし、妻の恒子は還暦よりはやや老《ふ》けた印象であった。

けれども、こうして一人でいる三木夫人はやはり六十そこそこの健康そうな肌の色である。

三木夫人が去ってから、三帆子もカイロ観光の申し込みをした。

「どうです、船旅を楽しんでいらっしゃいますか」

村上遥子に訊かれて、三帆子は笑顔で頭を下げた。

「おかげさまで……」

「退屈なさいませんか」

「今のところ、全然……」

午前中はヨガの教室へ行き、午後からはスエズ運河やエジプトに関する講演を聞いたりしている。図書室へ行って借りて来たエジプトの歴史に関する本も、まだ半分までしか読めていない。

「エジプトのこと、何も知らなかったので、泥縄《どろなわ》で勉強しています」

「三帆子さんは真面目《まじめ》なのね」

村上遥子が下級生をみるように、三帆子を眺めた。

「こんな言い方をして失礼だったら、ごめんなさい。三帆子さんをみていると、石橋を叩《たた》きながら人生を歩いているような気がするのよ」

ツアーデスクは暇であった。

船客の多くは、日本を出る時に殆《ほと》んどの観光ツアーの申し込みをすませていた。そういうところが、如何《いか》にもせっかちな日本人で、大抵の外国船では、次の寄港地が近づいてから、船客はツアーデスクへやって来る。

もっとも、ツアーを主催するデスクとしては、早くから申し込みのあったほうが、バスの手配など準備の目安がついて助かるということはある。

その代り、早く申し込んだ分だけ、間際《まぎわ》になってのキャンセルも少くなかった。

旅が進むにつれて客の疲労感も増えて行くもので、体調を崩す人も出る。

村上遥子から、石橋を叩きながら人生を歩いているようにみえるといわれて、三帆子は考えた。

「やっぱり、ひっ込み思案にみえますか」

「というよりも……」

村上遥子がさりげなくあたりを見廻した。

ツアーデスクのあるこの一角は、その奥に売店があるので、時折、船客の通行はあるが足を止める人はいない。

「三帆子さんって、はめをはずしたことがないでしょう」

「はめをはずす、ですか」

「酔っぱらって、わけがわからなくなるとか……」

「それはないです」

「男に欺《だま》されたとか」

「あります」

軽い口調で訊《き》いていた村上遥子が、あっという表情になった。

「嘘《うそ》でしょう」

「いいえ、本当です」

三帆子は内心で驚いていた。

人生で最大の失敗だったと思い込んでいた婚約破棄に至るまでの恋愛経験を、こんなにも他人事《ひとごと》のように口にしているのが不思議であった。

「ごめんなさい」

村上遥子が頭を下げた。

「あたしったら、馬鹿《ばか》みたいなことをいってしまったようね」

「いいえ、もうすんだことですし、それに、姉は、私が石橋を叩きすぎて叩き割ったんだといいました」

「石橋が祟《たた》るわね」

首をすくめて、もう一度、ごめんなさいといった。

「気にしないで聞いてね。実は、あなたが若くてきれいだから、船の中でラヴロマンスがあったらいいと期待している人が多いのよ。野次馬根性もひっくるめてね。だから、私はいってやったのよ。三帆子さんは石橋を叩いて渡るような人だから、容易なことではくどき落とさせませんよって……つまり、その程度の話だったの」

「船旅のラヴロマンスって、古い映画がありましたね。あたしはテレビでみたんですけど、あんなロマンスが現実にあったら、すてきだとは思いますが……」

船で知り合った男女がおたがいの気持が変らなかったら、一年後にエンパイヤステイトビルの展望台で会う約束をする。

「残念ながら、この節の船旅のお客様はみんなシルバーエイジですものね」

さらりと笑って、村上遥子はその話を打ち切った。

ツアーデスクに客がやって来たからで、三帆子はそれをしおに売店へ入った。

この船のシンボルマークのついたTシャツなどをみていると、弓削俊之介がやって来た。

「三帆子さんがツアーデスクの所にいるときいたので、これをみせてあげようと思って……」

ポケットから出したのは、小さな虫の形をした青い石であった。

「スカラベ……エジプト人のお守りの中の一つです。エジプトへ行けば、どこにでも売っているんですが……」

もともとはエジプトの神話に出て来るアトムだといった。

「つまり、世界は最初、天も地もなく、ヌンという水に覆《おお》われていた、というのです」

日本の神話と似ているでしょうと、俊之介がいい、三帆子はうなずいた。

「日本も、たしか神様が混沌《こんとん》としているところを矛《ほこ》でかきまわして、ひき上げた時、矛の先からしたたったのが大八洲《おおやしま》だとかいうんじゃありませんでした」

「そうですよ。エジプトじゃあ、その混沌とした中からアトムと呼ばれる神が出現するんです」

「鉄腕アトムの御先祖様ですか」

俊之介が大きな声で笑い、そのあたりにいた人々がふりむいた。

だが、俊之介はまるで気にしなかった。

「三帆子さんって、うまいことというんですね。そんなジョークをいう人だとは思わなかった」

「生真面目すぎて面白味のない女ですか」

「冗談じゃない。そんなつもりでいったんじゃありませんよ。その、つまりアトムは本当は人間の姿をしているのですが、その他に、いくつかの形を持っていて、その形によって能力も変って来るという、ちょっと面白い神様なんですが、そのアトムが黄金虫の形になるとヘペルと呼ばれる。黄金虫の一種は俗にふんころがしなんていうように、家畜の糞《ふん》なんかを丸めてころがすところから、ヘペルは太陽を天空で毎日、東から西へころがしている神の分身とみられたんです。そのヘペルがスカラベです」

三帆子は俊之介から渡された小さな虫の石像を眺めた。

「これ、お守りって、なんに効くのですか」

「要するに太陽をぐるぐる廻して行くのですから終りがない。夜が来てもやがて朝が来る。復活の象徴です」

「つらいこと、苦しいことがあっても耐えて行けば……」

「ええ。人生は苦あれば楽ありです」

「弓削さん。それ、御自分でお買いになったの」

「カイロの博物館に売店があるんです。エジプト考古学博物館……」

「カイロの観光で、そこへ行きますか」

「勿論《もちろん》ですよ。カイロではコプト博物館なんかも面白いけれど、時間の関係でどうなるか。でも、考古学博物館は絶対に寄りますよ」

「だったら、私もそこで買います」

掌《てのひら》の上のスカラベを俊之介へ返した。

「これ、お持ちになっていて、御利益《ごりやく》ありました」

「勿論です。一日に一回は復活してますからね」

じゃあ、と手を振って去って行った俊之介を見送って、三帆子は不思議な人だと思った。

彼と話をしていると、奇妙に気持がさっぱりする。心の中のもやもやしたものが、風に飛ばされたように消えてしまう感じがした。

船室へ戻ってエジプトの本でも読もうとグランドホール側の通路を抜けて行くと、前方で激しい女の声がした。

「なんだっておっしゃるの。あたしはただ、ダンスのレッスンをしてもらっていただけなのよ。そういう言い方は、先生に失礼じゃないの」

内藤夫人だと気がついたとたん、グランドホールのドアから滝沢丈治がとび出して来た。

そこに立ちすくんでいる三帆子をみると、一瞬、ぎょっとしたらしいが、そのまま、大股《おおまた》にカジノのほうへ出て行った。

グランドホールのあけっぱなしになったドアのむこうからは、前よりも更に大きく内藤須美子の声が響いて来た。

「あんまり、みっともない真似《まね》をしないで下さい。いい年をして、女房の行く先々をのぞいて歩くなんて、下劣だわ」

「みっともないのは、お前じゃないか」

内藤武志の声も、須美子に負けないくらい派手であった。怒りが分別のある弁護士を逆上させたらしい。

三帆子は滝沢丈治の去ったカジノの方角へ歩き出した。こんな所で夫婦喧嘩《げんか》の立ち聞きをしているのは、恥かしいと思う。

だが、歩き出した三帆子の背後に内藤夫妻ののしり合いが続き、カジノの附近にいた客が、好奇心を丸出しにしてそっちへ首をのばしている。

「やれやれ、奥さんの不倫が、ばれたか」

というのが聞えた。

窓際の席で新聞を広げていた男性グループで、彼らはどうやらグランドホールでの一部始終を承知しているらしい。

三帆子が船室へ戻ると、二十分ばかりして父の虎夫が入って来た。

「グランドホールで、揉《も》めごとがあったらしいな」

ラウンジでお茶を飲んでいたら、女性客がやって来て、ひとしきり、その話をしていたという。

「内藤夫人がジョージ君とダンスをしているところへ、御主人が来てトラブルになったようだが……」

あまり好ましくない状況だと眉《まゆ》を寄せた。

「ここ二日ばかり、内藤さんの血圧が不安定なのだよ。どうやら、酒を飲んでいるみたいだし、夜、眠れないと導眠剤をもらいに来ている」

リハビリで元気になったとはいっても、完全な健康体というわけではなかった。ちょっとした不摂生がひき金になって再発する危険もある。

「奥さんも、そのあたりを考えてくれるといいんだがなあ」

「まわりに、変なことをいう人がいるからじゃないのかしら」

思わずいった。

「たかが、ダンスを習っていたぐらいで、不倫してるなんていわれたら、奥さんだって頭に来ると思う……」

虎夫が苦笑した。

「まあ、船は一種の地域社会みたいなところがあるからな」

船客の中には口さがない人間もいるだろうし、他人の揉めごとを面白がるのは人間の本能かも知れない。

「あの奥さんは目立つんだよ。年よりも若いし、派手な感じがするだろう」

よくも悪くも、同性にも異性にも目につく存在ではあった。

夜の紅海は穏やかであった。

一回目の夕食開始のアナウンスを聞きながら三帆子はバスルームへ行った父親のために着替えの用意をした。

内藤夫妻はどうしているだろうと思う。まだ言い争いを続けているのか、それとも、簡単に和解したか。

二回目の食事時間が来て、三帆子は父と共にダイニングルームへ出た。

今夜のテーブルには熊谷船長とアシスタントの光川蘭子、それにツアーデスクの村上遥子がついた。

全員がメニュウを眺めている時、チーフパーサーの新井敬一が近づいて、熊谷船長にそっといった。

「内藤様は、奥様だけお出《い》でになりました。御主人はルームサービスでおすませになるとのことで……」

熊谷船長が軽くうなずき、中上虎夫にいった。

「今日、内藤さんは診療室に来られましたか」

「いや、おみえになりませんでした」

会話はそれだけだったが、三帆子は船長の耳にも、内藤夫妻のトラブルが聞えているのだと思った。

「あれは、横浜を出て間もなくでしたか、内藤さんがおっしゃったのですよ。この船旅で、奥さんに感謝の気持が示せる、自分は口下手で面と向っては、なかなかありがとうとも、気のきいた愛情表現も出来ないので……と嬉《うれ》しそうにいわれたものでしたが……」

虎夫もうなずいた。

「それは、わたしも聞きました」

「なんとか、犬も喰わない程度で終ってくれるといいのですが……」

光川蘭子が三帆子へいった。

「どう思います。御夫婦の年の差について。あまり離れすぎているのも、どうかと思ったんですけれど……」

「でも……」

三帆子はちらと父親を眺めた。

「男の人は、いくつになっても若い奥さんがいいのでしょう」

虎夫が笑った。

「女性はどうかな」

「高井真澄さんの例もありますからね」

光川蘭子が首をすくめ、

「どっちにしても、最初はいいけど、だんだん重荷になるんじゃありませんか」

「人によりけりだろうがね」

夫婦のことは第三者にはわからないと熊谷船長もいった。

「我々としては、船上離婚だけは、なんとか回避して頂きたいと思っていますよ」

冗談らしい口ぶりに、本音がのぞいた。

一つでも多く、良い思い出を持って日本へ帰国してもらいたいというのが、船のスタッフの願いでもあった。

ナイル川

夜の中にバブ・アル・マンデブ海峡を越えたクイン・エルフランド号は紅海をゆっくりと北上していた。

地図でみると細長い海だが、それでも横幅は南のほうの広いところで約三百キロメートル、北の狭い部分でも二百キロメートルはあるという。

図書室で地図を眺めていた三帆子は、不意に、すぐ近くで、おおっ、というような小さな叫び声を聞いてふりむいた。

弓削俊之介が辞書をのぞき込んでいる。三帆子の視線に気がつくと、低い声でいった。

「大発見をしたんですよ」

辞書を指した。

「ここに書いてあるんです。紅海の名前は、赤い附属色素を持つ浮遊性藍藻《らんそう》類が時々、海面を赤く変えるからだと……」

三帆子も辞書をのぞいた。

「でも、弓削さんのお父様は、紅海は海が赤いのではなく、その沿岸の大地が赤いからだとおっしゃったのでしょう」

その話は、つい昨日、ラウンジでお茶を飲みながら、俊之介が話したことであった。

「あの説は、親父《おやじ》の独断と偏見だったのかな」

「いろいろな説があるんじゃありませんか。紅海という名前がついたの、むかしむかしのことなのでしょう」

「三帆子さんは優しい考え方をするんだな」

図書室の机にむかって本を読んでいた老人が軽く舌打ちしたので、俊之介は首をすくめ、三帆子に目くばせして外へ出た。

廊下の突き当りのドアを開けると、そこはデッキで、船尾が見渡せる。

紅海第一日目はよく晴れていて、風がさわやかであった。

「今は北西の風の季節ですが、冬になるとこのあたりまで凄《すご》い西風が吹くんです。霧と砂を伴っているので、エジプト風なんて呼ばれる。一度、その季節に来て、驚いたことがありますよ」

まだ子供の頃で両親を訪ねて来たのだとつけ加えた。

「なにしろ、親父は転勤ばかりで、僕は殆《ほと》んど祖父《じい》さん、祖母《ばあ》さんに育てられたんです」

「弓削さんのお父様のお仕事は、なんですか」

遠慮がちに三帆子が訊《き》き、俊之介が笑った。

「商社マンです。あんまりエリートじゃないほうの」

「よくないわ。そんな言い方……」

「親父は面白い国ばかりを廻って楽しかったといっていますがね」

定年が近くなって、やっと本社に落ちついたところだという。

「それじゃ、俊之介さんの旅行好きはお父様ゆずりなんですね」

「我が家の家系なんですよ。祖父さんも外務省につとめていた時分、不思議な国々ばかりみて来たそうですから……」

ベランダのデッキを俊之介が下りはじめた。

この船は船尾のデッキが三階になっていて、八デッキまで下りると、デッキチェアがある。

俊之介が椅子《いす》の一つを三帆子に勧め、自分も腰を下ろした。

午下《ひるさが》りのデッキは閑散として、プールにも人影がない。

「陸地がみえないと、なんだか紅海にいるという気分がしませんね」

右手がアラビア半島のサウジアラビア王国、左はエリトリアあたりだろう。

「子供の頃、アラビアっていう言葉に、ロマンチックな感じを持っていたんです。『月の砂漠』という歌、御存じでしょう」

月下の砂漠を、駱駝《らくだ》に乗った王子と王女が旅をしている風景が詩になっている。

「でも、サラーラでは、ちょっとがっかりでした」

三帆子が口をとがらせ、弓削俊之介が苦笑した。

「あれくらいで失望していては、アラビア半島の旅は出来ませんよ」

「もっと、ひどいんですか」

「いや、アラビアは素晴しいですよ。ただ……」

俊之介がいいかけた時、リドカフェのほうから鮮やかな水着姿の女性がデッキに出て来た。

白いバスローブの下にみえる水着はグリーンに赤いハイビスカスが大きく描かれているハイレグであった。彼女の後から、ビキニの海水パンツにシャツを羽織った男がついて来て、プールサイドにデッキチェアを運んでいる。

内藤須美子と滝沢丈治であった。

三帆子達の席とは離れているので、声はよく聞えないが、プールへ入るなり水をかけ合ったりして、派手にふざけている。

俊之介が、なんとなくあたりを見廻した。今のところ、陽の当るデッキにいるのは俊之介と三帆子ぐらいのものだが、ガラス窓をへだてたリドカフェにもし、人がいれば、プールの彼らの姿は丸見えであった。

「古い映画にあったでしょう。船の中で知り合った男女が一緒に食事のテーブルについたり、話をしたりするのを、船客が目ひき袖《そで》ひきして噂《うわさ》の種にする。むかしも今も船旅というのは、他人のスキャンダルを楽しむみたいな所があるんですね」

すでに噂になっているカップルであった。俊之介がいうように、食事をしたり、話し合ったりしている程度なら、この節、それほど目くじらを立てることもなかろうが、暗いグランドホールで二人きりのダンスをしていて、須美子の夫がどなり込んだのが船内中に知れ渡ったのが昨日のことである。

「奥様は反発していらっしゃるのかもね」

別にやましいことはないと、かえって、堂々とふるまっているのだろうと三帆子はいった。

「御主人は、昨夜も飲んでいたようですよ」

俊之介が呟《つぶや》いた。

「祖父さんが、マリナーズ・クラブでカードマジックに夢中なんで、迎えに行ったんです。隣のバアのカウンターにいるのがみえましたから……」

ということは、内藤夫妻の間は昨日から気まずいままの可能性が強い。

「中上先生は夫婦喧嘩《げんか》なんかなさいますか」

俊之介に訊かれて、三帆子は苦笑した。

「口喧嘩程度でしたら、しょっちゅうやってますけど、十分と続かないみたいで。大体、喧嘩の種が愚にもつかないことなんです」

「我が家の親は、よく、僕のことで衝突しています。いい年をして児童文学なんぞやって、少々、原稿料が入るとすぐ旅に出てしまう。嫁のなりてもないから、弓削家は息子の代で滅びてしまうだろうと……」

「そういう時、俊之介さんはどうなさるの」

「その中《うち》、必ずいい嫁さんをみつけてきますから、まあまあ、どうぞお静かに……」

コミカルな口調が急に途切れた。俊之介の視線が一つ上のデッキをみている。その方角を見上げて、三帆子もはっとした。

内藤武志がデッキの手すりにつかまって、下のプールを睨《にら》みつけている。そこからプールのあるデッキまでは、螺旋《らせん》階段を下りなければならないので、ステッキが頼りの内藤としては、下りるに下りられないといった恰好《かっこう》であった。それでも、内藤は怒りのために我を忘れたのか、おぼつかない足取りで螺旋階段のほうへ歩き出そうとしている。

「危いな」

俊之介が椅子から腰を浮かした時、上のデッキにもう一人の姿がみえた。

「内藤先生、こちらにいらっしゃいましたの。実は、先生が高名な弁護士さんでいらっしゃるとおききしまして、少々、お訊《たず》ねしたいことがございますの」

上のデッキの声は、よく透《とお》って三帆子達の所まで届いた。

三木恒子は今日もグレイのスカートに共色のブラウスという品のよい装《よそお》いで、薄く色のついた眼鏡をかけている。

内藤武志が足を止め、三木恒子をふりむいた。

「御挨拶《あいさつ》があとになって失礼致しました。私、三木と申しまして、先生のお部屋の斜め筋向いの船室に入って居ります」

「それは、どうも……」

辛うじて、内藤は弁護士の体面を取り戻したようであった。

「なにか、わたしに……」

「はい、折入って御相談申したいことがございます。あの、ここは陽が強うございますので、談話室のほうで……」

ちらと内藤がプールへ目をやった。そこには滝沢丈治の姿はなく、内藤須美子がクロールで泳いでいる。

弓削俊之介と別れて船室へ戻る前に、三帆子は診療室をのぞいた。

午後の診療時間は終っていて、看護婦の姿はなかったが、中上虎夫は受付の椅子にす

わって船内新聞を読んでいた。三帆子の顔をみて、

「どうかしたのか」

と訊く。他に誰もいないのを幸い、三帆子はデッキでの内藤夫妻の様子を報告した。

「そりゃあ、三木夫人は気をきかせたのかも知れないな」

折入って御相談がと内藤武志に言ったのは口実で、その場から内藤を遠去けるのが目的だったのではないかと虎夫は推量した。

「だとしたら、凄い智恵《ちえ》ね」

「あの奥さんなら、それくらいの分別と度胸はあるだろう」

「お父さん、三木夫人のこと、よく知ってるの」

「御主人のほうが、高血圧の持病がある。といっても、今のところ、特に心配はないのだが、御当人は大変気にしていて、毎日、必ず、血圧を測りにここへ来ている」

もっとも、三木夫人の話を聞いたのは、副船長の吉岡登からだといった。

「三木夫人は吉岡君の叔母さんに当るそうだよ」

若い時から茶道と華道の教授をしていて、門弟が常時百人近くもいると虎夫はいった。

「その他にイラストの仕事をしていて、本の装丁では、なかなか評判がいいらしい」

そんなふうには見えないと三帆子は思った。ごく平凡な専業主婦といったイメージである。

「御当人はあくまでも主婦の片手間にやっているつもりのようだよ。なにしろ、御主人が全く奥さんの仕事を認めない。相当の亭主関白だ」

「御主人は何をしているの」

「有名な自動車会社の重役さんだ。もっとも、昨年、リタイヤした。それで、この船旅へ出かけることが出来たといって居《お》られた」

血圧を測定に来る際も、必ず奥さんを連れていて、上着を脱ぐのから、シャツの袖をまくるのまでやらせるのだと、虎夫は少しばかり可笑《おか》しそうに娘へいいつけた。

「現役時代は毎朝、出勤の際、奥さんに靴の紐《ひも》まで結ばせていたといばって話すくらいだから……」

「今は結ばせていないの」

「タキシードの時だけで、普段は紐なしにして、女房をいたわっているといっていたよ」

「凄い。うちのお母さんが聞いたら、卒倒するわね」

「何事も最初が大事だね。結婚したばかりの時、うちも靴の紐を結ばせるべきだった」

「なにいってるの。紐のある靴が嫌いなくせに……」

その時、内藤武志が入って来た。

「どうも、毎度、時間外ですみませんな」

口でいうほどすまなそうでもない顔で内藤は中上虎夫のあとから奥の診療室へ入って行った。

「頭痛がしてたまらんのですよ。割れるように痛んで、吐き気もする」

虎夫は手ぎわよく患者の訴えを聞き、血圧を測った。

「上が百六十、下が百。乗船された時からくらべると少々、高くなっていますよ」

「酒を飲んだのがいけなかったですな」

どうも、つまらんことにかっかして、と頭へ手をやった。

「日本からお持ちになった薬は、ちゃんと飲んでいますか」

かかりつけの病院から三カ月分、もらって来たものであった。

「それが、ここ二日ばかり、うっかりして」

「それはいけません。この節、薬害ということがよくいわれて、薬を敬遠する方があるが、内藤さんがお持ちになった薬はそういう種類のものではありません。むしろ、今の内藤さんには必要欠くべからざる薬です。早速、飲んで下さい。もし、お持ちなら、ここでどうぞ……」

内藤がポケットから薬の包を出し、虎夫が、

「三帆子、水……」

と呼んだ。

で、ミネラルウォーターをコップに注いで持って行くと、内藤は掌《てのひら》に三種類ばかりの薬を並べている。

「血圧の薬というのは、途中でやめるのが一番、危険ですよ。必ず、医者の指示に従って下さい」

虎夫に念を押されて、薬を口に入れ、水を飲んだ。

「ところで、中上先生は三木さんの奥さんを御存じですか」

話題を変えるようにいい出した。

「御主人のほうは血圧を測りにみえますよ。あなたと違って、非常に安定しています」

「どうも、耳が痛いですな。奥さんのほうはどこも悪くないのですか」

「別に、診たことはありませんからね。御当人が不調を訴えられたというわけでなし……」

「あの奥さんから、離婚についての質問をされましたよ」

「離婚……」

コップを下げようとしていた三帆子も、はっと聞き耳を立てた。

「誰が、離婚するのですか」

虎夫が訊《き》き、内藤が笑った。

「誰がということではなくて、最近の離婚の傾向について教えてくれと……つまり、離婚の理由とか、実際にどんなケースがあるのかなどということですな」

「一般論ですか」

「それにしては熱心で、まあ、お知り合いが離婚を考えとられるのかも知れませんなあ」

内藤が礼をいって診療室を出て行ってから、虎夫が三帆子をみた。

「聞いたかい」

「相談があるといった以上、なにか訊かなけりゃならないから、そんな質問をしたんでしょう」

「そうだろうな」

「或《あ》いは、お弟子さんに離婚話のある人がいるのかも」

父娘《おやこ》の想像はそこまでであった。

夜の食事の時、たまたま、三帆子達のテーブルから三木夫妻のテーブルがよく見えた。

三木芳彦は食事の間中、女房の厄介になっている。塩を取れの、醬油《しょうゆ》をかけろ、お前、それを残すのなら、俺によこせ、とまるで子供のように甘えていた。

「日本の船でよかったわね。外国の船だったら、日本人は妻に対して横暴だと非難されたんじゃないの」

そんなことがあったので、翌日、三帆子は昼食の時、偶然、吉岡副船長が同じテーブルについたので、早速、訊いた。

「吉岡さんと三木さんの奥様は御親類なんですって」

「僕の母の妹が、三木夫人というわけです」

虎夫が横から話を引き取った。

「日本女性の鑑《かがみ》だと、三帆子が感心しているんですよ。うちのかみさんに三木夫人の爪《つめ》の垢《あか》を煎《せん》じて飲ませたい」

吉岡登が笑った。

「冗談じゃありませんよ。うちの母親なんぞは、今時、あんな暴君とよく一緒に暮している。自分の妹ながら、歯がゆくて仕方がないといっています」

まるで明治時代だと、吉岡がいい、三帆子はそれに同感しながらもいった。

「でも、奥様が御主人によく尽していらっしゃるのは、みていていい感じがしますわ」

「三帆子さんがそんなことというのは変ですよ。完全な時代遅れの夫婦じゃないですか」

「副船長は、奥様にああいうふうにしてもらいたくないですか」

「僕はまだ未婚ですが、ああいうことを女房にのぞみませんね。なんだか、年中、亭主の顔色をみて、びくびくしながら生きているみたいでやり切れないですよ」

「しかし」

と虎夫が遮った。

「三木夫人は、茶道や華道を教えたり、イラストの仕事をして居られるのだから、別にびくびくして生きているというのとは違うだろう」

「それは、最近のことなのですよ。殊《こと》にイラストをやり出したのは、ここ十年ばかりのことで、一人息子がやっと結婚して肩の荷が下りたんでしょう。茶道や華道にしても、亭主が外国へ転勤して、そっちの日本人社会で懇望《こんもう》されて教えるようになったのが最初だといいますからね」

　要するに亭主がまわりから頼まれて来て、止《や》むなく女房が人にものを教えるのを認めたということなのだと吉岡はいった。

「つまり、主導権は、いつも亭主が握っているんです」

「そういう夫婦のあり方もいいものだよ」

　虎夫が多少、羨《うらやま》しそうにいった。

「この節の男は、女に優しすぎるような気がするね」

「ドクターがそういう発言をなさるとは思いませんでしたね。三帆子さん、ドクターは御家庭では亭主関白なんですか」

「わたしも驚いているんです。父が、こんなに亭主関白志望だったなんて……」

　紅海二日目は、午後になって船がやや揺れていた。

といって、船酔いが出るほどのものではない。

明日はサファーガへ入港であった。

「ドクターは、ルクソールへ出かけられますか」

吉岡に訊かれ、虎夫がいいやと首を振った。

「三帆子はツアーに参加させてもらうが……」

「ルクソールは凄《すご》いですよ」

ルクソール西岸にあるハトシェプスト女王の葬祭殿のレリーフをみていらっしゃい、と吉岡は三帆子にアドバイスした。

「大体、エジプトの神殿にはオベリスクという、王様だけが建てることの出来た方尖塔《ほうせんとう》があるのですが、そのオベリスクに使われる石はナイル川の上流のアスワンあたりから切り出されて来るんです。とにかく巨大な石をナイル川から船で運ぶ。陸に着くと現場までスロープを造って、今度は石をそりにのせて行く。その有様が、葬祭殿のレリーフに彫られているんです」

「オベリスクといえば、ナポレオンがエジプト遠征の際、パリまで持って行っちまった奴《やつ》があったね」

虎夫がいった。

三千年以上も昔、エジプト人は三十メートルもの高さの石の塔を建てた。それは一枚岩で、ただ台座の上にのっているだけだというのに、三千年の風雪にびくともしていない。

「そういえば、エジプトを旅行してから、ロンドンの大英博物館へ行くと、ぎょっとしますね。こんなにもエジプトの遺産を盗んで来やがったのかと……」

吉岡が笑った。

「エジプトから、ロンドンの博物館へ、我々の遺産を返せといったらしいが……」

「返しませんよ。絶対に……」

船室へ戻ってから、三帆子はもう一度、ルクソールに関する参考書を読んだ。

吉岡のいったハトシェプスト女王というのは、エジプトで最初の女王で通商で国力を貯《たくわ》え、香料を求めてソマリアなどとも貿易をしたことが葬祭殿の壁画に描かれているという。

小さなリュックに旅支度をしている娘を虎夫は微笑で眺めていた。

三月二十九日の午前七時、クイン・エルフランド号はサファーガ港へ入った。

サファーガは、紅海がスエズ湾へ入る手前のハルガダから六十キロ南で、ハルガダがすっかりヨーロッパ人のリゾート地と化してしまったのに対し、リン鉱石の輸出港となっている。

「ここも、リゾート地として開発が進んでいるようですよ。おそらく、二、三年もすると第二のハルガダですかね」

グランドホールへ集合するために三帆子が入口へ行くと吉岡がいて、そんな話をした。船客はツアーに出かける際、必ずグランドホールの入口で色分けされたバッジをもらって胸につける。

つまり、そのバッジの色と同じマークのついたバスに乗るわけであった。

「三帆子さん、これ、バッジ……」

横から弓削俊之介の手が出て、三帆子にピンクのバッジを渡した。

彼のシャツの胸にも、同じピンクのバッジがついている。

「すみません。ありがとうございます」

受付をすませて、俊之介と共にホールの片すみへ行った。そこに俊之介の祖父の弓削仙之介が囲碁仲間と腰をかけている。

「俊の奴が出すぎたことをしてごめんなさい。なにがなんでも、三帆子さんとバスに並んですわりたい。ルクソールの話をするんだと昨夜からつけ焼刃でガイドブックを読んでいる。まあ、一日、つき合ってやって下さい」

八十五歳とは思えない元気さで、弓削仙之介が三帆子に会釈《えしやく》をした。

「とんでもないことでございます。私のほうこそ、よろしくお願い致します」

その俊之介はホールに用意されているミネラルウォーターの小瓶をグループの人数分だけ運んで来て、一人一人にくばったり、祖父の靴の紐を結び直してやったりと、まめまめしい。

ガイドが一応の注意をし、やがて人々はグランドホールを出て、タラップを下りた。

「三帆子さん、ドクターが手を振っていますよ」

タラップを下りたところで、吉岡が三帆子に教えた。

見上げるとデッキに虎夫が立って、こっちへカメラを向けている。

「吉岡さんは、いらっしゃらないんですか」

「残念ながら、留守番です」

「それじゃ、行って来ます」

「気をつけて……」

船客はスタッフに見送られて、各々のバスへ散って行った。

三帆子も弓削老人のあとからピンクのマークのついたバスに乗る。

「祖父《じい》さんはここ、僕らはその後……」

先に乗った俊之介が祖父に声をかけ、その後の窓ぎわの席に三帆子をすわらせた。

「願わくは、わしが三帆子さんの隣にすわりたいね」

弓削老人がいい、俊之介がまっ赤になった。

「駄目、祖父さんは前」

「いいのかね。年寄を邪慳《じゃけん》にし居《お》って……」

笑い声がその周囲で上り、三帆子も屈託なく笑った。

この老人と孫のコンビは常に明るく、ユーモラスである。

バスは船客が乗り切ったのから発車した。

「ルクソールまで三時間以上かかると思いますよ」

俊之介が三帆子にいうと、前の席から仙之介がふりむいた。

「お前、サファーガへいつ来た」

「今回、はじめてだよ」

「ならば、ルクソールまで何時間などとはいえん筈《はず》だ」

「地図をみて計算したんだ」

「この国は、何事も地図通りには行かないぞ」

その時は冗談と受け止めていた人々は、小一時間も走ったところで、突然、停車になって、あっけにとられた。

「エジプトのほうの先導車が来ていないらしいですよ」

早速、ガイドと、いささか危っかしいアラビア語で話して来た俊之介が教えた。

「この国は、その先導車がないと走っちゃいけないみたいなことをいっているんですよ」

わけがわからないまま、すべてのバスが一時間近く待たされた。

やがて、わけがわからないまま、出発となる。

「みなさい。わしのいった通りだ」

弓削老人が胸を張り、俊之介が首をすくめた。

道路の両側は荒地が続くかと思うと小さな山がみえて来る。

暫《しばら》くは荒涼とした世界であった。

それでも畑があったり、林が続いたりする。

「エジプトって砂漠の延長みたいなイメージがあったんですけど、案外、緑が多いんですね」

三帆子が呟《つぶや》き、ここぞと俊之介が応じた。

「ナイルのおかげなんですよ。エジプトの王はナイルの水をひいて、農作地を作ったんです。スエズ運河を渡る時、はっきりわかりますがね。ナイル川のある側は緑地、その反対側は砂漠なんです」

バスはひたすら走り続けていた。

対向車も後続車も、めったには来ない。

風景にもさしたる変化がなかった。

乗客の大半が眠り出し、俊之介はそれに気づいて話をやめた。

いい加減、走りくたびれた頃、車窓に河がみえはじめた。

「ナイルです。やっと、ナイル川だ」

俊之介が嬉《うれ》しそうにいい、その声で周囲の客がいっせいに窓の外を眺めた。

やがて、バスはルクソールの町の中心に入った。

ルクソールは、昔、テーベと呼ばれ、或《あ》る時期、首都として栄えたこともある。

町はナイル川によって二分され、東岸にはカルナック神殿やルクソール神殿があり、西岸には王家の谷に代表されるように、貴族の墓が今も続々と発掘されている。

「要するに、ナイルの西岸はテーベの人にとって墓地なんですよ。死者の都、ネクロポリスなわけです」

バスがカルナック神殿の前に着き、俊之介がそうした話をしながら歩き出した。

正面に巨大な石の建物が広がっている。

「今から入って行くのが、アメン大神殿、カルナックでは勿論《もちろん》、現在、残されているエジプトの神殿の中でも、最大の遺跡です」

俊之介が三帆子と祖父の間に入って、説明した。

アメン大神殿へ入って行く道にはスフィンクスの像が並んでいる。

「これが、スフィンクス参道……」

「そんなこと、聞かんでもわかる」

「三帆子さんに説明しているんだよ」

「三帆子さんだって、わかっとるさ」

祖父と孫は相変わらず言葉のやりとりを楽しみながら、カメラのシャッターを切っていた。

「アメン神というのは、何だ」

「テーベ、つまりルクソールの土地神さまみたいなものだったらしいよ。テーベが発展すると、太陽神ラーと結びついて、国家の最高神となった」

「ガイドブックの受け売りだな」

「専門書は、それをもっと難しく説明している」

「しかし、まあ、馬鹿馬鹿《ばかばか》しく、でっかいものを建てやがったんだな」

入口を入って、右にラムセス三世の神殿があり、正面に巨大な石柱群がみえる。

「ラムセスっていう王様だろう。日本の徳川十一代将軍家斉《いえなり》みたいに何十人だかの子供を作ったってのは……」

「それは知らないけど、アガサ・クリスティの『ナイル殺人事件』の映画のロケの時、ここの神殿の上から大きな石が落ちて来るシーンがあったんだけど、あれは、本当にこの石の一つを落としたんだとさ」

その映画は、三帆子も見た記憶があった。

「大事な遺跡を、とんでもないことをしゃあがる」

弓削老人がすっかり巻き舌になって威勢よく神殿の中を行く。

エジプト人らしい男が近づいて何かいいかけたのにも、大きく手を振った。

「うちは孫がガイドやってるんだ。いくら寄って来ても、バクシーシなんぞ一文も出ないよ」

ハトシェプスト女王のオベリスクは石柱群を右に抜け出た所にあった。

スカラベ

巨大な石の群像の中を歩き廻っている中《うち》に広場のような所へ出た。

左手に池がある。

「夜、ここで光と音のショウをやるそうですよ。我々は船へ帰るので見ることはできませんがね」

同じバスに乗っていた初老の男が三帆子達へいった。

井上由紀《よしのり》といって、弓削老人の囲碁仲間である。やはり役人を長年務めて定年後も、いわゆる天下りで関連企業を廻り、今は顧問といった肩書をいくつか持っているらしい。弓削老人がざっくばらんで、時にはべらんめえ口調で喋《しゃべ》るような、およそ、元外交官らしくないのにくらべて、井上はよくも悪くも典型的な役人タイプで、現役時代はさぞかし頭が切れただろうといった印象がある。

もっとも、一人の船客として三帆子が見る限り、紳士的で穏やかな物腰の老人であった。
池のほとりに奇妙な彫刻があった。
甲虫《かぶとむし》のような恰好《かっこう》の石像が台座の上に乗っていて、観光客がそのまわりを廻っている。
「おい、ガイドさん。ありゃあ何だ」
弓削老人が俊之介にいい、彼が石像の傍へ行った。
「スカラベだよ。スカラベの石像、あの台座に手をついて廻ると幸福になるというい
伝えがある」
「スカラべって、なんですの」
背後から訊《き》いたのは三木恒子であった。
「つまり、その、ふんころがしと呼ばれている虫です。土を丸くしてころがして行く
……」
「まあ、ふんころがしなんですか。スカラベって……」
俊之介の説明の最中に、もう一つ、女の声が加わった。
内藤須美子である。
なんとなく、三帆子は三木恒子と内藤須美子を見くらべた。
なんと対照的な二人かと思った。
勿論、年齢からいえば、恒子は還暦だというし、須美子のほうは四十前と聞いている。

いってみれば、母子《おやこ》ほどの差だが、それにしても、外見といい、好みといい、性格といい、これほど相反するものを持っている二人が俊之介の前に並んで、彼の説明を聞いているのを眺めると、まるで太陽と月といったイメージであった。

華やかで情熱的な内藤須美子は赤のシャツにジーンズで、帽子にカラフルな模様のスカーフを巻きつけているのが、如何《いか》にも彼女らしかった。ハスキィな声と、少し甘えた言い方で、他人の話の中に強引に割り込んで屈託がない。

一方の三木恒子はいつも年齢より地味な色彩のシンプルな服を着ている。今日もベージュのスラックスに、モスグリーンのシャツブラウスで、自分を押しのけて俊之介の前へ出た内藤須美子の振舞に腹を立てた様子もない。

「三帆子さん」

弓削老人が呼んだ。

「ふんころがしだかなんだか知らないが、ぐるっと廻って来て御利益《ごりやく》があるのなら、行って来ようじゃありませんか」

三帆子も微笑した。

「お供致します」

二人がスカラベの石像を廻り出したのを、俊之介はいささか怨《うら》めしげに眺めたが、内藤須美子は一向に気にする様子もなく、質問を続けている。

「エジプトの王様というのは面白いね」

スカラベの石像を廻り、池のほうへ向いながら弓削老人がいった。

「このカルナック神殿にせよ、ルクソール神殿にせよ、巨大な建造物はすべて神殿、神への奉仕なんだね。で、自分達はどんな所に住んだのかといえば、どうも、そっちの建物はエジプトの遺産になんぞなっていない」

いやしくも、王なのだから、それなりの宮殿に暮したに違いないが。

「エジプトの遺跡といえば、神殿に葬祭殿に墓、それからピラミッドにスフィンクス。ここのところが、面白いな」

と、弓削老人がいった時、俊之介が追いついて来た。

「まいったよ。どうも、スカラベをふんころがしといったのが、まずかった」

祖父が孫を眺めた。

「まずかったといったって、スカラベはふんころがしなんだろう」

「ファーブルの『昆虫記』の話までさせられたよ」

「で、なんだというんだい」

「内藤夫人がね」

俊之介が歩きながら、ちらりとスカラベの石像のほうをふりむいた。

三木恒子はゆっくりスカラベの石像を廻っている。須美子のほうは、もう、さっさと神殿の方角へ元来た道を戻っていた。

「スカラベの小さい奴《やつ》を十個もお土産に買ったんだと……」

俊之介が困った顔で続けた。

「それが、ふんころがしとわかっては、お土産にあげられないじゃないかと、苦情をいってるんだ」

老人が大きく口を開けて笑った。

「お前さんは、なんといったんだ」

「要するに丸いものをぐるぐる廻して行き止りがない。終りがないってことは復活につながるとして、この国では珍重されていると説明した」

「なるほど……」

「機嫌悪そうだったよ。ろくでもない石を彫った安物のスカラベなんだけどね。大損したって……」

「教えてやるといい。昔、別れた男とよりを戻したくなったら、一個ずつ、相手のポケットに入れておく……」

「ぶんなぐられちゃうよ。そんな事いったら……」

バスへ戻る時刻が来て、弓削老人と俊之介、それに三帆子の三人は再び巨大な石の門を通り抜け、トトメス三世の祝祭殿を廻ってから外へ出た。

俊之介が内藤須美子に再びつかまったのはシェラトン・ホテルで昼食をすませたあとであった。

このホテルは玄関を出たところの庭内にアーケードがあって、そこに宝石店やTシャツ屋などが並んでいる。

まだバスの出発までに時間があったので、三帆子達は散歩がてら、アーケードの中をのぞいて歩いていた。

「すみません。ちょっと通訳して下さい」

内藤須美子が走って来て、いきなり俊之介の腕をつかみ、凄《すご》い勢いでひっぱって行った。

彼女が入って行ったのはTシャツ屋のようである。

弓削老人が首をすくめた。

「三帆子さんも、なにか買って来るかな」

「いいえ、私は別に……。時間もありませんし……」

バスの集合までに十分余りしかなかった。

ロビィへ戻り、老人はトイレへ行き、三帆子はそれを待って一緒にバスに乗った。

俊之介と内藤須美子は定刻より十分遅れてバスへ乗って来た。

乗客が注目したのは、須美子が両手に提げている大きなビニール袋で、彼女の持ち切れなかった分は俊之介が抱えている。

「申しわけありません。お待たせして……」

と俊之介は詫《わ》びたが、須美子のほうはそそくさと座席へ腰を下ろし、三袋の買い物はすべて俊之介が棚の上へあげた。

バスはすぐ出発し、俊之介はあたりの人の耳を慮《おもんぱか》って何もいわなかったが、やがてバスがナイル川のフェリー乗り場へ到着し、乗客がいっせいにフェリーへ乗り移ると、三帆子と弓削老人に、ぼそっといった。

「Tシャツ十枚買うと一枚負けるとむこうがいったら、三十枚も買ったんだ」

おまけの分も合せて三十三枚である。

「それを、もう少し負けさせろというもんだからね」

「甘い顔をするな。つけ上るぞ」

弓削老人が笑いながらいった。

「この節、はやりだからといって、あんなのと不倫する気はないだろうな」

「冗談じゃないよ」

「いい気になって通訳なんかするからだ」

「もう、しないよ」

「それがいい。明日はシナイ半島がみえて来る」

俊之介がふき出した。

「それって、ジョークのつもりか。元外交官も落ちたものだな」

フェリーの上は風が通った。

この船は観光用らしく、乗っているのは、すべて外国人ばかりであった。

ルクソールはナイル川をはさんで、東岸と西岸に分れているが、神殿のあるのはすべて東岸で街の繁華な部分も、こちらに集っている。

川を大きな観光船が悠々と上って行く。

「アスワンまでのナイル・クルーズです。僕らは時間がなくてアスワンは無理だけど……」

いささか羨《うらや》ましげに俊之介がいった。

「アガサ・クリスティの『ナイル殺人事件』でも、このクルーズ船が出て来ますね」

三帆子がいい、弓削老人が応じた。

「そういや、何年も前に、この観光船が船火事を出して、乗客が川へとび込んで鰐《わに》に食われたってニュースがあったな」

「全く、祖父さんはろくなことを思い出さないな」

フェリーを上ると、又、バスであった。

ナイルの西岸は王家の谷といわれる王族の墓地が広がっている。

そのせいか、あまり町らしい町もない。

時折、小さな集落をみるが、東岸との落差はひどかった。

「いってみれば、日本神話の黄泉《よみ》の国みたいなものですからね」

俊之介が話し出した時、前方に巨大な石像が二つ、周囲は見渡す限りの畑地で、ところどころに小さな林がある。

「メムノンの巨像です」

俊之介が低い声で三帆子と、前の席の祖父に教えた。

「つまり、アメンヘテプ三世の座像で、その昔はこの背後に立派な葬祭殿があったんですが、第十九王朝の王がその石材を別の所へ持って行ってしまった。要するに自分の建築している建物に流用したんです。それで、この石像だけが残ったわけで……」

バスを下りて石像に近づくと、二つの石像はかなり傷《いた》んでいる。

「紀元二十七年の大地震の時、北側の像にひびが入って朝陽が当ると独特の音を発したそうですよ。それで、石像が泣いているなんていわれて、修理をしたら、勿論《もちろん》、泣き声は聞えなくなった」

俊之介のガイドに、老人が割り込んだ。

「アメンヘテプの座像を、なんでメムノンというんだね」

「ギリシャ人が、勝手につけたんだとさ。トロイ戦争でギリシャの英雄アキレスと戦って敗れたエチオピアのメムノンが、母親を慕って泣いたというギリシャ神話から、そう名付けられたそうだ」

「すると、地震のあとだな」

「勿論、そうだろう」

俊之介は、石像の前へ老人と三帆子を並べてカメラのシャッターを切った。

バスに戻りながら、三帆子は気がついた。

内藤須美子も一人でこのツアーに参加したようだが、三木恒子も一人だった。夫の三木芳彦の姿はどこにもみえない。

王家の谷は、白い世界であった。

ここには殆《ほと》んど緑らしいものがない。白茶けた山肌と乾き切った大地が続き、あまり高くない山々の裾《すそ》を縫って道路がひらかれていた。

観光客はその白い箱庭の中の道をたどって、王の墓の発掘された痕《あと》を見て歩くことになる。

一般に人気のあるのは、ツタンカーメンの墓で、そこだけはいつも混雑するとみえて、形ばかりの屋根をのせた待合所が出来ている。

「発掘されたものは、カイロ博物館に運ばれて展示されているんです。ここでみるのは、その墓の大きさとか、壁画が中心で……」

俊之介が話していると、三木恒子が近づいて来て、そっと耳を傾けている。

「三木さん、今日、御主人は……」

説明が終った時、弓削老人が訊き、恒子はかすかに苦笑した。

「主人は、バスに長時間乗るのが、あまり好きではありませんので、今日は船に残りましたの」

「三木さんのような亭主関白が、よく、奥さんを一人でツアーに出しましたね」

ずけずけと老人がいって、恒子はそれにも穏やかに答えた。

「かなり、ぶつぶつ申しましたの。俺が行かないのだから、お前もやめろと……」

「ほう、そんなことをおっしゃったか」

「いつも、そうなのです。でも、私、エジプトは前から一度と思っていた土地ですし、ルクソールを見逃すなんて、とんでもないと思いまして、さっさと出て参りました」

「それはいい。たまには御主人を一人にすることですよ。奥さんの有難味がわかる」

その言葉にも、恒子はひかえめな笑い声を立てていた。

ハトシェプスト女王葬祭殿からスタートして王家の谷の中の、主だった墓を二つばかり見学すると、大抵が疲れ果てた顔になる。

一行は再びバスを連ねてナイル川岸へ戻り、フェリーで東岸へ戻った。

三木恒子がそっとバッグの中の紙包をひらいて三帆子達にみせたのは、フェリーの中であった。

それは青い石で彫られたスカラベであった。

帰り道に立ち寄った土産物屋で買ったのだという。

「随分、考えたのですけれど……」

と恒子が弁解がましくいったのを、その時の三帆子も、弓削老人ですらも、値段を考えてのことかと思った。

たしかに、そのスカラベは小さいが彫りが丁寧で、なかなかよく出来ている。

「スカラベには、復活の意味があるとうかがったので、買う気になりました」

俊之介が手に取って見た。

「これはいいですよ。とても上等です。この旅の思い出になりますね」

スカラベは復活、再生の意味があるということから、三帆子は、ふと、自分の婚約解消を連想した。

勿論、本来、スカラベは生命の復活を意味するものだが、三帆子はそれを男女の仲に当てはめて考えたものである。

もし、自分が婚約解消をしなかったら、今頃は春本孝一と結婚して、世間的にも春本夫人と呼ばれる立場にあった筈《はず》である。

そうなっていれば、父の仕事に便乗して、このクルーズに参加する事もなく、さまざまの人との出会いもなかった。

人生とは不思議なものだと思い、同時に出発前夜、春本孝一が電話をかけて来て、なんとか、もう一度、やり直せないかと殆んど泣くような調子で訴えた声が耳に甦《よみがえ》って来る。

あの時は、孝一の電話をもて余していた三帆子に、たまたま近くにいた兄の静夫が気づいて、受話器を取り、びしっと断ってくれて救われたようなものの、どうしてもこっちに電話を切らせようとしない孝一の執拗《しつよう》さには改めて驚いたので、彼の強引さに負けないためには、よくよく自分をしっかり持たなければならないと感じた。

そんな三帆子に、兄は、

「二度と、彼と復活する気はないね」

と念を押したのも、しどろもどろで電話の応対をしていた三帆子の弱さに、不安を持ったせいではなかったか。

「三帆子さん……」

急に近くで名を呼ばれて、三帆子は我に返った。

弓削俊之介が心配そうに三帆子の顔をのぞき込んでいる。

「下船ですよ」

といわれて、三帆子はフェリーが岸に到着しているのに気がついた。乗客の殆んどがもう桟橋《さんばし》を上っている。

「すみません」

俊之介にうながされて、桟橋へ足をかけ、なんにつまずいたとも思えないのに、危くつんのめりそうになった。無言で、俊之介が背後から抱き止めてくれる。

「ごめんなさい。そそっかしくて……」

フェリーを上った所に、弓削老人が待っていた。

「あのホテルで晩飯だそうだよ」

孫と上って来た三帆子にさりげない調子で告げた。

「どうせ、また、へんてこなエジプト料理だろうがね」

先に立って道を渡った。

ナイル川沿いの、そのホテルのロビィには、クイン・エルフランド号の船客グループがひとかたまりになって食堂への案内を待っている。

「三木さんの奥様、今日、御主人様は……」

と訊《き》いているのは、同じ船客の前田佳子という初老の書道家であった。

三木恒子は、私一人で参加しました」

「今日は、私一人で参加しました」

「御主人様はお船にお残りになったの」

「ええ、長いことバスに乗るのは苦手だと申しまして……」

「本当に長い道中でしたよね」

口をはさんだのは、やはり初老の女性で、

「帰りも、また、あれだけ長い道を走るのかと思うと、うんざりですわ」

大袈裟《おおげさ》に顔をしかめている。

そのグループと少しはなれた椅子に、俊之介は三帆子と祖父をすわらせた。

けれども、弓削老人はちっともじっとしていないで、むこうのアーケードをのぞいている囲碁仲間をみつけると、早速、そっちへ行ってしまった。

「おじいさま、お元気ですね」

その後姿に三帆子がいい、俊之介は別のことを訊いた。

「さっき、どうかしたんですか」

下船した時のことだと気がついて、三帆子は返事に窮した。まさか、別れた婚約者のことを考えていたとはいえない。

「いえ、別に……ただ、ちょっとスカラベのことを……」

「三帆子さんも、復活したい人がいるんですか」

一瞬、三帆子はあっけにとられ、次に俊之介が、三帆子さんも、といった点に不審を持った。

「私は、復活したい人なんていませんけど、私の他に、そういう人がいるんですか」

俊之介の視線が三木恒子を眺めた。

「三木さんの奥様……」

低く、三帆子が呟《つぶや》き、俊之介も小声で応じた。

「なにか考えているような気がするんですよ。僕の思いすごしかも知れないが……」

「なにかって、なんですか」

俊之介がそれに答えなかったのは、すぐ近くの宝石店の中で内藤須美子が、滝沢丈治が首に下げている金のチェーンに何か四角いペンダントトップをつけてやっているのが目に入ったからである。

みたところ、滝沢丈治はしきりに恐縮し、須美子はそれに笑いながら、財布を出して金を支払っている。

それがなんだったのかは、間もなく同じ宝石店で買い物をしてきた女性によって明らかになった。

「内藤さんの奥様、滝沢さんにカルトーシュをプレゼントなさったのよ。表の名前はツタンカーメン、裏には滝沢さんの名前をヒエログリフで彫ってもらって……」

カルトーシュというのはナポレオンのエジプト遠征の際、発見されたロゼッタストーンという黒玄武岩の石碑の中に、四角い枠《わく》で囲まれているエジプト文字の部分で、それは王の名を彫ってあるものだとわかった。

で、今は宝石店などで土産用に、表はクレオパトラとかラムセス三世とかの名をエジプト文字で刻み、裏には自分の名前を同じくエジプト文字で彫って、それをアクセサリーにするのが流行している。

内藤須美子は、そのカルトーシュを滝沢丈治にプレゼントしたらしい。

そのニュースはホテルで食事をすませ、船へ戻るバスの中での大きな話題になった。

なにしろ、当の須美子がそのことをかくすどころか、平気で話しているので、

「滝沢君ったら、どうせならクレオパトラにしなさいというのに、ツタンカーメンがいいなんて。十八歳の美少年が好きなら、おかまさんじゃないの」

などといっては笑いころげている。

プレゼントされた滝沢のほうは流石《さすが》に困った顔をしているが、それでも、まわりの女性から、みせて、といわれるたびに金のチェーンごと首からはずして渡している。

「やれやれ、また、揉《も》め事の種が一つ増えたようだな」

弓削老人が一人言のように呟いて、すぐに座席にもたれて眠ってしまった。

夜更《よふ》けの道を、バスはひた走りに走り続け、午後十一時を過ぎて漸《ようや》く、クイン・エルフランド号へ到着した。

内藤夫婦がまたしても険悪な状態になったのは、翌日九時にクイン・エルフランド号

がサファーガを出航してからであった。

最初は、朝のダイニングルームであった。

昨日、ルクソールへ日帰り旅行をした客は流石に疲れ果てて、朝食の時間ぎりぎりにダイニングルームへ入った人が多かった。

内藤須美子は、その中でも、もっとも遅くダイニングルームの入口を通った。

空いている席へ腰をかけ、給仕人に朝定食を注文してすぐに、内藤武志が来た。

彼は不自由な足をひきずるようにし、杖《つえ》にすがって漸く、須美子の前の椅子《いす》へ腰を下ろして、いきなりいった。

「よく、まあ、大きな顔をして、朝飯食べられるもんだなあ」

須美子は返事をしなかった。

給仕人が朝食を運んで来て、須美子の前へおき、内藤武志に、

「お粥《かゆ》ですか、御飯ですか」

と訊いた。

この船では日本人船客のために、朝食は和風で、御飯かお粥かをえらべるようになっている。

内藤が手をふった。

「わしはいらん」

給仕人があっけにとられ、須美子がいった。

「食べないなら、ここへ来ることないじゃないの」

「わしの前で、飯が食えるかどうか見届けに来たんだ」

「それは御苦労さま」

内藤夫妻のテーブルは、三帆子父娘《おやこ》が食後のお茶を飲んでいるテーブルからは、かなり遠かった。それでも、二人の会話ははっきり聞えて来る。

「昨日、なにか、あったのか」

中上虎夫が訊き、三帆子は止《や》むなく、昨日のカルトーシュの一件を手短かに説明した。

「おそらく、それが原因じゃないかと思うけれど……」

それにしても、いったい、誰が内藤武志に告げ口をしたのかと思う。

内藤武志は昨日は船に残っていたから、誰かが話さなければ、妻が滝沢丈治にカルトーシュのプレゼントをしたかを知らない筈であった。

ダイニングルームにいた大半の客が注目している中で、須美子は悠々と食事をしはじめた。

「誰のおかげで、こんな贅沢《ぜいたく》な旅が出来たと思っている。なにが不足で、わしに恥をかかすんだ」

内藤が苛々《いらいら》といいはじめた。

「お前のような、恩知らずの女はみたことがない」

「うるさいわね」

須美子が箸《はし》の手を休めて、夫をどなりつけた。

「そこで、ごちゃごちゃいわれると、食欲がなくなるわ」

「食えなくて当り前だ。自分が昨日、なにをしたか、考えてみろ」

「まだ、そんなことといってるの。しつっこいわね」

「なに……」

「ダンスを教えてもらったお礼に少々のプレゼントしたのが、そんなに不快なの」

「男に首飾りなど、贈るものじゃない」

「首飾りじゃありません。カルトーシュですよ。何度いったらわかるのよ」

中上虎夫がすっと席を立って内藤武志の傍へ行った。

「お早うございます。内藤さん、食事はおすみですか」

内藤が視線をさまよわせた。

「いや、それが、食欲がなくて……」

「それはいけません。診療室へいらっしゃいませんか。血圧を計りましょう」

「中上先生」

と須美子がいった。

「御親切は感謝しますけど、ほっといて下さいませんか。こんなわからずや、自分で自分の血圧を上げてるんですから……」

「そういう言い方はなさらないことです」

虎夫の口調が少し、きびしくなった。

「病気の根を抱えている家族に対して、それなりの配慮をして頂きたい」

「先生、聞いて下さい。この女はわたしの血圧を上げるようなことばかりしおって……」

内藤がいいかけるのを、中上虎夫は手を上げて制した。

「話は診療室でうかがいましょう。さあ、どうぞ」

内藤が立ち上り、中上虎夫は杖を取って渡した。

「それじゃ、奥さんはどうぞ、ごゆっくり」

内藤を助けて中上虎夫がダイニングルームを出て行くと、須美子が三帆子を手招きした。

「三帆子さん、お父様にいってちょうだい。あたしは何も悪いことしてませんよ」

「父は医者として、心配しているのだと思います。今のような状態が続くのはよくないと申して居《お》りましたから……」

「私は内藤の看護婦じゃありません」

「でも、奥様でしょう。父は奥様に、御病人の御主人に対して配慮して欲しいと申し上げて居りました」

「息がつまっちゃうのよ。わたし……」

須美子が箸を投げ出した。

「明けても暮れても、病人の老人の厄介ばっかりで……年をとるごとに口はうるさくなるし、気むずかしくて……」

三帆子の背後に弓削老人が立った。

「内藤さんの奥さん、こんな若い人に愚痴をこぼしているより、早く食事をすませなさい。給仕人が困っていますよ」

俊之介もいった。

「三帆子さん、腹ごなしにピンポンでもしませんか」

老若二人にはさまれて、三帆子はダイニングルームを出た。その後から、

「全く、若い人はいいわね。じいさんから孫息子まで、気を揃《そろ》えて味方するんだから……」

聞えよがしに須美子がいうのが聞えた。

弓削老人は囲碁教室へ行き、三帆子と俊之介はプロムナードデッキへ出た。

「弓削さん」

デッキのところで立ち止った俊之介に三帆子は訊《き》いた。

「この船、ピンポン台なんかありましたっけ」

「ないみたいですね」

苦笑して、俊之介が応じた。

「あったとしても、僕はピンポンというものを、やったことがないんです」

「あたしは高校の時、卓球部の選手だったの」

「まいったな」

ごく自然にプロムナードデッキを歩き出した。

日ざしは今日も強そうだが、朝の中だけにさわやかさがある。

船はスエズ湾に入っていた。

「明日は、いよいよ、スエズ運河越えですね」

如何《いか》にも嬉《うれ》しそうに、俊之介がいった。

「運河を越えるのって、いいものですよ。パナマ運河もいいが、僕はスエズ運河が好きなんです。スエズ側から北へ上る船団と、ポートサイドから南へ下りてくる船団が、まん中あたりですれ違う。なんともいえず、恰好《かっこう》いいんです」

「弓削さんはパナマ運河を船で越えられたこともあるんですね」

「一度だけですが……。あそこは御承知のように湖を利用した運河で、大西洋側からも、太平洋側からも、かなり高い場所に運河がある。だから、船は入口にある船の階段を上って運河に滑り出して行く。それが面白かったです」

船はまず大きなドックのようなところへ入る。後部の水門がしまって、周囲の壁から水が出て来て、船を高い位置に押し上げる。そうすると前方の水門があいて、船が次のドックに入る。

「僕は勝手に水の階段なんて呼んでいるんですが、クイン・エリザベス二世号やクリスタル・シンホニィみたいな大型船が悠々と水の玄関を入って行くのは、ちょっといい気分ですよ」

このクイン・エルフランド号も世界一周なので、やがてはパナマ運河を越えることになる。

「残念ながら、僕はそこまで乗れないんです。ばあさんと、おそらくイスタンブールか、遅くとも、ヴェニスで交替となるでしょう」

出発間ぎわに怪我《けが》をして乗船出来なかった弓削老人の妻、つまり、おばあさんの代りに俊之介は祖父につき添って来た。

「本当はピレウスで、乗って来られるかといっていたのですが、医者が大事をとって、もう少し、遅らせるらしいのです」

その祖母とは何度も電話で連絡を取り合っているのだといった。

「弓削さんが下りてしまわれると、寂しいわ」

三帆子が呟《つぶや》き、俊之介が目を輝かせた。

「お世辞にも、そういってもらえると嬉しいです」

スエズ運河

スエズ運河は全長が百六十二・五キロメートル、地中海と紅海を結ぶ世界最大の運河で、その途中にはリトルビター湖、グレートビター湖、ティムサ湖などがある。

中上三帆子を乗せたクイン・エルフランド号は、前夜、運河の南の玄関口スエズに停泊し早朝五時五十分に運河に入った。

ワールド・クルーズのハイライトの一つは運河越えで、船客の大半がいつもより早めの朝食をすませ、上甲板に集って来る。

「スエズ運河には橋がないんだ。その代りといってはなんだが、運河の下を抜けるトンネルが一カ所あってね。キャプテンの話だと七時すぎにそこを通過するそうだから、気をつけてみていてごらん」

父の虎夫に教えられて、三帆子は早速、最上階のデッキに上って行った。

どこでみていたのか、すぐに弓削俊之介がとんでくる。

「いよいよですね」

カメラを手に張り切った表情で三帆子の横に並んだ。

「この船は前から三番目だそうです」

あらかじめ、運河へ入って行く船の順番が前夜から決められていて、船は一列になって北行する。

「今朝、ポートサイドから南下する船団とは途中、何カ所かですれ違うんです」

スエズ運河の横幅は三百メートルから三百五十メートルで、当然、船は一列縦並びで進んで行くし、運河の中でのすれ違いは無理であった。

そのために、北行の船団と南行の船団は湖を利用したり、或《あ》るいはポートサイド側は二筋に水路が分れていたり、その他にもティムサ湖の先に一カ所、東水路と西水路に分れている場所があるのだと、俊之介はあらかじめ船側がくばったスエズ運河の地図を示しながら三帆子に説明した。

それにしても、船から眺めた東岸と西岸の風景の違いに、船客は感動した。

どちらもエジプト領だが、西岸がナイル川をひいて見事なほどの緑地帯になっているのに、東岸はまさに砂漠であった。

西岸は運河に沿って樹林が続き、その奥には田畑がみえる。ところどころには住宅もあり、船へむかって手を振る人々の姿もみられた。

東岸はまさに荒涼として白茶けた大地だけが続いている。

「母なるナイルの恵みは凄《すご》いものだと思いますね」

俊之介がいった。

「エジプトの歴代の王、或いは女王は、ナイル川によって荒地を穀物のとれる土地にし、農作のために占いをしたり、天候を調べたりしたようです。そういう所はちょっと日本とも似てますよ」

手すりによりかかって、俊之介は三帆子にカメラを向けた。

その時、船内放送が甲板へ響いた。

熊谷船長の落ちついたバリトンの声が要領よくスエズ運河の解説をしている。

スエズ運河は一八六九年の八月に完成し、十一月十七日から開通したが、その後も拡張工事が進められ、現在は十五万トン級のタンカーが運航出来るという。

もっとも、絶えず、周囲の土が運河に流れ込み、堆積《たいせき》するので、その泥土を除去する作業が大変なものらしい。

「間もなく、アハマッド・ハムディと呼ばれるトンネルの上を通過します。運河に対して直角の道路に車が並んでいる所が、そのトンネルです」

船長のアナウンスで、甲板の上から船客は岸の方角へ目をこらした。

船がトンネルをくぐるのではなく、トンネルの上を通るので、これは注意していないとわからない。

「あそこですよ」

俊之介が指した。

運河と交差する道路に車が並んでいる。トンネルへ入るために一時停車しているようであった。

トンネルの全長は十二キロメートル、一九八〇年に開通したとのことであった。その他に、この運河を渡るためには二つのフェリーがあるらしい。

「三帆子、トンネル、わかったか」

中上虎夫が娘に近づいた。

「今、通ったのよ。弓削さんに教えて頂いたの」

ちょうど七時十分すぎだったと時計を眺めて地図に赤ペンでチェックをした。

「それはいい。そうやっておくといい記録になるよ」

ところで、と虎夫は弓削俊之介と三帆子に訊いた。

「このスエズ運河を、クイン・エルフランド号が通過するのに、いったい、いくら料金を支払うか、知っているかね」

俊之介がすぐに反応した。

「通行料ですね」

「そうだ」

「五百万円ぐらい……」

「三帆子は……」

「けちって、三百万円……」

「残念。日本円で約二千万円だそうだよ」

　ふたりの若者がひえっと声を上げ、虎夫はいささか得意そうに笑った。

「一日あたり、この運河を通行する船はおよそ八十隻というから、通行料にしたら大変な額だが、まあ、始終、泥をすくい出す作業を続けなけりゃならないから、差引き勘定はどうなるのかな」

　賑《にぎ》やかな甲板からは、先行する二隻《せき》が見えた。トップを行くのはイタリアの軍艦で、それにパナマ船籍のタンカーが続いている。クイン・エルフランド号の後もタンカーであった。

「ドクターは、こちらでしたか」

　不意に呼ばれてふりむくと、内藤武志が近づいて来るところであった。

「これは失礼。お具合が悪いのですか」

　中上虎夫が医者の顔に戻ったが、内藤はいやいやと手をふった。

「今日は爽快《そうかい》そのものですよ。やはり、酒をやめていると調子がいいですな」

なんとなく、その周囲の人々が内藤に注目していた。

ダイニングルームで内藤夫妻が激しくやり合ったのは、船内中の噂《うわさ》になっている。

それにしては、今日の内藤は自分でいったようにさわやかな表情であり、敏腕の弁護士らしい貫禄《かんろく》が戻って居た。

「ガイドブックによると、このスエズ運河を造ったレセップスというのは、栄枯盛衰の激しい人生を送ったようですな」

フランスの外交官としてカイロへやって来て、この運河を建設するためにスエズ運河会社を設立し、ナポレオン三世とウジェニー皇后の支援を得て、十年がかりで完成させた。

「レセップスはその功績で科学アカデミー会員にえらばれたのですな」

しかも、今度はパナマ運河会社の社長に就任して、二つ目の運河に取り組んだものの、難工事から会社の資金が行きづまり、おまけに乱脈な経営がたたって破産した上に、疑獄事件まで起った。

「彼は精神障害を起して、晩年は随分と悲惨な人生を送ったようですよ」

そのレセップスの住んだ家は、今もスエズ運河のちょうどまん中あたりのイスマイリアという町に残っているという。

「どうも、人生というものは、当人が棺桶《かんおけ》に足を突っ込むまで、油断は出来ませんな。

我々も気をつけなけりゃいかん」

腹の底から、あたりに響き渡るような大声で笑って、内藤はずんずん船尾のほうへ歩いて行った。

「なんだか、内藤さん、変じゃありませんか」

俊之介がそっといい、中上虎夫も眉《まゆ》を寄せた。

たしかに、元気過ぎるというか、躁状態にもみえる。

「内藤さんの奥さん、この甲板にはみえませんね」

あたりを見廻して俊之介が再びいった。

上甲板にいなくとも、スエズ運河を眺めるにはプロムナードデッキでも、また、ベランダのある船室ならそこでも間に合う。

けれども、東西の風景とスエズ運河の壮大さを味わうには、見晴しのよい上甲板が一番であった。船側もそれを承知して、今日は上甲板に水やジュース、ビールなどの用意をして、船客に運河越えを楽しませようと配慮している。

「三帆子……」

中上虎夫が小さく娘を呼んだ。

「すまないが、内藤さんの船室へ行ってみてくれ、奥さんが船室にいるかどうか。もし、返事がなければ、プロムナードデッキか、ラウンジか……とにかく、探して欲しい。わたしは内藤さんから目を放さないほうがいいと思うから……」

その内藤は飲み物をサービスしているテーブルの所でミネラルウォーターをらっぱ飲みにしていた。

「わかりました。行って来ます」

三帆子が父の傍を離れると、俊之介も追って来た。

「僕も行きますよ」

「折角のスエズ運河じゃないの。あたし一人でも大丈夫よ」

「いや、運河越えは一日がかりだし……ちょっと、内藤さん、おかしいと思うよ」

階段を下りて、内藤夫妻の船室へ行った。ノックをして、三帆子が声をかけても返事はない。

「君はラウンジをみて下さい。僕はプロムナードデッキを廻って来ます」

二人で手分けして各々の場所を探したが、どこにも、内藤須美子はいなかった。

ただ、三帆子はラウンジに、滝沢丈治が女性ダンサーとふざけている姿をみつけた。

で、近づいて、

「内藤さんの奥様を御存じありませんか」

と訊くと、肩をすくめた。

「知るわけないでしょう。僕はただ、ダンスの相手をしただけ、彼女の恋人じゃないんだから……」

　女性ダンサーが口笛をならした。

「いいの。そんなこといっちゃって……」

「どういう意味さ」

「高いプレゼント、もらったくせに……」

　三帆子は軽く会釈《えしやく》した。

「御存じないならいいんです。失礼しました」

　そのまま、背をむけるとラウンジを出たところで俊之介に会った。

「どこにもいないよ。こっちは……」

「滝沢君はいたけど……」

「なんだか、やばいな」

　俊之介の言葉に、三帆子は不安を感じた。

「やばいって……」

「変だと思いませんか。あの陽気な奥さんが、このクルーズのハイライトの運河越えの日に、どこにも姿をみせないなんて……」

「ダイニングルームじゃないかしら」

　時計をみた。八時を過ぎている。

船客の中には早々と朝食をすませて甲板へ出て来た人と、適当に運河入りを見物してから食事に戻った人とがある。

ダイニングルームは半分ほど客が入っていたが、そこにも須美子はいなかった。

リドカフェのほうへも行ったが、そちらにもみえない。念のためにウェイターに訊《たず》ねたが、今朝は内藤須美子をみていないという返事であった。

途方に暮れた感じで、三帆子と俊之介が、再び内藤夫妻の船室の前まで来ると、アシスタントの光川蘭子と、このクルーズの世話役として乗船している前田敏子が初老の夫婦と話している。

その前田敏子が三帆子達へ、

「あなた方、内藤さんの奥様がどこにいるか御存じないかしら」

と訊《き》いた。

「実は、僕らも奥さんを探しているんです」

俊之介が手短かに、上甲板での内藤武志の様子から、中上虎夫の提案で、須美子を探しに来たが、今のところ、どこにもいないのだと話すと、前田敏子の顔色が悪くなった。

「光川さん、やはり、開けましょう。責任は私が持つから……」

光川蘭子が短くうなずいて、レセプションへ鍵《かぎ》を取りに行った。

初老の夫婦の中《うち》、妻のほうが三帆子にいった。

「わたしら、内藤さんの隣の船室なんですけど、今しがた、帽子を取りに戻ったら、隣で壁を叩《たた》くような音がしますのや。なんや、気味悪うなって、前田さんに来てもろうたんですけど……」

俊之介と三帆子が顔を見合せ、前田敏子が訊いた。

「ドクターは、今、どちらに……」

「父は上甲板に居ります。内藤さんの御様子がいつもと違うので心配して、傍についているといって……」

「いつもと違うって、どんなふうに……」

それには俊之介が答えた。

「なんとなく、興奮しているみたいで……」

「なにか、話したんですか。ドクターに」

「いや、スエズ運河を造ったレセップスの話をして、それから、人間の一生は棺桶に足を突っ込まなけりゃわからんみたいなことをいっていました」

光川蘭子が戻って来た。

手にスペアキイを持っている。

「あの、開けてもいいでしょうか」

前田敏子がキイを取った。

「あたしが開けるわ。そのほうが何か問題になった時、あたしが責任を取ればすむのだから……」

「でも……」

前田敏子がドアを開けた。

セミスイートの船室で、すぐ左にバスルーム、部屋はツインベッドに、小さな応接セットがついている。

みた限り、船室に人の姿はなかった。

ただ、部屋は異様なほど、散らかっている。

女物のガウンが床に落ちて居《お》り、その隣にタオルやバッグが放り投げられたような恰《かっ》好《こう》になっている。

「誰もいないわね」

前田敏子がいったとたん、クローゼットの中から人のうめき声がした。

前田敏子が女にしては度胸よく、クローゼットの戸を開けてのぞき込み、あっという表情をしたが、さりげなく戸を閉めて、光川蘭子に、

「申しわけないけど、みなさんに外へ出て頂いて下さい」

といった。

光川蘭子が入口の所にいた初老の夫婦にその旨《むね》を告げていると、前田敏子も出て来て、

「三帆子さん、お父様を呼んで来て下さい。それから、弓削さんはちょっと手を貸して頂きたいの」

てきぱきと指示して、また部屋へ戻った。

初老の夫婦はいささか不満気であったが、納得して自分達の船室へ戻り、三帆子は上甲板へ行くつもりで、診療室の前の階段へ走った。

あっと思ったのは、診療室から父の声が聞えたからである。階段へかけた足を後戻りして、診療室へ入って行くと、中は修羅場《しゅらば》になっていた。

内藤武志がベッドに横たわり、中上虎夫が胃洗浄にかかっている。

入って来た三帆子に顔だけ向けていった。

「奥さんに何かあったのか」

「前田さんが、お父さんに来て頂きたいって……」

「今、手が放せない。どういう状態か、みて来てくれ」

再び、三帆子は船室へ取ってかえした。

ちょうど俊之介が船室から出て来たところで、彼は額にびっしょり汗をかいている。

「睡眠薬を飲んだか、飲まされたか、ただ、量が少なかったのか、今しがた目がさめたみたいだ。なんか、気持悪がって吐いていたけど、命に別状ないみたいだよ」

俊之介と入れ替りに船室へ入った。

バスルームから、げえげえと吐いているらしい苦し気な声が聞え、前田敏子がよれよれになったネクタイを手にしている。

光川蘭子は須美子の背をさすってやっていた。

「父は内藤さんの胃洗浄をしているんです。それで、こちらの状態を知らせろと……」

三帆子が低声《こごえ》でいうと、前田敏子はうなずいた。

「奥さんのほうは大丈夫だと思いますから、手のすいた時でけっこうだと伝えて下さい」

再び、三帆子は診療室へ戻った。

三帆子の報告をきいて、看護婦の大月三和子が内藤夫妻の船室へ行く。

事件を知らされて、熊谷船長が診療室へやって来た時、中上虎夫はすべての処置をすませていた。

内藤武志はベッドで眠っている。

「御心配なく、もう大丈夫です」

虎夫の言葉で、熊谷船長は愁眉《しゅうび》を開いた。

船はリトルビター湖に入って徐行している状態であった。

次に入るグレートビター湖では南行と北行の船団がすれ違うので、北行の船は湖の東側を、南行の船は湖の西側を通ることになっている。

ところが、南行の船団のグレートビター湖への到着が遅れているために、それに合せて北行船団は徐行していると船長は虎夫に説明した。

「いったい、どういうことだったんですか」

小さく船長が訊き、

「事情はわかりませんが、意識の戻った奥さんの話では、昨夜、寝る前に飲んだビールに睡眠薬がかなり入っていたようです」

「それは、御主人がやったと……」

「そのようです。但《ただ》し、奥さんは日頃から睡眠薬を常用していて、一種の免疫《めんえき》が出来ている。御主人は致死量と思われたのかも知れないが、現実には、奥さんはちゃんと目ざめたので……」

熊谷船長がふっと息を洩《も》らした。

「一つ間違ったら、とんだことだった」

「内藤さんのほうは、朝になってから睡眠薬を多量に取った。それで、ふらふら上甲板へ登って来たんです。おかしいと思って強引に診療室へ連れて来たら、薬を飲んだというので……」

即刻、胃洗浄をして、こちらも命に別状はない。

「ですから、船長はどうか、御心配なく……」

虎夫にいわれて、熊谷船長はブリッジにひき返した。

看護婦は須美子についているので、診療室は中上父娘《おやこ》だけである。

「こんなことになるのじゃないかと心配していたのだよ。しかし、内藤さんも思い切ったことをしたものだ」

仮にも著名な弁護士が、ワールド・クルーズの船内で夫婦心中を企てたということが、マスコミにでも知られると、クイン・エルフランド号の名誉にかかわると、虎夫はいった。

「船長も頭が痛いだろうな」

なんとか、内藤夫妻と口裏を合せて、睡眠薬をうっかり飲みすぎたと取り繕わなければと虎夫は考えている。

そこへ前田敏子が入って来た。

「ドクターのおかげで、大事が小事ですんで助かりました」

頭を下げてつけ加えた。

「大きな声じゃいえませんけど、内藤さんは奥さんを裸にしてネクタイで手足を縛ってクローゼットに入れておいたんです。だから、奥さんは目がさめても、体が自由にならないので、隣の壁をどすどすやったらしいんですよ」

そのおかげで、隣室の船客が気づき、異状の発見も早くなった。

「でも、お隣りさんが喋《しゃべ》っているでしょうから、船のお客様には伝わってしまいます。とにかく誤飲ということでドクターお願いします」

前田敏子の考えも、中上虎夫と同じであった。

「内藤さん御夫妻には、もう少し、落ちついてから、私が話をします」

無論、虎夫に異存はなかった。

診療室のベッドの上で、内藤武志は疲れ果てた顔で眠っている。

「人さわがせには違いないですけど。先生、若い女房なんか貰《もら》うもんじゃありませんね」

独身の前田敏子は分別くさい口調でいい、そそくさと出て行った。

「三帆子、もういいからスエズ運河を見物しておいで。折角のハイライトを台なしにしてはもったいないよ」

虎夫にいわれて、三帆子は上甲板へ行った。

船はすでにグレートビター湖に入って、ゆったりと進んでいる。

湖のむこうを、南行の船団がやはり一列になってすれ違って行くところであった。

見渡したところ、船客の多くはその景観に心を奪われていて、内藤夫妻のアクシデントは、まだ、話題になっていないようであった。

すれ違う船と船からはおたがいに乗っている者同士が手をふり合っている。

殊《こと》に日本のタンカーとすれ違った時は、上甲板の全員が声を上げて、むこうの乗組員は日の丸の旗を持ち出して来て、それに応《こた》えている。

「お仕事とはいいながら、ああいう船の方々は大変ですね。何日も、何カ月も御家庭を留守になさるわけでしょう」

隣に、いつの間にか三木恒子が立っていて、三帆子に話しかけた。そのむこうには三木芳彦がいる。

クイン・エルフランド号は漸《ようや》く、本来の速さをとり戻してグレートビター湖を通り抜けようとしていた。

「わたしは運河などというものは、ただ、そこを通過するというだけで、ハイウェイを行くのと同じようなものだと考えていたのですが、こうして実際に船で行くと、なかなか感動的なものですな」

三木芳彦がいい、恒子が笑った。

「実利主義者のあなたが感動的なんておっしゃるのは珍しいわね」

三帆子へいった。

「主人は、なんでも数字でものを判断するんですよ。いい画をみても、これはいくらだから高いとか安いとか……。現実主義で、もしも、あの時、どうとかしたらなどと考えるのは大嫌いな人で……」

三木が苦笑した。

「それは仕方がないよ。我々は戦争を経験しているのでね。あの時、もしも、アメリカと戦争をしなかったら、なぞといったところで祖国はすでに焼野原、敗戦国として世界から袋叩《ふくろだた》きに合っている。もし、ソ連になんか仲介を頼まなかったらといっても、ソビエト兵はとっくに国境を越えて攻めて来ていた」

「あなた」

三木夫人がたしなめた。

「そんな古いこと、お若い人にいっても……」

三帆子が首をふった。

「おっしゃるのは、わかります。母が似たようなことをいった記憶がありますから……」

「お母様、おいくつ……」

「ちょうど六十です」

「では、私と同い年ね。戦争中は疎開《そかい》なさったのでしょう」

「はい、広島へ疎開しまして、母の田舎は山の奥でしたから助かりましたけれど、母の兄は市内の高校へ通っていて、歿《なくな》りました。そのことを、もし、あの時、疎開していなかったらと、よく祖母が歎《なげ》きました。東京の家は戦災に遭わなかったものですから

「……」

「お気の毒に……」

「母が祖母にいっていました。もしもなどといってみても、終ったことは仕方がないと……」

「その通りだが……」

三木が口をはさんだ。

「わたしは、この船に乗ってから、もしも、ということを考えるのも、案外、悪くないと思いはじめているのですよ」

「どういう風の吹き廻しでしょう」

三木夫人が悪戯《いたずら》っぽく笑った。

「主人ったら、私が一人でルクソール観光のツアーに行ったことを、お前もやる時はやるもんだね、なんていうんですよ」

「いや、正直の所、驚いたのですよ。この人に、そんな行動的な面があるとは思わなかったので……」

三帆子が訊《き》いた。

「御主人様はお一人で一日、船で何をしていらしたのですか」

三木が頭へ手をやった。

「それが、なにをしていたのか。とにかく、船室でぼうっとしていました」

船が完全にグレートビター湖を出て、再び運河を進み出した。

岸辺には、少しずつ、家並が広がっている。

エジプト人の扮装《ふんそう》をしたクルーズディレクターの中林文夫が近づいて来た。

「運河見物はけっこうですが、日ざしが強くなって来ていますから、気をつけて下さい。ぼつぼつ昼食時間でもあります。適当に休んで観光をお楽しみになるのが賢明ですよ」

それで、三木夫妻も甲板から下りて行った。

三帆子が診療室をのぞくと、父親の姿はなくて、看護婦の大月三和子が椅子《いす》にかけていた。

「先生は、内藤さんを船室に移すのに、ついて行ったんです」

いつまでも診療室のベッドを占領しているわけにも行かない。

「奥さんが二度と一緒の部屋はいやだとおっしゃって……下の階の一人部屋へひっ越して、それから、内藤さんを元の船室へ移したんですよ」

どうやら、内藤須美子はポートサイドで下船する気でいるらしいと大月三和子はいった。

「そりゃそうでしょう。自分を殺したかも知れない人と一緒に船旅を続ける気にはなれないと思いますよ」

三和子が首をすくめた時、虎夫が戻って来た。

「大月君、食事に行っていいよ」

看護婦に声をかけ、奥へ行って手を洗っている。

「それじゃ、お先に……」

大月三和子が白衣を脱いで出て行き、三帆子は父のためにお茶の用意をした。

「内藤さん、船室へ移しても大丈夫なの」

「一応、落ちついているからね」

船室には前田敏子がつき添っているといった。

「一度死にそこなうと、二度とは出来ないというが、まあ、念のためだ」

自殺未遂であった。当分は目がはなせない。

「奥さんがポートサイドで下りるって本当なの」

「そのようだね。光川さんが手伝って、すっかり荷物をまとめていた……」

娘のいれてくれたお茶をおかわりして、虎夫は右手で肩を揉《も》んだ。

「全く、世の中、何が起るかわからないものだな」

弁護士として地位も経済的にも恵まれた生涯を過し、その晩年に幸せな船旅を計画した。

別に船旅が悪かったとは思えないが、横浜を出港した時、内藤夫妻にしても、よもや、自分達が最悪の事態を迎えるとは夢にも思っていなかったに違いない。

「なんだか、夫婦って怖いような気がした」

三帆子がぽつんといい、父親は娘の表情を眺めた。

「いろいろだよ。人生もいろいろとかいう歌があったじゃないか。人間もさまざまなら、夫婦もさまざまだ。一組の不幸せな結果をみて、夫婦というものを判断するのは早計だよ」

「それはそうだけど……」

「少くとも、お父さんは何事があろうと、お母さんを殺しやしないよ」

「馬鹿馬鹿《ばかばか》しい」

口では笑い合いながら、父娘は各々《おのおの》に考えていた。

内藤武志にした所で、昨夜までは女房を殺すなどとは思いもよらなかったに違いない。

午後になって、船はティムサ湖へ入った。

このあたりはスエズ運河のまん中あたりで、イスマイリアという美しい町であった。

湖岸にはホテルが建ち、プライベートビーチには水着姿の女性が日光浴をしている。

小さなヨットやボートが湖に浮かんでいて、これが運河の途中かと思うと、不思議な感じがする。けれども、内藤夫妻の事件はこのあたりから船客の間に広がって行った。

予期せぬ客

早朝から夕方までのスエズ運河見物は、流石《さすが》に後半になると船客も疲れ果ててラウンジへ下りたり、船室へ戻ったりして、上甲板に残っている人は少くなった。

逆に診療室は午後になって多忙であった。

軽い日射病の患者が数人出たし、疲労で気分が悪くなった人もいる。

三帆子も、もっぱら診療室にいて受付を手伝っていたが、

「内藤さんが睡眠薬を飲みすぎたって本当ですか」

などと訊かれる。その都度、

「たいしたことはなかったんです。もう、お元気になられています」

とだけ答えることにしていた。

それでも、中にはいつまでもしつこく質問する好奇心豊かな人もいて、三帆子を困惑させた。

実際、内藤武志はかなり回復していたが、なんといっても老齢ではあるし、病後ということもあるので、中上虎夫は診療の合い間に何度も船室へ行って容態をみていた。

一方、須美子のほうは荷作りをすませ、ポートサイドで下船したら、車でカイロへ出て空路、日本へ帰る手続きをツアーデスクの村上遥子にたのんでいる。

船客は、おおむね、内藤武志に同情的であった。

「気の毒になあ。奥さんがあれじゃ、旦那《だんな》さんがノイローゼになるのも無理はないよ」

という人もあれば、

「いくら、この節、不倫ばやりやいうて、奥さんもやりすぎや。高い金払うて船に乗って、なにが不足で芸人相手に浮気せんならんのや」

と顔をしかめる人もいる。

須美子と滝沢丈治が本当に、そうした深い仲になっているのかどうかもわからないというのに、人の噂《うわさ》は既成事実を作り上げてしまうので、そうなると船のほうも滝沢丈治をステージに出すのが憚《はばか》られるような感じになって、急遽《きゆうきよ》、彼との契約をキャンセルして下船させることにしたらしい。

なんにしても、てんやわんやの中《うち》に一夜があけて、クイン・エルフランド号はポートサイドの港へ着岸した。

船から港を眺めて、三帆子は随分、汚い所だと思った。

海にむかって、まるで時代から取り残されたような古ぼけた家並が建ち並び、港で働く人の姿も、どこかけだるそうにみえる。

栈橋《さんばし》はタイヤをつなげて浮かしたスネーク栈橋で、文字通り蛇が体をくねらせているようで、馴《な》れた人ならともかく年輩の乗船客にはうまく渡れるかどうか、ひどく危っかしい。

熊谷船長は、港側と交渉して、一つきりしかない着岸スポットに、現在、停泊している船の出港を待って船を寄せることにして、なんとかスネーク栈橋を敬遠した。

「三帆子、早く支度をしなさい。カイロ観光は予定通り、七時半にバスが出るそうだよ」

早朝に内藤武志の船室を見舞って戻って来た虎夫がいい、三帆子はいつもの小さいリュックを背負った。

昨夜、もし、診療室の手が足りなかったら、ツアーをキャンセルするといったのだったが、虎夫はまるで相手にしなかった。

「カイロは面白いよ。ゆっくり楽しんでおいで……」

グランドホールへ行くと、例によって弓削俊之介が遠慮がちに自分のと同じ色のバッジをさし出した。

「祖父《じい》さんが、あまりしつこくすると、三帆子さんに嫌われるというもんだから、ちょっと迷ったんだけど……」

その声が周囲に聞えて、初老の人々の中から好意的な笑い声が起った。

「俊之介さん、がんばりなさいよ」

と笑いながらいう人もいて、俊之介はすっかり照れている。

ギャングウェイを下りて、船客は色分けされたバッジの通りに各々の観光バスに乗った。

ポートサイドからカイロまでは、途中、スエズ運河に沿って行く。

運河を行く船が上の部分しかみえないので、バスの乗客には、まるで砂漠の中を船が行くようにみえるのが一興であった。

内藤須美子はまっすぐカイロの空港へ行く筈《はず》だが、もう発《た》ったのか、それともバスの出た後なのか、姿はみえない。

もっとも、バスの乗客はもう内藤夫妻のことは忘れてしまったような感じでもあった。

誰もがピラミッド観光にわくわくしている。

とはいえ、今日も片道三時間の行程であった。

スエズ運河とは途中で別れて、埃《ほこり》っぽい道をひたすら走る。

「エジプト博物館のハイライトは、やっぱり、ツタンカーメンですかね」

弓削老人の隣にかけていた金子吉雄という俳人がふりむいて俊之介に訊いた。

すでにルクソールの王家の谷でツタンカーメンの墓を見学して来ている。

「まあ、そういってもいいのではないかと思います。ツタンカーメンの秘宝は博物館の二階に展示されていますから、時間がなかったら、まっすぐそこへ行ったほうがいいと思います。但《ただ》し、一番、人が混み合う場所らしいですがね」

以前、カイロに来た時、毎日のように博物館通いをしたという俊之介は船の中で書いて来た簡単な地図を金子老人に示した。

「ツタンカーメンの墓を発見したのは、ハワード・カーターでしたな」

金子がいった。

「なにかで読んだのだが、王の墓を発掘した者は必ず、たたりを受けて発狂したり、死んだりしているとか」

弓削老人が笑った。

「そりゃあ、王様にしてみれば、たたりたくもなるだろうね。折角、静かに眠っているのに、掘り出されて、副葬品を巻き上げられたりするんだから……」

「しかし……」

俊之介が抵抗した。

「エジプト考古学博物館長のオーギュスト・マリエットは、ナポレオン三世の皇后に博物館の中のいいものをフランスにゆずれといわれて、断ったそうですよ」

「それにしちゃあ、大英博物館にエジプトの秘宝が随分、飾ってあるじゃないか」

「祖父さんのいうのはイギリス、今、いったのはフランス……」

バスガイドがマイクを取ってツタンカーメンの話をはじめた。

十八歳の若さで死んだこの王には暗殺説もあったらしい。

「そういえば、大英博物館にはロゼッタストーンの本物もあるんだな」

小さな声で弓削老人がいった。

「エジプト博物館にあるのは模造品だろう」

ロゼッタで発見された黒玄武岩の石板であった。

ここに刻まれた文字からヒエログリフが解読されたことで知られている。

ガイドが、ざっと考古学博物館の説明を終えた時、バスは続々と博物館の中庭へ入った。

見学時間は僅《わず》か二時間、乗客はいっせいに入口へ殺到した。

おめあてのツタンカーメンの秘宝はやはり立派なものであった。

黄金の王のマスクは、写真であまりにも有名だが、やはり間近かにみると、なにがなしにもの悲しいような華麗さであった。

三帆子が心を惹《ひ》かれたのは、王座の背もたれの部分に描かれている若い王と王妃の姿で、王妃がツタンカーメン王の腕に手をかけ、何か話しているようなのが愛らしい。

「この向い合って、今にもキスしそうなのは何だね」

弓削老人が俊之介に訊《き》き、

「いかがわしいことをいうなよ。それは死者を守るイシス、ネイト、ネフティス女神たちだよ」

慌《あわ》てて、俊之介が祖父の口を封じた。

それらはアラバスタと呼ばれる太陽の光を通す石材で作った四角い箱のようなものの中に向い合って安置されていた。

正面から向き合った顔はほんの僅かしか離れて居《お》らず、弓削老人のいうように、今にも接吻《せっぷん》しそうな感じであった。

二階を一通りみてから、一階へ下りた。

そこには、年代順に、各地から出土したものが陳列されている。

「ほう、これは、わしに似とるな」

弓削老人が一メートル以上もある木彫の人物像の前で立ち止った。

たしかに、その堂々とした顔は弓削老人に似ていなくもない。

「それは、メンフィスの神官達の長で、カー・アペルという人。発掘した人々がみんな自分の所の村長に似ているといって、村長って渾名《あだな》がついたそうだ」

「すると、弓削家の先祖はエジプト人かね」

がやがやと一巡して外に出た時には、二時間の見学予定ぎりぎりで、ガイドが心配そうに乗客の集まり具合をみている。

バスはそれからフォルテグランドというホテルへ行って、昼食となった。

「どうも、エジプト料理というのは、あまり旨《うま》いものじゃありませんな」

バイキングスタイルの食事をしながら、金子がいい、まわりが同意した。

「このホテルのアーケードに、ちょっと変ったTシャツが売っているんですよ」

早々に食事を終えて俊之介がいい、三帆子を伴って一階へ下りた。

アーケードというほどのものではないが、数軒の土産物屋が並んでいる。

その隣がホテルのロビィであった。

ロビィから一人の男が立ち上って、三帆子の傍へ来た。

「やっと、みつけたよ」

一瞬、三帆子は自分の目を疑った。

グレイの背広に、品のいいネクタイをきちんと締めて、手にはアタッシェケースを下げている。

その恰好《かっこう》は、そのまま、東京のホテルへおいても可笑《おか》しくはなかった。

エジプトのカイロにはビジネスの客も来ないわけではないだろうが、ラフなスタイルの観光客の間に立っていると、どうしようもないほど違和感をおぼえる。

「春本さん……」

信じられない気持で、三帆子はその名を口にした。

つい一カ月前、三帆子が婚約を破棄した相手である。

「どうして、エジプトへ……」

春本孝一は、ちらと三帆子の背後の弓削俊之介に目をやった。

「少し、話したいんだが……」

俊之介が三帆子にいった。

「僕はTシャツをみていますよ」

多少、気になるといった恰好で、アーケードへ去った。

「あまり、時間がないんです」

ロビィの椅子《いす》のほうへ導かれながら、三帆子はいった。

事実、集合時間まで、あと十分ばかりであった。

「船へ電話をして訊いたんだよ。今日のカイロツアーはここで昼食と聞いたから……」

「父に電話をなさったの」

「とんでもない。レセプションの人が教えたんだ。あなたのお父さんだったら、電話のむこうからどなられる。こんな所までなにしに来た……」

春本孝一が父の口真似《くちまね》をしたので、三帆子は腹が立った。この人はなにかというと、三帆子の家族の口真似をして冷やかすような所がある。

「私も父と同じことをいいます。なにしにいらしたの」

「あなたの誤解をとくためですよ」

「誤解ですって……」

結婚式まであと数日という時に、一人の女が中上家を訪ねて来た。

春本孝一と同じ会社につとめていたOLで、二歳の男の子を伴っていた。

茫然《ぼうぜん》としている中上家の人々に、女が示したのは、子供を認知した書類で、父親の名前は春本孝一になっている。

女の名前は吉野和子といい、春本孝一より五つ年上の先輩であった。

「孝一さんが入社して来て、私が何かとコンピューター関係のことをお教えしたのです。それがつき合いのはじまりで……」

三年前に妊《みごも》って、それをきっかけに会社をやめ、出産した。

「孝一さんのお母様が今のアパートを探して下さいまして、子供と二人で暮しています」

孝一は週に何度か泊って行き、生活費も春本家から銀行振込みになっていたが、昨年の暮で打ち切られた。

「孝一さんが結婚するのだということは、元の会社の同僚が教えてくれました」

春本家からはなんの説明もなく、孝一も来なくなった。

「私のことはともかく、子供の将来を考えると黙っていられなくなりまして……」

中上家では、とりあえず、その日は女に帰ってもらった。

調査は、兄の静夫がした。

驚いたことに、春本孝一のつとめている会社では、孝一と吉野和子のことは同じ部署の人はみな知っていた。

「孝一君が、そっちは然《しか》るべき人を立てて、きちんと話をつけたというものですから、てっきり、そうだと思っていたのですが……」

と上司は困惑し、同僚は、

「あんまり、吉野さんが気の毒なので、あたし達が智恵《ちえ》をつけたんです。春本家へかけ合って埒《らち》があかなければ、お嫁さんのほうへぶちまけたほうがいいって……」

と打ちあける始末であった。

中上家から仲人《なこうど》を通じて、春本家へ婚約破棄を伝えたのは、そうした調査がすんでからのことで、結婚式が目前に迫っていたこともあり、それからの何日かは、招待客への説明や式場、披露宴の会場などのキャンセルなど気が遠くなるような思いをした。

それを今更、誤解だという相手の本心がわからない。

「とにかく、私にとって、今度のことはもう終っているのです。何もお聞きする必要はありませんし、聞いても仕方がないと思います」

アーケードから弓削俊之介が出て来るのをみて、三帆子は椅子から立ち上ろうとし、孝一がその肩を乱暴に押した。

「僕は聞いてもらいたいんだ」

「私はお聞きしたくないと申し上げているのです」

「はるばる、ここまで来たんだ」

「それは、あなたの御勝手でしょう」

「三帆子さん……」

俊之介が傍へ来た。

「集合時間ですよ。よかったら、行きましょう」

孝一が、俊之介へ叫んだ。

「君は何者だ」

「ごらんのように、三帆子さんと同じ、クイン・エルフランド号の船客です」

「だったら、先に行き給え」

「三帆子さん、そのほうがいいですか」

とぼけた口調で俊之介がいい、三帆子は立ち上った。

「いいえ、御一緒します」

「では、行きましょう」

「君……」

孝一が俊之介の肩を手荒くひっぱった。が、よろけたのは孝一のほうであった。

俊之介が三帆子の背後をしっかりガードするようにしてバスが待っている玄関へ歩き出すのを、春本孝一は忌々《いまいま》しそうな表情で見送った。

三帆子が礼をいったのは、バスに乗ってからであった。

「ありがとうございました」

俊之介のほうは軽く会釈《えしやく》しただけであった。

ギザのピラミッドへは、ホテルから思ったより、ずっと近かった。

町が尽きるといきなりピラミッドがみえて来る。

「この通りピラミッド通りというんです」

何事も無かったように俊之介が教えた。

「文字通り、ピラミッドにまっしぐらですよ」

三つのピラミッドの中で、一番大きなクフ王の大ピラミッドの手前でバスを下りた。

駱駝《らくだ》に乗った男達が近づいて来るのは、カメラにおさまって、撮影料を取るためで、早速、何人かが記念写真を撮っている。

「なんと、馬鹿《ばか》でかいものを造ったのかね」

弓削老人達のグループはピラミッドを背景にして並んだ。

「ここより、少し先に三つのピラミッドが全部、カメラに入る場所があるんだ」

俊之介の言葉通り、乗客は再びバスに乗せられてカフラー王のピラミッド、メンカウラー王のピラミッドへ続く道を走る。

撮影ポイントは人があふれていた。

さりげなく振舞ながら、三帆子はショックを受けていた。

何故《なぜ》、春本孝一がエジプトくんだりまでやって来たのか見当がつかない。

誤解をとくといったが、彼と吉野和子の件は彼の会社の人々が証言して居《お》り、子供の認知までしているのであった。

いったい、何が誤解だと孝一はいいたいのか。

彼の性格を考えると、あのまま、すんなり日本へ帰るとは思えないし、この先、どういう行動に出るのか、不気味であった。

三帆子にとって気強いのは、ツアーの中にいるという点であった。

船へ帰れば、父がいる。

三つのピラミッドの先にはスフィンクスがあった。

「驚いたな。スフィンクスってのは、もっとでかいと思ったんだが……」

弓削老人がいうように、顔のまん中が欠落したスフィンクス像は背後のピラミッドの大きさに対して、小さくみえる。

「なんのことはない。神社の狛犬《こまいぬ》だな」

弓削老人が相変らず乱暴なことをいっては周囲を笑わせていた。

「このスフィンクスの顔はカフラー王に似せてあるというんだよ」

俊之介がいい、それにも弓削老人は、

「欠けちまっているから、わからないね」

と応じた。

それにしても、三つのピラミッドとスフィンクスを取り巻く空間は広い。

その中を歩き廻っている人間は、さしずめ箱庭に迷い込んだ蟻《あり》であった。

カイロ観光は、最後にモハメッド・アリ・モスクを見て帰路についた。

そのモハメッド・アリ・モスクで、三帆子は並んで写真をとってもらっている三木夫妻をみつけた。

三帆子達とは違うバスで三木夫妻はカイロ観光のツアーに参加したらしい。

三帆子が近づいて挨拶《あいさつ》すると、三木夫人がいった。

「珍しいでしょう。長いことバスに乗るのはいやだという人が、往復六時間のツアーにやって来るなんて……」

いわれてみれば、この前のルクソールの観光に三木芳彦はバスの長旅はいやだといって参加しなかったものだ。

「別に珍しくはないさ。二度も留守番させられるのはかなわんと思ってついて来ただけで……」

「来れば来ただけのことがありますでしょう」

「まあ、それはそうだな」

三木夫妻の雰囲気が前とは変っていることに三帆子は気づいた。

三木芳彦からは横暴な亭主関白の気配が消えて、好々爺然《こうこうや》としている。そして、恒子の表情も明るかった。

カイロまで遠出をしたバスのグループが残らず帰船したのは夜の八時を過ぎていた。

疲れ切って空腹の客達は、早速、ダイニングルームへ出かける。

そのダイニングルームの入口に中上虎夫は娘を待っていた。

「すぐに飯でいいね」

笑いながら、先に立ってテーブルへ行った。

「どうだった、カイロは……」

メニュウをみて注文をすませてから、そっと訊《き》く。

「ホテルに、彼が来たの」

それだけで、父親には通じた。

「食事をすませて、アーケードで買い物しようとしていたら、声をかけられたのよ」

「やっぱり、そうか」

船のスタッフから、電話で今日のツアーのスケジュールを訊《たず》ねて来た者があったときいて、もしや、と思っていたと話した。

「しかし、まさかと思ってはいたんだ」

彼はなんだといっている、と、せっかちに訊いた。

「話すひまもなかったの。ただ、誤解をとくためにやって来たとはいってたけど……」

「それだけか」

「弓削さんが傍にいてくれて助かったの」

虎夫がうなずいて、運ばれて来たビールに口をつけた。

「今更、どういうつもりかね」

怒りを抑えた口調で呟《つぶや》いた。

「何をいいに来たのか知りませんけど、あたしの決心は変りませんから……」

三帆子の言葉で、父親は、ほっとした様子であった。

「なにを考えているやら……」

船には乗って来られない筈《はず》であった。

「心配することはない。お父さんがついているんだ」

不安そうな娘をはげました。

料理が運ばれて、沈黙した父娘《おやこ》のテーブルに前田敏子が来た。

「変な電話があったんですよ」

内藤須美子の弟だという男からで、

「ピレウスで、乗って来るというんです」

勿論《もちろん》、船旅に参加するのではなくて、

「内藤さんに話があると……」

「しかし、内藤夫人はもう下船して帰国途上なんだろう」

「それも承知のようですよ。つまり、離婚の話し合いに来るんじゃありませんかね」

どうも、そんな口ぶりだったと告げた。

「須美子さんの弟さんというのは、ピッコロというリストランテのマネージャーをしているそうですよ。内藤さんが、そういってましたから……」

「話したの」

「ええ、お会いになりたくなければ、乗船をお断りしますと申し上げたんですけど」

内藤はかまわないと返事をしたらしい。

午後九時過ぎ、クイン・エルフランド号はポートサイド港を出航した。

「いよいよ、地中海だぞ」

プロムナードデッキに出て、港の夜景を眺めながら、中上虎夫が娘の表情を窺《うかが》った。カイロのホテルで、婚約破棄した相手に出会ったことが、やはり、三帆子をどことなく落ちつかなくさせているのが、父親としては気がかりであった。

更にいえば、カイロまで娘を追って来た春本孝一が何を考えているのか、不快でもあり、不安でもあった。

ポートサイドの気温は十七度で、やや涼しい感じがしたが、翌日もやや曇り空で海の色は今一つ冴《さ》えない。

ラウンジへ出て、窓越しに海をみつめながら、三帆子の気持も沈んでいた。

もう終った筈の、春本孝一との問題が、こんな形で蒸し返されようとは思いもよらないことであった。

考えても仕方がないとわかっていて、心がそっちへ向いてしまうのも情なかった。

「三帆子さん、お一人ですか」

声をかけられて、顔を上げると三木恒子であった。彼女も一人である。

「お邪魔しても、よろしいかしら」

遠慮がちに訊かれて、三帆子は、

「はい」

と答えた。

こんな時は一人でくよくよ考えているより、三木夫人のような温かさのある女性と話をしているほうが、気が休まると思う。

給仕人に紅茶を頼み、三木恒子は海のほうへ視線を向けた。

「折角の地中海、いえ、もうギリシャが近いから、エーゲ海でしょうか。なんだか海の色がきれいになりませんわね」

誰もが同じことを考えていると気がついて、三帆子は微笑した。

「今年の地中海はお天気が不安定だと、今朝、吉岡が申していましたけど……」

この船の副船長である吉岡登は、三木恒子の甥《おい》に当る。

「なんとか、エーゲ海にこの船がいる間だけでも、晴天にしたいですね」

三木夫人の言葉に、三帆子もうなずいた。

「本当に……でも、ずっとお天気続きでしたから……」

三帆子がシンガポールで乗船してから、一度も雨天の日がなかった。

三カ月もの世界一周の船旅ともなれば、当然、晴れの日も、雨の日もあるに違いない。

「吉岡も申していました。こんな晴天続きの船旅は珍しいのだと……でも、地中海から先はわからないぞ、とおどかすようなことをいうのですよ」

「奥様は、揺れにはお強いのですか」

「私は、冬の日本海でも平気でした。でも、主人は全く駄目でしたから……」

クイン・エルフランド号は、横揺れ防止のためのフィン・スタビライザーを備えていた。

それでも、ひどい荒天になれば全く揺れないということはない。

「でも、今は良く効く船酔い止めの薬があるそうですね」

それは、三帆子も父から聞いて知っていた。

「もし、必要でしたら、いつでも診療室へおいで下さい」

「ありがとうございます。その節はよろしくお願いします」

三木夫人が頭を下げた時、夫の三木芳彦が入って来た。

「どこへ行ったのかと思ったら、やっぱり、ここだったか」

囲碁教室から船室へ戻ったら、妻の姿がなかったので探しに来たと笑っている。

「三帆子さんに船酔い止めのお薬のこと、うかがっていましたの。とても効くのがあるそうですから、もし、揺れて来ても大丈夫よ」

「そんな心配をしていたのか」

夫の表情はいよいよ晴れやかになった。

「すまないが、わたしにも紅茶を頼んでくれないか」

恒子がすぐに立ち上って給仕人の所へ行った。きれいな英語で紅茶の注文をしている。

この夫婦の変化には、昨日から気がついていたものの、三帆子は少からず驚いていた。

三帆子が最初にこの船で三木夫妻を認めた時、夫は随分、横暴な亭主関白といったイメージであった。

妻を召使のように使い、あれこれと命令して、それが当然といった顔をしていた。

少くとも、三木芳彦の口から、妻に対して、

「すまないが……」

などといったのは、今がはじめてのような気がする。

以前なら、

「おい、紅茶……」

という言い方だった。

恒子が戻って来て、すぐに給仕人が一人前の紅茶を運んで来た。

「お砂糖、入れますか」

恒子が聞き、夫は、

「ああ、一杯、頼む」

と返事をした。恒子はスプーン一杯の砂糖を入れ、添えてあるレモン皿から薄切りのレモンを一つ取って、夫の紅茶に浮かした。

「どうぞ……これでいいですか」

「うん、ありがとう」

茫然《ぼうぜん》と眺めている三帆子に、恒子が苦笑した。

「驚いたでしょう。主人が優しくなったので……」

返事に窮した三帆子の代りに、芳彦がいった。

「俺は、昔から優しいよ」

「さあ、どうでしたかしら」

「優しくなかったかなあ」

夫婦が声を合せて笑い出して、三帆子も釣られて笑い声を立てた。

「日本の男の悪い所なのですよ」

紅茶を一口飲み、芳彦が弁解するように話し出した。

「大体、わたしぐらいの年齢の者は、家族に対して、特に女房に対して口下手なんです。三帆子さんには可笑《おか》しく思えるだろうが、女房にべたべたするような男は、ろくな奴《やつ》じゃないと思っていましたからね。外国の映画をみて、男が女にアイ・ラブ・ユーなんていっている。なんと柔弱な、情ない男かと……」

「御主人様は、奥様に求婚なさる時、なんとおっしゃったのですか」

真顔で三帆子が訊ね、芳彦は照れた。

「わたし達は見合で……その……写真をみて、仲人《なこうど》に……」

「奥様の写真をみて、なんとすてきな人だとお思いになった……」

三帆子の明るい口調に、芳彦も気が軽くなったらしい。

「美人だとは思いましたよ」

「写真だけで、結婚をお決めになったんですか」

「いや、一度、仲人も一緒に飯を食いました。わたしはあがっていたのか、茶をひっくり返して、すると、家内が……いや、その時はまだ女房じゃなかったわけですが、懐紙を出して手ぎわよく処理してくれて……あれは、嬉《うれ》しかった……」

「あなた、そんな古いことを……」

「結婚以来、ずっと女房には感謝して来たのですよ。しかし、口に出して何かいうのはきまりが悪いようで……つい……」

「もう、およしなさいませ。わたしまで、きまりが悪いじゃありませんか」

紅茶を飲み、三木夫婦がやがて三帆子に挨拶《あいさつ》してラウンジを出て行ったのは、弓削俊之介が入って来たせいであった。

「さて、お若い方の邪魔をしてはいけない」

と夫が立ち、妻が首をすくめて三帆子に会釈《えしやく》をしたのが、ひどく若々しくみえた。

「三木さん御夫妻、なんだか、新婚さんみたいですね」

夫婦を見送って、俊之介がいった。

「奥様は御主人様の船酔いを心配していらっしゃるの」

三帆子がいい、俊之介が海を眺めた。

「この天気なら、まだまだ揺れませんよ」

明日のピレウスでの予定は決まりましたか、と訊《き》く。

「シャトルバスが市内のホテルまで行くので、もし、さしつかえなかったら、うちの祖父さんと一緒にアクロポリスを案内したいと思っているんですが、どうですか」

遠慮がちな誘い方だが、是非にという彼の気持がはっきりのぞいていた。昨日のカイロで春本孝一をみているのに、彼は誰だとも訊かない俊之介の思いやりが三帆子の心にしみた。

アクロポリスにて

もはや、船内の客の目にも、弓削俊之介が三帆子に特別な感情を持っているのは明らかなようであった。

そのことを、多くの人々は知っていて知らぬふりをしている。いや、時折、さりげなくエールを送ったり、冗談らしく俊之介をけしかけたりすることもある。

どちらにせよ、今のところ、二人を取巻く視線は好意的であった。

それは、おそらく、弓削俊之介の人柄のせいではないかと、三帆子は思う。

とりたてて男前というのでもなく、背の高いことが二枚目の第一条件のようにいわれる御時世に、彼は日本人の平均的な身長に辛うじて届くくらいである。が、体つきはみかけよりも筋肉質で、力が強そうであった。

そのことを、三帆子はカイロのホテルで、春本孝一が彼の肩を乱暴に摑《つか》んだのを、あっという間にふりほどいたので発見した。

それで、

「ピレウスは、喜んでお供させて頂きます。アクロポリスは、前から楽しみにしていたんです」

と返事をしたついでに、

「弓削さんは、何かスポーツをやってらしたんですか」

と訊いてみた。

「スポーツは嫌いじゃないんですが、あまり縁がなくて、父親のお供でゴルフを少々、あとはテニスもうまくないし……」

三帆子は首をかしげた。

「でも、なんというか、身のこなしが鮮やかにみえたので……」

「いつです」

困って、結局、答えた。

「カイロです。カイロのホテルで……あの人が弓削さんに乱暴したでしょう。あの時……」

俊之介が照れくさそうに笑った。

「柔道やってたんです。それから、剣道も」

三帆子のびっくりした顔をみて、頭をかいた。

「僕は小さい時からチビで……祖父《じい》さんがチビでも劣等感を持たないようにと、もっぱら武道を習わせたので……」

でも、と慌《あわ》てたように、つけ加えた。

「僕の武道は攻撃的じゃないんです。自分を守るため。それから、もし必要とあれば、自分の好きな人を守るため……」

真赤になった俊之介へ、三帆子は小さく頭を下げた。

たしかに、カイロのホテルで、俊之介は見事に三帆子をエスコートして、春本孝一から守ってくれた。

その日の航海はスエズ運河とエジプト観光で疲れ切った船客達にとって、久しぶりにゆったりした一日であった。

やがて、クイン・エルフランド号は小さな島々の間を抜けて、エーゲ海第一の寄港地、ピレウスへ入った。

ピレウスの岸壁には多くの客船が停泊していた。

それらの大半は、ギリシャの島々を廻るもので、船籍もギリシャ、従って青と白の鮮やかなギリシャの国旗がマストにひるがえっている。

それに対して、クイン・エルフランド号は日本船籍なので、これ亦《また》、白地に赤く、日章旗が入港に際して高々とかかげられた。

早朝にプロムナードデッキを歩いていた船客は、さわやかな風と日光の中で、母国の国旗を眺め、或《あ》る感慨を味わっていた。

年輩の者は、その旗の下に必死で戦い、惨敗《ざんぱい》して苦しい戦後の生活を乗り越えて来た過去を想《おも》い、よくぞ、あのどん底から立ち上って日本が今日の繁栄の日を迎え、その日本の船がこうして日本人船客を乗せて、世界一周の旅を行っていることに、胸をつまらせていたし、戦争を知らない世代の者は、日章旗に、オリンピックでメダルを得た選手が国歌と共に仰いだ時のような、素朴な感動をおぼえていた。

「いいものですね。こうやって、外国で日本の旗をみるのは……理屈じゃなくて、なんとなく嬉しい……」

プロムナードデッキで弓削俊之介がいい、父の虎夫と共にウォーキングをしていた三帆子も、足を止めて国旗を眺めた。

この旗を、軍国主義の象徴のようにいう人もあるのは、俊之介も三帆子も知らないわけではないが、戦争は人間が行ったもので、旗になんの罪があろうといった気持がある。少くとも、外国の港で朝陽を浴びている日章旗には、心が躍るような、いい気分であった。

「ドクターは、今日、下船されますか」

俊之介の問いに、虎夫が答えた。

「いやいや、医者は船に残ります。申しわけないが、娘にはアクロポリスをみせてやりたいと思っていましたので、是非、よろしくお願いします」

昨夜、三帆子から、今日、アクロポリスへ俊之介が誘ってくれたと報告を受けていての、父親の挨拶に、俊之介は正直に嬉しそうな顔をした。

「せい一杯、ガイドをします。うちの祖父も一緒ですから、どうぞ、御心配なく……」

虎夫はちょっとためらってから、つけ加えた。

「お願いついでに、我が家の内情を少々、打ちあけます。カイロであなたに無礼を働いた男、あれは春本孝一といって、三帆子が婚約破棄をした相手なのです。理由は先方の事情によるもので、娘に罪はありません。親であるわたしどもがもっとよく先方の調査をしていれば、娘につらい思いをさせなかったものをと、後悔しています。三帆子はもう、先方のことを、なんとも思って居《お》りません。にもかかわらず、男は急に三帆子を追って来たのです」

三帆子が父親の袖《そで》をひいて、制止したが、虎夫は殆《ほと》んど一息に続けた。

「男が何を考えているのか、わたしにもわかりません。ただ、心配なのは、アテネにも、彼が姿をみせるかも知れないことで、もしもの時には、弓削さん、どうか、娘を守ってやって下さいませんか」

俊之介の頰が紅《あか》くなった。

「勿論《もちろん》、全力を尽して、お守りします」

そのせりふに、ふと気恥かしくなったように苦笑した。

朝食をすませ、三帆子は俊之介と約束したように、九時にギャングウェイへ行った。

ちょうど俊之介が祖父とその友人二人を伴ってエレベーターから出て来たところで、揃《そろ》ってギャングウェイを下りた。

「行ってらっしゃい。いい一日をお過し下さい」

船のスタッフが声をかけ、船客達はそれに応《こた》えながら、シャトルバスへ乗った。

岸壁から港のターミナルビルまで、三帆子はさりげなく周囲を見廻したが、春本孝一の姿はなかった。気がつくと、弓削俊之介は祖父と二人、三帆子の左右を守るようにして歩いている。

それにしても、今朝、父の虎夫が俊之介にあんな打ちあけ話をするとは、三帆子には予想もつかなかった。

およそ、父らしくないとも思う。

しかし、それほど、父は心配でたまらなかったのだろうとも想像出来た。

船医は原則として、停泊中も下船出来ないことになっている。

例外がないわけではないが、今日の場合、船には内藤武志をはじめとして、何人かの病人が残っていた。

内藤武志はともかく、他の数人は風邪や疲労から来た軽症の患者ばかりだが、それでも、船医としては下船して観光ということは出来ない。

そして、父が一番、心配しているのは、今日、ピレウスから内藤須美子の弟という男が乗船して来ることだろうと、三帆子は承知していた。

内藤須美子の弟が、なんの用で姉の夫を訪ねて来るのか、いずれにせよ、病根を抱えている内藤武志によい結果をもたらすものではないとは、三帆子でも思いつく。

そんなことを考えながら、シャトルバスに乗り、席についた三帆子はすぐ隣にいた俊之介の体に、一瞬、緊張が走るのを知った。

反射的に窓外をみると、ターミナルビルの脇《わき》に、春本孝一の立っているのが目に入った。

彼はこのバスへ来ようとして、ギリシャ人の物売りにつかまっていた。乱暴に彼等を押しのけようとして、逆に彼等の仲間に取り囲まれ、困惑しているといった恰好《かっこう》であった。シャトルバスはその前をゆっくりと発車して、アテネ市内へ向った。

ピレウスの港町からアテネまで、ギリシャの家々の多くはごつごつした岩肌の上にぎっしりと固った感じで建てられていた。

家々の窓からは洗濯物の竿《さお》が突き出され、狭い坂道を骨太な体つきをした女が桶《おけ》を下げて上って行く姿など、およそ日常的な風景が日本人にはもの珍しく見える。

シャトルバスはアテネの市のほぼ中心にあるシンタグマ広場の近くのホテルへ着いた。この場所と港とを往復するシャトルバスは一応、予約制になっているので、乗客は帰りのバスの時刻を確認しながら、三々五々、市内へ散って行く。

「アクロポリスでは、いやでも歩かなけりゃなりませんから、今の中《うち》に老人をいたわりましょう」

俊之介がおどけた口調でいい、タクシーを拾った。

「天気がよくて、なによりでしたね」

助手席にすわって、遥《はる》かな山を、

「リカヴィトス山です」

と教えた。

「山頂に展望台があって、アテネ市内がよく見渡せるんですが、すさまじいコンクリートジャングルだってことがよくわかりますよ」

第二次世界大戦以後の人口の急増に合せて建築ブームがはじまったのだが、

「なにしろ、都市計画もへったくれもなく、手当り次第にビルが建ったんで、とにかく、ひどい結果になっています」

「そりゃあ、日本も同じだろう」

弓削仙之介が孫息子に応じた。

「車の排気ガスもひどいんだよ。この前、夏に来た時は、黄色のスモッグが出て、町を歩いていた人が呼吸困難で倒れたなんて話も聞いた。その後、市が車の規制に取り組んだそうだけども……」

そのせいなのかどうか、春のアテネ市内に車はかなり渋滞しているが、車の窓を開けて息苦しくなるということはない。

「今日は風があるからいいのかも知れないな」

アクロポリスはその周囲が切り立った崖《がけ》にかこまれていた。

下からおよそ六十メートル、建物を含めて、全体が小山のような感じにみえる。

タクシーを下りた所からアクロポリスの丘へ向けて石段の上り道がついていて、そこを観光客がぞろぞろと登っている。

「ここはアクロポリスの西側で、一応、正門ということになっているんです」

俊之介がいい、祖父が訊《き》いた。

「他から上り口がないのかい。こう人が多くては、風情《ふぜい》もなにもあったものじゃない」

「他からは立ち入り禁止になっているが、地元の人だけが知っている細道があるらしいよ。もっとも、我々はそういう危険は冒さないつもり……」

俊之介が先に立ち、三帆子と弓削老人が続いた。

上り道の両側には夾竹桃《きょうちくとう》の花が赤く咲いている。

「こいつは天然の要害だな」

途中、市内を見渡せる所で一息入れながら弓削老人が呟《つぶや》いた。

「そうなんだよ。神殿が出来たのは後のことで、ミケーネ時代には城塞《じょうさい》だったんだ」

最初にアテナ女神に捧《ささ》げられた神殿は木造だったと、俊之介が解説した。

「それは、ペルシャ戦争の時、アテネに攻め込んだペルシャ軍によって破壊されて、今、我々が目にする石造の神殿は前五世紀の後半に出来たんです」

上り道は、やがて前方に典雅な石の神殿を仰ぎみる形になった。

「あれが、パルテノン神殿、その手前の小さな神殿がニケ神殿、それから、もっと上へ行くと、よくわかるけど、パルテノンの北側にあるのがエレクティオン神殿。つまり、アクロポリスには三つの神殿があるんです」

「説明は、もういいよ。ゆっくり眺めさせてくれ」

弓削老人が笑いながら、孫を遮り、神殿の周囲を歩き出した。

三帆子が心惹《こころひ》かれたのは、エレクティオン神殿で、女人像が並ぶ柱がポーチにあって、どことなく優美にみえる。

「本で読んだことですが、パルテノン神殿は或る意味でアテネの国家的財宝庫だったというんです。つまり、名工フィディアスが造った十二メートルもの高さのアテナ女神像がパルテノン神殿に安置されていたが、それは、象牙《ぞうげ》と金で出来ていて、いざ非常時という時に備えた国家の財宝でして、その神像に使用されている金銀だけで、パルテノン神殿が二つ半建てられるんだそうです」

三帆子にだけといった感じで俊之介が説明し、三帆子は目をみはって聞いた。

「それじゃ、神殿といっても、信仰の対象じゃなかったんですか」

「いや、勿論、人々がおまいりはしたでしょうし、アテナ女神像は芸術的に秀《すぐ》れたものに違いありません。実際、パルテノン神殿よりも後に造られたニケ神殿と、三帆子さんが気に入ったエレクティオン神殿は宗教的な礼拝所として完成されたものだったんですから」

そうした石の神殿を廻り、小さな博物館を見学して、一行は帰途についた。

待たせておいたタクシーに乗ると、俊之介がいった。

「ぼつぼつ、おなかがすく頃でしょう。昼飯に案内します」

タクシーの運転手は俊之介の指示に従ってアテネ市内を通り抜け、海のほうへ走って行く。

「アテネにはアクロポリスの他にみるものはないのかい」

弓削老人が訊《たず》ね、俊之介が苦笑した。

「みせたい所はみんな遠いんだよ」

クイン・エルフランド号は今夜二十二時にピレウスを出航する。乗船客の帰船時刻は二十一時になっているが、俊之介がみせたいものというのは、どうも、その時間では行って来られない所らしい。

「例えば、アテネの西に当る方角に、ケラメイコスの墓地がある」

「なんだ、墓か」

「すばらしい彫刻のある古代の墓があるよ。その他に面白い遺構もある。それから、アカデメイアの遺跡もいいんだ。プラトンの学園のあった所だけど、僕の読んだ本の作者は、シェークスピアの『真夏の夜の夢』の舞台はアテネってことになっているが、アカデメイアじゃないかなんて書いている」

「おい、おい」

車の中で、船からもらって来たアテネのガイドブックを広げていた弓削老人が大声を上げた。

「パルテノン神殿は一六八七年にベネチア軍の砲弾が当ってぶっこわされた。今のは十九世紀に復元されたものだとさ」

俊之介が笑った。

「その通りだよ。でも、パルテノン神殿、アクロポリスはアクロポリスさ。だから、みんながああやって坂を上って見物に来る」

タクシーは港町へ入っていた。

ピレウスのような大きな港町ではなく、漁村といった恰好であった。

「ここで、魚料理を食べよう」

海沿いにずらりと並んでいる一軒のレストランの前で、俊之介は車を下りた。

レストランの名前が「ゾルバ」であった。タクシーはここで返し、三人は浜辺のテーブルに案内された。

屋内だが、暖かな日ざしの中で気分は悪くない。

白ワインに魚料理を二、三、注文していると貝を桶に入れて売りに来た男がいた。獲《と》れたてのを、生で食べさせるらしい。

「そいつは旨《うま》そうだな」

弓削老人がいい、俊之介はそちらも適当に頼んでいる。

「観光なんてものは、欲ばらないほうがいい。あれもこれもと目まぐるしく廻ったひには、何をみたのかわからなくなる。気に入ったもの、以前からみたかったものをゆっくり眺めて感動出来れば、それが一番いいね」

白ワインを飲みながら、弓削老人がいい、

「それは、年寄の負け惜しみさ。若い中はなんでもみる。その中から、自分に合ったものを発見する。なんだって、みてみなけりゃ、いいか悪いかわからないだろう」

俊之介が反撥《はんぱつ》した。

もっとも、二人とも語気鋭くいい争うのではなく、当り前の声でのんびりと話し合っていて、双方共に双方の言い分を認めているようなのが、三帆子には微笑《ほほえ》ましかった。

浜辺のレストランの料理は素朴なものであった。

魚は焼いただけ、貝は蒸しただけで、テーブルには日本の醬油《しょうゆ》がおいてある。

「なにしろ、日本人の観光客がよく来るからね」

俊之介は少々、憮然《ぶぜん》としていたが、弓削老人は満足そうに魚に醬油をかけ、三帆子もそれにならった。

久しぶりの日本の家庭料理といった感じで、

「これで、旨い飯があれば申し分ないね」

と弓削老人は笑っている。

もっとも、クイン・エルフランド号は圧倒的に日本人の乗客が多いこともあり、ダイニングルームのメニュウにも常時、日本食の用意があった。

いわゆる外国船に乗っていて、連日のフランス料理に閉口したというようなことはない。

けれども、蒼空《あおぞら》の下で太陽を浴びて、さっぱりした味の焼きたての魚を満腹するほど食べるというのは、いい気分のものである。

けれども、勘定書が来て、弓削老人が俊之介に財布を渡した時、俊之介が少しばかり眉《まゆ》を寄せた。

「どうかなさったの」

三帆子が訊くと、

「いやいや」

と苦笑して、給仕人を呼び、勘定を払ってからタクシーを呼んでくれと頼んだ。

「今からアテネのほうへ戻っても、少々の観光は出来るけれども……」

と俊之介はいいかけたが、みると椅子《いす》にもたれて弓削老人はうつらうつらしている。

三帆子がさりげなく答えた。

「私でしたら、もう充分、アクロポリスを楽しみましたから……あとは船へ戻ってゆっくりします」

診療室の状態も心がかりであった。

内藤武志は、果して妻の弟にどんな話をされたのかと思う。

それに、三帆子にとってはピレウスでみかけた春本孝一のことも不安の材料になった。

どこか心が落ちつかないのも、そのためである。

「それじゃ、帰りますか」

俊之介が考えながらいった。

「どっちみち、明日からはエーゲ海クルーズになります。サントリーニ島もロードス島も各々に面白いですから……」

「おさしつかえなかったら、お供させて下さい」

「お供だなんて……大歓迎ですよ」

やがて、タクシーが来た。

ピレウスの港までは三十分もかからない。

三帆子を俊之介と弓削老人が囲むようにしてターミナルを横切り、船の停泊している岸壁へ戻った。

ギャングウェイのあたりには、クイン・エルフランド号のスタッフが待っている。

弓削老人と俊之介に礼をいい、三帆子はレセプションの所にクルーズアシスタントの光川蘭子がいるのをみかけて近づいた。

光川蘭子も、三帆子に気がついて、他の船客から目立たないよう、ロビィのすみに移動して三帆子を迎えた。

「お留守中に、いろいろあったのよ」

三帆子の表情をみて、軽く首をふった。

「でも、御心配なく。ドクターがちゃんと話をなすったから……」

春本孝一のことだと思い、三帆子は緊張したが、光川蘭子が話したのは、内藤武志に関してであった。

「内藤夫人の弟だっていう人が乗って来て、内藤さんの病状について、いろいろ質問したみたいよ」

小一時間ばかり、診療室で話を聞き、いったん下船したという。

「どうもね、内藤夫人はカイロからギリシャへ来たみたい」

「日本へ帰らずにですか」

「カイロで、弟さんに連絡したみたいね。どういう経路でピレウスに来たのか知らないけど、どうも、今、弟さんとピレウスのホテルにいるようなの」

とすると、内藤須美子の弟がいったん下船したというのは、姉弟で打ち合せでもしているのだろうか、と三帆子は思った。

船室へ戻ると、父の虎夫は冷蔵庫からミネラルウォーターを出していた。

「いいところへ帰って来た。お茶をいれておくれ」

たった今、診療室からひき上げて来たところだといった。

「アクロポリスはどうだった……」

「やっぱり、百聞は一見にしかずよ」

昼食を御馳走《ちそう》になったと話しながら、三帆子は自分が日本から持参した上等の煎茶《せんちゃ》をいれた。

「内藤夫人の弟さんがみえたようね」

「あまりいい感じではなかったよ」

最初から、内藤武志の健康について、随分、不遠慮な質問をしたといった。

「内藤さんが、あと何年生きられるかというようなことまで訊《き》いたのでね。癪《しゃく》にさわったから、順調に回復されて養生なされば、百歳まででも生きられるといってやったよ」

「大変なお医者さんね」

しかし、父にはそういったところがあるのを三帆子は知っていた。

医者がもし、常に理性的であらねばならないというのなら、中上虎夫はとっくに医者を失格している。

「それより、春本に会わなかったか」

「港の外にいたのよ。バスの中からみえたのだけど……」

帰って来た時には、姿をみかけなかった。

「船のほうには、なにもいって来なかったんだがね」

その時、船室の電話が鳴った。

三帆子が受話器を取ると、熊谷船長であった。すぐに虎夫が替り、二言、三言返事をして答えた。

「では、診療室のほうへ行きましょう。どうか、御心配なく」

受話器をおいて三帆子にいった。

「ちょっと看護婦に聞かせたくない内容なのでね。といって、受付に誰もいないと、他の患者が来た時、具合が悪い」

三帆子がうなずいた。

「あたしが受付にいます」

「すまないが、たのむよ」

父娘《おやこ》で診療室へ向った。

看護婦の大月三和子は受付で本を読んでいた。

「三帆子が帰って来たから、君もよかったら、港町を見物して来るといいよ」

虎夫がさりげなくいい、大月三和子は喜んで出て行った。

虎夫が診療室へ入り、三帆子は受付の椅子へ腰を下ろした。

熊谷船長が内藤武志と、その義弟だという杉本という若い男を伴ってやって来たのは、十分ほどしてからであった。

「ドクターは居《お》られるかね」

熊谷船長が三帆子に声をかけ、三帆子は立ち上って奥のドアを開けた。

「船長《キャプテン》がお出《い》でになりました」

「ああ、どうぞ……」

虎夫が顔を出し、三人を奥へ導いた。

「三帆子さん、申しわけないが、もし、誰か来たら、すぐ声をかけて下さい」

熊谷船長がいい、三帆子は強くうなずいた。

「どうも、度々、御迷惑をおかけします」

内藤武志のいう声が聞え、続いて、甲高い男の声が響いた。

「中上先生には、是非、本当のことを答えて頂きたいのです」

虎夫が穏やかに応じた。

「なんのことですかな」

「姉のことです」

「内藤さんの奥さんですか」

「姉は、この内藤武志に殺されそうになったといっているのですが……」

「それは穏やかではありませんな。いったい、どういう根拠でそのようなことをいわれているのです」

「睡眠薬を飲まされたと……」

虎夫が若い男の顔を眺めた。

「失礼ですが、内藤須美子さんは睡眠薬を常用なさっていたのではありませんか。この船に乗られてから、私が須美子さんに聞いたところによると、不眠がちなので、かかりつけのお医者さんからHという薬をもらっている。このクルーズ中に、それがなくなったら、ここで都合してもらえるかと訊かれましてね。なるべくなら薬に頼らずおやすみになるようにと助言したことがありましたが……」

カルテを取り上げ、その中から一枚の紙を出して、杉本にみせた。

「これは、須美子夫人がお持ちになったかかりつけのお医者さんからの投薬カルテです。こちらに睡眠薬の量が指定されています」

杉本が苛立《いらだ》たしそうに、それを一瞥《いちべつ》した。

「たしかに、姉が薬を飲んでいるのは、知っています。しかし、内藤は故意に大量の睡眠薬を姉に飲ませて……」

「いやいや、そんなことはないと思いますよ」

「姉は、そういっているんです」

「何かのかん違いではありませんか。少くとも、わたしは須美子夫人を治療したおぼえはないので……睡眠薬を誤飲なさったのは内藤さんのほうでしたが……」

「しかし、姉は目がさめた時、自分は両手を縛られて、ウォークインクローゼットの中にいたと……」

「ほう」

驚いたように、虎夫が応じた。

「それは初耳です。わたしが船室へうかがった時、内藤夫人はベッドにお出でだった。

頭ががんがんするといわれて……完全な宿酔《ふつかよ》いの状態でしたね」

　杉本が絶句し、内藤武志を睨《にら》みつけた。

「それじゃ、どうして、この人が睡眠薬を飲みすぎたりしたんです」

　内藤が答える前に、虎夫が返事をした。

「内藤さんは、ずっと不眠に悩んでお出でだったのですよ。それで、わたしがさし上げた薬を飲まれて、あまり効き目がないので、一時間後ぐらい、また、飲まれたらしい。それも、水ではなくウィスキーで飲んだとかで、これは危険です。まあ、薬も軽いもので、量もさして多くはなかったのですが、内藤さんは病後なので、わたしとしては少々、心配しました。たいしたことがなくて、ほっとしています」

「それじゃ、自殺未遂じゃないというんですか」

「冗談ではない。そんなことは聞いていませんよ」

　熊谷船長が静かに口をはさんだ。

「失礼だが、内藤夫人はなにか誤解をされているのではありませんか。ポートサイドで下船される際、かなり興奮して居られましたが……」

　杉本が疑わしそうに、内藤をみ、内藤がうつむいたまま、話した。

「年甲斐《としがい》もないことですが、わたし達はどうも、夫婦としてしっくり行かない。原因はわたしが大病をして、その結果、老いたということです。もはや、妻を満足させられなくなった老人としては、妻の要求に対して、離婚以外に解決法がない。須美子とは、その点で少々、論争をしました。須美子は逆上して、大酒を飲み、わたしに当り散らす。わたしとしてはとにかく眠りたい。それで、つい薬を飲みすぎたようです。ドクターには本当に御迷惑をおかけしてしまいました」

「杉本さん、もういいでしょう。内藤夫人があなたにどういわれたのか知りませんが、只今《ただいま》、中上先生がおっしゃったことは、私もその通りだと承知しています。第一、内藤さんほどの著名な方が、奥さんを殺そうとしたなぞ、誰も信じはしませんよ。つまらぬことをおっしゃるものではありません」

中上虎夫もいった。

「内藤さんはお年でもありますし、目下の所、あまり無理をなさらぬように申し上げています。このあたりで休ませてさし上げたいと思いますが……」

杉本は不満そうだったが、止《や》むなくといった感じで立ち上った。

「あんた方が、どんなにこの人をかばっても、こっちはやるだけのことはやりますよ。高名な弁護士が女房を殺して自殺しようとしたというのは、面白いニュースですからね。マスコミはとびついて来る。その時になって吠面《ほえづら》かいても知りませんからね」

捨てぜりふのようにいい放って診療室を出て行った。

「重ね重ね、御心配をおかけして恐縮です」

内藤武志が深く頭を垂れた。

「中上先生や船長が、わたしをかばって下さるお気持はまことにありがたく、なんとお礼を申し上げてよいかわかりません。しかし、どうか、この件に関しましては御放念下さい。自分の播《ま》いた種は自分で刈り取ります」

「内藤さん」

虎夫がいった。

「私達はあなたをかばっているわけではありません。あくまでも真実をいっているのですよ。内藤さんは心労のため不眠を訴えられた。私がさし上げた睡眠薬を、不馴《ふな》れなためにいささか量を多く取られた。奥さんがおっしゃったことは、妄想《もうそう》にすぎません」

熊谷船長もいった。

「船側は、すべて、そのように承知しています。判断をあやまらないように願います」

内藤が目を赤くした。

「御厚情、感謝します。御案じなく、わたしも少々、名の知れた弁護士です。人生の終りに、自分で自分の弁護をするのも悪くはありません。必ず、勝ってみせますよ」

声には力があった。そこには昨日までのうちひしがれていた老人の姿ではなく、長年を法の世界で戦い抜いた者のふてぶてしいばかりの気迫が戻っている。

「決して、これ以上、この船には迷惑はおかけしません。場合によっては、私も病気を理由にピレウスで下船させて頂くかも知れません」

「内藤さん」

虎夫が呼んだが、内藤はもう一度、頭を下げ、しっかりした足取りで、三帆子の前を通って行った。

診療室の窓には明るいギリシャの陽光が当っていたが、室内の空気は凍りついたようになっている。

めぐり合せ

暫《しばら》く虎夫と低声《こごえ》で話し合って、熊谷船長が出て行ってから、診療室は父娘《おやこ》二人だけになった。

「お茶でもいれますか。お父さん」

それまで遠慮していた三帆子が声をかけ、虎夫は時計をみた。

「ラウンジへ行って、コーヒーでも飲もうか」

「賛成だけど、内藤さんのこと、大丈夫なの」

あくまでも、内藤武志の睡眠薬誤飲だけで押し通そうとする父親や船長の配慮が、どこまでマスコミに通用するか、三帆子には心もとなく思えた。

船のスタッフ側が気を揃《そろ》えて、内藤武志をかばっても、船客達の間では薄々、事件が知れ渡っている。誰かが、どんなことを洩《も》らすかわからないし、夫に睡眠薬を飲まされた須美子がウォークインクローゼットに閉じこめられていたことが暴露されないとは限らない。

「人の口に戸はたてられないというからね」

虎夫がカルテのひき出しに鍵《かぎ》をかけながら娘をなだめるようにいった。

「しかし、証拠は何もないんだ。内藤夫人は別に殺されたわけではないし、酒を飲みすぎた人間がつまらない妄想におびやかされたり、睡眠薬の常習者が幻覚をみることもないわけじゃない。特に内藤夫人の飲んでいる睡眠薬はとかく問題のある薬なのでね」

「でも……」

「熊谷船長は立派だよ。この船に迷惑がかかるからという理由で内藤さんが下船するなら、その必要はないと説得するといって、内藤さんの所へ行ったんだよ」

それは或《あ》る意味で勇気のある決断であった。

通常、なにか厄介があった場合、かかわり合いになりたくないというのが人情である。

「船長は、縁あってこの船に乗られた以上、内藤さんのプライバシィは、船側としても守ってあげるのが当然と考えている」

船長としてはまだ年の若い、熊谷信一郎がそう決心したことに、虎夫は満足しているようであった。

「わかったわ。要するに熊《くま》と虎《とら》が、内藤さんを守るってことね」

三帆子が重苦しい空気をふきとばすようにいい、虎夫が破顔した。

「その通りだよ。三帆子も旨《うま》いことをいうもんだ」

診療室を閉めて、中上父娘がラウンジへ上って行くと、チーフパーサーの新井敬一が二人の女性と向い合ってお茶を飲んでいた。

「中上先生、こちらはピレウスから乗船なさった奥山加代さんと、妹さんの千津子さんです」

新井が紹介し、中上虎夫はテーブルに近づいて挨拶《あいさつ》した。

姉妹ともにまだ三十代のようにみえる。

船室は、病気のためにボンベイで下船した高井真澄の後へ入ることになったという。

「おかげさまで、念願がかないました」

姉のほうがおっとりした口調でいった。

標準語で話しているが、僅《わず》かながら訛《なま》りがある。

「わたしは若い時分、映画ファンで、外国映画にはよく豪華客船の船旅の様子が出て来ますでしょう。大西洋航路で知り合った男と女の恋物語とか、オードリー・ヘップバーンの『麗《うるわ》しのサブリナ』という映画も、ラストシーンは船旅でしたわね。そういうのを見る度に、いつか自分もゆったりした船旅で世界を廻ってみたいと思っていたのです。でも、こんなに早くチャンスがめぐって来るとは思いませんでした」

新井敬一がいった。

「いい所から乗船されましたよ。地中海クルーズは、ワールド・クルーズの中のハイライトの一つですから……」

「皆さんにそういわれました。下船された高井先生にはすみませんけれど、私達にとってはラッキーだったと……」

ラウンジに光川蘭子が入って来た。

「奥山さん、もし、よろしかったら、今の中《うち》に船内を御案内致しますが……」

奥山姉妹が立ち上った。

「よろしくお願いします」

新井や中上虎夫に会釈《えしやく》して出て行く姿が、どことなく色っぽい。

「あちらは、北陸の温泉旅館の若内儀《わかおかみ》さんとその妹さんなんですよ」

新井が低声《こごえ》で説明した。

「なかなか有名な旅館だそうですが、なんでも、今度、改築をすることになって半年近く休業なんだそうです」

虎夫が、うなずいた。

「それで、ワールド・クルーズに参加したというわけだね」

「高井真澄さんの定宿だったそうですよ。仕事のあとの疲れ休めによく滞在していたとかで、実をいうと、高井さんから、おそらく自分は途中で下船することになるだろうから、その場合、後半を乗ってくれないかといわれて、会社のほうもそのあたりは了解ずみだったみたいです」

「高井さんは、自分の病気を知っていたからね」

ワールド・クルーズの場合、乗船客はクルーズ全体の料金を支払うが、それは格別な事情がない限り、その人の都合で途中下船する場合、払い戻しはしないことになっている。

また、一つのクルーズの前半と後半を二組の客が分けて乗るというのも、原則としては認めていない。

従って、これは特例なのだと新井敬一は中上虎夫と三帆子に説明した。

「なかなか、美人の御姉妹だが、二人ともミセスかな」

虎夫が楽しそうに訊《き》き、新井は首をひねった。

「留守番はお父さんに押しつけて来たといっていましたから、ミスじゃありませんか」

なんにしても、高年齢者の多いクルーズに三十代の姉妹が新しく参加したことは、船内が華やかになるのは間違いない。

コーヒーを飲み、中上虎夫は船長室へ寄り、三帆子は先に船室へ戻った。

夕刻で、ぼつぼつ船内はアテネ観光から帰って来た客達で賑《にぎ》やかになっている。

虎夫が帰って来たのは、夜の食事のために三帆子が着替えをはじめた時で、

「内藤さんの所へ、須美子夫人から電話があったそうだ。サントリーニ島で離婚の話し合いをするとのことだ」

つまり、須美子と弟の杉本が、空路、サントリーニ島へ来るという。

「むこうさんは、マスコミをちらつかせて、おそらく有利に離婚の条件を取り決めようというところだな」

船内で内藤が無理心中を企てたことを内聞にする代りに、法外な財産分与をいい出すのだろうと虎夫は予想している。

「内藤さんも、そう、むこうのいいなりにはならんだろうが……」

弱味は内藤のほうにある。

「ま、はたがいくら気を揉《も》んでも仕方がないが……」

父親の着替えを手伝って、三帆子父娘《おやこ》は二回目の食事時間にダイニングルームへ出て行った。

奥山姉妹の席は、かつて高井真澄が食事をしたテーブルで、ボンベイで高井真澄が下船して後は空席になっていた。そこへ、華やかなドレスをまとった姉妹が副船長の吉岡にエスコートされて席についたので、あたりの船客は興味深そうに眺めている。

もっとも、奥山姉妹の中、そうしたまわりの視線を意識して、やや恥かしそうに食事をしているのは、妹の千津子で、姉の加代はむしろ、多くの視線が集っていることに得意気であった。

「三帆子さん、あちら、新しくお乗りになったの」

すぐ近くのテーブルから声をかけて来たのは山岡清江で、彼女の夫が「クチュール山岡」のデザイナー、山岡謙だということは、三帆子も承知していた。

彼女がフォーマルの時に着るドレスはすべて、クチュール山岡のオートクチュールで、それは、よくも悪くも船内の評判になっている。

「下船された高井さんのお知り合いで、ピレウスからお乗りになったそうです」

三帆子が答えると、山岡清江は早速、同じテーブルの人々に、そのことを伝えていた。

船旅というのは面白いもので、旅が進むにつれて、船内で新しく知り合った友人関係が出来、食事のテーブルを一緒にしてもらったり、観光コースを同じに決めたりして一つのグループにまとまって来る人々もいる。

山岡清江のグループもそうしたもののようであった。

夜更《よふ》けて、クイン・エルフランド号はピレウスを出港した。

「雨が降って来たようだな」

ベッドに入る前に、虎夫が窓をのぞいて呟《つぶや》いた。

「今年の地中海はどうも天気が不安定らしいよ」

「明日、雨かしら」

「なんとか、あと二日、天気にしたい所だがね」

明日がサントリーニ島、明後日がロードス島であった。エーゲ海クルーズでのハイライトでもある。

「今までが、お天気続きだったから……」

シンガポールで三帆子が乗船してから、晴天に恵まれた船旅であった。この辺りで雨が来ても仕方がないとは思う。

簡単な日記をつけて、三帆子がベッドに入る時、虎夫はもう鼾《いびき》をかいていた。

父親の鼾のせいではなく、その夜の三帆子はなかなか寝つかれなかった。

気になっているのは、春本孝一のことであった。いったい、なんのためにこんな所までやって来たのか理解し難かった。

婚約は仲人《なこうど》を立てて、はっきり解消し、指輪も返した。式場のキャンセルは先方がした筈《はず》だし、三帆子の側は招待状を出した客に両親や兄と姉が詫《わ》び状を出したり、挨拶に行ってくれたりした。

三帆子にとって悪夢のような日々が漸《ようや》く終って、この船旅は新しい出発の筈であった。

実際、今の三帆子の心には、春本孝一への怒りはあっても、僅かな未練も残ってはいない。

第一、孝一は誤解だといったが、彼が会社の先輩に当る女と同棲《どうせい》し、子供まで産ませていることは、当事者は勿論《もちろん》、会社の上司や同僚も知っていた。

そうした事実に頬かむりして、強引に三帆子と結婚しようとしたのを、もし、少しでも彼が恥じているのなら、到底、二度と三帆子の前へ顔を出せたものではなかろうと思う。

けれども、三帆子は彼が何故《なぜ》、厚かましく押しかけて来たか、その原因について思い当る点がないでもなかった。考えるだけでも身慄《みぶる》いするほどおぞましかったが、男が女に対して強気になれる理由はたった一つだろうと推量出来る。

寝返りを打ち、三帆子は暗い中で唇を噛《か》みしめた。

後悔はするまいと何度も自分にいいきかせて来たことであった。後悔すれば自分がみじめになる。すべては自分の責任であり、その結果なのだと承知して、乗り越えて来た筈のことが、今夜の三帆子には口惜《くや》しくて口惜しくてたまらない。

考えるのはやめようと思いながら、三帆子はベッドサイドの時計の青白い文字盤の数字をみつめていた。

僅かにまどろんだようで、目ざめたのは五時に近かった。

思い切って、ベッドを下りた。父親はぐっすり眠っている。音を立てないようにトレーナーに着替え、船室を出た。

グランド・スパへ行って洗面をすませ、プロムナードデッキへ出た。この船では、あまり早朝にプロムナードデッキでジョギングをすると、下の階に音が響くというので、この時刻はウォーキングにすることになっている。

空はまだ暗く、プロムナードデッキには外燈《がいとう》がついている。

無論、歩いている人はいない。

三帆子は足音を立てないように気をくばりながら、かなりの速さでデッキを歩いた。

今はやんでいるが、前夜の雨がデッキの一部分を濡《ぬ》らしている。うっかり歩くとすべりそうだと思い、三帆子は歩調を落した。

やがて船尾へ出る。コーナーをまがりかけて足を止めたのは、人の話し声がしたからであった。それも、聞きおぼえのある弓削老人の声である。

「しかし、驚いたね。のんき者のお前さんが、夜も眠れないほどの恋をするとは……いや冷やかしているんじゃない。腕白坊主《ぼうず》の俊之介がいつの間にか一人前になったかと喜んでいるんだよ」

「もういいよ。じいさん」

俊之介の苦笑したような返事が聞えた。

「で、お前さん、どうする」

「どうもしやあしないよ。あの人はやっと越えた筈の垣根に、男が立ちふさがって、つらい思いをしているんだ。そんな時に、よけいな人間がよけいなことをいったら、迷惑するだけだよ」

「黙っているのか」

「そう」

「片思いでおしまいにするのか」

「あの人を困らせたくないよ」

「情ないな」

「そうじゃない。相手の気持も考えずに、自分の気持をぶちまけるなんて、男のすることじゃないと思う。本当に好きなら、黙って見守っている。じいさん、それって、とても勇気が要ると思うんだ」

「そうか」

老人の声が優しかった。

「それじゃ、リドカフェへ行ってあったかいミルクでも飲むか。わたしはもう一眠りしたいんだ」

「わかったよ。つき合うよ、じいさん」

三帆子は、はっと体を固くしたが、二人の男は三帆子が足を止めているのとは別のコーナーを廻ってプロムナードデッキのドアを開け、船内へ入って行った。

途方に暮れて、三帆子は立ちすくんでいた。

うぬぼれではなく、今の弓削俊之介の話の中の相手が自分のことだろうとは見当がついた。

俊之介が自分に好意を寄せているのはわかっていた。

けれども、彼が眠れないほどの思いを抱いているとまでは考えていなかった。

俊之介は、三帆子にとって好感の持てる良い友達の筈だったと思う。その考えが極めて独りよがりの、自分勝手なものだったことに改めて、三帆子は気がついた。

いやな女だと、三帆子は海へ視線を向けた。

夜はあけて、厚い雲の切れ間から朝の光がさしている。

末っ子で両親から愛され、兄や姉が常に保護者の立場で三帆子をかばい続けてくれた。

そうした境遇に甘えて、いつも自分の判断をはっきり口に出さず、人まかせで安心してしまうようなところが自分にはあると思う。

春本孝一の強引さを、それが愛だと錯覚したのも、つまりは自分の目が不確かだったので、そのことを本能的に気づきながら、ずるずると成り行きにまかせてしまったのは、自分の愚かさのせいだったというのに、今になっても、まだ、父の背後にかくれて、なんとかしてもらいたいと願い、なんとかなるだろうと甘えている。

それは、自分のずるさだと三帆子は自分で自分をなぐりつけたいような衝動にかられた。

本当の恋が出来なくて当然であった。

家族の愛情にくるまれて、そのまま、次の幸せへのステップを探していたような自分の姿が、はっきり瞼《まぶた》に浮かんで来る。

三帆子は首をふった。

なんのために船に乗ったのだろうと思った。

こんな甘ったれた気持のままで、新しい人生へスタートしようと考えていた自分が馬鹿《ばか》にみえた。

これでは、弓削俊之介に愛される資格はない。

出直しだと自分をはげました。自分の意志と力で過去をふり切ろうと思う。そのためには、どんな屈辱も耐えようと決心した時、三帆子の体に力が湧《わ》いた。

自分の失敗をかくさず、自分を飾ることなく、ありのままに生きることが出来なくて、なにが新しい人生のスタートかと笑い出したくなった。

プロムナードデッキに人の姿がみえはじめた。朝のウォーキングを楽しむ人々が各々、デッキを歩きはじめる。

「お早うございます」

声をかけられたのは、三木夫人からであった。夫婦そろって、ゆっくりと歩いて行く。

「なんとか、お天気になったみたいですね」

「サントリーニ島、もう、みえて来るそうですよ」

などといった声に取り巻かれるようにして、三帆子も歩き出した。

船の前方に、島がみえて来た。薄い靄《もや》のむこうに、黒い島影が少しずつ、大きくなって来る。

朝食の席に、珍しく内藤武志が出て来た。

事件以来、もっぱらルームサービスで食事をすませていた彼がダイニングルームへ姿をみせたことで、船客の反応はどうかと三帆子は心配したのだが、流石《さすが》に世界一周の船に乗るほどの人々は、そのあたりの思いやりを心得ていて、

「お早ようございます」

「もう、よろしいんですか」

とさりげない挨拶《あいさつ》がかわされている。もっとも、内藤夫人の須美子がポートサイドで下船したことは多くの人に知れ渡っているし、その須美子の弟がピレウスに姿をみせていたことも、何人かは承知しているようで、かげでは、どんな噂《うわさ》がささやかれているか、三帆子にしても予想出来ないことはない。

「内藤さん、よろしかったら、こちらへいらっしゃいませんか」

中上虎夫が声をかけたのは、内藤が今まで夫婦で食事をしていた定席へ行こうとしていたからで、妻が下船したあと、夫が同じテーブルで一人だけの食事をするのは、わび

しく感じられるのではないかと配慮したからで、内藤は、

「そうですか。それではお言葉に甘えて御一緒させて頂きましょう」

嬉《うれ》しそうに、三帆子が立ち上ってひいた椅子《いす》に腰を下ろした。

中上父娘《おやこ》のテーブルは四人席になっているので、内藤が加わっても困ることはない。

給仕人が心得て、すぐに内藤のために朝食のお膳《ぜん》を運んで来た。

「いよいよ、サントリーニ島ですな」

虎夫が窓の外へ目をやって、内藤にいった。

「御承知でしょうが、この島は何度となく火山が爆発して、殊《こと》に紀元前千五百年の大噴火で、今のような三日月形の島になったのだそうですよ」

内藤が箸《はし》を取り上げながら微笑した。

「紀元前千五百年ですか。気が遠くなるような昔ですな」

「このあたりの国々の歴史は、なにかというと紀元前五千年だの三千年だの。千五百年というのは、新しいほうかも知れませんよ」

「幻のアトランティスといわれるのは、たしか、ここでしたね」

「そうです。この島の文明はクレタ島のミノア文明よりも古いといわれるのに、それが一瞬にして消えてしまった」

「火山の噴火のせいですか」

「それと地震のようですよ。一日で海に沈んだといいますから……考古学博物館には古代ティラの町から出土した彫刻なぞがあるそうですが、それは新しい遺跡のほうで……」

隣のテーブルから昨日、乗船した奥山姉妹の姉のほうが中上に訊《き》いた。

「サントリーニ島って、よくポスターに出て来ませんでした、山の上に白い家が並んでいて……ギリシャの広告っていうと、必ず、そんなのをみましたけど……」

中上虎夫が笑った。

「おっしゃる通り、サントリーニ島はよく写真に使われていますね」

「でも、ここから見たら、白い家なんぞどこにもみえしませんなあ」

「フィラの町は、もう少し北なのですよ。船がフィラの港へ入ると正面にポスターそっくりの風景がみえるのですが、今のところ、この船はアティニオス港に近づきます。そこからテンダーボートでアティニオスへ上陸するのです」

「そやったら、白い家はみられしまへんの」

「いやいや、フィラの港のほうは観光バスが岸辺へ入るのが難しいためですよ。ツアーの皆さんはアティニオスから乗車なさって島内を廻り、フィラの町で自由行動になるそうです。町からはケーブルカーで港へ下りて来ると、そこからテンダーボートが船へ皆さんを運ぶという具合で、充分、ポスターの景色を堪能《たんのう》されますよ」

「まあ、そうですか」

奥山加代は打ちとけるにつれて、お国なまりで話し、内藤が訊いた。

「そちらは、京都の御出身ですか」

「いいえ、北陸の加賀ですけど、わたしは一度、京都へ嫁入りしまして、出戻りましたので……」

バッグから名刺を出して、内藤に渡した。

「ピレウスから乗せてもらいました。どうぞ、よろしゅうお願い申します」

クイン・エルフランド号は、完全に停止していた。

船内放送がツアー客はグランドホールに集合し、まとまってテンダーボートに乗るようにと伝えている。

「三帆子はツアーに参加するのだろう。行ったほうがいいよ」

虎夫にいわれて、三帆子は内藤と奥山姉妹に会釈《えしやく》をしてテーブルを離れた。

船室へ戻り、支度をしてグランドホールへ行くと、弓削俊之介はまだ来ていなかった。

少し、ためらいながら、同じバスのバッジを二つ余分にもらい、片すみに立っていると、俊之介が走って来た。

「すみません。じいさんが眠くて仕方がないから、ツアーはキャンセルするというものだから……」

三帆子が二つのバッジをもらっておいてくれたのを知ると、正直に目を輝かした。

「一つは返して、事情を説明して来ます」

受付へ戻って行く後姿にも、彼の喜びが躍っているようで、三帆子はふと、胸が熱くなった。同時にこうした感情は、春本孝一との交際ではなかったと思う。

「天気はまああですかね」

集っている客の間から声が上った。

時折、雲の切れ間から陽がさしているものの、空はどんよりとして、気温もかなり低いらしい。

俊之介が戻って来て三帆子の隣にすわった。

続いて三木夫妻が同じ色のバッジを胸につけてやって来た。

「ギリシャというと青い空と白い家というイメージですけど、お天気が悪いと海の色も冴《さ》えませんね」

三木恒子がいい、夫のほうが笑った。

「当然だよ。海は空の色を映しているんだ」

「上陸して、どこへ行きますの」

「驚いたな。そんなことも知らないで、このツアーを申し込んだのかい」

「島内観光は、これ一つですもの」

俊之介がふりむいていった。

「最初にアクロティリ遺跡へ行くようです。あとは多分、イアの町まで行ってフィラへ戻って自由行動だと思いますが……」

「アクロティリというのは、灰に埋まった遺跡を掘り出しているところでしたかね」

「そうです。紀元前十五世紀の大噴火の火山灰の下から発見された……今も発掘調査が行われていますが」

「あなた、ごらんになったことがありますの」

三木夫人が夫に訊《たず》ね、三木芳彦が笑った。

「以前、アテネに出張した時、案内されて来たよ」

「でしたら、船でゆっくりなさっていらっしゃればよろしかったのに……」

「だからさ。お前のお供をしてやるといったろうが……」

「そんなこと、お頼みしませんわ」

夫婦のやりとりがほがらかであった。

いつものように、バッジの色と同じ旗を持った船のスタッフが各自の班をまとめてグランドホールを出発した。

テンダーボートでの下船は、三帆子にとって最初の経験であった。シンガポールで乗船して以来、クイン・エルフランド号はいつも各々の港の岸壁に横づけにされていた。

テンダーデッキへ下りて行くとすでにボートは舷側《げんそく》にあって、クルーが乗客の一人一人の手を取って船からボートへ乗り移るのを介助している。

小さなテンダーボートは波にあおられて揺れているが、乗り移るのが怖《おそろ》しいというほどのものではなかった。

一足先にテンダーボートへ移った俊之介が手をさしのべてくれて、三帆子はクルーの手から俊之介へ身軽く移った。

小さなボートと思ったのに、乗ってみるとかなりの広さがあって、一度に五十人以上を運ぶことが出来る。クルーに手をふってもらって、ボートは島へ向けて発進した。

船着場を上ったところに、バスが数台、待機していて、客は各々に決められた色のマークのついたバスに乗って行く。

サントリーニ島は海にむかっては、どこも切り立った崖《がけ》になっていた。

「ここもそうですが、フィラの港も人工的に岸壁を作って船が寄せられるようにしたんです。だから、上のフィラの町からケーブルカーか、でなければ山道を驢馬《ろば》で下りることになるんです」

バスの中で俊之介が三帆子にいい、背後の席から三木恒子が声をかけた。

「驢馬でも下におりられるんですか」

「一頭に一人ずつ、曳《ひ》き手がついていますが、中には気の荒い驢馬もいるみたいで、女性にはあまりお勧め出来ません」

「わたしはひどい目に遭ったよ」

三木芳彦がいった。

「あの時は、うちの会社の連中と三人で、三頭一列縦隊で行ったんだが、わたしの前の驢馬が途中で糞《ふん》をはじめてね。こっちはいやでもそれを眺めながら下りて行くことになる。あれは、まいったね」

「あなた……」

妻が制し、バスの中に笑いが広がった。

走るというほどのこともなく、アクロティリ遺跡に着いた。

「変ったね。前に来た時は、こんなバスの駐車場はなかったよ」

三木芳彦が感心し、バスを下りた一行は細い道を通って、遺跡の発掘現場へ行った。

それは、全く灰だらけの遺跡で、ところどころに、掘り出された壺《つぼ》などがおいてあるが、殆《ほと》んどは、埋もれた町そのものが灰の中から顔を出しているといった印象であった。

その後、バスは島の東側を走って北へむかった。

島の台地は海からの高い崖の上にあるので、どこからも見晴しはよい。

北端の岬《みさき》に近いイアでは、小さな町の中心にある丸い青色のドームのあたりで、大方が記念写真を撮った。

観光の終りはフィラの町で、南北に細長い街並は殆んどが土産物屋やレストラン、カフェなどで占められている。

「けっこう面白い店がありますよ」

バスを下りて、三々五々散って行く乗客と一緒に歩き出しながら、俊之介がいった。

「よさそうな所をのぞきながら行きますか」

「お願いします。いいものがあったら、兄や姉にちょっとしたお土産をと思っているんです」

「僕の知っているのは、ドルフィンや錨《いかり》のキイホルダーとかアクセサリーの店ですが……」

細い道を抜けて行くと、崖の上に出た。

そこからはフィラの港、オールドポートと呼ばれているあたりが眺められる。

その沖にクイン・エルフランド号の姿が白鳥のようにみえた。

フィラの港からテンダーボートで船へ戻ったのが正午を過ぎていた。

三帆子が俊之介と並んでエレベーターの来るのを待っていると、間もなく到着したエレベーターから父の虎夫が下りて来た。

「やあ、帰ったのか」

三帆子は手に持っていた紙袋を上げてみせた。

「弓削さんのおかげで、いいお土産が買えたの」

俊之介をふりむいて、三帆子は彼の視線が別の方角をみているのに気がついた。

そこには、奥山姉妹がいた。

二人の女の視線も、俊之介の上に釘《くぎ》づけになっている。

先に会釈したのは、奥山千津子のほうであった。千津子は赤くなり、小さな声で、

「お久しぶりです」

といった。

俊之介は明らかに動揺していた。そして、およそいつもの彼らしくないくぐもった声で、

「やあ」

と応じ、頭を下げた。

虎夫が娘にいった。

「人を迎えにフィラまで行って来る。昼食は先にすませなさい」

そのまま、テンダーボートの乗り場へ下りて行った。同時に奥山姉妹も三帆子に軽く会釈して虎夫の後を追って行く。

三帆子がエレベーターに乗ると、俊之介も乗って来た。

「驚いた」

低い調子であった。

「こんな所で、出会うなんて……」

三帆子の顔をみて、改めて苦笑した。

「今の妹さんのほう、大学で一緒だったんです」

「ピレウスからお乗りになったんです」

「そうですか。知らなかった」

エレベーターが停って三帆子は下りた。俊之介はまだ何かいいたそうだったが、その前に、エレベーターのドアが閉った。

船室へ廊下を歩き出しながら、三帆子は奥山千津子が俊之介の大学友達だったということを考えていた。

ただの学友にしては、出会った瞬間の二人の様子が不自然であった。

どちらもショックを受けていたし、千津子の挨拶《あいさつ》にしても、偶然の再会を喜んでいるようなニュアンスではなかった。

もしかすると、恋人だったのかも知れないと三帆子は思った。

おそらく、その恋は実らなかったに違いないが、三帆子は自分の気持が急速にしぼんで行くのを感じた。

フィラの町で俊之介と相談しながら、あれこれと土産をえらんでいた時の、はずむような心に、翳《かげ》がさしている。船室に入って、三帆子は机の前にすわり込んだ。

紙袋から土産物を取り出した。

銀のイルカのキイホルダーやブローチ、錨のペンダントトップ、父の虎夫に買った円形の中に船を彫り出したカフスボタンはネクタイピンとセットで、同じもので四角い形のを兄にも求めて来た。

そして、俊之介は、

「それじゃ、僕も三角のを買おう」

といい出して、結局、船の模様のが三組、三帆子と俊之介と各々の手に渡った。

「おかしいわね。もし、なにかで三人が同じのをしていたら……」

と三帆子がいい、俊之介は、

「まると四角と三角じゃ、おでんみたいだ」

と大笑いしたものであった。

三人の男が同じ模様のカフスボタンやネクタイピンをして一堂に集まるという連想は、三帆子が俊之介と結婚した場合でもなければ起り得ることではなかった。

三帆子自身、具体的にそう考えていったわけではなかったが、意識の下に、そうした思いがひそんでいたのかも知れない。

今の三帆子には、それが悔まれた。

自分はどうしてこんなにも軽率なのかと憂鬱《ゆううつ》であった。

どのくらい、そうしていたのか、電話の音に気がついて、三帆子は受話器を取った。

聞えて来たのは、父の声で、

「すまないが、診療室へ来てくれないか」

という。

「すぐ行きます」

立ち上って鏡をのぞいた。我ながら情ない表情をしている。両手で自分の頰を軽く叩《たた》いてから、三帆子は船室を出た。

診療室へ行ってみると、受付に父の虎夫が立っている。

「今、内藤さんが来る。奥さんと話をするので、その間にもし患者さんが来ると困るのでね。お前に受付をしてもらいたいのだよ」

開いているドアから奥の部屋にすわっている内藤須美子と、その弟の杉本の姿が僅《わず》かばかりみえている。

「内藤さんは、わたしに立ち会ってくれといわれるのでね」

隣の部屋の会話はこの部屋に聞える。そのために看護婦がいては都合が悪いのだと三帆子は気がついた。

「もし、患者さんが来たら、ドアをノックして、わたしを呼び出してくれ」

なるべくなら、内藤夫妻が話し合っているのを、他の船客に知られたくないといった。

「わかりました」

返事をした時、内藤武志がやって来た。

「重ね重ね、御迷惑をおかけします」

中上父娘《おやこ》に頭を下げ、奥へ入って行く。虎夫がその後に続いた。

三帆子は受付の机の前へすわった。

この船がサントリーニ島を出港するのは夜であった。

内藤須美子はピレウスから航空機でサントリーニ島へ来たのかと思う。

船内は比較的、静かであった。午後から観光に出かけた人もいるし、テンダーボートでフィラの町へ遊びに行った人もいる。

隣室からは、内藤武志の穏やかな声が聞えていた。

「そちらにも、いろいろと言い分があると思うが、まず、わたしから話させてもらいたい。僅か四年間だったが、須美子は本当によく尽してくれた。ポートサイドで君が下船してからずっと、そのことを考えていた。君のおかげで、わたしは病気にも打ち勝つことが出来たし、ここまで回復した。心から、お礼をいわせてもらうよ。ありがとう」

三帆子はあっけにとられて、聞いていた。おそらく、激しいいい合いになるのではないかと思っていただけに、意外であった。

須美子や弟の杉本にとっても、内藤の言葉は予想外であったに違いない。二人共、返事をしなかった。

内藤の声が続いた。

「考えてみると、わたしは須美子に対して、もっと寛大でなければならなかった。折角、楽しい船旅に出たのだから、須美子には好きなようにふるまって、のびのびさせるべきだったと思う。年甲斐《としがい》もなく焼餅《やきもち》をやいて、その結果、ひどいことをいったり、邪推をしたりした。今更だが、須美子に対して恥かしい。須美子がわたしに愛想を尽かすのも、無理はない。須美子は若くて、きれいなんだ。君の人生はこれからなんだ。こんな妄想《もうそう》に狂っている年寄の世話をして、朽ち果てることはない」

淡々とした調子に哀愁があって、三帆子は胸を打たれた。聞き耳を立てている自分がきまり悪くなり、両手で耳を押えた。そうしていると内藤の声は細くなって、なにをいっているのかは聞えないが、切々と話し続けているのだけはわかる。

どのくらい、そうしていたのか。

ドアが開いて、虎夫が顔を出した。慌《あわ》てて三帆子は耳を押えていた手をはなした。

須美子のすすり泣きが聞えた。

「それじゃ、これでいいね」

内藤がいい、杉本が、

「姉さん、いいのか」

少々、不安気な調子でいっている。

「ありがとうございました。あなたのこと、忘れませんわ」

「わたしも忘れないよ。どうか、幸せになっておくれ」

ドアから須美子が出て来た。レースのハンカチーフで目を押えている。その後から杉本が続いた。

「それじゃ、テンダーボートまで送りますよ」

虎夫がいい、二人をうながして、廊下へ出て行く。三帆子が眺めていると、須美子は肩を慄《ふる》わせながらエレベーターに乗った。

奥の部屋には内藤武志一人が残っていた。虎夫の戻って来るのを待っているのか、出て来る気配はない。

どうしたものかと、三帆子が立ちすくんでいると、

「三帆子さん、すみませんが、灰皿はありますか」

と内藤がドア越しに聞いた。

「はい、只今《ただいま》」

虎夫は煙草《たばこ》を吸わないが、灰皿を一つだけ、棚の上においてある。それを取って、奥の部屋へ入った。

テーブルの上に、灰皿をおくと、そこにおいてある書類がいやでも目に入った。

離婚届で二通ある。

「ありがとう」

ポケットから煙草を出して、内藤は自分でライターをすった。如何《いか》にも旨《うま》そうに煙を吐き出す。

三帆子がお茶をいれている中《うち》に、虎夫が戻って来た。

「お二人は、夕方の便でアテネへ出て、明日、ロンドン経由で帰国するそうですよ」

虎夫の言葉に、内藤がうなずいた。

「おかげで、船を下りなくてすみましたよ。あとは電話で忰《せがれ》に指示をして、それで、この届を送って、万事、おしまいです」

先刻の沈痛な声とは別人のように、ほがらかであった。

「法律とは面白いものですな。こんな一枚の紙ですべてが片づく」

虎夫が苦笑した。

「内藤さんは、煙草はやめて居《お》られたのではありませんか」

「この一服でやめますよ。昔はヘビィスモーカーでしたがね。しかし、裁判に勝った時の一服は実に旨かった。この味だけは忘れられませんな」

一本の煙草を吸い終り、三帆子の出したお茶を飲んで、内藤はしゃっきりした足取りで診療室を出て行った。

「お父さん、どういうことなの」

茶碗《ちゃわん》を片づけながら、三帆子が訊《たず》ね、虎夫は軽く眉《まゆ》をひそめた。

「要するに、内藤さんは勝ったのさ。有利に離婚を成立させるために、自分で自分の弁護をしたというところかな」

「有利に離婚が成立したの」

「大人と子供だよ。須美子さんも弟も、内藤さんにとっては赤児の手をひねるようなものだったのかも知れないね」

「奥さんに感謝しているっていってたのは、お芝居だったわけ……」

虎夫が娘を眺めて首をふった。

「いや、内藤さんにしてみれば、大勝負だ。立派だよ。自分の力で自分の自由を勝ち取ったのだから……」

船室の窓に雨が当っていた。いつの間に降り出したのか、海は暗くなりかけている。

騎士の館《やかた》

落日の寸前になって、サントリーニ島周辺の雨が上った。

「ドクター、虹《にじ》が出ていますよ」

船員が知らせてくれて、三帆子は父と共に診療室からデッキへ出た。

空は青く晴れ上って、鮮やかに虹の橋が浮んでいる。

「なんだか、変なお天気でしたね。雨で暗くなって、あのまま夜になるのかと思っていたら、突然、晴れ上って……」

やはり、デッキで虹を見物していた船客達が口々にいい、雨上りで一層、きわ立ってみえるフィラの町の白い家々へカメラを向けている。

気がつくと、内藤武志がステッキを突いてゆっくりデッキへ姿をみせた。

「これは、見事ですな」

中上虎夫の横へ来て、手すりに寄りかかった。

「ギリシャの神さまはサントリーニ島とのお別れに、こんな土産を下さったわけですか」

虎夫が笑った。

「天気も、人生も似たようなところがありますな。曇のち雨、雨のち晴……」

父と内藤の話し声を背にして、三帆子はさりげなくデッキを歩き出した。

つい、さっきの診療室での、内藤の切々とした話しぶりに心を打たれただけに、それが離婚を有利に導くための演出と思うと、なにか腹立たしい気がする。

右舷《げん》側へ出ると、イアの岬が見えた。

「あそこは夕日の名所だそうですよ」

弓削老人が三、四人の仲間と、やはり、岬を眺めていた。説明しているのは、松本という大学の先生で、専門は西洋史だと三帆子は聞いていた。

「岬の展望台からの落日の風景がよく写真なぞに出て来ますが、こっちから眺めても悪くはありませんね」

弓削老人がそこに立っている三帆子に目を止めた。

「三帆子さんは、今日、上陸して雨にあいましたか」

「いえ、おかげさまで、雨の降り出す前に帰って来ましたので……」

「俊之介も一緒でしたか」

「はい」

返事をしてから、三帆子は不思議に思った。

俊之介は船に戻ってから、まだ祖父と顔を合せていないようである。

弓削老人が苦笑した。

「わたしは今日、午《ひる》近くまで寝ていましてね。この仲間と昼飯を食ってから、テンダーボートでフィラの町まで行って雨に降られて帰って来たのです。どうも、俊之介とは行き違いという感じですかな」

三帆子は微笑でうなずいたが、少くとも、弓削老人が戻って来た時、俊之介は船室にいなかったのだと考えた。

クイン・エルフランド号は三万トン近くもある客船であるから、船内のあちこちに分れて行動していると、なかなか出会えないことは充分に考えられる。

それにしても、俊之介はこの船のどこにいるのかと思った。

自分が帰船するのと入れ違いに祖父が出かけていたのなら、この時刻、ぽつぽつ帰って来る筈《はず》の祖父を探しがてら、デッキに出ていてもおかしくはない。

が、長い甲板を見渡した限りでは、俊之介の姿はなかった。

夕映えの景観はあっという間であった。

虹は消え、海は暮れなずんでいる。

三帆子が船室へ戻って来ると、父の虎夫がお茶を飲んでいた。

内藤を船室へ送って戻って来たのだといった。

「三帆子が誤解しているといけないからいうのだが、内藤さんが奥さんに自分の気持を訴えた。あれは、決して芝居ではないと思う。三帆子にも聞えたと思うが、人間、芝居ではあれほど、相手の心を打つことは無理だろう。あの言葉は内藤さんの本音だった。内藤さんは心から奥さんに感謝し、自分の非を詫《わ》びていた……」

「でも、その結果、有利に離婚の話し合いがついたのでしょう」

つい、三帆子は反撥《はんぱつ》した。父が内藤の味方をしているようなのが気になっている。

「それは、あくまでも結果だよ」

「でも、お父さんは、内藤さんと須美子さんのことを、大人と子供だとおっしゃったわ」

「その通り。だが、それは、かけひきのことをいったんじゃない。人間としての奥の深さというか、人生を考える眼という意味でだよ」

「須美子さんは、不利な条件で離婚を承知させられたのじゃなかったの」

「不利とはいえないね。人のことをあれこれいうのは本意ではないが、三帆子が内藤さんを誤解しないために教えておこう。須美子さんに対して、内藤さんは彼女のために金を出して開店したイタリアレストランのすべてを須美子さんの名義にした上に、その回転資金として、随分、多額の金を贈ることにしたのだよ」

レストランは目下、繁昌《はんじょう》していて、確実に黒字経営を続けているのだそうだと虎夫はいった。

「わたしは離婚の条件について、なにも知らないが、内藤さんは資産の半分近くを須美子さんに渡したようだよ」

「そうだったの」

それでも、須美子の弟は不満そうにみえたと三帆子がいい、虎夫が眉を寄せた。

「あの男は、少々、あぶない感じがするね。須美子さんも、あの弟のためにしくじらなければよいが……」

が、それはこれからの須美子の人生であった。

翌日の夜明けはロードス島を黄金色に染めていた。

プロムナードデッキで朝のウォーキングを行っていた船客が思わず足を止め、殆《ほと》んどが手すりに寄って近づいて来る島の風景に見とれるほど、朝陽に照らされている港は神秘的な美しさに輝いていた。

「お早ようございます」

背後から声をかけられて、三帆子はふりむかなくとも、それが弓削俊之介だとわかった。

「すばらしいお天気になりそうですね」

ふりむいて挨拶《あいさつ》を返してから三帆子がいい、俊之介が前方を指した。

「あそこに、鹿《しか》の彫像がみえるでしょう。防波堤のところです」

たしかに、細長い塔の上に鹿のブロンズがみえた。雄鹿と雌鹿の二頭が、まるで港の門柱のような二つの塔の上に各々、海へ向いている。

「鹿はロードスの象徴なんです」

鹿のブロンズの門を入ったところはヨットハーバーのようであった。

まだ帆を張っていないヨットが何艘《そう》も係留されている。

そのヨットハーバーと防波堤をへだてた岸壁へクイン・エルフランド号は船体を寄せて行く。

防波堤の上には三つの風車が並んでいた。

「三帆子さん、今日はどうなさるんですか」

俊之介に訊《き》かれて、三帆子は前方をみつめたまま答えた。

「午後はリンドスのツアーを申し込んであります。午前中はロードスの市内を歩いてみようかと……」

俊之介の表情に落胆の色が流れた。

「僕は午前中のリンドス観光なんです。じいさんが、どうしてもリンドスへ行ってみたいというので、はやばやと申し込んだので……」

リンドス観光は人気があるのと、バスの都合で、まず、午前中のツアーが満員になり、残った人々は午後のツアーに廻された。

「しくじったな。僕らも午後にすればよかった」

俊之介が頭をかき、三帆子はそうした彼の子供っぽさに、つい、笑った。

「次のイスタンブールでは、弓削さんと御一緒のを申し込みます」

「是非、よろしく……」

船の前方にみえている城壁を指した。

「あそこが、騎士団長の館なんです。あの一帯がオールド・アゴラと呼ばれている、つまり、旧市街です。歩いてみて廻るには最適ですから……」

「ありがとうございます。行ってみます」

「残念だな。うっかりしたんです。三帆子さんも、てっきり午前中からリンドスへ行くと思い込んでしまって……」

船内アナウンスが船長の朝の挨拶を放送していた。

船室へ戻ると、虎夫がポロシャツを出していた。

「朝食をすませたら、その辺を散歩しよう」

今のところ、船客の中に病人はいなかった。

「天気はいいし、二時間くらいなら、三帆子につき合ってやれるよ」

「弓削さんが、騎士団長の館へ行って来るようにって……」

「彼も一緒か」

「午前中、リンドスなんです」

「そうか」

ダイニングルームは賑《にぎ》やかであった。

このグランド・クルーズの中でも、エーゲ海クルーズはハイライトの一つであり、船客の多くが期待している。

テーブルには熊谷船長も同席した。

「どうもアナトリアの天気が不安定のようですよ。イスタンブールは雨になるかも知れません」

イスタンブール入港は明後日であった。

ロードス島の晴天の中で、船長の気持はもうマルマラ海の気圧配置へ向いているらしい。

「とにかく、晴天続きでしたからね。少々の雨は仕方がないでしょう」

虎夫がいい、熊谷船長は苦笑した。

「しかし、カッパドキアのほうへ一泊旅行される方々もあるし、出来ることなら、天気になってもらいたいところですよ」

　イスタンブールに船は二日間停泊する。その間に、飛行機でトルコ内陸のカッパドキアまで一泊旅行をするツアーが組み込まれていた。

「イスタンブールが雨で気温が低いと、内陸は雪になることもありますからね」

「四月で雪ですか」

「トルコでは、それほど珍しくありませんよ」

　熊谷船長と虎夫の話を隣のテーブルで聞いていたらしい奥山加代が言葉をはさんだ。

「トルコは寒いんですか」

　熊谷船長が答えた。

「エーゲ海側は比較的、温暖なんですが、中央の高原地帯は寒暑の差が激しいのですよ。冬はマイナス四十度にもなる所があるし、夏は逆に四十度を越えることもあるそうですから……」

　本来なら、四月の声を聞いた今頃は、それほど寒くはない筈だが、

「今年のエーゲ海、地中海は少し、おかしいようですよ」

「カッパドキアのツアーに参加されるんですか」

　虎夫が訊き、奥山加代は首をふった。

「いえ、参りません。私達は、はじめてのイスタンブールですから、ゆっくり見物しようと思いまして……」

「みどころは沢山ありますよ。どっちにしても、天気ならいいんですがね」

ギリシャの青い空が窓のむこうにみえている。

奥山姉妹の妹のほうが、三帆子に訊いた。

「今日は、どうなさいますの」

「午後はリンドスで、午前中は父と市内を歩こうと思っています」

「私どもも、午後はリンドスなんです。午前中のツアーはもう満員で……」

虎夫が姉妹へいった。

「もし、よろしかったら、騎士団長の館《やかた》へ御一緒しませんか。それくらいなら、わたしでもガイドが出来ますよ」

姉妹は喜んで頭を下げた。

「どうぞ、よろしくお願いします」

「では、あと三十分もしたら、レセプションのところでお待ちします」

船室へ帰って身支度をしてから、虎夫は一度、診療室へ寄るといい、三帆子は先にレセプションへ行った。

リンドス観光の人々が続々と下船して行くところであった。

「三帆子さん、これを……」

俊之介が走り寄って来て、一枚の紙を手渡した。

「旧市街の地図を書いて来ました。ここが騎士団長の館へ入る門で……ここをまっすぐ行くのが近道です」

順路に赤い線がひいてあった。

「旧市街の中の、この辺には面白い土産物屋がありますから……」

心配そうに三帆子をみた。

「お一人でいらっしゃるんですか」

「いえ、父と……奥山さん御姉妹《きょうだい》と……」

いってしまって、三帆子は思わず俊之介の顔をみた。が、彼の表情には、この前のような動揺はみられなかった。

「お父さんが御一緒なら、大丈夫ですね」

軽くうなずいて、ギャングウェイのほうへ出て行った。

俊之介の手書きの地図をみていると、奥山千津子が来た。

「ごめんなさい。姉は、すぐ来ます」

「うちも、父がまだなんです」

千津子が地図をみているので、三帆子は正直に説明した。

「弓削さんが、書いて来て下さったんです」

「三帆子さん、あちらとは以前からのお知り合いですか」

千津子が、そっと訊いた。

「いいえ、この船に乗ってからのおつき合いです」

「俊之介さん、おばあさまの代りにお乗りになったんですってね」

昨日、図書室で話をしたといった。

「世の中って、なにがあるかわからないものだと思いました。十年も会わなかった人と、船でめぐり合うなんて……」

エレベーターから、奥山加代が下りて来るのと、階段を虎夫が走り下りて来たのが、殆んど同時であった。そのために、千津子の話はそこで途切れた。

港は太陽の光に包まれていた。

海の色は鮮やかなコバルトブルーで、よく澄んでいる。

「ここは、排水を禁止しているんですよ。だから、今日一日は我々の船も洗濯禁止だそうでね」

岸壁を歩き出しながら、虎夫は船を背景にして、女三人へカメラを向けた。

「ロードスというのは、バラの意味ですってね。ロードス島はエーゲ海のバラといわれているとか」

奥山加代が、ごく自然の媚《こび》を浮べて、虎夫にいった。それは、日本旅館のお内儀《かみ》として身についた色気のようなものに違いない。

「その通りですよ。ロードスの名は、海神ポセイドンの娘のローデスを取って名付けられたので、それが、英語のローズの語源だというのですね」

父親の声がすこぶる機嫌がよい、と三帆子は感じていた。

別に不愉快ではないが、父でも、こうした美人の姉妹に囲まれて散歩するのはいい気分なのだろうと、少々、可笑《おか》しい。

岸壁を出はずれると、もうそこはオールド・アゴラの城壁であった。

中世の十字軍、聖ヨハネ騎士団が築いた長い城壁が海辺に沿って続いて居《お》り、町はそっくり、その城壁の中にある。

「日本の城と同じようなものだね。敵が攻めて来ると城門を閉ざし、町ぐるみが一体になって戦うんだ」

オールド・アゴラを取り囲む城壁には門が五つあると虎夫は三人に説明した。

「その中の新市街へ抜けるのは、新しいもので、古いのはこの先にみえるミロン門、その左右にエカテリアス門とカレト門、それらはみんな海へ向いているんです。もう一つのアンボワーズ門は騎士団長の館の西側にありましてね」

海沿いの道を行くと、まずミロン門に出た。その前を通り越して北へ歩いて行くと、エカテリアス門に出る。

「ここを入ると、ソクラテス通り……」

歩きながら、虎夫が教えた。

城門の中は町並になっていて、さまざまの店が並んでいた。

「このロードス島の騎士団はトルコ軍に攻められて、結局、島から逃げ出して、イオニア海を渡って、マルタ島へ退却するんですよ。ところが、その騎士団には医者、つまり軍医の集団がいてね、マルタ島の島民はそのお医者さんの御厄介になって、病気だの怪《け》我《が》だのを治してもらった。それを恩に着て、トルコの大軍が押し寄せた時、島民が必死になって戦った。漁民は小さな舟を操ってゲリラ戦をやったりしてね。その中《うち》にトルコ本国の状況も悪くなったせいもあって、結局、トルコ軍は撤退して行った。マルタ島には今でも、その十字軍の館が残っているんです」

オールド・アゴラは時が停ったような雰囲気があった。

町を抜け、北側の坂を上ると騎士団長の館へ出た。

「ここも、建物は何度も戦争で砲弾を浴びたりして破壊されていて、修復されたものなので、歴史的文化遺産というには、ちょっと気恥かしい所がありますがね。この前の戦争の時、第二次世界大戦の頃、ムッソリーニが住んだこともあるそうですよ」

建物の中は広かった。

床にはイルカのモザイク画があったり、ポセイドンの彫刻が飾られていたりする。

「三帆子さんはいいわね。お父様と船旅なんて……」

千津子にいわれて、三帆子は苦笑した。

「父は船が好きで、若い頃は船医としていろいろな船に乗ったみたいです。でも、暫《しばら》くは自分の診療所を持ったりして船に御無沙汰《ぶさた》だったのですけれど、兄達が父の仕事をひき継いで、また、船に乗るようになりました。家族を連れて乗ったのは、今度がはじめてで……それは、私の身辺に不都合なことがあって……父が、私をかわいそうに思ったからなんです」

千津子が狼狽《ろうばい》した。

「ごめんなさい。私、すまんことというたのでしょうか。御事情も知らんと……」

「いいえ、そんなことありません。ただ、船に乗ったおかげで、少し、大人になったかなと思うことはありますけど……」

いつの間にか、虎夫と奥山加代が先を歩き、少し遅れて千津子と三帆子が続く恰好《かっこう》になっていた。

「日本も豊かになったもんですねえ。豪華客船で世界一周なんて……うちの父親なんぞは信じられんていいますもの」

三帆子は勿論《もちろん》、奥山姉妹にしても、戦争を知らない世代であった。

「さっき、ドクターがムッソリーニっていうたでしょう。あれ、誰やったかな。どこぞで聞いたことあったわなあと思うて……第二次世界大戦の時、ドイツのヒットラー、イタリアのムッソリーニ……そうでしたよねえ」

千津子が笑い出し、三帆子もいった。

「私達にとっては、歴史上の人物ですもの」

建物を出ると、中庭があった。

海の青が、見事である。

館を出てから旧市街を見物した。姉妹はTシャツや金細工のアクセサリーを買い、虎夫は二人のために丁寧に通訳をしたり、ねぎったりしている。

オールド・アゴラの中のカフェでお茶を飲み、今度はミロン門を出て、岸壁の道を船へ向った。

その四人の足が止ったのは、船へ続く岸壁の道に男が立っていたからであった。

春本孝一だということは、濃いサングラスをかけていても、すぐわかった。

彼は一人ではなかった。

白いスーツに、白いパラソルを手にした母親が、中上虎夫の前へ進み出て腰をかがめた。

「まあ、中上先生、その節はいろいろと……」

虎夫は娘をかばうような姿勢で、春本母子《おやこ》と向い合った。

「春本君、いったい、どういうことなのかね。我々はあなた方とは無縁の人間だ。話すべきことはすべて話し終えている。なにを考えて、娘のまわりをうろうろするのか。人の迷惑ということを少しは考えてもらいたい」

春本里子は両手を虎夫のほうへさしのべた。

「お怒りはごもっともですわ。どうぞお許し下さいまし。失礼は重々、承知して居ります」

「おわかりならけっこう。私どもは船へ戻りますので……」

「三帆子さん」

芝居がかった調子で、里子が立ちふさがった。

「どうぞ助けてちょうだい。孝一を救えるのは、あなたしかいないのよ」

三帆子が一度は姑《しゅうとめ》となる筈《はず》だった女を正面からみつめた。怖《おそ》れてはならないと思った。避けるつもりもない。相手が何をいうのか、しっかり聞いて、きちんと返事をする決心が三帆子には出来ていた。

里子は、三帆子の視線にうろたえたが、すぐに泣き笑いのような表情を取り戻した。

「孝一はね、あなたとの縁談がこわれてから、会社へ行けない状態になっているのですよ。このままだと、この子の一生はめちゃめちゃになってしまいます」

落ちついて三帆子は口を開いた。

「何故《なぜ》、会社へ行けないのですか」

「それは、あなた」

里子が眉《まゆ》をひそめた。

「みっともなくて……」

「破談の原因はそちらにあるのです。孝一さんが会社の女性との間に子供を作っていたことは、私となんの関係もありません。でも、おかげさまで、それを知って、私は孝一さんという人がよくわかりました。いえ、むしろ、私の孝一さんに対する気持がどの程度のものだったかを思い知らされたのです。その結果、結婚をおことわりしました。それは、孝一さんの会社の方々は大抵、ご存じだと思います」

「だから、世間体が悪くて、孝一は……」

「私が孝一さんと結婚すれば、世間体はよくなるとお考えなら、それは間違いだと思います。常識のある方々なら、世間体のために結婚した孝一さんも、私も軽蔑《けいべつ》されるでしょう。孝一さんの名誉回復にはなりません」

「そんなことを、おっしゃらないで……」

里子が片頬に奇妙な笑いを浮べた。

「三帆子さんだって、結婚式直前に解消すれば、キズモノっていわれるんですから

「……」

虎夫が里子へ突進しようとするのを、三帆子は自分の体で制した。

「おっしゃる通り、私はキズモノです。それは私が愚かだったからです。私は私の愚かさを乗り越えてまいります。孝一さんも名誉を回復するためには、御自分の愚かさを乗り越えて行くしかないと思います」

「三帆子……」

虎夫が娘の肩をつかんでひき戻した。

「春本さん、私は自分の娘が、これほど立派にものを言うことが出来るとは、今まで気がつきませんでした。三帆子のいう通りだと思います。これ以上、あなた方が勝手なことをいうのならば、私は父親の責任において、もう一度、全面的にあなた方に対して戦いますよ」

春本里子が、それに対して何かいいかけた時、それまで後方に下っていた奥山千津子がゆっくり前へ出て来た。

「春本さん、こんにちは……」

里子と孝一が、あっけにとられたように千津子を眺めた。

「お見忘れですか。奥山千津子です」

その妹の後から、姉が声をかけた。

「この節、北陸方面はお見限りですか」

里子が声をあげ、孝一は石のようになっている。

「相変らず、女癖の悪いのは、ちっとも治らんようですなあ。何度でも阿呆《あほ》なことしでかして、そのたんびにお金で片付けて……その中、女の罰《ばち》が当るんと違いますか」

姉妹が声をそろえて笑い、千津子がいった。

「中上先生、もし必要やったら、いつでも、わたし、証人になりますよ。この男がどれほど嘘《うそ》つきで、口がうまくて……卑怯者《ひきようもの》か、証拠はなんぼでもありますから……」

孝一が母親の手をひっぱった。中上父娘《おやこ》と奥山姉妹の見守る中を、せい一杯の虚勢を張って岸壁を逃げて行く。

「お父さん」

最初に口を開いたのは、三帆子だった。

「ごめんなさい。何度もいやな思いをさせて……」

「なにをいってる」

父親は笑おうとして、顔がゆがんだ。

「彼に関しては、お父さんのミステークだ」

「口がうまいんですよ」

千津子が、さばさばとした口調でいった。

「私も見事に欺《だま》されましたけど、うちの親も欺されたんです。いい家の坊ちゃんで、誠実で、少し気が弱いけど、秀才で、エリートで、優しいええ人やねえって、みんな信じてしもうたんですもの」

姉の加代が胸をそらせた。

「うちだけが、信じなかったんよ。なんや、うさんくさい奴《やつ》やというたのに……」

「そやなあ。姉ちゃんのいうた通りになってしもうた」

姉妹の会話はあくまでも明るかった。

そのことは、奥山千津子にとって、春本孝一との事は、過去として処理が出来ているに違いない。

船へ向って歩き出しながら、三帆子も自然に訊《たず》ねた。

「いつ頃のことだったんですか」

「あの人が大学生、夏休みに体を悪くしたとかで、うちの宿へ静養に来ていたんですよ」

同じ夏休みに、千津子も京都の大学から帰省していた。

「ほんまのこといいますと、その時、うちは失恋したばっかりで……まあ、うちにもつけこまれる条件が揃《そろ》ってたんですなあ」

三帆子も笑った。

「私は男をみる目がなかったんです。ボーイフレンドは兄だったし、幼稚園から女ばかりの学校で、就職先の幼稚園にも男の先生がいなかったんです」

「そらまあお気の毒さんですけど、三帆子さんは男性に対して消極的なのと違いますか。恋愛するのは、女が積極的にならんと、男の人って、案外、意気地がないものですよ」

加代が妹の頭を突いた。

「この子、みかけによらず発展家ですねん。小学校の時からボーイフレンド何人もとりかえて……その中の一人とは結婚の約束までしてたんですよ」

「ええやないの。うちは恋多き女やもん」

「知らんよ。また、へんなのつかまえて来ても、姉ちゃん、面倒みてやらんから……」

「へえへえ、ようわかってます」

威勢よくギャングウェイを上って行く姉妹を眺めて、虎夫が苦笑した。

「人はみかけによらないな」

「お姉さんのほうが、色っぽいのにね」

それだけで、父娘はもう春本母子のことを口に出さなかった。

おそらく、二度と春本孝一はこの船に近づかないだろうし、もし、仮にやって来ても驚かないだけの度胸が三帆子に出来ている。

「それにしても、三帆子は成長したな」

ぽつんと呟《つぶや》いて診療室へ向った父親の背中を眺めて、三帆子は複雑な気持になった。

父親にとっては、いつでも父親の背中にかくれて、安心している娘の姿が好もしいのかも知れないと思う。

一足先にダイニングルームへ行って昼食をすませたのは、リンドスの観光があるからで、虎夫はそれには参加していない。

それにしても、千津子が春本孝一と知り合った時、京都の大学で失恋したばかりだったといったのは、もしかすると弓削俊之介のことだったのかと考えた。

世の中は広いようで狭いと、三帆子は天どんをせっせと食べながら、自分で自分が可笑《おか》しくなった。別れた婚約者と一戦交えて来たというのに自分は少しも動揺していない。

更にいえば弓削俊之介と恋をしている筈《はず》なのにこの食欲はなんと色気のないことか。

リンドス

その日の午後のリンドス観光で、三帆子は真崎舞子という老婦人と知り合いになった。

たまたま、観光バスで隣合せの席についたのがきっかけであったが、

「中上先生のお嬢さんでしょう。私、真崎舞子と申します」

と先方から声をかけられた。

クイン・エルフランド号は七百名からの船客を乗せている。船内の広さからいっても、同じ船に乗り合せていても、名前も顔も知らないというのは珍しくなかった。

趣味の教室で一緒だったり、ダイニングルームのテーブルが近くだったりして親しくなり友人の輪が広がって行くことはあるが、それは限られている。

交際好きで、よほど積極的に自分から働きかけない限り、一つ船に乗っていてその人がどこの誰か関心を持たないまま、航海が終るというほうが当り前であった。

けれども、三帆子はその女性の顔だけは知っていた。

夜の食事の際、比較的よく和服を着ているせいであった。それも趣味がよく、着こなしが自然で、しかも何気ない。

殊《こと》に三帆子が印象に残っているのは、フォーマルの時に、群青《ぐんじょう》の地に小さな帆かけ舟を三艘《そう》、裾《すそ》のほうに描いた訪問着で、加賀紋は鶴の丸、帯は白地に銀波という、ちょっとみではさりげないのに、船旅を心から楽しんでいる感じの衣裳《いしょう》合せであった。

そして、もう一つが真崎舞子の足袋と草履で、足にぴたりと吸いついたような白足袋に、必ず、着物か帯に合せた色の草履が、如何《いか》にも日頃から着物を着なれている人のお洒落《しゃれ》と思えたものであった。

ただ、その和服の似合う女性が真崎舞子という名前であることは、当人が自己紹介をして、はじめて知った。

もっとも、今日の真崎舞子は藍色《あいいろ》のスラックスに、木綿の格子《こうし》のシャツという恰好《かっこう》であった。それはそれで彼女をきりっとみせている。

バスの中で、真崎舞子はそう多弁ではなかった。三帆子のほうも、不躾《ぶしつけ》な質問を相手に浴びせることはしない。

リンドスは古代都市であった。女神リンディアを信仰する人々が集まり、エーゲ海で指折りの貿易地として繁栄した。

バスの行く手に入江をへだてて小高い土地がみえて来る。頂上に城壁があり、その下に白い家並がかたまっていた。

「あれがリンドスですね」

真崎舞子がはずんだ声でいい、三帆子もうなずいた。

「すばらしいですね」

前の座席にいた背の高い老人が、ふりむいていった。

「『ナバロンの要塞《ようさい》』という映画をみたことがありますか。あれは、リンドスのアクロポリスを舞台にしたものでしたが……」

バスが停車し、乗客は下りた。

そのあたりからリンドスの全景がカメラに収められるので、撮影のための臨時停車であった。

「失礼だが、お二人でそこに立って下さいませんか。どうも、風景だけだと、あとで眺めても面白味がなくて……」

前の席の老人が並んでリンドスを眺めていた真崎舞子と三帆子に声をかけると、

「三帆子さん、写して頂きましょう」

素直に老婦人が応じた。

「腕に自信はありませんが、私がお撮りします」

三帆子が、老人と場所を交替し、自分のカメラで真崎舞子と老人のツウショットを撮った。

「これは、どうも」

老人は、まぶしそうな表情で頭を下げ、

「もし、よく撮れていたら、レセプションにあずけておきますよ」

といった。

クイン・エルフランド号にはプロの写真屋が乗っていて、船客が行く先々で撮ったフイルムを現像したり、焼増しをしてくれる。

で、出来上った写真をレセプションにあずければ、スタッフは大体、船客の顔を把握しているので、写っている人の船室へ写真を届けてくれる。それにしても、普通はこうした場合、相手の船室の番号を訊《き》くものなので、三帆子はちょっと不思議に思った。

案外、老人は真崎舞子の船室の番号を知っているのかと推量した。

バスは再び、乗客を収容してリンドスへ向けて走る。

バスの左手は海岸線が続き、エメラルドグリーンに光っている沖のあたりには、ヨットがみえた。

リンドス観光は、バスを下りるとひたすら上り道であった。

土産物屋が並ぶ中を細い道がまがりくねっている。

すでにアクロポリスの観光を終えて下りて来る人もあるので、下りる人も上る人も一列縦隊で行く他はない。

三帆子は真崎舞子の後に続いていた。

写真を撮ってくれた老人はその六、七人前を上っていた。

土産物屋の間の石段を上り切ると僅《わず》かな広場へ出た。そこがアクロポリスへ上って行く入口で、観光客はここで入場料を払うのだが三帆子達はバスの中でスタッフからチケットを渡されていた。

そこからの登りは土の坂であった。

石ころまじりの乾いた斜面はひどく足許《あしもと》が悪かった。

三帆子がみる限り、真崎舞子はみかけによらず足腰がしっかりしている様子であった。今までの上り道でも呼吸を乱していないし、別に休みもしないでアクロポリスへ向う。

同じバスから下りた人々の大半がアクロポリスへの入口で息切れしていた。海へ向いた石垣の近くにすわり込む人もいるし、もうアクロポリスは下から眺めるだけでいいとあきらめてしまったグループもいる。

実際、その斜面は歩いてみると、かなりきつく、海から吹きつける風が強いせいもあって、うっかりすると体の均衡がとれなくなる。

三帆子は前を行く真崎舞子から目をはなさないようにして進んだ。もし、彼女がころんだらと思ってのことだったが、真崎舞子の歩き方はバランスがとれていて危げがない。

それに用心深い性質らしく、土や小石のくずれやすい状態の場所はなるべく避けて上って行く。

アクロポリスは修復中の部分もあったが、総体的には補修作業が終っていて、堂々とした姿でエーゲ海を見下している。

三帆子はそこで、真崎舞子と交替しながら各々の写真を撮った。

「やっぱり、登って来ただけのことはありましたね」

真崎舞子があたりを見廻して満足そうにいった時、少し離れた遺跡の間の道を老人が歩いて来るのがみえた。

三帆子達の前の席にいた老人で、石だらけのところを如何にも歩きにくそうに下りて来る。途中でふと顔を上げ、三帆子達を認めると、軽く右手を上げた。それに応《こた》えて三帆子も真崎舞子も手を上げる。老人がやや急ぎ足に石の間を下りかけて、あっという間にふみはずした。ふみ止まろうとしたのが、そうは行かないで、狭い斜面をずるずると落ちて来る。

三帆子が走り、真崎舞子が走った。

二人がそこへたどりついた時、老人は地面に投げ出されたような恰好で倒れていた。

「大丈夫ですか」

真崎舞子が老人にかけより、老人は無理に上体を起した。

「やあ、どうも馬鹿《ばか》なことをして……」

立ち上ろうとして顔をしかめた。シャツもズボンも土まみれである。

「あっ、血が……」

すりむき傷だろう、右の腕から血が流れていた。

真崎舞子がバッグの中からビニール袋を取り出した。三帆子が驚いたのは、その中にタオルのおしぼりが二本入っていたことで、舞子はそれでまず老人の腕を注意深く拭《ふ》いた。続いて、バッグから小さな袋を出す。

「三帆子さん、すみません。この中に消毒用のいろいろが入ってますので……」

確かに、それには応急処置をするのに必要な一切がコンパクトにまとめられている。

医者の娘だから、三帆子も手ぎわは悪くなかった。

とりあえず、シャツからむき出しになっている部分の怪我《けが》の治療をすませた。

「どこか、お痛みになる所はありませんか」

三帆子が訊き、老人は手をふった。

「大丈夫、歩けます」

起き上るのを舞子が助けた。

「無理をなさらないほうがいいと思いますけれど……」

「いや、大丈夫ですよ。どうも……」

立ち上った老人に、舞子がもう一本のタオルのおしぼりを渡した。

「失礼ですけれど、これでお顔を……」

額ぎわから頬にかけて、土がこびりついている。老人はおしぼりを受け取り、遠慮そうに顔を拭いた。

「三帆子さん、ここにも、ちょっとお薬を……」

舞子が指したのは、老人の額ぎわで、たいしたことはないが、そこにも血が滲《にじ》んでいた。

三帆子が手当をしている中《うち》に、舞子は日本手拭《てぬぐい》を出して、老人の汚れたズボンの土をそっと払っている。

この人はバッグの中に日本手拭まで入れていたのかと、三帆子は日頃、見馴《みな》れない日本手拭に注目した。木綿だし、大きいし、こうした場合、ハンカチーフより余程、役に立つ。

「ええと、カメラは……」

老人があたりを見廻し、三帆子は土の上に落ちていたカメラを拾って来た。幸い、ケースにおさめた恰好だったが、こわれているかも知れない。

「とんだところをお見せして……」

老人が恐縮し、よろよろと歩き出すのを舞子が助けた。

「遠慮なさらず、私につかまって下さい。こうみえても力はあるほうですから……」

三帆子も反対側から支えた。

アクロポリスを途中まで下りて来ると、そのあたりで写真を撮っていた船客達が気がついて、男達が老人を助けた。

ぞろぞろとバスまで戻って来て、先に帰っていたスタッフの女性がびっくりした。

「高野さん、どうなすったんです」

それで三帆子はこの老人の名前を知った。

バスが船に到着し、老人は大丈夫だといい張ったが、舞子は全く取り合わないで、強引に高野を診療室へひっぱって行った。

無論、三帆子は一足先に診療室へ行って父に報告し、中上虎夫が入口まで高野を出迎え、奥の部屋へ伴って行った。

その間に、三帆子はずっと自分が持って来た真崎舞子のバッグを返し、使った分だけの消毒薬や消毒綿などを薬棚から出して、彼女の応急用の小袋へ補給した。

「驚きました。よく、こんなものをお持ちになっていらっしゃいましたね」

舞子が微笑した。

「私がそそっかしいものですから、お弟子さん達が持たせてくれましたの」

「何を教えていらっしゃるんですか」

「地唄舞《じうたまい》です」

地唄舞という耳馴れない言葉に、三帆子は途惑って、それでも日本の伝統芸能の一つに違いないと判断した。

そうした三帆子の表情に気がついたのか、真崎舞子が微笑した。

「お若い方に、地唄舞といっても、おわかりにならないでしょうけれど、上方の舞なのです。地唄というのは上方、つまり京都や大阪で誕生して発達した音曲で、江戸時代には盲人の法師が三味線を弾いて唄ったので、法師唄とも呼ばれたそうなのです」

舞子の説明を三帆子は真剣に訊き、それで思い出した。

「不勉強でごめんなさい。以前、NHKのテレビで井上八千代さんとか武原はんさんという方の舞っていらっしゃるのを見たことがありますが、それが地唄舞でしょうか」

「お二人とも、日本を代表する舞の名手です。よく、ごらんになりましたことね」

感心されて、三帆子は照れた。

「私、この春でやめてしまったのですけれど、幼稚園の先生をしていました。そのお子さんの中に日本舞踊の先生のお嬢さんがいらっしゃったので、何も知らないのは恥ずかしいと思い、テレビの番組をみましたの」

「そうでしたか」

奥の部屋のドアが開いて、高野が中上虎夫と一緒に出て来た。

「骨折でなくてなによりでしたよ。しかし、打身もけっこう痛みますから、まあ、二、三日はまめに湿布をとりかえて下さい」

虎夫の言葉に、舞子がほっとした表情になった。それをみて、高野が改めて頭を下げた。

「ありがとうございました。すっかりお世話になって……」

「いいえ、たいしたことをしたわけではございません」

大丈夫だという高野に、舞子は心配そうにつき添って診療室を出て行った。

「あちらは、奥さんかい」

虎夫が三帆子に訊き、三帆子は父のかん違いを笑った。

「たまたま、高野さんがころんだ時、あたしと一緒に近くにいたのよ」

バスで隣り合せにすわったことから話した。

「あちらは地唄舞の先生ですって……」

「道理で、着物が似合う筈《はず》だな」

「お父さんも知ってたの」

「今日は洋服だったから、ちょっと見違えたがね」

父の渡したカルテをしまいかけて、三帆子は素早く眺めた。

高野誠之助、六十二歳。職業欄には古今文学館館長としてある。

古今文学館というのは、どこにあるのか三帆子は知らなかったが、おそらく、その館長といえば国文学の先生だろうと思った。

看護婦の大月三和子が戻って来て、三帆子は診療室を出た。

この船のロードス島出港は午後六時の予定なので、ぼつぼつデッキへ出てみようと考えながらレセプションの前を通りかかると、クルーズアシスタントの光川蘭子に出会った。

「高野さんがお怪我をなさったんですって」

光川のほうから訊かれて、三帆子はうなずいた。

「でも、たいしたことはなかったんです」

「そうですってね。よかったわ」

真崎さんが御一緒だったのねと光川蘭子がいい、それをきっかけに三帆子は訊《き》いた。

「真崎さんは、御夫婦で乗っていらっしゃるんですか」

「あちらはお一人よ。御主人はだいぶ前に歿《なくな》られたと聞いたけど……」

二人用の船室を一人で使っているといった。

クイン・エルフランド号にはシングルルームが少かった。そのせいもあって、二人用の船室に一人で入っている船客も何人かいる。

その場合は規定の割増金が必要だが、三カ月に渡るグランド・クルーズの場合、同室の人に気を使うのは厄介だという理由で、一部屋を希望するので、たしかに親子や夫婦、兄弟であるとか、親友でもないと、同室での長旅は気苦労かも知れなかった。

デッキへ出て行くと、どこにいたのか弓削俊之介が走って来た。

「リンドス、どうでした」

「すてきでした。アクロポリスも風情《ふぜい》があって……」

高野誠之助の怪我のことを、俊之介は知らないようであった。三帆子も特に報告するまでもないと考えて、口には出さなかった。

船はすでにマンダラキ港の岸壁をゆっくり離れはじめている。

正面には城壁が夕陽を浴びていた。

港の入口にある二頭の鹿《しか》の彫像が少しずつ遠くなって行く。

「ギリシャの島には、まだまだ、三帆子さんにみせたい所があるんです。クレタ島とか、コルフ島とか……」

「機会があったら、もう一度、来たいと思っています」

日本へ帰ったら、どこかへ再就職して、お金を貯《た》めてと三帆子は胸をふくらませた。

そんな夢が持てるようになったのも、船旅のおかげだと思う。

「そういえば、俊之介さん、地唄舞って御存じですか」

「日本舞踊でしょう。もっとも、踊りと舞は違うそうだけど、お座敷舞とかいって、地唄を伴奏にして舞う。そういえば、この船に神崎流の地唄舞の先生が乗っていますよ」

「御存じでしたの、真崎さんのこと……」

「ばあちゃんが日本の芸能が好きで、時々、お供をして劇場へ行くんです。真崎舞子さんの舞台も国立劇場だったかで観《み》たことがあるんですよ」

「あたし、今日、バスで御一緒だったんです」

俊之介がうなずいた。

「もしかすると、そうかなと思った」

突然、三帆子が地唄舞のことをいい出したからだと笑顔でいった。

「すてきな方ね。上品で、気どってなくて、きびきびしてらして……」

「三帆子さんは、すぐファンになるみたいですね」

人の長所がまず目に入る人だと、俊之介は三帆子のことを評した。

「うちのじいさんもいってるんですよ。普通は、人の欠点から目に入るものなのですがね」

「自分が欠点だらけだからでしょう」

だが、それが女親の影響だということを、三帆子は承知していた。

三帆子の母は、人と会った時、必ずその人の長所を口にした。お世辞でいうのではなかった。その人と別れた後で、

「あの人は辛抱強いから……」

　とか、

「あの人と会っていて気持がいいのは、相手を不快がらせることは決して口にしないからよ」

　などという。そして、その評価はおおむね正しくて、三帆子は母親の人をみる目の確かさに驚きながら育った。

　どちらかというと、人の長所を、羨《うらや》ましいと思うくせは、母親にもある。

　船は大きく進路を変えていた。

　気がつくと、ロードス島の城壁はもう見えない位置へ来ている。

「あと二日でイスタンブールですね」

　海を眺めながら俊之介がいった。

「イスタンブールが二日で、それから三日間航海があって、ヴェニスへ到着する」

　指を折りながら、改めていった。

「あと七日で、僕は下船するんです」

　ヴェニスから、祖母が乗って来るのだといささか複雑な口ぶりであった。

「じいさんは喜んでいるんですよ」

　本来なら、老夫婦そろってのワールド・クルーズの筈であった。

出発前に老妻が怪我をして、その代りに孫息子が祖父の付き添いかたがた、乗船した。

「おばあさま、すっかりお元気になられたんですか」

「今日、電話をかけたら、血圧も正常だし、食欲もあるし、もう、なんの心配もないといばっていましたよ」

「よかったですね」

「ええ、たしかに、ばあちゃんが元気になったのは、よかったと思ってます」

そのあとに、俊之介がいいたがっている言葉を、三帆子は悟っていた。

三帆子にしても、ヴェニスで俊之介が下船するのは、つらい気持であった。

どこかやるせなく、寂しかった。

自分は今までに異性に対して、こうした気持を持ったことがあったろうかと思う。

そうした三帆子の気持を知ってか、知らずか、俊之介も無言で海を眺めている。

高野誠之助がデッキに姿を見せたのは、出港風景を眺めていた人々が、殆《ほと》んど船内へひき上げてしまってからであった。

「先程はどうもお世話をかけて……」

三帆子へ近づいて、丁重に頭を下げた。

「如何《いかが》ですか。お痛みになりませんか」

なんとなく医者の娘の立場で、三帆子は高野の怪我を気遣った。

「いや、中上先生に湿布をして頂いたのが効いたようで、こうして歩いても、あまり痛みません。ただ、お辞儀をすると少々……」

なにも知らない俊之介が訊いた。

「腰を痛められたのですか」

「三帆子さんから聞かれませんでしたか」

「いや……」

俊之介が三帆子をみた。

「こちらは口が固いから……」

高野は三帆子へ優しい視線を向けた。

「実はリンドスのアクロポリスでころびましてね。年甲斐《としがい》もなく高い所へ登りたがるのが悪い癖で……」

つい、三帆子は高野のために弁解した。

「あの坂道はすべりやすいんです。土が乾いていて、小石まじりで……」

「これでも若い頃は山登りをしたことがあるんですよ。今のような登山とは違いましてね。登山靴もなければ、ピッケルもない。握り飯と水筒、ひどい奴《やつ》は酒をぶら下げて行ったんですから……」

「どちらの山へ登られたんですか」

俊之介が訊いた。

「信州です。疎開《そかい》で信州へ行っていましてね。小学校三年から中学までは信州で暮していました」

この前の戦争中のことだと、高野はちょっと遠い目をした。

「あなた方には想像もつかないだろうが、物資の欠乏時代でしてね。わたしなどは母親の実家へ居候《いそうろう》していたから、まだしもましなほうだったと思いますよ」

食べるものも、着るものにも不自由だったが、それでも信州の自然はすばらしかったと高野はいった。

「信州人は、どちらかといえば郷土愛を持つ人が多いといいます。わたしは厳密な意味では信州人ではないのですが、やはり、幼少の頃、毎日、眺めた山の容《すがた》、冬の川水の冷たさ、初夏の頃、木々の若芽がいっせいに顔を出す浅緑色の世界なぞは忘れたことがありません」

若々しい口調になって、高野はふと苦笑した。

「どうも、この旅に出て気分が高揚したままなのですよ。若い頃の山登りにくらべたら、アクロポリスなぞ、ものの数ではなかったのですが……どうも失敗しました」

むこうから真崎舞子がやって来た。

さっきまでのスラックス姿ではなく、ワンピースに着替えている。

「よろしいんですか。お歩きになったりして……」

舞子にいわれて、高野は悪戯《いたずら》をみつけられた子供のような表情になった。

「もう、なんということはないのですよ。たかが、打身ですから……」

「中上先生が、無理をしないようにとおっしゃいましたでしょう」

「それはそうですが、まあ、ちょっとロードス島に別れを告げに出て来ました」

舞子も笑った。

「とうとう、ギリシャとも今日でお別れですね」

「イスタンブールは、どういう御予定ですか」

「私、カッパドキアへ是非、行ってみたくて、一泊旅行を申し込みましたの」

クイン・エルフランド号はイスタンブール港に二日間停泊する。その間に航空機でカッパドキア観光のコースがあった。

「それは奇遇ですな。わたしも、そのコースに参加するのです」

「高野さんもですか」

舞子が嬉《うれ》しそうな声で応じた。

「でも、お怪我は大丈夫かしら」

「治りますよ。イスタンブールへ着くまでには……」

「よろしくお願いします」

「こちらこそ……」

ごく自然に、高野と舞子がデッキから船内へ戻って行くのを、三帆子と俊之介が見送る恰好《かっこう》になった。

「あちら、友人なんですか」

俊之介が訊き、三帆子は眼許《めもと》を笑わせた。

「少くとも、今はお友達でしょう」

「ああ、そういう意味じゃなくて。つまり、この船に乗る前からの……」

「そうじゃないみたい。親しくなられたのは高野さんがアクロポリスでころんでからだと思います」

「なんだ。そういうこと……」

俊之介が首をすくめた。

「だったら、僕も、どこかでころぼう」

「カッパドキアまで、いらしたら……」

「三帆子さんはカッパドキアへ行くんですか」

「いいえ、行きません。でも、真崎さんはいらっしゃるのよ」

「意地悪だな。三帆子さんは……」

俊之介の顔が寂しげだったので、三帆子は狼狽《ろうばい》した。

「ごめんなさい」

頭を下げてから、つけ加えた。

「もし、イスタンブールでころんだら、赤チンつけてあげる」

「嘘《うそ》でしょう。今どき、赤チンなんて。うちのばあちゃんじゃあるまいし……」

笑い声を風が吹きとばして行った。

デッキはすっかり暗くなっている。

深夜になって、海は荒れはじめた。

風と雨が激しくなって、船首のほうに波のぶつかる音が、三帆子たちの船室にも聞えて来る。

「イスタンブールは、かなり気温が低いらしいよ。明日からは船のスタッフも冬服着用になるんだ」

中上虎夫がいい、三帆子はその父のためにクローゼットから紺地の制服を出した。

船のスタッフは、船長以下、各々の職務を示す肩章《けんしょう》つきの制服だが、夏用と冬用の二種類がある。

ワールド・クルーズの場合は季節で着替えるのではなくて、訪れる先の気候によって着分けることになっている。

で、三月はじめに日本を船出した時は冬服だったのが、三帆子がシンガポールで乗船した頃は、もう夏服に変っていた。

冬服に戻るのはおよそ一カ月ぶりのことになる。

夜中続いていた雨は、朝になって上った。

けれども、風はやや強く、気温も昨日までにくらべて肌寒い。

「いよいよ、マルマラ海へ入りますね」

午後からの船客の会話は、もっぱらこれから訪れるトルコの話題になっていた。

エーゲ海からマルマラ海へ入るには、ダーダネルス海峡を越える。

「海峡通過は、今夜十時近くになるそうですよ」

図書室からの帰りに、エレベーターのところで光川蘭子から教えられた。

「ダーダネルス海峡の一番、狭いところ、チャナッカレという町の反対側にお城があって、夜はライトアップされているそうですよ」

いわば、海峡の首にあたるところで、昔はこの城の番人の許可がなくては、海峡を通過出来なかったらしい。

立ち話をしているところへ、奥山千津子が通りかかった。

「三帆子さん、よろしかったら、私どもの船室へお寄りになりません。おいしいお茶をいれますから……」

誘われて、三帆子は断りそびれた。光川蘭子は、まだ仕事がありますから、とあっさりいってレセプションのほうへ下りて行く。

千津子について、奥山姉妹の船室へ行った。

そこは、女優の高井真澄が入っていた部屋で、クイン・エルフランド号の中ではジュニアスイートと呼ばれている一つであった。

いわゆるファーストクラスの船室で、ツインベッドの他に、比較的ゆったりしたリビングがある。

「三帆子さんをおつれしたのよ」

ドアを開けて、千津子がいい、姉の加代が愛想よく迎えた。

「さあ、どうぞ」

テーブルの上に打菓子が出ていた。

海峡

クイン・エルフランド号は日本船なので、日本茶には不自由はしない。けれども、奥山姉妹の船室でもてなされた日本茶は、極上の玉露で、湯加減も濃さも申し分なかった。

「姉がお茶マニアなんですよ。この玉露は静岡の岡部というところので、それも知り合いに頼んで分けてもらっているんです。日本茶の他に、中国茶や紅茶にも凝っていて、消化にいいのはなんだとか、夜に飲むのはこのほうがいいとか、そりゃもう蘊蓄《うんちく》をたれるので、みんな逃げ出してしまうんですよ」

千津子が笑いながらいい、加代は、

「そやかて、お客さんに喜んでもらおう思うたら、お茶ぐらい、自信をもってお出しせんとなあ」

おっとりと応じている。

みかけは姉のほうが華やかで、しっかりしているようだが、話してみると、勝気で積極的、行動的なのは千津子のほうらしい。

「三帆子さんに、弓削俊之介さんとのこと、はっきりお話ししといたほうがいいと思って……」

さばさばした口調でいい出した。

「弓削さんとは、京都の大学で一緒やったんですわ。ただし、わたしは二浪して入学したので弓削さんよりも三つ年上で、もともと、あちらと知り合ったのは、わたしの恋人だった学生が、弓削さんのお友達だったからですよ」

滝島といい、京都のお寺の息子だったが坊さんになるのを嫌って、将来は作家になるといっていたと、千津子は可笑《おか》しそうに話した。

「たしかに、マルチ人間みたいなところがあって、八ミリで映画作ったり、問屋さんに頼まれてポスター描いたり、けっこう才能あるように見えたんです。わたしは映画に出てくれいわれて、それがきっかけで恋人になったんです」

一緒に旅行したり、千津子が借りていたアパートで半同棲《どうせい》みたいなことをしていたが、間もなく、彼には他につき合っている女がいるのに気がついた。

「それも一人や二人じゃないんです。なかには結婚を約束している子もいて、わたしもそうでしたけど、お金を貢《みつ》いでいたりして……」

男のほうから別れ話が出て、揉《も》めたあげく、滝島は逃げ廻って、千津子に会おうとしなくなった。

「弓削さんに、滝島の居所を訊《き》きに行ったりして、彼とのことを打ちあけたり、その中《うち》に妊娠しているのがわかって、中絶やら何やらで弓削さんに厄介かけてしもうたんです」

軽く首をすくめた。

「今はもう、こうして自分の口からあけすけにお話し出来ますけど、その当時は随分、悩んで、死にたいと思ったり、弓削さんは親切で、おち込んでいるわたしをはげましてくれたんです。弓削さんにしてみれば友達の不人情さに驚いて穴埋めするような気やったと思います」

人間の気持というのは、不思議だと千津子はいった。

「わたしが弓削さんを好きになってしもうて……弓削さんはああいうお人やから、情にほだされて、卒業したら、結婚してもいいというようなことになったんですけどなあ。その中に、わたし、滝島とよりが戻ってしもうて……その頃、滝島は東京のテレビ局でバイトしてて、わたしも卒業と同時に、滝島のところへころげ込んで……おかげで、苦労のし続け。結局、姉さんに事情を打ちあけて東京まで迎えに来てもろうて……もう、ぼろぼろになってたんですわ」

加代が新しいお茶をいれて、三帆子に勧めた。

「弓削さんは、千津子のこと心配して、わたしの家を訪ねて来はったんです。わたし、千津子にいうてやったんです。弓削さんと滝島とくらべたら、月とすっぽんや。なんで、それがわからへんのかて……この子、いいましたんや。そんなこと、ようわかってる。弓削さんがいい人やさかい、立派な人やさかいに、一緒に居《お》るとつろうなって、自分がみじめでたまらんのやと……。たしかに、女にはそういう気持ありますわなあ」

「わたしは男運が悪いのかも知れんね」

相変らず他人事《ひとごと》のように、千津子がいった。

「でも、世の中、ほんまに広いようで狭いわ。あの春本が……三帆子さんの婚約解消した相手やったなんて……」

「結婚せんで、賢明でしたわ」

加代がいった。

「あの男はあきまへんわ。男の屑《くず》みたいなのと違いますか」

三帆子がそっと顔を上げた。

「わたしも、男性をみる目がないんです」

「今は違いますやろ」

加代が三帆子をみつめた。

「三帆子さんは、二度と同じあやまちはくりかえされへん人やと思うてます」

　千津子もいった。

「弓削さん、ほんまにええ人と廻《めぐ》り会うたなあと……嫌味でいうてるのと違います。わたし、弓削さんに、心からそないにいうたんです」

　電話が鳴った。受話器を取った加代が、

「へえ、今、妹とかわります」

　と答えて、千津子にいった。

「内藤さんよ」

　いそいそと千津子が電話に出た。

「千津子です。ああ、もう時間ですねえ。今、お部屋へ行きます。待ってて下さい」

　受話器を姉へ戻していった。

「内藤さんと一緒に映画をみる約束なの。ちょっと行って来ます。三帆子さん、ゆっくりして下さい」

　バッグをつかんで、船室をとび出して行った。この船には小さな映画館がある。今日はたしか洋画を上映していた筈《はず》であった。

「千津子は、すっかり内藤さんと仲よしになってしもうて……」

　加代が苦笑まじりにいいつけた。

「姉妹でも、つくづく感心してますわ。あの子、男好きいうたらかわいそうですけど、ほんまに男の人とすぐに仲ようなって……。でもまあ、だんだんと男の人をみる目のほうはしっかりして来ましたよってに、心配はしとらんのですけど……」

あっけにとられたまま、三帆子はお茶を御馳走《ちそう》になった礼をいって、船室を出た。

人の生き方は、実にさまざまだと再び、思った。

この船に乗ってから、何度、そのことを実感させられたことか。

男好きといってはかわいそうだと弁護した加代の言葉が心に残っていた。

おそらく、千津子はその都度、必死になって幸せを求めたのだろうと思う。

三帆子がかつて、不安を感じながらも、春本孝一との結婚に幸せを求めたのと同じように、千津子も苦い経験を乗り越え、乗り越えして、この船にたどりついたということなのだろう。

それにしても、千津子が早速みつけた男友達が内藤武志というのは意外であった。

内藤は七十を過ぎている。千津子とは四十歳近くも年の差があった。

が、内藤が別れたばかりの須美子は三十八歳だった筈である。

それを思い合せると、別に不釣合いとはいえないのかも知れないと考えながら歩いていると、いきなり目の前に人が立った。

弓削俊之介が心配そうな顔で三帆子をみている。

「どうかしたんですか」

ぼんやり突っ立っている三帆子に重ねていった。

「なんだか、すごく深刻そうな顔だけど……」

つい、三帆子は笑い出した。

「なんでもないの。ちょっと、考えごとをしていただけで……」

「ラウンジへ行きませんか。トルコの観光のことで、打ち合せをしたいんです」

奥山姉妹の船室で二杯も玉露を御馳走になったあげくだったが、三帆子は俊之介のあとについてラウンジへ行った。

午後のお茶の時間は終っていて、ラウンジは比較的、すいている。

「俊之介さんは、イスタンブールの予定をどんなふうに組まれたんですか」

向い合って席について、三帆子が訊き、俊之介が少しばかり体を前に乗り出した。

「一日目はもっぱら市内観光をしようと思っています。イスタンブールは僕も初めてなので、アヤソフィアとか、トプカプ宮殿とか、そのコースなら、まだバスに余裕があるそうです」

二日目は、もし天気がよければボスポラス海峡の観光はどうかといった。

「マルマラ海から黒海に抜ける海峡なんです。ここも一番狭いところに砦《とりで》があって、冷戦時代は、旧ソ連の潜水艦が密航したなんて話があったみたいです」

「二日とも、御一緒してかまいませんか」

「勿論《もちろん》です。是非、よろしく」

俊之介が大真面目《おおまじめ》にいって、頭を下げた。

「お天気、どうでしょうね」

海は一応、晴れているが、低気圧が来ているという情報が入っていた。

「今までが、晴天続きでしたからね」

横浜を出港して以来、上海で雨に遭った以外は太陽に恵まれすぎるほどのクルーズであった。

「三帆子さんは、まだ乗っていなかったけど、上海《シャンハイ》は寒かったんですよ。雨のせいもあって、あそこで風邪をひいて体調を崩した人は多かった筈です」

温暖な、むしろ、暑い地方の旅が続いたあげくに、また寒くなる。

「昨年のこの船のワールド・クルーズでも、スエズ運河を越えてから、気温が下って、風邪をぶり返した人が少くなかったといいますから、今年も用心しないと……」

三カ月に渡るグランド・クルーズを、健康なまま過すには、細心の注意が必要だと俊之介はいった。

「船は、どうしても高年齢者が中心ですからね。いっぺん、体調を崩すと、なかなか元に戻りません」

俊之介は祖父の体を案じているようであった。

「ヴェニスでばあちゃんにひき渡すまで、元気でいてもらわないと……」

あとは野となれ、山となれと笑っている。

「悪い冗談だわ」

「勿論ですよ」

紅茶でいいですか、と訊かれて、三帆子は正直にいった。

「奥山さんのお部屋でおいしい玉露を頂いたばかりなの」

俊之介がうつむいた。

「それじゃ、僕だけ、もらって来ます」

立って行って、一人前の紅茶をセルフサービスで持って来た。

「千津子さんのことだけど、聞いてくれますか」

低く、いい出すのを、三帆子は制した。

「もう、千津子さんからうかがいました」

「そうですか」

三帆子の目をみつめるようにして続けた。

「それで、どう思いました」

「別になんとも……」

「なんとも……」

「むかしむかしのことですもの」

「しかし……」

「ただ、俊之介さんが今でも千津子さんのことがお好きとおっしゃるなら、話は別だと思いますけど」

俊之介が紅茶を飲みながら、目を細くした。

「三帆子さんは、本当に意地悪だな」

首をすくめて、三帆子は答えた。

「俊之介さんから、意地悪だっていわれたのは、二度目かしら」

「とっくに終ってしまったことでも、過去は過去なんですよ。殊《こと》に男の場合、もう、なんとも思っていない人のことでも、そう口にするのは、相手を傷つけるような気がして……」

俊之介らしいナイーブさだと三帆子は思った。

「女は残酷なのかしら。私は春本さんのこと、顔をみるのも嫌だと思っていて……その人と結婚しようと考えた自分がおぞましいように感じているんです」

「それは、三帆子さんが潔癖だから……。それに、正直の所、僕は三帆子さんがあの男のことをそういうふうにいってくれるのが嬉《うれ》しいんです。安心っていうのか。とにかく、僕のほうがあの男よりよく思われているようで、ほっとしているんです」

「それじゃ、あたしと千津子さんでは……」

手を上げて、俊之介が遮った。

「僕の気持の中には三帆子さんしかいません。もし、クレオパトラが出て来ようと、楊《よう》貴《き》妃《ひ》が現われようと……」

「そんなの、古いわ」

「じゃあ……どんなにいい女が現われようとも、僕にとって、三帆子さん以上のいい女はいない」

ふっと、三帆子はうつむいた。

「怒ったの」

「嬉しいと思って……あたしみたいな欠点だらけの人間を……」

それきり二人は黙った。

ここが、衆目のあるラウンジでなければ、俊之介は行動を起していたに違いない。

だが、俊之介は紅茶茶碗《ぢゃわん》を手にしたまま、海へ視線を向けていた。そして、三帆子も彼がみつめている海を眺めていた。

それでも、おたがいの気持は充分すぎるほど高揚しているのがよくわかった。

どちらもそれを自制することで、おたがいの愛を確認し、とりあえず、満足している。

そうした愛の表現もあるのかと、三帆子は新鮮な発見に驚いていた。

二人が立ち上ったのは、一回目の夕食を知らせる船内アナウンスを聞いてからであった。

「一足、三帆子さんに近づいたと思っていいですか」

廊下で別れる際に、俊之介がいい、三帆子も率直に応《こた》えた。

「私も、そんな気がしているんです」

「僕のこと、なんでも聞いて下さい。ヴェニスへ着くまでに……」

そのヴェニスまで、あと数日ということで、俊之介は焦《あせ》っているようでもあった。

船は、もう、ダーダネルス海峡へ入っていた。

イスタンブールは小雨が降っていた。

気温もぐんと下って、港町を行く人々はコートを着たり、厚手の上着の衿《えり》を立てている。

クイン・エルフランド号は、乗客の便利のために、港からグランドバザールまでシャトルバスを一日中、往復させている。

「三帆子が参加する市内観光は午前中だけだね」

父の虎夫が娘のスケジュールを訊《き》いた。

「船へ戻って来て午飯《ひるめし》をすませたら、シャトルバスで一緒にグランドバザールへ行ってみよう。突然の病人でも出ない限り、大丈夫だよ」

イスタンブールには二日間の停泊であった。

そのために、船のスタッフも時間に余裕があって、交替で上陸するらしい。

父娘《おやこ》で朝食をすませて船室へ戻りかけると、廊下で真崎舞子と高野誠之助が連れ立って来るのに出会った。

二人共、各々に小さなボストンバッグを下げているのは、これからカッパドキアへ一泊旅行に参加するためであった。

「アナトリア地方のお天気はどうでしょうかね」

高野が虎夫に訊き、

「イスタンブールがこんなですから、内陸はかなり冷え込むかも知れませんよ」

と医者は返事をした。

雨はやんでいた。

デッキに薄陽がさしている。

「私達、本当についてますのね」

嬉しそうに舞子がいった。

「上陸する日で、雨に降られるなんて、滅多にありませんでしたでしょう」

上海が雨だった以外は、この前のサントリーニ島で少々、降った程度であった。

「外は寒いですよ」

階段を上って来た光川蘭子が首をすくめるようにして声をかけた。

「久しぶりの寒さですから、皆さん、風邪をおひきにならないように……」

高野誠之助が舞子にいった。

「手袋は持って行ったほうがいいですかね」

「船室におありでしたら、お持ちになりましたら……」

「それじゃ、ちょっと取って来ます」

「御一緒しましょうか」

「いやいや、グランドホールの入口で待っていて下さい」

高野がエレベーターに乗り、舞子が見送った。

「カッパドキアが晴れているといいですね」

虎夫がいった。まるで巨大なきのこのような形をした奇岩の群像で有名な観光地であった。近くには迫害されたキリスト教徒がひそんだという地下都市などもある。

このツアーはイスタンブールからアンカラまでを国内線で飛び、あとはバス旅行となる筈《はず》であった。

真崎舞子が階段を上ってグランドホールへ行ってから、光川蘭子が小声でいった。

「あのお二人、すっかり御親密になられましたね」

虎夫が微笑した。

「船旅はいい友達が出来てこそ、楽しくなる。けっこうなことじゃないか」

「怪我《けが》が取り持つ縁になったりして……」

光川蘭子と別れて船室へ向いながら、三帆子は父親に訊いた。

「高野さんって、独身かしらね」

「だいぶ前に、奥さんが歿《なくな》られたそうだよ。子供さんが二人、どちらも結婚して一家をかまえて居《お》られる」

「お父さん、いつ、そんなこと……」

「診療室に湿布を取りかえにみえた時にね。別にこちらが訊いたわけじゃない。あちらがごく話の成り行きで打ちあけられたんだ」

真崎舞子が独身なことは、三帆子も知っている。

高野誠之助にせよ、真崎舞子にせよ、もう人生の後半へさしかかっている年齢であった。

そうした年の男女が船で知り合って、友達づき合いをはじめたのは、いい感じであった。

思いなしか、二人が以前よりも若々しく見えた。

「外国船では、こうしたワールド・クルーズに、夫に先立たれた老婦人や、女房をなくした老人が、おたがいに伴侶《はんりょ》を求めて乗る場合が多いそうだよ」

　虎夫が娘の表情をみながら話した。

「たしかに、三カ月も同じ船に乗っていて、親しくなり、食事を一緒にしたりしていれば、およそ、相手のこれまでの生活ぶりもわかるし、趣味や性格も知ることが出来る。下手なお見合より、よっぽど効果的だがね」

「でも、船旅が終って、結婚までに漕《こ》ぎつけるカップルって、そう多くはないのでしょう」

「その通りだ。殊にアメリカ人は老年になって、結婚というわずらわしさを避けるために、知り合って親しくなっても、入籍しない人がけっこういるようだね。茶飲み友達として、おたがいの住居を行ったり来たりしてつき合うらしい」

「年をとったら、それもいいのかもね」

「ただし、双方がきちんと自立している立派な大人でないと無理じゃないかな」

　診療室へ行く父親と別れて、三帆子は船室で、今まで全く着る機会のなかった薄いキルトのコートを抱えて、グランドホールへ行った。

　ちょうど、カッパドキアへ一泊旅行に出かけるグループがガイドにエスコートされてグランドホールから出て来るところであった。

　その中に、高野誠之助と真崎舞子の姿もみえた。

「行ってらっしゃい。お気をつけて……」

「ありがとうございます」

手をふって行く舞子の姿が初々しい。

グランドホールへ行くと弓削老人と俊之介が入口にいた。

弓削老人は毛糸の帽子をかぶり、孫息子とおそろいの革のブルゾンを着ている。

「お似合いですね」

と周囲から声をかけられて、俊之介が説明していた。

「もともとは、僕のだったんです。じいさんがちょっと貸してくれといって、それっきり返してくれないんで、婆《ばあ》ちゃんが同じのを買って来たら、着馴《きな》れたほうがいいっていいまして……」

弓削老人が笑った。

「革も結城紬《ゆうきつむぎ》と同じで、新しいのはどうも具合がよろしくない。折角、着馴らしたものを、孫に取り返されるのは面白くないからね」

「だったら、なにも、じいさんとお揃《そろ》いのじゃないのを買ってもらうのに……」

「返してやったって、結局、お揃いじゃないか」

祖父と孫の、いつものようなやりとりを、まわりは楽しそうに聞いている。

例によって、グループずつまとまってバスに乗り込んだ。

陽はまた翳《かげ》って、曇天がマルマラ海のほうまで広がっていた。

バスはガラタ橋を渡って、旧市街へ入って行く。

「この橋は新しいね」

弓削老人がいった。

「昔のガラタ橋は、もっと古かった」

その声でガイドが説明した。

「今、お客様から御指摘がありましたように、このガラタ橋は一九九二年の春に架けられたもので、旧ガラタ橋、つまり一九一二年に完成した橋のすぐ横に出来たのですが、間もなく旧ガラタ橋が火事で燃えてしまいました。ガラタ橋は金角湾の一番、入口に近い所にありますが、この他にイスタンブールの新市街と旧市街をつなぐ橋は金角湾に二本あります。ガラタ橋のほうからいいますと、アタチュルク橋、ファティフ橋です」

アタチュルクというのはトルコ人にとって建国の父と尊敬されているケマル・パシャのことであった。

第一次世界大戦でトルコはドイツに味方して敗れ、イギリス、フランス、イタリア、ギリシャに国土を分割されそうになった。この時、トルコ国民軍を率いて戦ったのがケマル・パシャで、今日のトルコを語る上では欠くことの出来ない英雄であった。

「そういえば、昨日、我々が通過して来たダーダネルス海峡も、ケマル・パシャがイギリス、フランス連合軍の襲撃を一年がかりで遂《つい》に防ぎ止めた戦場なんだよ」

弓削老人が話し出した。

まるで鳥がくちばしをさしのべたようなガリポリ半島とトルコ本土との間は細長いダーダネルス海峡が横たわっている。

エーゲ海からマルマラ海へ入ってイスタンブールを攻略するために、英仏連合軍は二十万という大艦隊をこのダーダネルス海峡作戦にさしむけた。指揮を取ったのは、時の英国海軍大臣、チャーチルだったと、弓削老人の舌はなめらかであった。

「地図をみればよくわかるけれども、あんな細長い海峡を艦隊が通過するんだ。かなり強引な物量作戦でもないと難しい。実際、チャーチルはそれだけのことをやってのけたんだ。どんなに凄《すご》い戦いだったかということは連合軍もトルコ軍も三十万からの兵士がここで戦死しているのでもわかるだろう。ガリポリ半島にはその人々の慰霊碑や墓があるんだよ」

この戦いの際、トルコ軍を指揮して遂に勝利をおさめたのがケマル・パシャだと弓削老人はいった。

「チャーチルはこの作戦の失敗で海軍大臣を辞任した。勿論《もちろん》、その後、政界に復帰したのは、よく知られていることだが……」

日頃は、郊外で畑いじりでもしていそうな老人にみえるのに、こういう話になると元外交官の面影が出て来るようで、周囲の人々はじっと耳を傾けている。

「今度、ダーダネルス海峡を渡ります時は、今のお話を思い出しますわ」

近くにすわっていた三木恒子がいい、やはり、後部の座席にいた奥山加代が同調した。

「その国の歴史を知るって大事なことですね。私などは無知で、トルコといえばシルクロードの終点、イスラム教のとんがり屋根ぐらいしかイメージにありませんでしたもの」

バスはガラタ橋を渡り切って海沿いの道から高台へ上りかけていた。

駅舎がみえた。

「シルケジ駅です。昔はここがオリエント急行の終着駅でした」

アジアからヨーロッパへ行く人々はトルコのバイダルパシャ駅で下車して、船でボスポラス海峡をヨーロッパ側へ渡り、このシルケジ駅からオリエント急行に乗車する。

「アガサ・クリスティの『オリエント急行殺人事件』の映画をみましたわ。あの時、ポアロはやっぱりアジア側から船で渡って来てオリエント急行に乗るシーンがありました」

奥山千津子が、もう遠去かった駅をふりむいていった。

その映画を三帆子もみていた。

まだ中学ぐらいだったろうか、兄や姉に連れられて、映画館で息を呑《の》んで観《み》たのをおぼえている。

バスが停ったのは、トプカプ宮殿の近くであった。

「イスタンブールも随分、変ったよ。昔はタクシーにメーターはなし、全部、運転手と交渉して値段を決める。運転手の中にはトルコ語しか話せないのが多くてね。厄介だったが、今はどうなんですかね」

バスを下りながら、弓削老人がガイドに訊き、留学生としてトルコに五年も住んでいるという青年が苦笑した。

「メーター制ということになっていますが、時々、悪質な運転手がいましてトラブルを起すことがありますよ。日本のように空車の表示もないですし、ドアは自動じゃありませんから、日本人は勝手が違って慌《あわ》てますが……」

トプカプ宮殿はオスマントルコ時代のスルタンの住居であった。

十五世紀、トルコがもっとも強大な帝国を築き上げた頃の宮殿だから、建物自体は古びたり、変ってしまったりしているが、七十万平方メートルもの敷地は高台にあって、マルマラ海から金角湾まで、ぐるりと見渡せる抜群の位置にある。

もっとも、今は博物館になっていて、宝物館や陶磁器の展示室、それにハレムなどが観光コースになっていた。

「千津子さん達の年齢では知らないかもね。わたしなぞは、昔、『トプカピ』とかいう映画があってね。この宮殿にエメラルドをはめ込んだ宝剣を盗みに入る賊の話だったかな。とにかく、映画の題名がトプカピだったので、てっきりトプカピ宮殿と思っていたら、正しくはトプカプなんだね」

奥山姉妹に話しているのは内藤武志でステッキは持っているものの、歩行はそれほど不自由を感じさせない。

三帆子がシンガポールで乗船した時、内藤武志は車椅子《くるまいす》であった。旅の途中で離婚してしまったが、妻の須美子が車椅子を押し、夫のリハビリに尽力していた。

あれから、たった一カ月だと、三帆子は改めて内藤を眺めた。

今の内藤には車椅子に乗っていた時のどこか病人らしさの残っていた気配もなくなっているし、須美子に嫉妬《しっと》して苦しんでいた当時の苛立《いらだ》ちも消えた。

奥山姉妹に囲まれるようにしてスルタンの秘宝をのぞいている姿には、功成り名を遂げた高名な弁護士の風貌《ふうぼう》しか感じられない。

「凄いなあ。ここは台所だったそうですよ」

陶磁器の展示室へ入って、俊之介が三帆子へいった。

そこは煙突とドームがある部屋がずらりと並んでいる。

「スルタンの王宮時代は八百人ものコックが働いていたそうですよ」

無論、王様やその家族の食事の他に、働いている四千人からの人々の食事をここでまかなっていたのだと、俊之介はガイドブックをみながら、盛んに感心している。

そこに陳列されているのは、中国や日本の陶磁器であった。

はるばるシルクロードを駱駝《らくだ》の隊商が運んで来たものもあるに違いない。

「トルコいうのんは、日本人にとって、なんとなくロマンを感じさせますね」

奥山加代が弓削老人に話しかけた。

「わたし、この国へ着いたとたんに、『月の砂漠』いう歌を思い出したんですけど、よう考えてみたら、あれはアラビアですわなあ」

弓削老人が明るく応じた。

「昔、日本でアラビアという言葉が大流行したことがありましたよ」

イスラムの世界は、日本人にとって異国情緒をかき立てるものがあるようで、クイン・エルフランド号の船客は、トプカプ宮殿の庭から眺められるイスタンブールの風景を眺め、記念写真をとっている。

「青磁の陶器が多いだろう」

弓削老人は展示室で俊之介と三帆子に教えた。

「青磁は毒に触れると色が変るといわれていたので、中国の皇帝は勿論、ここのスルタンも、毒殺されないために愛用したというんだがね」

「なんの毒で、変化するんですかね」

「そんなこと、知るものか」

「じいさんの話も、ガイドブックの受け売りだな」

笑い合いながら外へ出ると、そこからは歩いてアヤソフィアへ行くという。

「この周辺は、いい博物館が沢山あるんだ。ツアーでは寄らないようだから、あとで個人的に来てみるといいね」

歩いて行く道に、また陽がさして来た。

どうやら、曇ったり晴れたりの一日らしい。

アヤソフィアは、やや灰色がかった青空を背景に四本のミナレットと丸いドーム型の屋根と、それを支えている朱がかった建物の外壁が豪壮なイメージを作り出している。

「もともとは、ギリシャ正教の総本山として建てられたので、その当時、ミナレットはありませんでした。四本のミナレットがつけ加えられたのはコンスタンティノープルがオスマントルコに征服されてからで、勿論、それからはイスラム教のジャミイ、つまり寺院となったわけです」

ガイドが説明し、先に立って入口を入った。

「イスラム教では偶像崇拝を許しませんから、教会内にあったキリスト関係のモザイクとかフレスコ画は漆喰《しっくい》で塗りつぶされたんですが、今はこのように漆喰が取り除かれて、かつてのギリシャ正教時代の面影を復元しています」

内部は広かった。

メイン・ドームの下に立つと四十もあるという窓や、ドームの中にまたドームが重なっている巨大な建築に威圧されそうであった。

「日本人の感覚からいうと、こけおどしって気がしないでもありませんね」

内藤武志が弓削老人に話しかけ、老人はうなずきながら笑っている。

「どちらかというと日本人はブルーモスクのほうが好きのようですな」

イスタンブール

ブルーモスクはアヤソフィアの正面に向い合っていた。

そこへ歩いて行く道には、トルコ人の子供が群がっている。

絵葉書が何枚か一組になっているのを、

「千円、千円」

と日本語でいいながら、観光客に押しつけたり、出来の悪いミナレットの模型なぞを、

「ワン・ダラー」

と突き出したりする。

「バッグやカメラに気をつけて下さい」

ガイドが客達に注意した。

「いつから、トルコもこんなふうになってしまったのかね」

弓削老人が慨歎《がいたん》した。

「昔のトルコは、こんなじゃなかった。タクシーの中にカメラをおいて行こうが、運転手がちゃんと番をしていてね。勿論、子供が押売りの真似《まね》もしなかった」

「昔というと、いつ頃ですか」

内藤が訊《き》いた。

「今から、二十年にもなりますかね」

「それじゃ、変っても仕方ありませんよ」

グループの人々は、こうした押売りには馴《な》れていた。

すでに東南アジアでもセイロンでもインドでも、エジプトでも、いやになるほど体験している。

うるさがって子供達を追い払う人もいるし、無視する人もいる。時には、

「どうせ買うのだから……」

と子供のさし出す絵葉書に千円を支払う人もいた。

それにしても、おびただしい子供の数であった。

ブルーモスクの入口にまで、その子供達が群がっていて、観光案内の人に叱《しか》られたりしている。

モスクの中は、原則としてはだしであった。

「なんだか、なかがきれいになったよ」

ここでも、弓削老人が昔と比較した。

「前に来た時は、信者が寄進したカーペットがむやみに敷かれていてね。それが決して新しくない、雑然と積み重なっていたと思うんだが、どうも、すっかり小ぎれいになった」

ブルーモスクは正式にはスルタン・アフメット・ジャミイと呼ばれるので、ブルーモスクの名の由来は、内部が青いタイルで彩色されたせいであった。

更に内壁には百合《ゆり》やチューリップなど、さまざまの花を描いたタイルが埋め込まれている。

「きれいなモスクですね」

俊之介が三帆子に同意を求めた。

「寺院を比較するのはおかしいけれど、たしかにこっちのほうが情緒的だ」

「私も、こっちのほうが好き」

三帆子の返事に弓削老人が笑った。

このブルーモスクの特徴は、もう一つあった。

「ここへ来るといい。六本のミナレットが実に見事に見える場所があるんだ」

弓削老人が先に立って、かなり離れた場所へ移動した。

「どうだね。六本がみんな見えるだろう」

老人が自慢するように、その位置からはブルーモスクとそれを囲む六本のミナレットがきっちりカメラのフレームの中におさまった。

「ミナレットというのは、普通、四本なんだね。それが、ここには六本ある」

そのことについて、この寺院を建てたアフメット一世は黄金のミナレットを建てろと命じたのを、建築家が六本のミナレットと聞き違えたのだという説があると老人は話した。

「黄金はアルトゥン、六はアルトゥだからね。しかし、わたしは、そんなことより、王様は六本のミナレットのある寺院を建てたかったと素直に考えた方が楽しい気がするね」

午前の観光は、その後、地下宮殿を見学した。

坂の途中の、なんでもないような入口を下りて行くと無数の柱が水の中に建っている。円柱で上部には彫刻がほどこされ、柱と柱はアーチ型につながっている。

地下の貯水槽《ちょすいそう》というには、あまりに広く、立派すぎる感じが、まさに宮殿の名にふさわしい。

水の上には足場が組んであって、その上に板が長く続いている。

仮ごしらえの回廊を渡って行くと、一本の柱の下にライトがあててあった。

柱の根元にメドゥーサの首が彫刻されていた。

「青い大理石だね」

弓削老人がメドゥーサの首を眺めていった。

「この前、来た時は、ここは見ることが出来なかったんだが……」

「映画のロケに使われたそうですよ」

背後から内藤が告げた。

「007の『ロシアより愛をこめて』、という作品だとガイドがいってましたよ」

その映画ならみたことがあると何人かが反応した。

「なにを考えていたのかね。文化的遺産の中で映画のロケをするとは……」

しかし、エジプトでも、その例があった。

「映画全盛の時代は、何をやっても許されてしまったんでしょうな」

ぞろぞろとバスへ戻った。

帰船したのは、午後一時を過ぎている。

中上虎夫は船室で娘を待っていた。

「寒くなかったか」

コートを抱えている三帆子にいい、窓の外を眺めた。

ボスポラス海峡の方角の空がまっ黒になっている。

「内陸のほうも、明日は天気が大幅に崩れるらしいよ」

天候の話は、遅い昼食の際、ダイニングルームでも繰り返された。

地中海北部から黒海にかけて、殆《ほと》んどトルコ全域に広がっている低気圧のせいで、明日のアナトリア高原附近は雪になる可能性が強いらしい。

「カッパドキアの観光に出かけている皆さんが、影響を受けなければいいのですが……」

中上父娘《おやこ》と同じテーブルについた副船長の吉岡登がしきりに心配している。

一泊旅行に今朝出発したグループは今夜、アナトリア地方のネヴシェヒルにあるホテルへ泊り、明日の夕方の飛行機でアンカラからイスタンブールへ戻って来る予定になっていた。

「大体、ネヴシェヒルからアンカラまで、バスだと四時間以上かかると思いますよ。天気が悪いと、更に遅れるでしょうから……」

今夜、グループについて行っているスタッフと連絡を取ってみるが、と吉岡がいい、やはり同席していた光川蘭子が、

「皆さんが、また風邪をひかれないといいですが……」

と案じた。

この船旅では、最初に寄港した上海が寒かったせいもあって、風邪をひいた人が多かった。幸い、その後、上天気に恵まれて船内から風邪の患者はなくなっていたのだった

が、このトルコの天候では、再び、風邪が猛威をふるう危険がありそうであった。

豪華客船といえども、一つの限られた建物の中で暮すわけで、どうしても感染率は高くなる。

食事をすませてから、三帆子は父と共にシャトルバスでグランドバザールへ出かける予定であった。

「すまないが、レセプションのあたりで待っていてくれ。ちょっと寄って来る所があるのでね」

船室を出て階段のところまで来ると、虎夫はそういって、先に階段をかけ下りて行った。

で、いわれた通り、レセプションのある階まで下りて、廊下を歩きながら、三帆子は前にも同じようなことを父がいったのを思い出した。

たしか、ロードス島だった筈《はず》で、今日のように父と旧市街の観光に出かける際、父は三帆子を待たせておいて、どこかへ行き、すぐにレセプションへやって来た。

父の行った先が、診療室ではないと、今日の三帆子は気づいていた。

父は診療室のある階よりも更に下へ向って階段を下りて行った。

レセプションの前で待っていると、虎夫は五分も待たせずにやって来た。

そのまま、三帆子とギャングウェイを下りて港のターミナルを抜け、バス乗り場へ行く。

「どこへ行ったの」

と父親に訊くのを、三帆子はためらった。

およそ、たいしたことではないと考えた。

シャトルバスの乗り場の手前で、熊谷船長に会った。手に四角い包を持っている。

「トルコの写真集を探しに行ったのですよ。思ったよりいいものがみつかりましてね。佐伯さんに……」

中上虎夫がうなずいた。

「それはよかった。実は私もそういったものがあればと考えていたところでした」

「佐伯さん、どうですか」

「元気ですよ。食事もまあまあです」

熊谷船長がターミナルのほうへ入って行き、三帆子は父とシャトルバスへ乗った。

「どなたなの、佐伯さんって……」

そっと訊いた。

「お年寄りの船客だよ」

虎夫の返事はあっさりしていた。

「どこか、お悪いの」

病人がいるのに、船医が外出してよいのかというつもりで訊いたのだったが、

「もう高齢なので、あまり観光はなさらないんだ」

父の返事は、微妙にずれていた。

それでも、三帆子には、観光に出かけない年寄りの船客のために、船長がトルコの風景写真集を入手して来たのかと解釈した。

シャトルバスは、午前中に三帆子が乗った観光バスと同じコースを通って、新市街から旧市街へガラタ橋を渡って行った。

トプカプ宮殿やアヤソフィアが、旧市街のボスポラス海峡寄りにあるのに対し、グランドバザールはその反対側、イスタンブール大学寄りにあった。

シャトルバスの停った所は広場で、バスの駐車場のように、およそあらゆる種類のバスが停車している。

土の道がゆっくりした下りになっていて、両側は商店であった。

その道が十字路へ出る。交差している道は広く、両側の商店が大きく立派なところをみると、それがメインストリートのようであった。

「昔は、むこうから入って来たものだったよ」

虎夫がメインストリートの右手を指した。

「まっすぐにやって来ると、グランドバザールに出た」

メインストリートに沿って左折すると、たしかにグランドバザールの入口がみえていた。

その手前に太い樹木のある広場があり、そこにも小さな店が並んでいる。

グランドバザールは石壁に囲まれた巨大な市場であった。

天井はドーム型に重なり合って居《お》り、店の入口もドーム型になっている。

中はまさに迷路のようであった。

幾筋もの道が交差し合っていて、どっちの方角へ向いて歩いてよいかわからない。

「まん中に近い所が大体、カーペットとか貴金属とか民芸品なんぞの観光客めあての店でね。すみのほうには日用品の店がある」

久しぶりに来たのだという虎夫が適当に娘の案内をし、何軒かをのぞいてみたが、あまりに店が多く、品物が多すぎて、とりとめのない感じがする。

なにしろ、五千軒からの店がひしめき合っているのだという。

それも、金製品の店、カーペットの店、革製品の店というように同じものを扱う店が一つところにかたまっていて、馴れない客にはどの店へ入ってよいかわからない。

けれども、足にまかせて好き勝手に歩き、店を冷やかし気分でのぞいている分には、けっこう楽しめた。

虎夫は、以前に来た時、そこで革のチョッキを買いそびれたという店を探し当てて、その折に見たのと似たような感じの黒いチョッキを今度は思いきりよく買った。もっとも、このバザールでの買い物は値切るのが常識とかで、そのチョッキも最終的には半値以下になったのだったが。

バザールを出て、元の広い通りへ出てみると右手に新しいショッピングセンターのようなものが出来ていた。

グランドバザールの中のような雑然とした感じはなく、ヨーロッパやアメリカにありそうなモダンな店で一階にはスカーフやネクタイ、バッグなどの革製品を、中二階には貴金属を中心に陳列している。

店内には噴水などのある小さな庭が造られていて、その近くには客が休めるような椅《い》子《す》が配置されていた。

「前に来た時は、こんなハイカラな店はなかったよ。イスタンブールも随分、変って来ているんだな」

虎夫が慨嘆し、やがて父娘はシャトルバスの乗り場へ戻って、帰船した。

雨は夕方になって本降りになった。

甲板から眺めるボスポラス海峡は深い靄《もや》に包まれて、その中から海峡を渡るフェリーが心細げに港へ向って来る。

海も船も寒々としてみえた。

その夜の食事の際に、三帆子は父から一人の老婦人を紹介された。

おそらく八十をとっくに過ぎているだろう。小柄で、全体のイメージは地味だが、穏やかな中に凛《りん》としたものを感じさせる。

「佐伯左奈子さんだ。横浜からお一人で乗船されているのだよ」

父にいわれて、三帆子は今まで多くの船客にそうして来たように、丁重な挨拶《あいさつ》をした。

「中上先生には、大層、お心にかけて頂いて居ります。皆さんのおかげでいい旅をして、ありがたいことです」

やや、おぼつかない足どりの老婦人を、チーフウェイターはすばやく見つけて近づいて来た。

「佐伯さん、今日はダイニングルームにお出《いで》になれましたね」

さりげなくエスコートして訊《たず》ねた。

「お席は、ドクターと御一緒にしましょうか」

老婦人が中上虎夫をふりむいた。

「よろしゅうございますか。中上先生」

「勿論《もちろん》、喜んで……」

チーフウェイターがすみのテーブルへ佐伯左奈子を導いた。中上虎夫が老婦人のために椅子を引き、佐伯左奈子は会釈《えしゃく》して席についた。

ウェイターがすぐにやって来た。

「佐伯さん、今日はお元気そうですね」

「おかげさまで、とても調子がよいのです」

「特に召し上りたいものが、おありですか」

「皆さんと同じものを、ほんの少しずつ、お願いします」

「承知しました」

ウェイター達が、次々と佐伯左奈子に声をかけて行くのを三帆子はあっけにとられて眺めていた。

明らかに、彼らはこの老婦人がダイニングルームに姿をみせたことを喜んでいる気配がひしひしと感じられる。

老婦人が三帆子にいった。

「私、年をとって居りまして、あまり、ものを多くは頂けません。どうか、お気になさらないで下さいね」

三帆子が返事をする前に、虎夫が答えた。

「娘は、まだ育ち盛りで、色気より食い気のほうで、全く御斟酌《しんしやく》には及びません」

「お若いというのは、いいことですね。傍にいると、私も気分が若返ります」

その夜のダイニングルームのメニュウは和食であった。

この船では高年齢者が多いこともあって、比較的、和風の料理が献立に組み込まれている。

三帆子がそれとなくみると、老婦人は半分ほどの量の茶碗《ちゃわん》むしをおいしそうに食べている。

「今日は船長さんから、トルコのとてもきれいな写真集を頂きましたのですよ。おかげさまで、船から眺めて、あそこがトプカプ宮殿、むこうがスレイマニエ・ジャミイというお寺なのかと一人で楽しみました。それに、海峡をよく船が通りますのね。一日中、眺めていても、決して飽きないくらいに……」

虎夫が応《こた》えた。

「お部屋にいらしたのですか」

「いいえ、ラウンジに居りました。あそこの見晴らしはとてもよくて……」

「外は寒かったですよ」

「時々、雨が降っていましたものね」

食事の間の会話は短かく、静かであった。

コースを三分の二ほど終えた所で、老婦人が詫《わ》びるような目を虎夫へ向けた。

「先生、申しわけありませんが、もう、これ以上は頂けませんので……」

「よく召し上れましたよ。我々にかまわず、どうぞ、お部屋へ戻っておやすみ下さい」

虎夫が老婦人を介助し、チーフウェイターが来た。

「お先に失礼致します」

チーフウェイターにダイニングルームの入口まで送ってもらって、佐伯左奈子は自分の船室へ戻ったようであった。

「佐伯さん、食事に出て来られてよかったですよ」

チーフウェイターが中上父娘《おやこ》のテーブルへ来ていった。

「この二、三日、ルームサービスが多かったので心配していました」

「好きなようにさせてあげるのが一番いいのだよ。状態は決して悪くはないが、どうしても食事の量は少くなりがちだからね」

「今日は、よく召し上りましたよ」

「やはり、食堂へ出て来たほうがいいんだろうね」

チーフウェイターが去って、三帆子は訊《き》いた。

「佐伯さん、御病気なの」

虎夫の返事は具体的ではなかった。

「人間、年をとると、どこか悪くなって当り前なのだよ」

父親が佐伯左奈子について語りたがらないのだと気づいて、三帆子は話題を変えた。

「明日のお天気、どうかしら」

晴れていたら、ボスポラス海峡を黒海側までクルーズして、ルメリ・ヒサールをみに行こうと、弓削俊之介がいっていたことを話すと、虎夫が窓の外を眺めた。

「ルメリ・ヒサールというのはボスポラス海峡の一番狭くなっているところにある砦《とりで》だよ。対岸のアジア側にもアナドゥル・ヒサールというのがあってね。海峡を通過する船団を両側から迎撃する。大体、海峡には必ず、そういった所があるものだがね」

晴れていれば、すばらしい景観だろうが、雨で靄が出ると、なにもみえない可能性もある。

「もし、そうなったら、イスタンブールの博物館見学をするといいよ」

「弓削さんに話してみるわ……」

「弓削さんといえば、たしか、ヴェニスからおばあさんが乗船なさるのだね」

横浜を出航する寸前に、腕を怪我《けが》して孫の俊之介が代りに乗り込んだ。

「最初はピレウスからの予定だったそうだけど、体調がよくなくて遅らしたみたい。でも、ヴェニスには間違いなくいらっしゃれるようよ」

吉岡登が近づいて来た。

「ネヴシェヒルのホテルと連絡が取れたのですが、うちのグループは予定通り、カッパドキア周辺の観光をすませてホテルに入ったそうです。明日はギョレメを観光してアンカラに出るとのことで、今のところ、まあ順調だといいますが、天気はあまりよくなくて、相当に寒いらしいですよ」

という。

「佐伯さんは八十八歳、今年は米寿のお年なのだよ」

食事を続けながら、虎夫が話を戻した。

「御主人は、この前の戦争でインパールで歿《なくな》ったそうだ。三帆子は知らないだろうが、大変な激戦地というか、無謀な戦いでね。勿論、遺骨もなにも戻って来ない。それで、戦死の公報が入っても、佐伯さんは御主人は必ず生きていると信じて、ずっと待ち続けていらしたそうだ。三人のお子さんを抱えてね」

あの時代、そういった話は決して珍しくないと虎夫は感慨をこめて話した。

「うちのおじいさんは、マレーシアだったんでしょう」

三帆子の祖父、虎夫の父であった。

軍医として従軍し、マレー半島で戦病死している。

「おばあちゃんも女医だったから、うちはなんとかやって行けたって聞いたけど……」

その祖母が歿って、もう十年の余が過ぎていた。

「佐伯さんの家は本屋だったそうだ。御主人の出征後も店を守ってね。さぞかし大変だったと思うよ。本屋というのは力仕事でもあるからね。女には重労働だ」

「お子さんは男の子……」

「上の二人が男で、一番下が女だそうだ」

「それじゃ、御苦労の甲斐《かい》があったのでしょうね」

「皆さん、お母さんより先に逝《ゆ》かれたんだよ」

三帆子が息を呑《の》み、虎夫はつとめて淡々と話した。

「娘さんは嫁に行って一年目に子宮外妊娠で歿った。二番目の息子さんは自動車工場で働いていて、事故死だったとか」

「そんな……」

「御長男は高校の先生をしていて、同僚の先生と間もなく結婚が決っていた。二人で冬山登山に出かけて、二人とも行方不明……多分、雪崩《なだれ》の事故だろうといわれたようだよ」

「じゃあ、三人とも……」

「世の中には、なんとも気の毒な運命の中で生きねばならなかった人がいると思ったね。佐伯さんの話を聞いた時は、本当につらかった」

クイン・エルフランド号の熊谷船長は佐伯左奈子の遠い縁戚《えんせき》に当るのだと虎夫は娘に教えた。

「佐伯さんは、この船がワールド・クルーズに出るのを知られて、乗りたいと思われたんだね。ただ、御自分の年齢のこと、病気のことを考えて、他人に迷惑をかけるかも知れないとあきらめていらした。それを、キャプテンが知って、是非、お乗り下さいと勧めたんだよ」

虎夫の目に優しい光があった。

「熊谷船長は、わたしにこういったんだ。客船には必ず大勢の老人が乗る。年をとっていれば、長いクルーズの間にどんな変調が起るか知れない。また、年をとっていない人でも、人生はどこで何が起るかわからないので、実際、クルーズの最中に歿るという例がないわけじゃない。そんなことにこだわっていては、誰もワールド・クルーズになんぞ出かけられないとね。わたしもそう思う。だから、わたしは船長から相談を受けた時、すぐに佐伯さんのかかりつけの病院へ行って、担当の先生の話を聞いた。その上で船長に、クルーズの間に何があっても、わたしが全力を尽すと約束したんだ」

三帆子は、小さく父親に訊ねた。

「御病気は何なの」

虎夫はテーブルの白布の上に箸《はし》を使って横文字を書き、娘がそれを読み取るのを待ってすぐに消した。

末期癌《がん》なのだと三帆子は知った。

「でも、お元気よね。食事も召し上ったし」

「そう、まだ大丈夫だ。年をとっていると、病気そのものの進み方は遅い。佐伯さんは何度か入院をくり返しているが、退院してくると、ごく普通の暮し方をしている。それも一人暮しだ」

長年やって来た書店は十年ほど前に売った。

「バブルの時で、いい場所にあったので、高く売れて有難かったとおっしゃっていたよ」

それにしても、七十八歳まで働き続けて来たことになる。

女手一つで育て上げて来た子供達がいずれもこれからという時に不慮の死を遂げた。

「親に先立つ不孝、という言葉を、佐伯さんは大嫌いだとおっしゃったよ。子供達はみんな必死で生きようとした。死んだのは運命で、子供達の責任ではないとね」

ふっと涙が浮んで、三帆子はナプキンでそれを拭《ふ》いた。

「お気の毒だわ」

「そういってはいけない。佐伯さんは気の毒だといわれることを拒否なすっている。不幸という言葉も慎んで返上すると笑っていわれるのだよ」

それだけの気がまえがなかったら、とても自分の人生を全う出来なかっただろうと虎夫は呟《つぶや》いた。

「佐伯さんを強い人だという考え方もあるだろう。でもね、わたしはそうは思っていない。優しい、心細い、ごく平凡な女の人が、死にもの狂いで強く生きねばならなかった人生に、いたましさを感じはするけれども……」

ウェイターがデザートを運んで来た。

「今夜は水羊羹《みずようかん》なんですよ。シェフがあとから佐伯さんのお部屋へお届けしてくれといいますので……」

虎夫が嬉《うれ》しそうに笑った。

「それは、いいね。実にうまそうな水羊羹じゃないか」

夜が更《ふ》けて雨はやんだが、海は霧が出ていた。

時折、汽笛が聞えるのは海峡を行く船だろうか。

翌日もイスタンブールの天気は回復しなかった。

雨は降ったりやんだりだが、海は相変らず靄《もや》がかかっている。

「どうも、こんなふうだとルメリ・ヒサールへ行っても、眺望は全く駄目だろうというので、午前中、考古学博物館へ行って、午後からの天気をみて、もし晴れて来たらボスポラス海峡のほうへ行くというプランではどうですか」

朝食の時、テーブルへ弓削俊之介がやって来て相談した。

勿論《もちろん》、三帆子に異存はない。

虎夫は、船内に残るというし、弓削老人も今日は船でのんびりしたいといい出して、俊之介は三帆子と二人、港のターミナルビルを抜けた。そこにタクシーが客待ちをしている。

俊之介が運転手と交渉をはじめた時、背後から奥山加代と千津子の姉妹がやって来た。

「三帆子さん、どちらへ」

と訊かれて、考古学博物館というと、千津子が、

「タクシー、御一緒したらいけませんか」

と訊いた。

「考古学博物館にアレキサンダー大王の石棺があるから是非みて来いと、うちのお客様にいわれたんですけど、女ばかりでタクシーに乗るの、ちょっと怖いような気がして……それに、うちも姉さんもトルコ語どころか、英語もよう喋《しゃべ》れんでしょう」

首をすくめて笑っている。そういわれると三帆子も断りそびれた。

俊之介に声をかけると、やや複雑な表情をみせたが、

「かまいませんよ、どうぞ」

と答えた。

俊之介が助手席に、女三人が後部の座席に乗り込んで、タクシーはまた降り出した雨の中を走った。

「イスタンブールのお天気、ついてませんねえ」

千津子が隣の三帆子へではなく、助手席の俊之介へ声をかけ、俊之介が慌《あわ》てたように、

「そうですね」

と応じた。それをみて、加代が三帆子に訊いた。

「昨日はどないしてはりましたの」

「午前中はバスツアーで市内観光をして、午後は父とシャトルバスでバザールへ行きました」

「俊之介さんは……」

「僕は午前中は三帆子さんと一緒で、午後はじいさんがアガサ・クリスティの泊ったホテルをみたいというので……」

千津子が助手席のほうに身を乗り出すようにした。

「そんなホテルがあるんですか」

「あります」

「どこに、旧市街ですか」

「いや、新市街です。この上のほう、高台で金角湾を見下ろすような場所でした」

俊之介が体のむきを三帆子のほうへねじった。

「三帆子さん、知ってました」

「ええ、ガイドブックで読みました。ペラ・パラスとかいうのでしょう」

「そう。古いホテルで、建てられてから一世紀以上も経《た》っているんです」

意識的に三帆子と話そうとしている俊之介へ、千津子が強引に割り込んだ。

「そのホテルで、『オリエント急行殺人事件』を書いたのかしら」

「それは、知りませんが……」

「あとで行ってみたいわ」

「タクシーでペラ・パラスホテルといえば、わかりますよ」

「俊之介さん、一緒に行って下さらない」

「御迷惑よ」

加代が妹をたしなめた。

「俊之介さんは、三帆子さんと博物館へ行かはるのを、わたしらが便乗させてもろうたんやないの。アガサ・クリスティのホテルくらい、あんた一人で行きなはれ」

「お姉さんは行かへんの」

「それは、あとで決めましょ」

三帆子は、ちらと俊之介を窺《うかが》ったが、彼は正面を向いたきり黙っている。三帆子もよけいなことはいうまいと思った。

俊之介と千津子が、大学時代、恋人のような間柄だというのは知っている。しかも、千津子は、三帆子が婚約破棄をした春本孝一とも恋愛関係にあった。

世の中には、こういうめぐり合せもあるのかとショックを受けたが、俊之介は大学時代だけのつきあいだったし、とっくに終っていると明言したたし、千津子もそれを認めている以上、とやかく思うまいと判断していた。

三帆子に春本との苦い過去があるように、俊之介にも触れられたくない過去なのだろうと思う。

それにしても、千津子が男性に示す、あっけらかんとした甘えぶりには、少々、驚かされた。

世の中の男性はみんな自分に関心があるといったような自信が、千津子には感じられるのだ。

タクシーが博物館の前で停り、俊之介が料金を払った。三帆子がみていると、俊之介は二人分の入館料を払い、軽く、奥山姉妹に会釈《えしやく》をした。

「それじゃ、僕達はこれで……」

さわやかな笑顔でいわれて、流石《さすが》に千津子も返事のしようがなかったらしい。

この考古学博物館は、トプカプ宮殿に近かった。

すぐ隣に古代オリエント博物館もある。

「画家で、コレクターとしても有名なオスマン・ハムディという人が開設したそうです。オスマン帝国時代のトルコのものも多いけれども、ギリシャ・ローマ時代のコレクションで知られているようですよ」

歩き出しながら、俊之介がやや早口にいった。

「いやな気がしたでしょう。すみませんでした」

俊之介が二階へ向ったので、三帆子は訊いた。

「アレキサンダーの石棺は一階じゃないんですか」

「二階を先にしましょう。あの人達はまっすぐアレキサンダーの石棺へ行くでしょうから……。僕としては一緒になりたくない心境なんです」

なんとなく可笑《おか》しくなって、三帆子はずんずん歩いて行く俊之介に続いた。

タクシーの中での千津子の態度を、俊之介が気にしているのがよくわかる。

二階は、宝石と陶器が陳列されていた。

「あまり、気にしないで下さい」

並んで陶器を眺めながらいった。

「僕は、気になるんです。過去を突きつけられたみたいで……」

「過去は私にもありますもの。それに、私たちは、船で、つい最近、知り合ったんでしょう。その前のことは関係ないと思っていますけど……」

「もっと早くに、三帆子さんと知り合えばよかった」

「私も……」

ふっと目が合って、それだけでわだかまりが消えて行くようであった。二階を一巡して下へおりると、奥山姉妹の姿はなかった。

アレキサンダーの石棺といわれているのは、今のレバノン、当時はシドンと呼ばれていた地方から発掘されたもので、白い大理石の棺のサイドにはギリシャとペルシャの戦争の様子とか、獅子狩《ししがり》とかの彫刻がある。

「要するに、馬に乗ったアレキサンダー大王の彫刻があるので、アレキサンダーの石棺と呼ばれているだけで、アレキサンダーの棺というわけじゃないんです」

ガイドブックで読んで来たという俊之介がいい、三帆子は笑い出した。

「誰のお棺なんですか。これは……」

「大王の側近の将軍じゃないかといわれているそうだけど……はっきりいって、よくわからないんじゃないかな」

「奥山さんも、かん違いしていないかしら」

「かも知れない」

苦笑して、三帆子にいった。

「奥山さんのことは、もういわないで……」

石棺だらけの陳列場であった。

考古学博物館と古代オリエント博物館を廻って帰船すると、雨が強くなった。

レセプションの所で、光川蘭子に会うと、

「ドクターも、弓削さんのおじいさまも、ダイニングルームにいらっしゃいますよ」

と教えられた。

で、そのまま、三帆子と俊之介がダイニングルームへ行ってみると、弓削老人と虎夫は佐伯左奈子と共に食事をしている。

近づいた二人へ弓削老人がいった。

「ここのランチは老人食だよ。君達はリドカフェのほうがいいんじゃないかな」

テーブルの上をちらと眺めた俊之介が三帆子にいった。

「そうしましょうか」

虎夫がいった。

「わたし達は、この後、ラウンジでお茶にするから、よかったらどうぞ……」

俊之介が笑顔で答えた。

「必ず、うかがいます」

ダイニングルームから各々の部屋へ戻ってコートをおき、リドカフェの前で待ち合せた。

海は風が出ていて、波立っている。

「これじゃ、ボスポラス海峡は駄目ですね」

少しばかり、がっかりしたように俊之介がいい、三帆子もうなずいた。

「トルコは、また、いつか来られたら来たいと思っていますから……」

カッパドキアやボアズカレなどアナトリア地方も廻ってみたいし、エーゲ海沿岸のイズミールやペルガモン、エフェソスなどの遺跡もみたいという三帆子に俊之介が同意した。

「いつか、一緒に来ることが出来たら、僕にとっては最高だ……」

それは、彼のせい一杯のプロポーズだと意識して、三帆子はしっと指を唇に当てた。

「まわりに聞えるわ」

「聞えたっていいけど……」

だが、二人のテーブルの近くには人がいなかった。

昼食の時間としては、やや遅い。

副船長の吉岡登が入って来た。

「残念ながら、天気は悪くなる一方だね」

バイキング形式なので、お盆をウェイターから受け取りながらいった。

「アナトリアのほうは、雪になっているらしい」

「大丈夫ですかね」

ウェイターが答えた。

「うちのツアーの人達は……」

「早めにアンカラへ出ているとは思うけどね」

「飛行機がとばないなんてことは……」

「今のところ、それはないそうだ」

吉岡登が三帆子と俊之介のテーブルへ来た。

「いいですか。ちょっとお邪魔虫みたいだけど……」

「そんなことありませんよ」

三帆子が赤くなって否定し、俊之介も照れた。

吉岡登は、イスタンブールは三回目だといった。

「最初の時は、まだ学生で、友人達と貧乏旅行でしたがね。暇と時間は充分あったので、けっこう、トルコ中を廻りましたよ」

その頃のトルコと今のトルコと、随分、変ったと吉岡はパスタを器用にフォークに巻きつけながら話し出した。

「勿論《もちろん》、アヤソフィアとかブルーモスクが変ったわけじゃありません。建造物でいうならガラタ橋が新しくなったのと、ホテルが随分、出来たことですかね。人為的なことをいえば、観光の段取りがよくなった点ですか」

吉岡が初めて来た頃のトルコはもっぱら自給自足で国民の生活をまかなっていた。

「石油だけが足りなくて外国からの輸入に頼っていたので、その分の赤字を、なんとか観光で補いたいなんて話を聞きました。勿論、家庭用の電気製品も一般化していなくて、テレビなんかは役所とか集会所みたいなところにしかなかったんです。もっとも、その時分、トルコのテレビ放送というのは一日に二時間ぐらい、三十分は政治のニュースで三十分がお祈り、三十分が音楽で残りがクイズ番組だなんていう状態で……」

実際、旅行中、テレビをみたのは都市のホテルのロビィぐらいのもので、

「カッパドキアのホテルにはありませんでした」

もっとも、泊った所は民宿に毛の生えたような家であったらしい。

「今度のうちのツアーが、五ツ星のホテルを利用するときいて驚きましたよ。あんな田舎にも、そうした高級ホテルが出来たのかと」

トルコの人々の生活は貧しかったが、人情は豊かだったと、なつかしそうな表情をした。

「今日、旧市街まで行ってみて、押売りと物乞《ものご》いの多いのに、がっかりしました。最初に来た時は、全く、みかけなかったので……」

俊之介が訊《き》いた。

「その頃と今とでは、トルコの人々の生活はよくなっているわけでしょう」

「町でみる限り、そうですね。服装も上等になったし、売っている商品の数や種類からしても……」

「暮しは豊かになったのに、物乞いや押売りが出て来たということですね」

矛盾しているようだが、どの国でもそうであった。

「経済が動き出すと、貧富の差が激しくなるんですかね」

行動的で才気のある人間が成功して富裕になる。資本も生活力もない者は取り残される。

「どこの国でもそうでしょうが、その国が変化している時は、特に目立つのかな」

とにかく、最初に訪れた時のトルコの人々の優しさには今でも感激していると吉岡は目を細くした。

「トルコの人は日本人が好きでね」

何故《なぜ》、日本人が好きだといったか、わかりますか、と吉岡にいわれて、俊之介も三帆子も首をひねった。

「日本がロシアと戦争して勝ったからだといわれたんですよ」

可笑《おか》しそうに、吉岡が説明した。

「実をいうと、僕ら、その時、思わずいったんですよ。いや、日本はソ連に負けたんですよ、とね」

第二次世界大戦の終盤、日本はアメリカとの停戦の仲介をソ連に依頼した。ところが、ソ連は早速、国境を越えて、日本軍を攻撃して来た。

「僕はその頃、まだこの世に生まれて来ていませんでしたがね。父親や伯父さんなんかがよく口惜《くや》しそうに話していたのを耳にしたものですよ」

だから、反射的に日本はソ連に負けたと返事をした。

「トルコの人がいったのは違うんですね。日露戦争のことだったんです」

俊之介があっけにとられた。

「明治のですよね」

「考えてみると、トルコの文明ってのは古いんですよ。ヒッタイトにしたって、あっちこっちの遺跡にしたって、すぐ紀元前何世紀でしょう。日露戦争なんて、つい、昨日のことみたいなんじゃありませんか」

吉岡との昼食をすませて、俊之介と三帆子はラウンジへ行った。

海峡のみえる窓辺で弓削老人と佐伯左奈子がコーヒーを飲んでいた。

「ドクターは、診療室へ行かれたよ。風邪で熱を出した人がいるそうだ」

弓削老人が若い二人にいい、俊之介が三帆子のために椅子《いす》をひいた。

まだ午後三時にもならないというのに、外はすっかり暗くなっている。

俊之介が二人分の紅茶を注文した時、窓辺に激しくものの当る音がした。

「霰《あられ》ですよ。いや、雹《ひょう》かな」

今にもガラスが割れるのではないかと思われるようなすさまじい降り方は、僅《わず》か五分ばかりで終ったが、ラウンジにいた船客はみな気を呑《の》まれたように、外を眺めている。

「イスタンブールはいよいよ御機嫌斜めかな」

弓削老人がいい、佐伯左奈子が微笑した。

「いいえ、雹で歓迎してくれたのでございますよ」

「乱暴な歓迎ですね」

俊之介も笑った。

「イスラムの国らしいかな」

先程の吉岡登の話を披露すると、弓削老人がうなずいた。

「トルコの歴史はロシアとの戦いの歴史みたいなところがあるからね」

ボスポラス海峡のむこうは黒海であった。ロシアにとっては、ヨーロッパ側への不凍港が黒海に集っている。

「ところで、君達は串本《くしもと》の岬にある記念碑のことを知らんだろうな」

弓削老人がいい、三帆子が訊《たず》ねた。

「紀州の串本ですか」

「そう。あそこにこのトルコと関係のある歴史のメモリアルがあるんですよ」

「もしかして……」

そっと、左奈子が口をはさんだ。

「トルコ皇帝の特使が日本へ来た時の話ではございませんか」

弓削老人が微笑した。

「御存じでしたか」

「なんでも、帰国の際、トルコの軍艦が嵐《あらし》に遭って、危険な状態になった時、串本の漁師さん達が舟を出して、とても勇敢に救助したとか」

「その通りです。トルコでは、つい最近までその話が小学校の教科書に出ていたらしいんですな」

「私も子供の頃に、たしか教科書で習ったような気がしますの」

「僕は知らなかった」

俊之介がいい、三帆子も同意した。

「いい話ですね」

「そう、とてもいい話だが、何故かこの節はそういった昔話をしっかり若い者に伝えて行くことをしなくなったような気がするね。本当なら、大事な歴史的思い出なのだがねえ」

左奈子が弓削老人をみつめた。

「この節は、情報が多すぎて、昔話は敬遠されているのでしょうか」

「面白くない傾向だと立腹するのは、年寄りということですかな」

「トルコの王様もいなくなりましたしね」

窓辺に白い靄《もや》がたちこめて来た。

霧笛だろうか、長く尾をひいて消えた。

「こんな海をみますと、舞鶴港を思い出します」

ぽつんと左奈子が呟《つぶや》いた。

「あれは冬でした。応召した主人達の部隊が舞鶴港から中国へ渡ったというのを、ずっと後になって知りまして、三人の子を連れて舞鶴港へ行ったことがございます」

終戦後のことだったとつけ加えた。

「主人はインパールで戦死したと知って居《お》りましたけれど、なんとなく、主人が祖国を旅立って行った場所がみたくなって……」

長男が、どうして中国へ行ったお父さんがインパールで戦死したのかと訊いたと左奈子は遠い目をした。

「そんなこと、私に答えられる筈《はず》もありません。わかっているのは、ただ、舞鶴から船に乗せられて行ったということだけですから……」

以来、船は好きではなかったといった。

「地獄へ人を乗せて行くような気がして、いやでした。でも、そんな気持もいつしか消えました。人はどんな悲しみでも乗り越えて行くものだと、私はこの船に乗ってから、よく考えますのですよ」

戦争を知らない俊之介や三帆子にも、佐伯左奈子の話は心の深いところへしんと滲《にじ》んだようであった。

霧のたちこめる舞鶴港へ、もはや永遠に帰って来ない夫の思い出をたどって、三人の子と出かけて行った時、この老婦人はまだ三十代だった筈だ。それから五十余年、佐伯左奈子の歩き続けた人生はあまりにも重すぎる。

この人のために、自分に出来ることはないものかと、三帆子は船室へ戻ってから考え続けた。が、これといって思い当ることがない。

父の虎夫が船室へ戻って来た時、三帆子はそれを口に出した。

「佐伯さんには、安っぽい同情は迷惑なだけだよ。自然がいいんだ。同じ船に乗っていて何か必要と思えた時、それをやりこなす。それが自然でいい。更にいえば、三帆子がこれからの人生でつらいこと、苦しいことに出会った時、佐伯さんのことを考えるんだね。もっときびしい人生を生き抜いた人があるということは、自分の人生の教訓になる。なによりの支えになる。その時、三帆子は佐伯さんに感謝するだろうな」

夕方になって、雨の中をカッパドキアへ出かけたグループが船へ帰って来た。

「すみません。中上先生、診療室へお願いします。怪我《けが》をした方がありますので……」

光川蘭子が知らせて来て、虎夫はすぐに診療室へ走った。三帆子がついて行ったのは、手伝うことがあればと思ったのだったが、診療室に来ていたのは、真崎舞子と高野誠之助であった。

高野は右手を肩から手拭《てぬぐい》で吊《つ》っている。

「どうも、また馬鹿《ばか》なことをしでかしましてね」

苦笑した顔がこわばっている。

「カッパドキアは猛吹雪でして……すべって腕を痛めました」

傍から、真崎舞子がいった。

「すべったのは、私だったんです。高野先生は私を助けて下さろうとして、御自分が犠牲になってておしまいだったんです」

　まああと虎夫は舞子を制し、高野誠之助を奥の診療室へつれて行った。看護婦の大月三和子にてきぱきと指図をして手当にかかっている。

「私が無茶なことをしましたの」

　残っていた三帆子に、真崎舞子が打ちあけた。

「カッパドキアは大雪で、今朝はとてもきれいだったんです。例の奇岩巨石っていうんですか、きのこのような恰好《かっこう》をした石に雪が降り積って……私、写真をとるのに夢中で、つい足元をみるのがおろそかになって……」

　一メートルばかりの段差のある所から足をふみはずした。

「傍にいた高野先生が私をつかんで下さったんですけど……」

　支え切れずに二人が一緒に落ちた。

「私は怪我も致しませんで、その代りに高野先生が……」

　その時、中上虎夫が奥から来た。何もいわず、診療室を出て行く。

「あの、どうかしたんでしょうか」

　立ち上った舞子が奥の部屋へ声をかけ、それに、看護婦が答えた。

「今から病院へお連れするんです」

「そんなにひどいんですか」

　看護婦は返事をしなかった。

高野誠之助はベッドに横になっていたが、顔色はさっきよりも悪い。

船側の対応は早かった。

イスタンブールの病院に連絡をつけ、中上虎夫とクルーズの世話役として乗船している前田敏子、それに真崎舞子がつき添って、スタッフが高野誠之助を病院へ運んだ。

診療室には三帆子と看護婦の大月三和子が残った。

「中上先生は、肩の骨折も厄介だが、それよりも肋骨《ろっこつ》のほうが問題だとおっしゃっていました」

二人だけになって、大月三和子がいい出した。

「肋骨が折れたの」

「肺の様子がおかしいそうです」

よくわからないが、肋骨の折れた先が肺を傷つけたのではないかと、心配している。

そこへ、弓削俊之介が来た。

「食事の時間なのに、中上先生も三帆子さんもみえないので、どうかしたのかと思って……」

気がついて、三帆子は看護婦に食事へ行くように勧めた。

「もし、どなたか患者さんがみえたら、知らせに行きますから……」

大月三和子は少しためらったが、

「それじゃ、お先に……」

と出て行った。

「カッパドキアで、怪我をした人が病院へ運ばれたって噂《うわさ》を、ダイニングルームで聞いたけど……」

俊之介にいわれて、三帆子はざっと事情を説明した。

「えらいことになったね」

俊之介がちらと時計をみたのは、この船の出航予定が深夜の十一時だったからである。

残り時間は、約四時間であった。

「俊之介さん、どうぞ、お食事にいらして」

三帆子がいったが、俊之介は首をふった。

「お邪魔でも、ここにいますよ」

グランドホールのほうからトルコの音楽が聞えて来た。

「トルコの民族舞踊をやっているんですよ」

俊之介がいった。

「ベリーダンスがあるというので、男性は喜んでいるみたいだ」

セミヌードでセクシーな踊りであった。

「いらっしゃれば……」

三帆子が笑い、俊之介が顔をしかめた。

「三帆子さんがベリーダンスを踊るんなら、とんで行くけど……」

「悪い冗談よ」

三帆子に睨《にら》まれて、俊之介は首をすくめた。

「今日、日本に電話をしたんだけど……」

思い出したように、俊之介が話し出した。

「ばあさんは予定通り、ヴェニスで乗るために日本を出発するんだが、親父《おやじ》が、心配して仕事かたがた、日本へ迎えに行ったようなんです。その親父の話だと、どうもあまり体調がよくないみたいなんですよ。家族としては、いっそ、やめさせようかという話も出たらしいけど、ばあさんは行く気になっているし、じいさんも心待ちにしているので、まあ、仕方がないといったふうでね」

船に乗ってから、中上虎夫に迷惑をかけるのではないかといった。

「そんなことは御心配にならなくていいですけど、どこがお悪いんでしょう」

横浜から乗船出来なかったのは、転んで怪我したからだと聞いていた。

「病院で検査してもらった限りでは、どこも悪くないというんですがね。船に乗って困らないように、毎日、三十分以上も散歩しているとかで、電話の声は元気そうなんだが、父にいわせると、なにか無理をしているような気がすると……多分、父の思いすごしじやないかと考えていますが……」

「おばあさま、おいくつですか」

「来年、八十です」

「ずっと、御健康だったのでしょう」

「ええ、子供を産む時ぐらいしか、床についたことはないというのが自慢ですから……」

八十が近くなれば、少々、体に無理がきかなくなって当り前であった。

「ま、そんなわけで、もし、なにかあったら、よろしくお願いします」

「それはもう、父は医者なのですから……」

大月三和子が戻って来た。

「真崎さんは、船へ帰っているんですよ」

早速、いった。

「今、食事をすませて、グランドホールのほうへ行かれました」

高野誠之助について病院へ行った筈の真崎舞子が帰船しているというのは、案外、高野の骨折がひどくなかったのかも知れないと大月三和子はいった。

「中上先生も、間もなくお帰りになるんじゃありませんか」

看護婦にいわれて、三帆子は俊之介とレセプションへ行った。

カウンターの近くで電話をしていた副船長の吉岡登がすぐ受話器をおいて、三帆子のほうへ出て来た。

「今、診療室へ電話をしていたところです。中上先生は高野さんの手術に立ち会っていらっしゃって、帰船されるのは出航時刻ぎりぎりになりそうだとのことです。三帆子さんには、先に食事をなさるようにと、前田さんから連絡がありました」

すると、前田敏子も病院にいることになる。

何故《なぜ》、真崎舞子だけが先に帰船したのか理由がわからないままに、三帆子は俊之介とダイニングルームへ行って食事をすませた。

再び、レセプションのところへ出て来ると前田敏子が大型のスーツケースと小さなボストンバッグを手にしてエレベーターから下りて来た。光川蘭子が一緒である。

「高野さんの荷物を下ろすことになって、大いそぎで荷作りしたのよ」

船のスタッフがスーツケースを持って、前田敏子とギャングウェイへ行くのを見送って光川蘭子が三帆子にいった。

「御家族が日本から到着されるまで、前田さんがつき添うことになったそうよ」

俊之介が訊《き》いた。

「中上先生は、どうなさるんですか」

「ドクターは船に戻って頂かなければ……。出航ぎりぎりには帰られますよ」

船医にとっては、乗船客のすべてに対して責任があった。一人の患者につき添っているわけには行かない。

中上虎夫がギャングウェイを上って来たのは、もう三十分で出航という時刻であった。レセプションで待っていた三帆子に軽く手を上げて、船長室へ行く。

三帆子は船室でバスルームの支度をした。

父の顔が疲れ切っているのをみたからである。

船がゆっくり動き出してから、虎夫は船室へ戻って来た。

「お腹《なか》すいてたら、レイト・スナックで何かもらって来るけど……」

三帆子がいい、虎夫は手をふった。

「病院の近くで、前田さんとパンを食ったからいいよ」

まずシャワーを浴びて来るといい、バスルームへ入った。

靄《もや》がこもっているイスタンブール港を船はマルマラ海へ向けて進みはじめている。

ざっと湯を浴びてから、虎夫はバスローブでくつろいだ。

「まず、ビールが欲しいね」

娘に注文して、首をぐるぐる廻している。

「高野さん、どうだったの」

グラスに注いだビールを虎夫が一息に飲み干すのを待って、三帆子が訊いた。

「危かったといえば、危かったんだよ」

骨折した部分が、やはり肺を少し傷つけていたと虎夫はいった。

「一つ間違うと厄介なことになったかも知れない」

病院へ運んでよかったと二杯目のビールを今度は半分ほどでグラスをおいた。

「命に別状はないんでしょう」

「勿論《もちろん》だよ」

おそらく経過をみて日本へ帰り、再入院ということになるだろうという。

「御家族に連絡はついたの」

「ああ、奥さんと息子さんが来るそうだ」

「奥さんですって……」

冷蔵庫からチーズを出しかけていた三帆子が大声を出したので、虎夫が、どうしたという表情になった。

「あたし、てっきり、高野さんはお独りだと思っていたから……」

気がついて、父親に訊いた。

「たしか、お父さんがいったのよ。高野さんは奥さんがもう歿《なくな》っていて、お子さんは結婚しているって……」

虎夫が苦笑した。

「たしかに、高野さんはそうおっしゃったんだよ。それは間違いではないんだがね」

少しいいにくそうに声を低くした。

「前田さんが東京へ電話をしたら、女の人が出た。前田さんは何も知らないから、奥様ですかといったら、そうですと返事をしたそうなのだ」

前田敏子は病室へ戻って来て、

「奥様と御長男の方が支度の出来次第、こちらへお発《た》ちになるそうです」

と高野に告げた。

「高野さんは、前田さんがいなくなってから、わたしに弁解したんだよ。正式に結婚しているわけではないが、同居しているので……とね」

「つまり、奥さん代りの人がいるってことなのね」

真崎舞子が先に帰船した理由は、そのせいだったのかと三帆子は推量した。

「しかし、よかったよ。旅先であぁいうことになると、やはり面倒をみてくれる人がいたほうが安心だ」

高野誠之助の容態については、前田敏子が船へ連絡をくれることになっている、といいかけて、虎夫は娘の顔を眺めた。

「なんだか、不満そうだな」

「そういうわけじゃないけど、真崎さんも、高野さんが独身だと思ってたんじゃないかしら……」

「そうかな」

虎夫が残りのビールを干した。

「しかし、別に、どうということでもないのだろう」

三帆子は返事をしなかった。

たしかに、真崎舞子と高野誠之助が親しくなったのは、ロードス島のリンドス観光からだったから、まだ何日も経《た》っていない。

第一、人生の晩年にさしかかっている二人の大人が知り合ったからといって、すぐに恋に落ちることもなかろうと思いながら、三帆子は如何《いか》にも楽しそうに高野と話し合っていた真崎舞子を思い浮べた。そして、その舞子を相手に、高野も亦《また》、浮き浮きした様子だった筈《はず》だ。

「男の人って、なんだか、嫌らしいわ」

ぽつんと三帆子がいい、虎夫が面くらったような顔をした。

「なんでだ」

「わからないけど……」

自宅に女房がわりのような人がいるくせに、旅先で知り合った女性と親しくなって鼻の下をのばしている。

「高野さんがか」

「だから、罰《ばち》が当って、骨折なんかしたのよ」

父親が首をすくめ、バスローブからパジャマに着替えてベッドにもぐり込んだ。

「人のことなんぞ気にしないで、早くおやすみ。もう遅いんだぞ」

毛布から首を出して、娘に注意した。

船室の時計は一時に近い。

その夜、三帆子は寝そびれた。

翌日、天気は快晴とまでは行かないが、まずまずの薄曇りで、ダーダネルス海峡が近づくと右舷《げん》にガリポリ半島がくっきりと見えて来た。

「三帆子さん、よかったら船室へいらっしゃいません。トルコのカーペットを買ったので見て頂きたいわ」

プロムナードデッキを散歩していると、いつの間に来たのか、真崎舞子が背後から近づいて声をかけた。

昨夜、父親とあんな話をしただけに、舞子と向い合うのは、少々、気が重かったが、断りそびれた。

舞子の船室は、一人で占拠しているにしては広かった。

この船でも上等のほうの部屋である。

トルコでの一番の買い物は絨毯《じゅうたん》だと聞いていたが、三帆子は買う気もなく、店へ入る機会もなかった。ただ、父と歩いたグランドバザールで通りすがりに眺めただけである。

舞子は部屋のすみに丸めてあった絨毯を床にひろげた。二枚もある。

「こっちはウール、そちらの小さいのはシルクなのよ」

ウールのほうは、かなり大きかった。赤と茶系統の色彩が上品でエキゾチックな模様が面白い。

シルクは円形でモスクの風景が織り出されていた。こちらは青が中心になっている。

「二枚とも、高野さんが見立てて下さったんですけどね」

「いいですね。色も柄も、すばらしいと思います」

「あたしもそう思うけど、なんとなく忌々《いまいま》しくてね」

三帆子をみて、くすりと小さく笑った。

「あの方、二号さんがいたのよ」

「二号さん……」

「カッパドキアで白状したの」

絨毯のへりを撫《な》でながらいい出した。

「奥様が歿る前からつき合っていた人で、お友達の未亡人なんですって……。独りになってから家へ入れたそうだけど、息子さん達が反対なので、正式に結婚出来ない、というか、高野先生の言葉通りをいえば、結婚したくなかったのですって……」

「でも、同居していらした」

人間模様

船室のベランダにかすかな陽がさして来た。

真崎舞子は部屋のすみのソファへ三帆子をすわらせ、自分も向い合ってかけた。

「三帆子さんだから、打ちあけるけど、高野先生ったら、ずっとおつき合いがしたいとおっしゃったのよ。それで、日本へ帰ったら、その女の人ともきちんと話をして、家を出てもらいますって」

その上で、もし、よければ、舞子と再婚したいといったのだという。

「殺し文句よねえ。僕はそそっかしくて、よくころんだり、忘れものをしたりする。舞子さんのような人が必要ですだなんておっしゃって……」

三帆子は黙ってトルコ絨毯の華やかな模様をみつめていた。

舞子がこの絨毯を買った時は、おそらく、舞子のほうも高野の話に心が動いていたに違いないと思う。

「トルコでは赤は愛の色なんですってね」

視線を絨毯に向けて舞子が続けた。

「青は高貴の色……たしかにいい買い物だったけど、でもねえ、高野先生にえらんでもらったってことが、癪《しゃく》だわ」

「先生と、おつき合いはなさらないことにしたんですか」

「病院へ行くまでは、その気があったの。先生が身辺をきれいにして下さるなら、再婚してもいいかなと……」

「何故《なぜ》、おやめになったんですか」

「電話で、相手の女の人の声を聞いてしまったのよ」

最初、高野の家へ電話をしたのは舞子だったという。

「女の人が出て、高野でございますが……といったの。一瞬、返事が出来なくて黙っていたら、主人は只今《ただいま》、旅行中ですが、というのよね。あたし、傍にいた前田さんに受話器を渡して代ってもらったんです」

前田敏子が電話の相手に、奥様ですかと訊《き》き、相手は左様でございますが、と返事をした。

「気持が変ったのは、その時なのね。ああ、これはもう駄目だと思ったの。高野先生は簡単に話をつけられるというようなことをおっしゃったけど、とても、そんなものじゃないくらい、女ならわかります。だから、私、病院を出て、船へ帰って来たんです」

おかしいでしょう、いい年をして、と舞子にいわれて、三帆子は否定した。

「そんなことありません。私も、女のはしくれですから、なんとなく、お気持がわかります」

「そう……」

視線を逸《そ》らして、舞子がぽつんといった。

「ありがとう。三帆子さんに聞いてもらって、少し、さっぱりしたわ」

ついでに、もう一つ、打ちあけておくわね、と若々しい調子でつけ加えた。

午前九時を廻ったばかりの船内は、廊下や船室を清掃するメイドの掃除機の音がかすかに聞えている。

「私ね。以前、雑誌で外国船の世界一周のクルーズの話を読んだことがあるんです。人生の晩年に来て伴侶《はんりょ》を求めたい人が船の旅に出かける。たしかに三カ月も一つの船の中で暮していれば、自分にふさわしい相手がみつかるかも知れないし、ロマンスも生まれる可能性があるでしょう。いい年をしてお恥かしいけれど、私もそんな夢を持ってこの船旅に参加したんです」

真崎舞子の目が輝いているのを、三帆子は美しいと眺めた。決して若くはない、むしろ、ひと昔も前なら、おばあさんと呼ばれても仕方がないような年齢の女性が、頰を赤らめながらも、正直に自分の胸の内を吐き出しているのは立派だと三帆子は思った。

「でも、夢と理想と現実は、なかなか一致しないものね。横浜を出て、ずっとそう思い続けて来たんです。それが、高野先生に出会って、ああいいかなと嬉《うれ》しくなって……でも、結局、元の木阿弥《もくあみ》……」

「チャンスは、まだあると思います」

そっといった。

「船旅は、まだ半分を終っていませんし、仮に船上でなくとも、真崎さんなら、きっと、すてきな伴侶の方と廻《めぐ》り会う日が来るように思うのです」

「慰めて下さって、ありがとう」

「慰めじゃありません。本当に、そう思えるのです」

「人間って心細いものだと思ったのよ。五十の時はもう一人でやって行こう。今更、御亭主なんて必要ないと本気で考えていたのに、六十の声を聞いたとたんに、気が弱くなって、結婚しなくとも、いい友達関係でもかまわないから、好きな人が欲しいなあと……」

語尾を切って、舞子が笑い出した。

「三帆子さん、聞いてて、馬鹿《ばか》みたいでしょう」

「とんでもないです。人生って、私が考えているより、ずっとすばらしいものなんだと、言い方がおかしいかも知れませんけど……」

「現実にはすばらしくない可能性もあるでしょうけど、まあね、どうせ一度きりの人生なのだから、ロマンスを求め続けるのも悪くないわね。自分を見失う危うさはあっても……」

船内放送が聞えて来た。

間もなくダーダネルス海峡で、もっとも狭いキルトカナールが近づくという。

「プロムナードデッキへ出てみましょうか」

舞子が立ち上り、三帆子が続いた。

デッキへ出ると、俊之介が走って来た。

「探してたんですよ」

手にしていた双眼鏡をさし出した。

「右舷前方に砦《とりで》がみえています」

肉眼では豆粒ほどだが、双眼鏡をのぞくとしっかりした城塞《じょうさい》が映った。

この海峡は三日前にも通過していた。

「イスタンブールへ行く時は、ここは夜になっていましたから、対岸のチャナッカレの町の灯ぐらいしかみえなかったんです」

チャナッカレは有名なトロイの遺跡への観光の基点であった。

トルコのエーゲ海沿岸はペルガモン、イズミール、エフェソスなどの遺跡が並んでいる。

「いよいよトルコともお別れだな」

三帆子と並んで、近づいて来るキルトカナールを眺めながら、俊之介が呟《つぶや》いた。

今日を含めて、あと四日で船はヴェニスに到着する。俊之介はそこで下船して日本へ帰る予定であった。

「いろいろなことを考えたんです」

まわりに人がいないのを確かめて、俊之介は話し出した。真崎舞子は気をきかせたのか、他の船客と船の前方へ向って歩いている。

「結婚の条件として、僕の場合、あんまりよくないなと思って……」

まず一人っ子だといった。

「この節、女性が一番、敬遠する筈《はず》ですよ。一人息子のイメージって、実に悪い。マザコン、我儘《わがまま》、自分勝手……要するに甘やかされて育っているし、お袋べったりの奴《やつ》が多いから……」

途方に暮れたような俊之介の話し方に、三帆子は余裕を持った。

「俊之介さんは、お母様にべったりなんですか」

「いや、むしろ、ばあちゃんべったりでしょう。僕の家は親父《おやじ》が商社づとめで転勤が多かったので、子供の時からじいさんの家へあずけられて……その分、お袋とはさばさばした関係だけど、ばあちゃん子は三文安《もん》いっていうんでしょう」

一人っ子だけでも条件悪いのに、ばあちゃん子で三文安けりゃ、どうしようもないと俊之介は頭をごしごし掻《か》いている。

「加えて、今のところ、定職がない。児童文学やってて、本を書いたなんてのは、完全なプー太郎じゃないですか」

まず、普通の女性だったら、それだけで断られる。

「そのあたりから、なんとかしなけりゃと考えています」

この船が日本へ帰って来るまでに、解決出来ることはしておくつもりだと俊之介は心配そうに三帆子の表情を窺《うかが》った。

「とりあえず、帰国したら、つき合ってもらえませんか。僕の欠点を知ってもらって……いや、欠点はなるべく改善しますが……」

「あたしも、欠点だらけですもの」

末っ子で甘ったれで、自分本意だと三帆子はいった。

「それでも、よろしければ……」

「横浜へ迎えに行きますよ」

「おじい様とおばあ様を、でしょう」

「全く、意地悪な人だな」

その夜はドレスコードがフォーマルであった。

船旅の場合、毎夜の食事の際の服装が、あらかじめ、船内新聞によって指定される。

多くはカジュアルであり、インフォーマルだが、洋上をゆったり航海している時とか、或《あ》るいは何かの祝日を利用してイベントを催す際などにフォーマルの指定が出た。

男性はタキシードかディナージャケット、女性はイヴニングドレスだが、近頃の女性のファッションは多様化しているので、夜の装《よそお》いに適当であれば必ずしも、ロングドレスでなくともよいし、ドレッシィなパンタロンドレスなども多用されている。

無論、和服もフォーマルであればかまわない。

三帆子は持って来た服の中からシルバーグレイのロングドレスをえらんだ。ロング丈といっても、くるぶしが出るほどで、上半身にはシルクのレースが重っている。首まわりは同じレースのハイカラーになっていて、ウエストにはやはりシルバーグレイのリボンを結び、スカート部分はゆるやかなタイトであった。布地が上質のシルクジャージィなので、着る人の体の動きに品よくフィットする。

このドレスは、姉の秀子が仕事でヨーロッパへ行った時に、パリのメゾンで、ちょうど婚約がまとまりかけていた三帆子のために買って来てくれたものであった。

春本孝一との婚約は解消され、この服も着る機会がないままに、洋服簞笥《だんす》の中に眠っていた。

レースが華やかなので、アクセサリーは真珠のイヤリングとブレスレットだけにして、グレイのハイヒール、古風なビーズのバッグは父のプレゼントであった。

診療室から戻って来た虎夫が、娘の姿をみて、目を細くした。

「どこの貴婦人かと思ったよ」

「秀子姉さんは趣味がいいから……」

「そうか、秀子のプレゼントか」

同じ姉妹でも、秀子はかっちりしたスーツが似合い、自分でもそれを承知していて、フォーマルな服装の時には必ず、スモーキングと呼ばれる女性用のタキシード風のスーツを着用していた。そのくせ、アンティーク風なブラウスや気のきいたドレスをみつけるのが上手で、よく妹のために買って来る。

三帆子の今度の旅支度の大半は、その秀子のプレゼントであった。

船医の制服の父と並んで、ダイニングルームへ入って行くと、船客達が口々に三帆子を誉《ほ》め、虎夫の目尻《めじり》は下りっぱなしになった。

「三帆子さんを嫁に出したくないドクターの気持がわかりますよ」

熊谷船長が感嘆し、副船長の吉岡が、

「ドクターの泣く日は近いんじゃありませんかね」

と片目をつぶってみせた。

フォーマルの日、船長のテーブルには数人ずつ、この船の常連客、或いは上級船室の客が招待されるが、今夜は弓削仙之介と俊之介が席についた。もう一組は三木芳彦と恒子の夫婦である。

弓削仙之介と俊之介、三木芳彦の三人はタキシードであった。

とりわけ、弓削仙之介のタキシード姿は、日頃のイメージを払拭《ふっしょく》するほど身についていた。

「流石《さすが》、元外交官でいらっしゃいますね。タキシードが、とてもすてきです」

船長の女房役として同席していた光川蘭子が思わず感心し、三木恒子がいった。

「本当に……まるで外国の方みたいですわ」

弓削老人が笑った。

「ありがとうございます。しかし、どうも、生きている化石みたいな感じではありますな」

「御立派ですよ」

三木芳彦がナプキンを取りながら白状した。

「わたしなぞは、外国へ転勤になって、はじめてタキシードを着る破目になったのですが、どうもカラーは窮屈だし、カマーバンドのおさまりは悪いし、つくづく参ったと思いましたよ。おまけに日本へ帰ってきて、甥《おい》の結婚式に着て行ったところ、ボーイと間違えられましてね」

俊之介が首をすくめた。

「僕もです。僕がタキシードを着たのは、じいさんの喜寿の祝のパーティだったんですが、忽《たちま》ち、ボーイさん、お手洗いはどこと、いわれましてね。仕様がないから、慎しんで御案内しました」

爆笑が起り、賑《にぎ》やかに食事がはじまった。

フォーマルの夜のダイニングルームは華やかであった。

シャンペンを抜く音がし、カメラマンが席を廻っては、フラッシュをたいている。

三木恒子は和服であった。

淡いベージュに茶屋の辻《つじ》を染めた訪問着で、有職《ゆうそく》紋様の袋帯が優雅であった。

熊谷船長が三木夫人の装いを賞賛し、三木芳彦は正直に嬉しそうな顔をした。

「わたしはどうも女の着るものには知識がなくて、家内が相談しても、お前の好きなものを買えばいいと、とり合わないで今日まで来てしまいました。この船旅に出て、少し、反省しましてね。これからは相談されたら、わからなくても、なるべく熱心にみてやりたいと思っていますよ」

恒子が微笑した。

「それは、女房がよけいな買い物をしないようにという牽制球《けんせい》ですか」

「すばやく値段をみて、安いほうをすすめたりして……」

「まあ」

三木夫妻のやりとりには、長年を共に過した夫婦の年輪が窺われた。恒子の笑顔には一度は離婚を決心した気配は全くみえない。

食事が終って席を立つ時、俊之介が中上虎夫にいった。

「今夜、三帆子さんをダンスにお誘いしてもよろしいでしょうか」

虎夫が一瞬、絶句し、慌《あわ》てて会釈《えしゃく》した。

「どうぞ。三帆子さえよければ、わたしに異論はありません」

熊谷船長が明るくいった。

「弓削さんに先を越されましたよ。実は、わたしも、三帆子さんにダンスを申し込もうと思っていたんですがね」

俊之介が照れくさそうに、三帆子へいった。

「やっぱり、船長が先ですかね」

陽気な笑い声がダイニングルームからグランドホールへ続いた。

すでにグランドホールではダンスミュージックが演奏されている。

「では、キャプテンの特権を利用させてもらいまして……」

熊谷船長が三帆子の手を取って、ゆったりしたワルツを踊り、それがダンスタイムの皮きりになった。

一曲踊ると、熊谷船長は三帆子をエスコートして俊之介のところへ戻った。

「いい夜をおすごし下さい」

「ありがとうございました、キャプテン」

上気した顔で三帆子が礼をのべ、船長はグランドホールを出て行った。

弓削老人は虎夫を誘ってバアへ移動し、俊之介は三帆子と組んで、ダンスの中へ入った。

俊之介のダンスは正確だが、洗練されていた。

「踊り馴《な》れていらっしゃるのね」

確かなリードに安心してついて行きながら、三帆子がささやいた。

「実は、ばあちゃんのお相手をつとめさせられていてね」

祖母の藤尾が、ダンスが大好きなのだと楽しそうに話し出した。

「じいさんは外交官のくせに、あまりダンスは得手じゃなくて、早くから僕にダンスを教えて、ばあちゃんのお相手をさせたんです」

仙之介の仕事柄、ダンスパーティはけっこう多くて、

「高校生ぐらいの時から、タキシードなんぞ着せられて、じいさん、ばあさんと一緒に

出かけて行く。正直のところ、あんまりぞっとしなかったけど、なにしろ、赤ん坊の時からお世話になっている以上、いやともいえなくてね」

首をすくめた。

その光景が目に浮んで、三帆子は、まだ会ったことのない俊之介の祖母をさまざまに想像した。

外交官夫人として、ドレスがよく似合い、華やかで、日本人ばなれのした女性なのかと思う。

「どうも、こういう話になると、ばあちゃん子丸出しになって、まずいなあ」

グランドホールは大輪の花が舞っているようであった。

この船では、ダンス教室があり、プロのダンサーがレッスンをしている。踊っている人々の大半はその教室の常連のようであった。

そのせいもあって、ステップは正確に、ポーズはしっかり極まって、真剣に踊っている様子はほほえましいが、リラックスした雰囲気には乏しかった。

「どうも、日本人はまじめすぎるんですか。もうちょっと遊び心があってもいいんじゃないかな」

俊之介が三帆子の耳許《みみもと》でささやき、軽くターンして踊りの輪からはなれた。グランドホールを抜け出すと、夜の海の眺められるところまでフォークダンスの真似《まね》をしながら歩いて行く二人を、そのあたりにいた船客が可笑《おか》しそうに眺めていく。

海上は晴れて、月が出ていた。

船で過した日々を、三帆子は数えた。

シンガポールで乗船してから、すでに一カ月余りが経《た》っている。

船上でみた月はさまざまであった。女の眉《まゆ》のような細い月から満月へ、そして、また少しずつ欠けて弓張月に。

「なんだか、あっという間に日が過ぎたような気がする」

ぽつんと俊之介が呟《つぶや》き、三帆子をふりむいた。

「三帆子さんは、まだ二カ月近く、この船に乗っているんだね」

ワールド・クルーズは、およそ半分を越えようとしているところであった。

「でも、いつか、横浜へ帰るわ」

「僕には、えらく長く感じられるだろうな」

苦笑まじりに呟いた。

「でも、この船に乗って本当によかったと思っている」

「あたしも……」

顔を見合せて、肩を寄せ合って、二人はそのまま、月光の下の海を眺め続けた。

話したいことは山のようにあるようで、それは言葉にならず、それでも二人はダンスタイムが終るまで、その場所を動かなかった。

翌日、クイン・エルフランド号は終日、ヴェニスへ向けて航海を続けた。

イオニア海からアドリア海へ、天気はすっかり回復して気温も上り、忘れていた春の気配がぐんぐんと濃くなっている。

高野誠之助のつきそいのため、イスタンブールへ残った前田敏子から船へ電話がかかって来たのは正午近くで、電話に出ていた中上虎夫がほっとした表情をみせた。

「高野さんは手術の結果が大変によいそうですよ。日本から御家族の方も到着して、思ったより早く帰国出来そうだということです。前田さんは明日、ヴェニスへ飛んで、船へ戻る予定だとか……」

熊谷船長に報告する虎夫の声も明るい。

「高野さんのことは、船内の皆さんも心配されているから、報告したほうがいいね」

と熊谷船長がスタッフに相談して、船内のツアーデスクの脇《わき》にある掲示板に張り紙が出た。

で、昼食時には各々のテーブルで、そのことが話題になった。

「真崎さんも安心なさったでしょうね」

同じテーブルで食事をしていた光川蘭子に三帆子がいったが、彼女は苦笑して返事をしなかった。そして、その理由は間もなく看護婦の大月三和子によって明らかになった。

「真崎さんが、自分のために高野さんが怪我《けが》をしたとおっしゃっていたので、きっと御心配だろうと思って、前田さんからの電話のこと、お話ししたんですよ。そしたら、それはよかったですね。でも、私にはもうかかわりのないことですからっておっしゃったんです」

大月三和子は、いささか気分を害して、

「でも、真崎さんは御自分のころんだのを助けようとして、高野さんがお怪我をなさったと、とても気にしていらしたではありませんか」

と、いささか非難がましくいってやったのだという。

「真崎さんたら、あれは嘘《うそ》だとおっしゃるのです。高野さんは自分ですべったんだけれども、毎度、そそっかしいことで、さぞ、きまりが悪いだろうと、作り話をしたんだそうですよ」

大月三和子はそんな馬鹿《ばか》なという口調で話したが、三帆子は案外、それが本当のことだったのではないかと思った。

真崎舞子のような、よく気の廻る者は、好意を持った男性が、周囲にみっともない思いをしないように、咄嗟《とつさ》にそうした口実をいいかねないのではないかと推量した。

少くとも、高野誠之助が怪我をした時、真崎舞子はまだ、彼との結婚を夢みていた筈《はず》であった。

だが、今の彼女は束の間《つかま》の自分の夢を、むしろ後悔しているに違いない。

おそらく、光川蘭子は大月三和子と同じように、真崎舞子に高野誠之助の怪我のことを報告して、同じような反応を受けたのだろうと思った。

船室で父の虎夫と二人だけの時、三帆子がその話をすると、虎夫は苦笑した。

「真崎さんというのは正直な人なんだよ。人間の気持とは、たしかにそういうものだと思うが、しかし、あまり正直すぎるのも、人間のつきあいには損じゃないかな。少くとも、大月君も、光川さんも、真崎さんをエゴイストだと感じているだろうからね」

なんにせよ、真崎舞子はもう高野誠之助の怪我のことより、新しい夢の相手を求めて、船旅を楽しんでいるのは間違いのないところであった。

三帆子に東京からファックスが入ったのは午後のことである。

ワープロで叩《たた》いたファックスの手紙は簡略なものであった。


元気で良い旅をしていると思います。

今日、あなたの働いていた幼稚園の園長先生と日比谷で、ぱったりお目にかかりました。あなたのことをいろいろ訊ねられたので、ありのままにお話ししておきました。どうも、先生はあなたの退職を大変に残念がってお出《い》でのようにみえました。船に電話がかけられるかと聞かれたので、ファックスのほうが便利ですと申し上げ、番号もお教えしました。とりあえず、そのことをお知らせします。
お父さんに、もう年なんだから無理をしないようお伝え下さい。

秀子

三帆子どの

読み終って、姉さんらしいと呟いたのは、短かい中に姉の心くばりがひしひしと感じられたからで、久しぶりに姉の声を聞いたようになつかしかった。

秀子が日比谷で会ったというのは、三帆子が大学を卒業して以来、働いていた幼稚園の園長で、椿《つばき》三千子といい、幼児教育では名の知れた人でもあった。

もう六十を過ぎているが、いつも前向きで、子供達のために今、何が必要かを考え続け、行動している。殊《こと》にこの節の進学のためだけの幼児教育には疑問を持っていて、どこそこの有名小学校へ入れたいと血眼になるよりも、その子供の能力を発見し、伸ばすことに両親の協力を求めようとしている。

人格者だが堅苦しいところはなく、三帆子のような新米の意見でも、熱心に耳を傾け、よいとなれば、即、実行に移すといったふうで、三帆子にとって働き甲斐《がい》のある職場であった。

三帆子が結婚のために退職する際も、先方の同意が得られたら、仕事を続けないかと勧めてくれて、三帆子も心が動いたのだったが、春本家では全くとり合ってくれず、止《や》むなくあきらめたといういきさつもある。

婚約を解消することになって、せめて仕事をやめていなかったらと、どれほど情なく思ったか知れなかった。

が、今更、どうしようもない。

船室のドアが開いて、虎夫が入って来た。

「ファックスが来たそうだね」

レセプションで聞いたといった。

「うちからか」

「秀子姉さんよ」

一枚の紙を父の目の前へさし出した。

「相変らず、殺風景な手紙だな」

文面を眺めて笑った。

「もう、年だからは、よけいだよ」

紙片をテーブルの上へ戻し、上着を脱いだ。

「椿先生が、三帆子の退職を残念がっていらっしゃったというが、復職してもらいたいと思って居《お》られるのかな」

「それはないと思うわ」

年度末で三帆子が退職したのと交替に、新しい先生が決ったと聞いていた。

椿幼稚園は名門だが、こぢんまりした経営方針であった。

「でも、船旅が終ったら、椿先生の所には御挨拶《あいさつ》に行くつもりよ。出来ることなら、どこかの幼稚園で、先生の欠員があった時、紹介して頂けないか、お願いしようかと……」

虎夫が意外そうに娘を眺めた。

「弓削さんから、結婚を申し込まれているんじゃないのか」

「日本へ帰ったら、おつき合いをしたいといわれているだけよ」

「まだ、そんなところか」

だが、虎夫は正直に安心した顔をみせた。

「今度は慎重にしたいのよ」

故意に軽い言い方をした。

「一度、失敗しているんですもの。慎重になって当り前じゃない」

船の上はどうしても気分がロマンチックになると三帆子はいった。

「いい雰囲気の中で、いい気分になって。でも、それだけじゃ長い人生を一緒にやって行けないでしょう。陸の上にあがって、よく、おたがいを確認しなければね」

「俊之介君も、そう考えているのか」

「あちらは、多分、あたしの気持を尊重してくれているのじゃないかと思う」

なんにしても、彼は明後日、ヴェニスで下船する。

おたがいがおたがいのことを考えるには、ちょうどいい冷却期間なのかも知れないと三帆子は考えていた。

もっとも、それは父親の手前だけの理性がいわせることで、正直の所、明後日から弓削俊之介のいなくなった船旅が、どんなに味けないものになるか、それを思うと胸の奥がせつなくなって来る。

それにしても、船中というのは便利なようで不便であった。

どこへ行っても人の目を気にしなければならないし、二人きりの世界というのはない。

どちらかの船室が一人部屋ならまだしも、三帆子は父親と一緒だし、俊之介は祖父と二人であった。

それに、若い男女が、どちらかの船室へ入る姿や、出て来る姿を第三者にみられたら、忽ち《たちま》、船内の噂《うわさ》になるのがわかっていた。

はからずも、それが立証されたのは、夕食時であった。

一回目の食事の際、すでに大方の船客がその噂を耳にしていた。

内藤武志の船室から深夜、奥山千津子が出て来るのを二日続けて目撃した人達がいたらしい。

「いいんですかね。奥さんと離婚したばかりなのに……」

ひそひそ話が津波のように広がった。

別離

三帆子は、まだ、その噂を知らなかった。

二回目の食事の前にラウンジへ行ったのは、俊之介とそこで会う約束があったからである。

いつもなら、この時間、静かな筈のラウンジに人が多かった。

見渡した所、俊之介の姿はなく、空いているテーブルも見当らない。

入口近くのカウンターに奥山加代がいた。

「三帆子さん、ここ、あいてますわ」

隣の椅子を目で示されて、三帆子は成り行きでそこへすわった。

バーテンにカンパリソーダを注文する。

「なにか、あったんですか」

そっと訊《たず》ねたのは、ラウンジの雰囲気がまるで違っていたからだったが、加代の返事はいささか荒っぽかった。

「皆さん、妹の話をしてますのや」

「千津子さん……」

「あの阿呆《あほう》が、船の中ぐらい慎しみなはれというとったのに、性こりもなく……」

流石《さすが》に、三帆子も気がついた。まずいことを聞いてしまったと思ったが、急に席を立つわけにも行かない。

このところ、千津子が内藤武志と親しくしているのは知っていた。それにしても船客の噂になるような関係にまで進んでいたとは意外であった。知り合って、まだ十日にもならない。

「ほんまに、あの子の男好きにも困ったもんやと思います。若い時分から友達いうたら男はんばっかり、女の友達は一人も出来ん。おまけに一目惚《ひとめぼ》れの名人で、ええなと思ったら、忽ち、行きつく所まで行ってしまう。我が妹ながら、なんで、あんなに簡単にくっついたり離れたり出来るのやろかと、不思議でたまらんのですわ」

ブランディグラスを干しながら、加代が酔った声で話し続けるのを、三帆子は奇異な感じでみつめた。

姉が妹の色事を告発しているのであった。どういうつもりで加代がそんな話を自分に向ってしているのか、三帆子には見当がつかない。

わかるのは、加代が妹に対してかなり立腹していることだけであった。

「ほんまに、うちは恥かしいて、まともに船内を歩けまへんわ」

ラウンジの入口に弓削老人が姿をみせた。

「三帆子さん、すまんが、どうも眼鏡を図書室に忘れて来たようじゃ。探してみて下さらんか。わたしはここでビールを飲んで居るから……」

「すぐに取って参ります」

三帆子の下りた椅子《いす》に、弓削老人が腰をかけ、三帆子は加代に会釈《えしやく》をして、まっすぐ廊下を通り抜けて、図書室へ行った。

おそらくそうではないかと思った通り、俊之介が新聞を読むような恰好《かっこう》で立っている。

「悪いお孫さんね。おじいさまをお使いにするなんて……」

三帆子が新聞をはぎ取るようにしていうと、俊之介は片目をつぶった。

「ラウンジ、大変なさわぎでしょう」

「千津子さんのお姉さまにつかまってしまったのよ」

「僕もなんだ。あちら、相当、頭に来ているらしくて、返事をするのに困った」

学生時代、僅《わず》かの間ながら千津子と恋人関係にあった俊之介としては、三帆子の前であまり話題にしたくないことに違いない。

「三帆子さんと親しくなって間もなく、じいさんに釘《くぎ》をさされたんだ。三帆子さんが好きなら、好きな分だけ自制するようにとね。つまり、僕はヴェニスで下船するけれども、三帆子さんにはまだ長い船旅が続く。もし、つまらない噂になったら、つらい思いをするのは三帆子さんなんだとね」

「そうだったの」

俊之介が愛の表現に行動的でなかったのは、そのせいかと三帆子は納得した。

「むかしの映画で、船旅で知り合った男女が、一緒のテーブルで食事しただけで船客の好奇の目にさらされるというシーンを、随分、昔は古風だったんだと思ってみたおぼえがあるけれど、やはり、船は一つの社会、一つの世間なんだね」

人が他人に好奇心を持つのはごく当り前のことだし、何かが起ればすぐに噂となって広がってしまう。

「どちらかというと、この船の乗客には常識のある人が多いように思うけど、それでも、人の口に戸はたてられないって本当だと思った」

「相手が内藤さんだったからでしょうね」

船上で妻とトラブルを起し、離婚したことで、否応《いやおう》なしに船客の注目を集めた。

「前の奥様が下船されたのはポートサイドでしょう」

問題はサントリーニ島で一応、片づいたようだが、それから数えても一週間であった。

「内藤さんは寂しかったのかも知れないわね」

同情ではなく、三帆子はいった。

「御自分の意志で須美子さんと別れたにしても、あのお年でしょう。さきゆきを考えると、やっぱり、誰か傍にいてもらいたいといった気持になるのかも……」

「勝手だよ。そんなの」

俊之介は男の味方をしなかった。

「老後の面倒をみてもらうために、女性を愛するなんて……」

「お相手が、千津子さんだったのが気に入らないの」

「そんなあ……」

情なさそうに俊之介が三帆子の手をつかんだ。

「三帆子さんからだけは、そんなふうにいわれたくないよ」

三帆子が笑い出した。

「冗談よ」

「冗談にしたって、絶対にいやだ」

「あたし、焼餅《やきもち》やきなのかもね」

反省してます、と三帆子が首をすくめ、俊之介はたまらなくなったように、三帆子の肩を抱いた。

視線が合って、三帆子は目を閉じた。俊之介の唇が重なって来て、彼の腕に力が加わった。

三帆子がもがいたのは、息が苦しくなったからで、俊之介は慌《あわ》てたように顔をはなした。

「怒った」

「そんなこと、聞くもんじゃないわ」

顔を見られるのが恥かしくて、三帆子は書棚のほうへ行った。

図書室のドアがあいて、どやどやと人が入って来た。

「驚いたわ。食事中も若い人みたいにべったり体を寄せたまんまでしょう。一つのグラスからワインを飲み合っているし……」

「あなたもみたの」

「みえますよ。あんなに堂々としているんですもの」

俊之介がさりげなく図書室を出て行くのを目のすみにみて、三帆子は書棚から地図を抜き取って広げた。

御婦人方は、三帆子の存在には気づいたようだったが、お喋《しゃべ》りは止まらなかった。

「内藤さんって、若い女が好きなのかしら」

「この前、若い奥さんで苦い思いをしているのにね」

「男性は、懲《こ》りないからね」

「女も懲りないわよ」

「おや、内藤さんの肩を持つのね」

責任のない笑い声に背を向けて、三帆子は地図を書棚に返して、そっと会釈をして部屋を出ようとした。

「三帆子さんでしょう」

一人が声をかけて来た。

「内藤さんのこと、御存じ……」

三帆子は微笑した。

「ラウンジで、お噂は……」

「そう。お気をつけなさいね。あの方、お年に似合わず、ドンファンみたいよ」

「三帆子さんは大丈夫よ。ドクターがついていらっしゃるから……」

がやがやと話がもつれるのを背中で聞いて廊下に出た。

俊之介はどこにも居ない。

船室へ戻ると、父の虎夫がお茶を飲んでいた。

「どうも、内藤さんのことで、大さわぎみたいだな」

診療室にまで噂が聞えて来たといった。

「或《あ》る人がね。内藤さんはあの体で、再婚出来るものかなぞとお節介なことを訊《き》いて来て、返答に困ったよ」

たしかに、刺激的な状況ではあった。老人の多い船内で男女のロマンスは珍しい。

「内藤さんも軽率じゃないかしら。もう少し節度のあるおつき合いをしてから……」

父親と二人きりの部屋なので、三帆子は遠慮なく、自分の意見をいった。

「それが、大人の良識というものでしょう」

「どうも、きっかけは女性のほうかららしいよ」

「まさか……」

「内藤さんが自分でいわれたんだがね。女性のほうから、あなたの役に立ちたいと申し出たんだそうだよ」

「だったら、日本へ帰ってから、正式に結婚して……」

「内藤さんがいわれるには、イタリアで上陸した時、どこかの教会で式を挙げられないかと……。しかし、洗礼でも受けていればとにかく、難しいんじゃないかと思うよ」

「本気で、千津子さんと結婚するおつもりなの」

「まあ、わからなくもないね。船内では噂《うわさ》になっている。いっそ、正式に結婚してしまえば、誰に遠慮もいらない……」

「だって、手続とか……」

「それは二の次だろうね。とにかく、神様の前で夫婦約束の式を挙げればといった考え方なんだ」

「有名な弁護士さんのくせに安直ね」

「内藤さんは、紙片一つで結婚や離婚が片づくことのほうが安直にみえるといっていたよ。自分の年齢を考えると、一日でも早く挙式して、夫婦らしくふるまいたいということだね」

「千津子さんも、それでいいのかしら」

「賛成だとさ」

内藤と二人、診療室へ通って来るのだと虎夫は少々、くすぐったそうな顔をした。

「要するに、内藤さんにつき添って来るんだよ」

「御両親に相談するとか……」

「もう子供じゃないから、自分のことは自分で決めるといっていた」

「お姉さんは怒っていたわ」

「そうらしいね」

なんにしても、内藤と千津子はひたすら結婚へ歩き出している。

「教会が決ったら、船長に立会人を頼みたいというんで、熊谷さんも困っていたよ」

恋に目がくらんで、周囲の当惑がみえなくなっている様子であった。

「船長がね。俊之介君と三帆子の結婚の立会人というなら、喜んでひき受けるがといっていた」

「私達、それほど、そそっかしくありません」

それでも、三帆子は父親から視線をそらせた。図書室で俊之介とキスをして来たあとであった。それを考えると、内藤と千津子のことを、とやかくいえた義理ではないと急にきまりが悪くなった。

虎夫のほうは娘の変化に気がついていない。

一日中、船内はどこへ行っても、内藤と千津子の話であった。

千津子が内藤の部屋へ入ったきり、ずっと出て来ないと、どこで見張っていたというのか、まことしやかにいう人もいる。

「明日、三帆子さんと別れて日本へ帰るというのに、なんだか、他人の恋愛問題ばかりがうるさくて落ちつかないなんて、いやな気がする」

プロムナードデッキで会った時、俊之介がいった。

「僕らは、一生けんめい節度を守っているのに、いい年をした大人が、阿呆《あほ》なことやってるみたいだな」

それは三帆子も似たような感じを持っていた。

二人がぎょっとしたのは、同じプロムナードデッキに千津子が姿をみせたからである。

千津子はまっすぐ二人の所へやって来る。

「俊之介さん、ヴェニスで一番、有名な教会って、どこかしら」

俊之介が止《や》むなく返事をした。

「それは、サン・マルコ寺院じゃありませんか」

「そこで、結婚式、出来るんでしょうね」

流石《さすが》に、俊之介は黙り、そのあたりにいた船客が聞き耳を立てた。

「どなたが、結婚式を挙げるんですか」

船客の一人が訊いた。

「私と内藤さんです」

「あなた、クリスチャンですか」

あきれたように船客がいい、千津子はひるまなかった。

「違いますけど、内藤さんは子供の時にカトリックの洗礼を受けているんです」

船客達が顔を見合せた。

「少し、気が早いのと違いますか」

といったのは、老齢の男で、千津子の傍若無人な態度に不快をみせていた。

「分別のある大人が……」

「分別があるから挙式をしたいんです。失礼ですけど、お年を召していらっしゃる割に思いやりがないいんですね」

ぴしっと千津子がやり返した。

「私達、殊《こと》に内藤さんは若くありません。御病気持ちです。いつ、何があってもおかしくない状況だからこそ、一日も早く、私達は結婚したいと思っているんです。そういう気持が、どうしてわかって頂けないんでしょう」

船客が沈黙し、千津子が肩を聳《そび》やかすようにした。

「俊之介さん、イタリア語がお出来になるのでしょう。サン・マルコ寺院へ行って挙式して下さるように頼んで下さらない」

千津子が押しつけがましくいって、俊之介は穏やかに、しかし、はっきりと断った。

「申しわけありませんが、僕はまっすぐ空港へ行かないと、予定の便に間に合いませんので……」

傍にいた船客の一人もいった。

「急にサン・マルコ寺院へ行ったところで、結婚式が挙げられるものかどうか、仮に日本でも、格別のことがない限り、無理というものですよ。あんまり、非常識なことをすると外国人に笑われますよ」

千津子はきっとした目で相手を睨《にら》んだが、周囲の雰囲気が自分に好意的でないのを知ったものとみえて、急に背を向けて立ち去った。

「あの方、どうかしているのと違いますかねえ」

と一人がいい、

「本当にねえ。サン・マルコ寺院になんぞ、あんなことをいって行ったら、もの笑いにされるだけですよ。第一、カトリックじゃ離婚を認めないのでしょう。内藤さんの事情からして、再婚は出来ないんじゃありませんかね」

「しかし、サン・マルコ寺院で挙式したいとは、いうもいったりだね」

プロムナードデッキでは、暫《しばら》くその話題でもちきりだったが、俊之介と三帆子はその中から離れて反対側のデッキへ移った。

そこにベンチがある。並んで腰を下ろし、海を眺めた。

「おばあさま、もう、ヴェニスに着いていらっしゃるんですか」

千津子から意識的に離れたいと考えて、三帆子は俊之介の祖母のことを話題にした。

「ええ、今日の午後、ロンドンからヴェニスへ着くんです。今夜はダニエリへ泊る予定で……」

「お一人で……」

「ロンドンに父と母がいるんです。父がロンドンに転勤になったもので……」

勤務している商社のヨーロッパ統括の支社長としてロンドンに赴任したのだといった。

「ばあさんは昨日、ロンドンへ入って一泊して、今日、母がつき添ってヴェニスへ来ることになっているんですよ」

ダニエリホテルは大運河に面しているので、海から入港するクイン・エルフランド号を正面から見ることが出来る。

「明日は、きっと朝から楽しみに海をみているでしょう」

「おじいさまとお二人で、いい旅がお出来になりますね」

俊之介がうなずいた。

「じいさんもばあさんも、人生の最晩年ですからね。一日でも、寄り添って生きていたいと思っているみたいですよ」

「すてきな御夫婦ね」

「若い時は、よく喧嘩《けんか》をしたそうですよ。じいさんがイタリア人のオペラ歌手に熱を上げたりして、大騒動になったこともあるんだそうです」

今の弓削老人からは想像もつかないことであった。

「でも、結局、じいさんがふられて……面白いことに、ばあさんは自分の亭主が適当にあしらわれたとは思っていないんですよ。あくまでも、じいさんが女房を愛して、その歌手を思い切ったと信じているんです」

「すてきなおばあさまだわ」

「たしかに、かわいい女って感じはしますがね」

俊之介の祖父母は結婚して六十年目になるという。

六十年の夫婦の歳月の中《うち》には、さまざまのことがあって当然だし、それを乗り越えて来た二人だけの充実した人生なのだろうと三帆子は思った。

「そういえば、この船に乗っている三木さん御夫婦ね。奥さんのほうは船旅が終ったら離婚をするつもりでいたそうだね」

「御存じだったの」

「じいさんに、奥さんが話したそうだよ。今は、ちっともそんな考えはないそうだけど」

「船旅をして、本当によかったと、御夫婦でおっしゃったわ」

「じいさんがいってたよ、船にはさまざまの人生がある。若い者にはいい勉強になっただろうと」

長年の心のくい違いに気がついて、努力して是正した夫婦もいるし、逆に船上の生活で夫婦のつながりが破綻《はたん》した夫婦もいる。

「もし、三帆子さんと結婚出来たら、その幸福を生涯、大事にして行きたいと思う」

低く、俊之介がいい、三帆子の手をそっと握りしめた。

「横浜へは、必ず行くから……」

「あたしも、俊之介さんと一緒に下船したくなってしまった」

思いがけず、自分の本心が言葉に出て、三帆子は狼狽《ろうばい》した。

「いやだわ。あたしったら……」

この春まで働いていた幼稚園の園長先生と姉の秀子が偶然、出会った話をした。

「園長先生は、三帆子さんに復職してもらいたいと思っていらっしゃるのかも知れないね」

俊之介は、虎夫と同じことを口にした。

「もし、三帆子さんが結婚しても、児童教育の仕事をしたいと思うなら、反対はしない。勿論《もちろん》、出来る限り協力する」

弓削家では一人一人の人生を大事にしながら、おたがいの人生を協調させて行こうというのが家訓みたいなものだと俊之介はいった。

「ばあさんは、結婚してからも声楽の勉強を続けていたし、お袋はアートフラワーのプロなんだ」

祖父が外交官だったこともあって、女性の自立には理解がある。

「でもね。本当をいうと、じいさんはばあさんの手前、神妙にクラシックの音楽を聞いているし、オペラにもコンサートにも出かけるけど、本当は美空ひばりや小林幸子のファンでね。ばあさんも気がついてるんだ」

俊之介が別れにのぞんで、自分の家族のことを、三帆子に知ってもらおうとして熱心に話しているのに、三帆子は好感を持った。と同時に、心のどこかに、ほんの僅《わず》かだが、それを重荷に感じているものもある。

弓削家が、どちらかといえば、進歩的な明るい家族らしいというのは、想像が出来た。祖父が元外交官であり、父親も商社マンで外地勤務が長い。

個人の意志を尊重し、必要以上におたがいを干渉し合わない主義なのも理想的だろうと思う。そのくせ、俊之介という男には、どこか古風な気質もあった。少くとも、軽薄さは全くない。

「なにを考えているの」

ふと気がついたように、俊之介が訊《き》いた。

「自分一人で勝手なことを喋《しゃべ》って……三帆子さん、退屈だったかな」

「そんなことありません。いい御家族だなあと思いました。ただ、うちの家族とは生活のレベルというか、色が違うような気もしているんです」

父親が個人で診療所を持っていて、兄がそれを継いでいる。

姉も医者だが、こちらは老人医療の研究所に勤務していた。

「うちは平凡な医者の家族なんです」

「うちも平凡なサラリーマン家庭ですよ」

おまけに自分自身は今のところ、定職についていないと、俊之介は苦笑した。

「大変なハンデをしょってると自覚しています」

三帆子も笑い出した。

「なんだか、私達、お見合したみたいね」

おたがいの家族とか、環境とか、収入なぞにこだわるのは、お見合からスタートした男女だろうと思う。

「三帆子さんは六本木や原宿で知り合って、奔放な恋愛をしてみたいのかな」

「まさか。そこまで単純じゃないと思っています」

けれども、船上で知り合った俊之介とのつき合いが、どこかもどかしいのも事実であった。

「船の中って、限られた社会でしょう」

五万トンだ、三万トンだといった豪華客船でも、そこが限られた空間であることには違いない。

船客はなんとなく顔見知りになり、その中で起る出来事には否応《いやおう》なしに耳を傾け、それなりの関心を持つ。

そういう意味で、俊之介も臆病《おくびょう》にならざるを得ないし、彼が行動的でないのは三帆子への思いやりだと理解もしている。

それでも、三帆子は彼の愛情表現にもの足りなさを感じていた。

「もし、陸の上で、三帆子さんに出会っていたのだったら……」

三帆子の気持を知ったように俊之介がいい出した。

「例えば東京のどこかで、いや、旅先でも陸の上の旅だったら、こんな古風な恋愛、やっていられなかったと思う」

その言い方は奇妙だったが、知り合ってからの二人の日々をよくいい表わしてもいた。

「じいさんがいったんですよ。お前の慎み深さは、まさに明治の恋だって……」

可笑《おか》しそうな口ぶりだったが、俊之介は笑わなかった。

「どっちかといえば、友達から石頭だの、慎重居士《こじ》だのといわれたけど、それなりにガールフレンドもいたし、適当なところもあったと思う。だからかも知れないが、三帆子さんとの出会いが船の上でよかったと考えられるんだ。本能的なものをセーブしただけ、心の深いところで、好きだということを実感し続けて来た。それは悪くなかった」

「船から下りたとたんに、あんなのは子供の遊びだったと思いはしない……」

「好きだと思って、すぐ寝るほうが、子供の遊びだよ。その時、そうしたかったからそうしたというのなら、猿と同じだ」

「お猿さんねえ」

なんとなく怒っているようにみえる俊之介の横顔を眺めて、三帆子は自分の中の苛立《いらだ》ちが鎮《しず》まっているのを知った。

「私達、少くともお猿さんよりは上ってことかしら」

「俺って、古いかな」

「古くないわ。もし、俊之介さんが古ければ、あたしも古い……」

「世の中が刹那《せつな》的になっているのはわかるんだ。どんなに愛し合って結婚しても、その愛がさめることがある。情熱が永遠ってことはないという言い方もある。でも、人間は情熱だけで生きてるわけじゃないし、細やかな日常がおたがいを育てて、若い頃とは違った夫婦の情愛が生れて来るのも本当だと思う。この船だって、第三者からみたら、金と時間のあり余った幸福な人々を乗せているとみえるかも知れないが、現実には一人一人の胸の内に棲《す》むものは、そんな極楽とんぼではすまされないだろう。その人生の大半を働き続けて漸《よう》く得た金で船旅を買った人もいる。第一、殆《ほと》んどの人々がもう残り少い自分の人生の日を承知しているんだから……」

人間としてもう限られて来ている時間を知って、船旅に幸せを求めて出て来た人の中には、生涯の伴侶《はんりよ》が欲しいと望んでいる者もいるし、なにかいいことがないかとあせっている人もいる。

船客の心のひだをのぞいたら、決して幸福の船とはいい切れないものがあるのは、三帆子にも同意出来た。

「それでも、世界一周の船旅に出られるっていうのは幸せだよ。例えば戦争で死んだ人、病気や事故で天寿を全う出来なかった人、どう働いてもそれだけの金を手にすることのない境遇の人だっている……」

その夜はイタリアン・ナイトであった。

明日、入港するヴェニスにちなんで、ディナーには、イタリアの国旗の色を服装のどこかに取り入れるようにと、船内新聞の指示が出た。

といっても、大袈裟《おおげさ》なことではなく、男性ならネクタイの色にグリーンの入っているものをえらぶとか、女性はその色の服やスカーフを身につけるのは、さして難しいことではない。

グランドホールでは、イスタンブールから乗船したテノール歌手がカンツォーネを歌う。

三帆子は白いワンピースに赤と緑と二本の細いベルトをし、赤いクリスタルのイヤリングをつけた。

「やっぱり、若い人はセンスがよろしいな」

ダイニングルームで一緒になった奥山加代が、三帆子に笑いかけた。その加代は鮮やかなグリーンの帯を締めている。

千津子のほうは姉より一足遅れて内藤武志とやって来た。真赤なスーツにグリーンと白の入った花模様のブラウスを合わせている。指にはエメラルドのリングが輝いていた。

奥山姉妹は内藤武志と一緒のテーブルにつき、周囲の注目を浴びていた。

三帆子と父の虎夫のテーブルには、光川蘭子と、ツアーデスクの村上遥子が同席した。

「なんとか、半分近くまで来ましたね」

光川蘭子がいったのは、世界一周のコースのことで、クイン・エルフランド号は、地中海へ入って、ちょうど前半を終えることになる。

「お客様はすっかり船旅にお馴《な》れになったみたいだけれど、これからが大変かも知れませんよ」

三カ月の長旅であった。

ゆったりした船上の生活とはいえ、やはり旅は旅で、それなりの疲労が出て来る。

「正直のところ、皆さん、お年の割にはお元気すぎるような感じがします。最初は船旅に出たという興奮のせいでしょうが、それがずるずると続いてしまっているみたいで……」

折角、世界一周の旅に出たのだからと張り切って、港へ入れば、必ずオプショナルツアーに参加する人が少くない。

「日頃、日本では朝食は果物ぐらいとおっしゃる方が、船の上は空気がいいから、いくらでも食べられるとバイキングの食事を若い人なみに召し上っているでしょう。それはけっこうなことに違いないですけど、少しずつ、胃腸の負担になっているってことはありませんか」

光川蘭子の心配に、虎夫が苦笑した。

長旅の場合、一人一人の自己管理が必要なのはいうまでもないが、船旅は毎日、同じ部屋で起居するという日常性があるせいか、どうしても、緊張がとけやすいし、油断しがちであった。

新しい展開

四月なかばのアドリア海は金色に染まって、クイン・エルフランド号を迎えた。

船客の何人かは早朝からプロムナードデッキに出てヴェニス湾の眺めを楽しんでいたが、やがて前方に朝陽を浴びているサン・マルコ広場がみえて来る。クイン・エルフランド号は、サン・マルコ運河で鮮やかに左廻りに反転して着岸した。

午前八時、サン・マルコ広場前に停泊していた観光船やゴンドラから喚声が上っている。

「凄《すご》いわね。キャプテンの大業《おおわざ》が出たみたいね」

プロムナードデッキで三帆子は隣に立っていた父の虎夫に思わず叫んだ。

目の前でヴェニスの風景が百八十度回転したことになる。

決して広いとはいえない水路で、これだけ大きな船が自力で回転することが出来たのは、クイン・エルフランド号がバウスラスター・スタンスラスターを持っているからだが、それにしても、ブリッジの操船能力が優れていなければ出来ることではなかった。

「今朝、乗船したイタリア人のパイロットが熊谷船長にやるかと訊《き》いたら、キャプテンは勿論《もちろん》と返事をしたんですよ」

いつの間にか傍へ来ていた光川蘭子が嬉《うれ》しそうに告げた。

スタッフはすでに接岸を完了し、ギャングウェイの支度にかかっている。

岸には、大勢の見物人が集っていた。

船の多いヴェニス運河でも、これだけ大きな客船は珍しい。

ふと、三帆子は岸壁にたたずむ一組に目を止めた。

老婦人を中心に、五十なかばと思われるやや小肥りの紳士とロイヤルブルーのスーツを着た若い女がひとかたまりになって船を眺めている。

もしかすると、弓削俊之介の祖母ではないかと思った。

グレイのコートの衿元《えりもと》にきれいな色のスカーフを巻いていた。八十に近い日本女性にしては、服の着こなしが垢抜《あかぬ》けている。

俊之介の話だと、彼の祖母はロンドンから、俊之介の母親に同行されてヴェニスへ来るとのことであった。

もし、あの一組がそうだとすると、若い女性はなんだろうと思った。

「ぼつぼつ、食事に行くか」

虎夫に声をかけられて、三帆子はプロムナードデッキを後にした。

リドカフェに、俊之介の姿はなかった。

ヴェニス空港を発《た》つのは午後の便だといっていたので、それほど慌《あわ》てて下船する筈《はず》はないが、三帆子はなんとなく落ちつかなかった。

同じテーブルにはツアーデスクの村上遥子も来た。

「何度来ても、ヴェニスはすてきですね」

窓のむこうの、見事に晴れ上った空をのぞくようにしていった。

「この分だと、けっこう気温が上りそうですよ」

オプショナルツアーに参加した人々が船を下りるのは九時であった。

「イスタンブールは雨でさんざんだったから、今日は皆さんに喜んで頂けそうです」

コーヒー一杯だけで、村上遥子がカフェを出て行って、入れかわりにイスタンブールから戻った前田敏子が席についた。

「弓削さんのおばあさまが乗船なさったんですよ。そりゃあハイカラなおばあさま。御主人がとても嬉しそうでね」

今、乗船手続きをすませて、船室へ行ったところだと報告した。

診療室へ戻る虎夫が先にカフェを出て行き、三帆子は前田敏子のためにコーヒーを取って来た。自分ももう少しコーヒーが飲みたかったからだが、テーブルに二人きりになると、前田敏子がいった。

「ちらと聞いたんだけど、俊之介さんの小説がアニメになるらしいわよ」

「アニメですか」

彼の作品といえば児童文学であった。

「Dプロから、声がかかっているというようなことを若い女性が話していたけど……」

Dプロと前田敏子がいったのは、アメリカの高名なアニメの会社であった。

「大変じゃないですか」

流石《さすが》に、三帆子も驚いた。

「俊之介さんは、あんまり信用出来ないなんていってたけど……」

コーヒーを飲みながら、敏子が目を細くした。

「もし、実現したら、すてきね」

敏子より一足先にカフェを出て、三帆子は少し迷った。弓削俊之介の船室へ挨拶《あいさつ》に行ったほうがよいのかと考えたが、前田敏子のいったような話が行われているのなら、邪魔になるかも知れないと思う。

船室へ戻っても、この時間だと清掃中の可能性が強い。

なんとなく三帆子はプロムナードデッキへ出た。

サン・マルコ広場はさっきよりも人が多くなっていた。

ヴェニスの町は白い屋根とチョコレート色の壁がどこまでも続いて、独特のハーモニィを感じさせる。

村上遥子が何度来てもいいという意味の一つが町の雰囲気のせいでもあろうかと思った。

ギャングウェイをオプショナルツアーに出かける人々が下りて行く。

「三帆子さん、こんな所にいたのか」

俊之介の声がして、三帆子はふりむいた。

「ばあさんが今、着いてね。みんなでラウンジでお茶を飲んでいるんだ。三帆子さんに来てもらいたいと思って……」

「御挨拶にうかがうつもりだったんですけど、おばあさまが少し休まれてからと思ったりして……」

「ばあちゃんは元気だよ。じいさんもほっとしている」

俊之介のあとからエレベーターでラウンジへ行った。

窓ぎわの席に、弓削老人を囲んで、三人の男女がいた。やはり、三帆子が今朝、プロムナードデッキから見た三人であった。

三帆子をみて、俊之介の父親が立ち上って迎えた。

「俊之介の父です。はじめまして……」

物柔らかな態度だったが、如何《いか》にも有能なビジネスマンという印象である。

「三帆子さんですね。俊之介が電話でいろいろいうものですから、はじめてお目にかかったような気がしませんのよ」

祖母の藤尾《ふじお》は、遠くから眺めた時よりも小柄であった。コートを脱いで、グレイのワンピース姿だったが、ひどく痩《や》せているのが目立つ。

「こちらは、乙川有佐さん。僕の作品の英訳をしてくれた人で、御両親の仕事の関係でロスアンゼルスに住んでいるんです」

やや、ぎこちなく俊之介が若い女性を紹介した。

「中上三帆子でございます」

丁寧に頭を下げた三帆子を、弓削老人が改めてつけ加えた。

「この船のドクターの娘さんでね。わたしも俊之介も随分、お世話になっているんだよ」

「すると、女医さんですか」

父親が早とちりをし、三帆子は慌てて訂正した。

「いいえ、私はただ父のつき添いといいますか、父の仕事に便乗させてもらっているだけでございます」

「三帆子さんのお兄さんもお姉さんもお医者さんなんだ。三帆子さんは幼稚園につとめていたんだよ」

俊之介が説明し、父親のほうは改めて、

「母がお世話になると思います。なにしろ、年なので……何分、よろしくお願いします」

頭を下げた。

紅茶が運ばれて、その間に弓削老人が訊いた。

「そうすると、国夫は今日、俊之介とロンドンへ戻るのか」

「そうですよ」

「折角、ヴェニスへ来て、たった一泊か」

「仕事の旅なら、年中、そんなことのくり返しですよ」

「乙川さんも一緒か」

乙川有佐が答えた。

「明日、ロンドンへDプロの方がみえることになっているんです」

「そりゃ、わざわざ、ヴェニスまで来てもらって、すまないな」

「昨日、早めにロンドンを発ちまして、皆様と御一緒に、ゆっくりヴェニスを見物しましたの。美術館にも参りましたし……」

「有佐さんは、美術に造詣《ぞうけい》が深いんだ。すっかりガイドをしてもらってね。おかげで大変、面白かった」

「美術館は、どこへ行ったの」

弓削老人が乙川有佐に訊いたのをきっかけに、弓削国夫が三帆子へそっといった。

「中上先生は、今、どちらにお出《い》でですか」

「診療室だと思いますが……」

「ちょっとお目にかかりたいが……」

「呼んで参りましょうか」

「いやいや、こちらからうかがいます」

「でしたら、御案内致します」

三帆子が立ち上り、弓削家の人々に会釈《えしゃく》をすると、国夫は一緒に腰を上げかけた俊之介にいった。

「お前は、おばあさんの話を聞いていなさい。おばあさんはお前に会うのを楽しみにして居《お》られたんだから……」

俊之介が止《や》むなくといった恰好《かっこう》で椅子《いす》にかけ、三帆子は弓削国夫を案内して診療室へ行った。

虎夫はちょうど診療室の入口で船客を送り出すところだったが、娘と一緒にやって来た弓削国夫をすぐに奥へ導いた。

「父が御厄介になりまして……」

名刺を出して、国夫が挨拶し、中上虎夫は苦笑した。

「弓削さんは、まことにお元気で、我々の出る幕はありませんでした」

奥さんのお怪我《けが》は順調に回復されましたかと、虎夫が訊《たず》ね、国夫は少しばかり表情を曇らせた。

「怪我のほうは、なんということもないのですが、かかりつけの先生から、このようなものをみせられまして……」

持って来た鞄《かばん》の中から、茶封筒を出した。

かなり大きな袋の中にはカルテとレントゲン写真が入っている。

「拝見します」

虎夫が丁寧にそれらを見てから、顔を上げた。

「御当人は御存じですか」

「或《あ》る程度は話しました。ただ、これは母の強い意志によるものでもあるのですが、今のところ、まだ痛みもなく、まがりなりにも日常生活が過せます。せめて、その中《うち》に夫婦で旅をしたい。但《ただ》し、いつどこでどういうことになって下船するかも知れませんが、そしてその時は中上先生に御迷惑をおかけすることになろうかと存じますが……」

別に持って来た包みを机の上にのせた。

「そこに、書いてあると思いますが、一応、必要な薬は、病院で用意してくれましたので、中上先生におあずけして参りたいと思うのですが……」

「承知しました。たしかにおあずかりします」

薬の種類を確認しながら、訊《き》いた。

「食欲のほうは如何《いかが》ですか」

「なんでも、よく食べます。病院から指示された薬は飲んでいますが……」

「この旅が終られるまで、お元気が続くとよいのですが……」

国夫が、少しばかりためらってからいった。

「このようなことをドクターに申し上げると笑われそうですが、母はこれまで我儘《わがまま》らしいことをいわない人でした。我慢強くて、自分の感情を表に出さない。ストレスがたまるから、適当にいいたいことをいいなさいとよくいうのですが、性分でそれが出来ませんようで、嫁に対しても……つまり、わたしの妻ですが、不満らしいことを口に出しませんでした。ところが今回、ロンドンからヴェニスまで、家内が母を送って来ることになっていたのですが、ぎりぎりの昨日の朝になって、どうしても、わたしに来て欲しいといい出しました」

傍で聞いていて、三帆子はあっと思った。

たしかに、俊之介は祖母をロンドンから母が送って来ると話していた。

「わたしは仕事がありますし、てっきり、母を送って行くのは家内と思っていましたので、正直の所、困りました。しかし、母は泣きそうな顔をして、なんとかヴェニスまで来てくれと申します。母の病気のことも知って居りましたので、これは虫の知らせという奴《やつ》かもと考えまして、急遽《きゅうきょ》、会社と連絡を取りまして、家内と交替してヴェニスまでついて来たのです」

虎夫がうなずいた。

「それは、大変でしたね。しかし、お母様は喜ばれたでしょう」

「わたしが思った以上に喜んでくれました。昨日はゴンドラに乗りたいと申しまして、折角ですから、別にもう一艘《そう》、音楽をやってくれる人々を乗せた舟も頼みまして、並走しながらカンツォーネなどを歌わせました。母は大満足だったようで……」

言葉につまって、国夫は目をしばたたいた。

「どうも、そんなことがありまして、ここで母と別れるのは後髪をひかれるような思いですが、といって、ついて行けるものでもありません。ただ、中上先生に、母をよろしくとお願い申し上げるだけで……」

「わかりました。充分、注意します」

「万一、なにかありました場合には、こちらへ御連絡を……」

別にロンドンの自宅の電話番号を書いたものをさし出した。

何度も頭を下げ、やがて国夫は腕時計をみて診療室を出て行った。

弓削藤尾の病名を、三帆子は父に訊かなかった。患者のプライバシィを侵すつもりはなかったし、訊かなくとも、おおよそ見当はついた。ただ、幸福の船に人生の終りを托《たく》す人が乗ったという感慨が胸をよぎった。

それも、或る意味ではその人にとって幸せなことかも知れない。

「ぼつぼつ、弓削さんは下船するのだろう。見送りに行ったほうがいい」

虎夫にいわれて、三帆子は父と共にレセプションへ出た。

ちょうどスーツケースを下げた俊之介が熊谷船長に挨拶をしているところで、弓削老人と妻の藤尾、それに、国夫と乙川有佐がスタッフとギャングウェイへ出ようとしている。

「中上先生、三帆子さん、それじゃ、また」

俊之介が頭を下げ、慌《あわ》ただしく、父親の後を追って行く。

クイン・エルフランド号から少し離れたところにモーターボートが待っていた。

ヴェニスは水の都で、タクシーもバスも船であった。

俊之介達を乗せたモーターボートはヴェニスの空港へ向うらしい。

父と一緒にギャングウェイを下りて、三帆子はモーターボートをつないでいる岸壁まで行った。

「お気をつけて……」

「ばあちゃんをたのみます」

モーターボートの運転手が馴《な》れた手つきで係留してあった纜《ともづな》を解き、ボートを発進させた。

白い波がボートを取り巻き、みるみる中に遠去かる。

弓削老人と藤尾は岸壁に立って、手を振っていた。

ボートがすっかりみえなくなってから、虎夫が老夫婦に近づいた。

「明日、御都合のよい時間に診療室へお出で下さい。一応、血圧などを計らせて頂きたいと思いますので……」

藤尾が明るく笑った。

「私を病人扱いにはしないで下さい、ドクター。でも、診療室の開いている時間にお邪魔させて頂きます」

会釈をして、ゆっくりとギャングウェイを上って行く老夫婦を見送って、虎夫が娘にいった。

「さてと、少し、町を歩いてみようか」

ヴェニスはうららかな春の気配が満ちていた。

セーターにジーンズ、薄手のブルゾンを羽織っただけで、全く寒くない。

サン・マルコ寺院の裏の細い小路《こみち》へ入るとぎっしりと店が軒を並べていた。

衣料品や革製品の店もあるが、ガラス工芸店が目立った。

三帆子が足を止めたのは、小さなガラス細工の店であった。

マッチ棒の先ほどの大きさの蟻《あり》やかたつむりが一列に並んでいる。それよりやや大きいが、これもよくこんな小さなガラス細工がと感心するような人形や動物、オーケストラの人々などが可愛《かわい》らしい。

「三帆子さん……」

肩を叩《たた》かれてふりむくと、千津子が大きな箱を下げて立っている。一緒にいたのがデザイナーの山岡清江であった。

「山岡先生にみて頂いて、すてきなウェディングドレスを買って来たのよ。花飾りのついたベールがとてもきれいなの。あとで船室へみにいらして……」

はずんだ声でいい、そのまま狭い路地をまがって行った。

「驚いたな。まさか、サン・マルコ寺院で挙式するわけじゃないだろうね」

虎夫が苦笑し、三帆子は黙って首をすくめた。どうも、千津子という人の本心がわからない。

内藤武志は七十二歳と聞いているし、千津子は三十三歳の筈《はず》である。倍以上も年齢の離れた相手に、どうみても千津子のほうから積極的に働きかけて結婚へ進もうとしているのが不思議であった。奥山姉妹の実家は北陸の高級旅館で、格別、金に不自由している筈はないし、千津子自身は三十を過ぎたといっても容貌《ようぼう》も容姿も十人並以上で、決して不釣り合いな結婚にとびつく必要はないと思えた。

「どうも、わからんね。人は好き好きだと思うが……」

虎夫が呟《つぶや》いたところをみると、父親も三帆子と同じく、千津子の行動に疑問を感じているらしい。

だが、ヴェニスの町の散策を終えて、中上父娘《おやこ》が船へ戻って来ると、前田敏子が待っていた。

「内藤さんが、ドクターにお願いがあるとおっしゃって、診療室でお待ちですよ」

虎夫が慌てて診療室へ行ったのは、どこか具合が悪くなったのではないかと判断したのだったが、入口近くの椅子にかけて、看護婦の大月三和子と雑談している内藤武志は顔色もよく、表情も明るかった。

「やあ、お帰りなさい」

という声にも力がある。虎夫が奥の診療室のドアを開け、内藤はまだ席にもつかない中から、性急に話し出した。

「実は千津子の希望で、明日、船上結婚式をすることにしたんです」

無宗教で、ただ二人が結婚の誓約書に署名するだけのものだが、熊谷船長と中上虎夫に立会ってもらい、その後、リドデッキでカクテルパーティをするのだという。

「万事はもう船のほうと話し合って、了解をとりつけました」

パーティに関する費用の一切は勿論《もちろん》、内藤が支払い、船客でもスタッフでも、祝ってくれる人は誰彼なしに出席してもらう。

「前田さんが面倒をみてくれるそうです」

虎夫が相手をみつめた。

「おめでたい話に、けちをつける気持はありませんが、本当に結婚なさるおつもりなんですか」

内藤が照れくさそうに笑った。

「先生は、須美子とあんな騒動を起して離婚したばかりなのに、とおっしゃりたいのだと思います。しかし、わたしとしてはこんな夢のようなチャンスは二度と廻《めぐ》って来ない。千津子のような若くて、きれいで、心の優しい女性が自分のほうから結婚して生涯、わたしの杖《つえ》になりたいといってくれたんです。これを逃がす馬鹿《ばか》はいないでしょう」

このまま、日本へ帰れば孤独が待っているだけだと内藤はいった。

「息子夫婦とは、息子が結婚した時から別居していまして、今更、一緒に暮す気にはなれないのです。嫁に気がねをして毎日を過すなんて、考えただけでぞっとする。といって、たった一人で、家政婦まかせの生活をするのも寂しいものだろうと思います。千津子の申し出は願ったりかなったりなのです。わたしには千津子が天使にみえるのです」

なにかいいかけた虎夫を、内藤は手を上げて制した。

「実をいいますと、すでにわたしの事務所へ連絡をして、千津子との結婚手続きをさせています。書類が揃《そろ》い次第、結婚届も提出させることになっているので、それは千津子も合意の上です」

乾いた声で内藤が続けた。

「事務所の者はびっくりしています。つい先日、須美子との離婚の手続きをしたばかりなのに……しかし、まあ、法的にはなにも問題はない筈なので……」

日本へ帰っても、別に披露宴のようなものはやらないつもりだといった。

「その代り、私の余生を彩《いろど》ってくれる美しい花に、出来る限りのことをしてやりたいと思っています」

「御子息は、賛成なさったんですか」

「事後報告ということになりますかな。なんにしても、反対は出来ませんよ。反対したところで、わたしの決心は変らんのですから」

話すだけ話して、内藤が去り、虎夫は船長室へ行った。

「どうも、断るわけにも行かないが……」

熊谷船長も当惑し切っていた。

「なんというのか、同じ船上結婚でも、心から祝福出来るのだと、嬉《うれ》しいんだがねえ」

スタッフにとって、内藤武志も奥山千津子も客であった。客の希望は、それが可能な限り、かなえてやるのが、船側の立場であった。

「本社とも相談したんだが、まあ、立会人ぐらいは仕方がないだろう。法的に間違いはないのだからということでね」

相手は法律の専門家であった。

それに、船上結婚といっても、実際にそこで結婚届が受理されるわけではなかった。

「内藤さんは事務所に指示して、手続きを進めているようですよ」

「そのようだね。内藤さんの気持はわからなくもないが……」

「千津子さんのお姉さんはなんといっているのですか」

「さっき、話を聞いたが、どうも当人がその気なら止《や》むを得ないだろうといって居《お》られたよ。御両親には電話で説明をしたとか……」

三十三歳にもなっている娘の結婚は、親が反対して中止させられるものでもない。

夜更《よふ》けて、船は満天の星の下を、ヴェニス港を後にした。

翌日、内藤武志と奥山千津子の結婚式とそれに続く披露パーティはクイン・エルフランド号のリドデッキで華やかに行われた。

参加した船客の印象はまちまちで、真崎舞子のように、

「千津子さん、きれいですねえ。やっぱり結婚は人生の花だわ」

と羨《うらや》ましそうにいうのもあったが、大方はどこかしらけた様子でもあった。

花嫁の千津子はウェディングドレスがよく似合って美しかったし、タキシード姿の花《はな》婿《むこ》は満足しきっている。

「なんだか、花嫁とその父といった感じだわね」

前田敏子がささやいたが、三帆子は奥山加代が人目を避けるようにして何度も涙を拭《ふ》いているのに気をとられていた。

思いがけない妹の結婚式に感動して泣いているように見えないこともないのだが、それにしては何か不自然に思う。そのことは中上虎夫の目にも止っていたらしく、パーティを終えて船室へ戻って来ると、着替えを手伝っている三帆子に、

「奥山さんの姉さんが泣いていたね」

といった。

「姉さんとしては困っているのだろうね。御両親の承諾は得たということになっているが、実際はどうなのだろう。自分がついていながら、こんなことになってと途方に暮れているのかも知れない」

父親の解釈に三帆子はうなずいたが、どうも、それだけではないような気もする。

ともあれ、ヴェニスからチヴィタヴェッキアまでの二日間、船内は新夫婦の話で沸き

返った。

チヴィタヴェッキアは、海からのローマへの玄関口ともいうべき港で、船客は早速、ローマ観光に出かけて行った。

勿論、三帆子もオプショナルツアーに参加するつもりだったが、その出発前にレセプションから、

「三帆子さんに、お手紙が来ていますよ」

と渡された封書は、三帆子がこの春まで奉職していた椿幼稚園の園長、椿三千子からのものであった。イスタンブールからヴェニスへの途中、ファックスで姉の秀子が、偶然、椿三千子と出会ったことを知らせて来ていたので、三帆子は格別、驚きもせず、その手紙を開いたのだったが、その内容は思いがけないものであった。

お父さまの許《もと》で、楽しい船旅をなさっていらっしゃる三帆子さんに、こうした手紙をお出しすることを、随分、ためらいました。でも、突然、受持の先生を失って途方に暮れているような小さな子供達の顔をみて書かずにはいられなくなりました。三帆子さん、どうぞ、私を助けて下さい。あなたも御存じの岡山先生が倒れたのです。新学期がはじまって体調が思わしくないとは聞いていました。五月の連休に検査を受けるとおっしゃっていたのに、御自宅で夜中に急な痛みがあって救急車で病院へ運ばれ

て、御主人は心臓の発作と思われたそうですが、検査の結果は癌《がん》とのこと、それも数カ所に転移していたのです。信じたくありませんが、手術も不可能とのこと。岡山先生は責任感の強い方なので、病院のベッドの上で、ひたすら受持の子供達のことを心配されて、お見舞にうかがった私にごめんなさい、ごめんなさいと泣いておっしゃいます。その岡山先生のほうから三帆子さんがもし復職して下さったらと口に出され、私は思わず声を上げてしまいました。私も、同じように考えたところだったからです。こんなことを書いて、三帆子さんに重荷を押しつけるようで、本当に申しわけないと思います。岡山先生のクラスは今、私がみています。船旅がおすみになってからでかまいません、もし、私達の願いをきいて下さったら、どんなに嬉しいか。三帆子さん、岡山先生が四月から受持になられたクラスは、あなたが二年間、面倒をみて下さったさくら組なのです。子供達が、どんなに、どんなに、三帆子先生を待っているか。

御帰国を藁《わら》にもすがる思いでお待ちしています。

椿三千子

中上三帆子様

読み終えた時、三帆子は泣いていた。

椿三千子が岡山先生と書いたのは、同じ女子大の先輩に当る岡山幸子のことで、椿幼稚園で三帆子が働くようになったのも、彼女の推薦によるものであった。馴《な》れない教師生活でどれほど、三帆子の力になってくれたか、岡山幸子との思い出は思い出すだけで胸が熱くなる。

その岡山幸子が重病の床に呻吟《しんぎん》しながら、自分へ手をさしのべている。

三帆子は手紙を父の虎夫へさし出した。

「お父さん、あたし、ローマから帰ります」

子供達の顔が瞼《まぶた》に浮んでいた。三年保育のクラスで、三歳の時、入園して二年間、三帆子にはその一人一人の顔が鮮やかに思い出される。

「成程、これは帰るべきだな」

手紙を読み終えて、虎夫もいった。

「ローマでよかったな」

早速、飛行機のチケットの手配をしよう、お前は荷物をまとめなさいといい、虎夫は慌《あわ》ただしく船室を出て行った。

幸福の船

一カ月が過ぎた。

帰国した三帆子の日常は極めて穏やかなものであった。月曜から金曜までは椿幼稚園へ通い、週末は次の週のための準備をしたり、母の手伝いをしたりして過す。

前田敏子が訪ねて来た時、三帆子は花壇の手入れをしていた。たいして広くもない庭だが、花好きの母親の丹精でこの季節はとりわけ花がよく咲いている。

「見事ですねえ。チューリップ」

玄関の脇《わき》から庭へ廻る枝折戸《しおりど》のところから敏子が感嘆し、三帆子は慌てて走って行った。

「ごめんなさい。気がつかなくて……」

どうぞ玄関をお廻り下さい、といったのに対して、敏子が訊《き》いた。

「御家族は……」

「兄も姉も、土曜日でも仕事があって。母は私を留守番にしてデパートへ出かけました」

「それじゃ、お庭のほうでよろしいかしら。あんまりきれいなので……」

三帆子は枝折戸を開け、テラスのテーブルのところへ敏子を案内した。

「まるでイギリスのガーデンみたい」

「和洋折衷です。母の自己流ですから……」

手早く紅茶の支度をした。

「いつ、お帰りになったんですか」

クイン・エルフランド号はまだ航海中の筈《はず》であった。

「アクシデントがあって、ニューヨークからね。まあ、てんやわんやだったのよ」

テーブルの上に紙袋をおいた。

「これ、ドクターからおあずかりして来ました。お兄様へ、御専門の本だとか……」

「申しわけありません」

父がニューヨークで入手した医学書だろうと見当をつけて、三帆子は礼をいった。

「三帆子さんが下船してから、あまりお天気に恵まれなくてね。大西洋では低気圧が来て、でもまあ鯨《くじら》の群と出会ったり……」

ガーデン用の椅子《いす》に落ちついて紅茶を飲みながら、前田敏子はかすかに眉《まゆ》を寄せた。

「或《あ》る方が、内藤さんの結婚式に、海の神様が御立腹なさったんだなんて、おっしゃってね……」

「アクシデントって、内藤さんに何かあったのですか」

「ドクターから御電話は……」

「ありません。父は仕事で出かけた時は全く連絡して来ない人ですから……」

「歿《なくな》ったのよ。内藤さん」

ええっと三帆子は声を上げた。

「いつですか」

「ニューヨーク、というよりも正確にはナイヤガラでね」

今回のワールド・クルーズでは五月四日の朝、ニューヨークへ入港し、出港は翌五日の深夜であった。つまり、ニューヨークに二日滞在出来るので、その間、オプショナルツアーでナイヤガラ観光が組まれていた。

「ニューヨーク市内をざっと観光して、飛行機でトロントへ行ってナイヤガラで一泊というコースに内藤さん御夫妻は参加したのだけれど、夜、ナイヤガラのホテルで具合が悪くなって病院へ救急車で運んだんだけど、心筋梗塞《こうそく》でね」

連絡を受けて前田敏子がトロントへ飛び、船会社のニューヨーク支店からも人が来て、

「まあいろいろあったんだけど、結局、お骨にして日本へ帰ったの」

日本からは内藤武志の長男が来たが、

「息子さんにしてみれば、いくら、電話で報告があったにせよ、お父さんの結婚に不快感を持っているし、千津子さんにもいい感じじゃないでしょう。結局、お骨は息子さんが持って、千津子さんとは別々の便で帰国したのよ」

言葉がなくて、三帆子はただ敏子の話を聞いていた。

「日本へ帰って来て、改めて内藤さんのお宅へ弔問に行ったんだけど、息子さんはお父さんの命を縮めたのは千津子さんとの結婚だったって、はっきり口に出しておっしゃるし、こちらも返事のしようがないでしょう。でも、内藤さんは遺言書も用意してあったそうで、千津子さんは奥さんとして遺産相続をするらしいわ」

千津子のほうは姉の加代と北陸の実家へ帰っているという。

「とんだことだったけど、船内でなくてよかったと思うのよ。港へ入っている時ならまだしも、洋上だったりしたらね」

敏子の正直な感想に、三帆子もうなずいた。

たしかに病院で歿ったとなれば遺族もあきらめがつくかも知れないが、どんなに船医が手を尽したとしても不満が出て来る可能性がある。船医の立場もつらいに違いなかった。

中上家の夕食でも、そのことは大きな話題になった。

「やっぱり七十過ぎた人が若いお嫁さんをもらうのは考えものね」

母の由香利がいい出して、長男が笑った。

「そうともいえないよ。かえって若返って具合のいいこともある」

「でも、内藤さんは大病なさった後だったのよ。船旅は病後の体をいたわってだとおっしゃってたわ」

三帆子がいい、姉が考え込んだ。

「船内でトラブルを起して離婚した奥さんも二度目だったよね」

「そう……」

「その方も若いんでしょう」

「男の人って、いくつになっても若い女性と結婚したがるものなのよ」

母親が救い難いといった口調でいった。

「それにしても、そうしたことがあったら、いやでも慎重になると思うけど……」

「千津子さんの場合は、彼女のほうが積極的だったから……」

「そこがひっかかるのよね」

千津子さんって、どんな人と姉に訊かれて、三帆子はアルバムを出して来た。船旅の間に撮ったのを、漸《ようや》く整理したばかりで、ロードス島で三帆子が写した何枚かの中に千津子が居た。

「けっこう、気の強そうな美人だわね」

秀子が眺めているのを、隣にいた兄嫁の加奈子がのぞいて、あら、といった。

「千津子さんって、この方ですか」

「御存じですか」

「北陸の温泉宿の娘さんじゃありません」

「そうです」

「お姉さんが……たしか加代さん」

「ええ、一緒に船にお乗りになっていました」

「あたしの姉が加代さんと女子大のクラスメートで……よく、うちへも遊びにみえてました。千津子さん、大学は京都だったけど、その頃は女子大の附属高校で、お姉さんと東京に下宿していたんです」

秀子が兄嫁の話に口をはさんだ。

「妹さんは、どうしてそのまま女子大へ進まなかったんですか」

兄の静夫が笑った。

「あき足らなかったんだろう。女の大学じゃあ……」

兄嫁が口ごもり、小さくいった。

「事情があって附属高校を転校したんです」

千津子のボーイフレンドが友人と喧嘩《けんか》して刺殺されるという事件があったのだと加奈子は打ちあけた。

「姉から聞いたことですけど、そのお友達も千津子さんが好きで……ただ、どっちかというと殺された人のほうが六本木なんかで遊んでいる不良っぽい人で、最初にナイフを出したのも、そっちだったとか」

学生同士の事件で名前も伏せられたし、マスコミも大きく取り上げることはなかったが、

「やっぱり、学校には知れるし、千津子さんとしては居づらかったんじゃありませんか」

なんとなく、三帆子は思い当ることがあった。兄嫁の話だと、奥山加代は三帆子と同じ女子大で学科は違うのだろうが、少くとも、加代のほうは先輩に当る。船で知り合った時、加代がそのことを口にしなかったのは、妹の千津子が附属高校時代にそうした不祥事に遭遇しているせいだろうと思った。

母校が同じだという話になれば、なにがきっかけで千津子のかかわり合った事件が出て来るかわからない。

「三帆子、そういう話、知ってた」

母に訊かれて、三帆子は首をふった。奥山加代は少くとも、三帆子より十年上であっ

た。

それに、少くとも、事件は表沙汰《おもてざた》になっていないようだし、千津子自身は加害者でも被害者でもない。

「世の中、広いようで、どこでつながっているかわからないものね」

中上家のリビングでの会話はそこまでだったが、二週間ほどして、姉の秀子が椿幼稚園へ電話をして来た。少し話したいことがあるので、帰りにホテル・オークラのロビィへ寄ってくれという。三帆子は承知した。ひょっとすると結婚の相談かと思った。中上家は兄も含めて子供達の仲がよかった。とりわけ、女同士ということもあって、秀子と三帆子は両親に打ちあける前に、姉妹で話し合う例が少くなかった。

ホテル・オークラのロビィの片すみで、秀子は本を読んでいた。入って来た妹へ片手を上げ、さりげなくあたりを見廻す。

このロビィは椅子《いす》とテーブルの配置がゆったりしていて、空間が広く開けてある。従って、隣の席の人との会話はよくよく耳を澄まさないか、相手が大声で喋《しゃべ》らない限り、聞き取りにくかった。そういう意味で、内証話にはうってつけの所がある。

「早速だけど、内藤さんのこと、調べたの」

妹がすわったとたんに秀子は話し出した。

「少し、気になったので、よけいなこととはわかっていたんだけど、念のためと思ってね」

たまたま友人が弁護士で内藤をよく知っていたこともあって、比較的、簡単に調査出来たといった。

「千津子さんが高校の時、つき合っていたボーイフレンドが友人に殺された事件なんだけど、その男の名前は滝島五郎というのよ」

「滝島……」

どこかで聞いたようなと三帆子は考えた。

「彼は大学生で、お寺の息子。但《ただ》し、学問よりも芸能関係に関心があって、仲間と素人《しろうと》映画を作ったりしていて、まあ、或る意味では遊び人タイプ。まわりの友人の証言によると癇癪《かんしゃく》持ちで、自己中心的な性格、この節の言い方だと切れやすいというのかな。要するにかっとなるとなにをしでかすかわからない所があったそうよ」

三帆子は明らかに思い出していた。滝島という男の話を千津子が自分に話したことを。

「その滝島の友人にAさんという人がいたのね。良家の息子で、こちらは真面目《まじめ》な学生さん。但し、彼は、滝島に夢中で同棲《どうせい》みたいなことをしていた千津子さんを心配して、忠告していた。まだ高校生なのだから、自重するようにと。千津子さんはAさんも好きになった。Aさんは頼りになるし、滝島よりも優秀だし、家柄もいい。で、Aさんともいい仲になった。それを滝島が知って、千津子さんと別れろとAさんを脅迫し、口論になってナイフを出した。はずみでAさんがナイフを奪って、まあ、逆に滝島が刺されて死んだ」

小さく、三帆子は叫んだ。

「知ってるわ。滝島っていう人のこと、千津子さんが話したから……でも、その話は今、姉さんがいったのとは、だいぶ違ってたと思う」

「意識的に変えたのよ」

何故《なぜ》なら、クイン・エルフランド号には、

「Aさんも、内藤さんも乗っていたから……」

「内藤さんが関係あるの」

「Aさんの弁護をして、彼を正当防衛として無罪にしたのは内藤さんだったのよ」

三帆子が姉をみつめた。

「Aさんって、弓削俊之介さんね」

しかし、俊之介も滝島も京都の大学の学生ではなかったのか。

「Aさんは事件の後、京都へ移ったのよ。事件の時は二人とも、東京の某大学……」

それはともかくと秀子は広げていた手帳を閉じた。

「あたしが気になったのは、千津子さんの恋人が殺された事件に、正当防衛にせよ、加害者だったAさんの弁護をしたのが内藤さんだったということ。当然、千津子さんは知っているわ。彼女は裁判に無関心ではいられないでしょうし、実際、何度か証言を求められているんだから……」

千津子が内藤に接近した理由が、もし、昔の事件に根ざしていたとしたら、と秀子がいい、三帆子はぎょっとした。

「千津子さんが、内藤さんに……怨《うら》みを持っていたってこと……」

だが、千津子は滝島も愛していただろうが、弓削俊之介の恋人でもあった筈だ。

「人の気持は複雑だから……ただねえ、あたしが調査を頼んだ友人は、そういう事件を手がけたことがあるんで、女の人はとかく世の中の常識からいえば駄目な男といわれる奴《やつ》に心を惹《ひ》かれがちだし、未練も残るものだっていってたけど……」

「だったら、内藤さんがナイヤガラで死んだのは千津子さんが……」

秀子が妹の表情をみて、笑った。

「ミステリーの読みすぎっていわれるんじゃないの」

「でも……気になるわ」

「仮に、ナイヤガラで夜、内藤さんに発作が起る。すぐに救急車を呼ばないで、意識的に手遅れにするなんてことは、勿論《もちろん》、出来るだろうけど、証拠はなにもないでしょう」

第一、千津子が内藤に近づいた理由にしたところで、単純に昔、知り合ってなつかしかったといわれても否定は出来ない。

「内藤さんは千津子さんをおぼえていたでしょうね」

「多分ね。千津子さんに怨まれているとは思ってないでしょうし、あの節は御厄介をおかけしましたで、すむじゃない」

「俊之介さんは何もいわなかったわ」

「話せるものですか。彼にとっても、忘れてしまいたい記憶でしょうが……」

「姉さん……」

情ない声で三帆子がいった。

「どうして、調べたの」

「知らないほうがよかったかな」

しかし、知らずにすむことでもなかった。

「一つだけ、三帆子にいっておくわ。Aさんは結果的には加害者になってしまったけれど、正当防衛が認められた通り、防がなかったら自分が殺されていたのよ。事件を調べてくれた友人がいってたけど、自分が殺されそうになれば、誰だって必死で防ぐ。その結果、あやまって相手を傷つけてしまったのであっても、世間の人は、殺人という点にだけこだわるものだって。三帆子にしたって、今、Aさんが滝島さんを殺してしまったということだけ気にしていると思う。でもね。もし、三帆子が突然、殺人鬼みたいな男に襲われて、それを弓削さんが防いで、相手を殺したら、三帆子はどう思う。弓削さんに感謝しても、彼の殺人をとがめるわけには行かない筈よ」

うつむいている妹の肩を秀子は軽く叩《たた》いた。

「とにかく、弓削さんは無罪。犯罪者じゃない。その上、自分を守るために戦ったことで心ならずも、というより相手が自分のナイフにぶつかって死んでしまった。にもかかわらず、その事件が今までの弓削さんの生活をどんなに不利にしたことか。多分、就職とか結婚なんかの時、全く関係なしですまされるかどうか。私の友人は法律家だけど、弓削さんのような立場の人が不当に意識されている例をいくつも知っているそうよ。弓削さんだって例外じゃない。少くとも、彼は人を殺す破目になってしまったこと、そんな気持は全くなかったのに、結果、そうなったことで、どれほど苦しい思いをして来たか。安っぽい同情をしなさいというつもりはないけれど、人間のおかれた立場に、三帆子もしっかり目を開いてみつめるべきだと思う。それが、弓削さんと知り合った、あんたの人間としてのつとめだとわたしは考えてるわ」

秀子の言葉には人間の優しさがみなぎっているようで、三帆子は心からこの姉に感謝した。それにひきかえ、事件を知った時の自分の臆病《おくびょう》な、逃げ腰だった気持が恥かしくなる。

姉がいってくれたように、事実を正確に理解し、判断することに三帆子は必死になった。

心が本当に落ちついたのは、十日が過ぎてからであった。

六月六日、横浜港は初夏の日ざしがあふれていた。

ワールド・クルーズを終えたクイン・エルフランド号は白鳥のような華麗な姿をゆっくり桟橋《さんばし》へ近づけている。

駐車場へ車を入れに行った姉よりも一足先に三帆子は出迎え人がひしめいているターミナルへ入って行った。そこに弓削俊之介が立っていた。三帆子をみつめた彼の目の中に心細げなものを発見して、三帆子はごく自然に笑いかけた。

「やっぱり、いらっしゃったの」

「昨日、ロスから帰って来て……三帆子さんに電話したかったんだけど……どうにも勇気がなくて……」

俊之介の顔が緊張のせいか青ざめていた。

「ロスのホテルに、じいさんが訪ねて来たんだ。ちょうど、船がロスの港へ入ってね。じいさんが僕と滝島のことを、ドクターに打ちあけたといったんだ」

三帆子は俊之介の視線をはずさなかった。

「それは、知らなかったわ」

「中上先生から、連絡はなかったの」

「なかったけど……でも、その事件のことは知ってます。あたしの兄のお嫁さんが、偶然だったけど、千津子さんを知ってたの。兄嫁の姉が加代さんと女子大のクラスメートで、奥山さん姉妹とは、家族ぐるみでつき合ってたことがあったそうよ」

俊之介が唇を嚙《か》みしめた。

「世の中、狭いんだな。もっとも、じいさんは三帆子さんが女子大の出身と聞いた時、いずれ、わかると思ったそうだ」

「わかっちゃいけませんか」

秀子がターミナルビルに入って来るのを目に入れながら三帆子は微笑した。

「俊之介さんは被害者なのに……」

「いや、僕は……」

「あたしだって、暴漢が襲いかかって来たら、必死で防ぐわ。突きとばして、そいつが海へ落ちたって……俊之介さん、あたしを怖《おそろ》しい女だと思いますか」

俊之介の上体が大きく揺れ、彼は壁に手をついて自分を支えた。秀子がすっと傍へ来た。

「どうかしましたか。顔がまっ青だけど」

医者の声であった。俊之介が秀子をみ、三帆子がいった。

「姉です。一緒に父を迎えに来たので……」

俊之介の頰に赤い色が戻った。

「はじめまして、弓削俊之介です」

「おじいさま、おばあさまをお迎えにいらしたの」

「そうですが……」

ちらと俊之介が三帆子を眺め、秀子が首をすくめた。

「ああ、そういうこと。まあ、ごゆっくりお話し下さい。あたし、トイレに行って来る」

終りは三帆子にささやいて、秀子は混雑の中をかき分けて行った。

「大丈夫ですか」

どこか、ぼうっとしているような俊之介をみて、三帆子が訊いた。

「いや、なんでもないんです。三帆子さんに会ってから、ずっと悩み続けて来たものが急にブラックホール、いや、ホワイトホールへ消えたみたいな感じで……」

まだ不安そうに、秀子の去ったほうをみた。

「でも、家族の方がなんとおっしゃるか」

「姉をごらんになったでしょう。姉も知ってます」

俊之介が肩で大きく息をした。

「俺、生きててよかった……」

かすれた声であった。そんなにもこの人は苦しんでいたのかと、三帆子は痛みを改めて感じていた。

「あなたのせいじゃなかったのに……長いこと、それで苦しんで来たなんて、かわいそうだと思う……」

三帆子が呟《つぶや》くようにいい、俊之介は目をうるませた。

「ありがとう。ばあちゃんが聞いたら、泣くと思う。僕も、泣きそうだ……」

「泣かないでよ。あたしが困るもの」

三帆子をみつめて、俊之介は泣き笑いの表情になった。

「そうだね。幸福の船が今、帰って来たというのに……」

横浜から祖父とあの船に乗った時、周囲はみんな幸せに包まれているようなのに、自分のような不幸せな人間が乗っててていいのかと思ったと俊之介はいった。

「でも、船で暮す中《うち》に、気がついた。幸せと不幸せとは、本当に背中合せなんだと……」

その通りだと三帆子もうなずいた。

「内藤さんがナイヤガラで歿《なくな》ったの、知っているかな」

「前田さんから聞いたわ」

「君には話しそびれたけど、船にいる時、千津子さんがいったんだ。誤解しないでくれって……内藤さんと結婚することと、過去の事件は無関係だから……」

千津子がそういったのなら、そうだろうと三帆子も考えた。人間の感情が、時として分別や計算を吹きとばすこともある。

港内では華やかな歓迎の放水が消防艇によって行われていた。岸壁からはブラスバンドの演奏がはじまっている。その中で、クイン・エルフランド号は悠然と着岸した。

プロムナードデッキには乗船客が集って盛んに手をふっている。

「じいさんに会ったら、いうよ。やっぱり、じいさんのいいつけ通り、武道をやっててよかったって」

俊之介が独り言のようにいった。

「ずっと考えてた。もし、少々でも武道の心得がなかったら、滝島に対して防禦《ぼうぎょ》の姿勢を取らなかったかも知れない。そうしたら、滝島が自分のナイフで自分が刺されるなんてことも……」

「やめて下さい」

三帆子が俊之介を睨《にら》んだ。

「俊之介さんが殺されてたら、あたし、俊之介さんに会えなかったのよ」

「僕も、今、そう思った。じいさんにありがとうというよ」

秀子が戻って来た。手にスポーツ新聞を持っている。

「女優の高井真澄がね、真田とかいう俳優と養子縁組をした記事が出てるわよ。高井真澄は記者会見をすませて入院するみたい……」

新聞にはクイン・エルフランド号を下船した時よりも、かなり衰えた感じの高井真澄の写真が出ていた。

高井真澄にとって、人生最後の幸福な時を過したのは、クイン・エルフランド号だったのかと三帆子は思った。

白鳥のような美しい船に乗って世界一周をして来た人々は、或《あ》る意味では限りなく恵まれたグループということが出来よう。

けれども、その人々がそれまでに歩き続けた人生の重さはその人にしかわからない。

他人からみれば、ささやかな悲しみ、ささやかな喜びとしか見えないものでも、その当事者にとっては、忘れることの出来ないささやかな苦しみであり、ささやかな喜びに違いない。

多くの人の中には、ささやかな苦しみやささやかな喜びに支えられて、我が人生を生きて来たと実感する者もあろう。人によってはそれをこそ幸せと呼ぶのかも知れない。

どの船もそうだが、下船には思いの他に時間がかかる。

「クイン・エルフランド号のエルフというのは、ケルト神話の妖精《ようせい》という意味なんだそうですね」

三帆子達の横のほうで会話が聞えた。マスコミ関係者らしい。

「たしかに、妖精王国の女王といった感じの船ですね」

カメラマンが応じた時、スタッフの姿がみえた。

熊谷船長、吉岡副船長以下、スタッフが並んで下船客を見送っている。

「お父さんだわ」

秀子が最初に気づいた。

中上虎夫は車椅子《くるまいす》を押しながらやって来た。

車椅子に乗っているのは、佐伯左奈子であった。船の上で死ぬことすら覚悟していた八十八歳の老女は、喜びを満面に浮べて、自分を迎えに来た数人の女性に取り囲まれている。

その人々が、佐伯左奈子が孤独な身を寄せている養護施設の仲間だとはすぐにわかった。

「ありがとうございました。中上先生」

「お元気で……いつか、又、お目にかかりましょう」

佐伯左奈子と中上虎夫を中心にして、下船して来た何人かが輪になって挨拶《あいさつ》をかわしている。

その中には三木芳彦と恒子夫婦もいたし、真崎舞子の姿もあった。

「ばあちゃんだ」

少年のような声でいい、俊之介が走って行った。

弓削仙之介は老妻をかばうような恰好《かっこう》で、孫息子の出迎えを受けた。

俊之介が祖父母になにかを告げ、祖父母は三帆子姉妹のほうを眺めた。俊之介の祖母が丁寧に腰を折って、頭を下げる。

秀子がいった。

「三帆子、行きなさい」

三帆子は人の中をかき分けて俊之介へ近づいた。

そして、三帆子は見た。

俊之介も、老いたその祖父母も頬に滂沱《ぼうだ》たる涙を伝わらせながら、自分を迎えていたことを。

それは、愛する孫息子が漸《よう》やく幸せへの手がかりを得たのを知った安堵《あんど》の涙に違いない。

「三帆子さん、只今《ただいま》……」

藤尾が手をさしのべ、三帆子はその手を握りしめた。

「お帰りなさいませ」

藤尾がそこで漸く、誇らしげに孫息子をふりむいた。

「三帆子さんにお話ししたの。お前の本がアメリカで翻訳されて、ベストセラーになっていること……それからD社でアニメになるってことも……」

俊之介が頭へ手をやった。

「いいよ。ばあちゃん、そんなこと、ゆっくり話すから……」

秀子は次々と船客から挨拶を受けている父親の傍に近づいた。

「おつかれさまでした」

「みんな、変りはないかい」

「今のところはね」

「そりゃあよかった」

「三帆子にとって、この船旅はよかったんでしょうね」

父親の目が、弓削家の人々へさりげなく向けられた。

「よかったことを祈るよ。少くとも、俊之介君はいい青年だ」

「あたしも、そう思った」

「そうかい。秀子がいうなら、間違いはあるまい」

春本孝一と三帆子の婚約を最後まで反対したのは、この娘だったと虎夫は思い出していた。

「秀子さん、お久しぶりです」

熊谷船長が近づいた。

「父がお世話になりました。妹のことも、いろいろ、ありがとうございました」

「いやいや、こちらこそ。ところで次のチャンスには、秀子さん、船医として乗船しませんか」

「とんでもないことです。私では力不足で……」

「大歓迎しますよ。是非、考えて下さい」

「キャプテン」

副船長の吉岡が笑った。

「その節はお忘れなく、僕を指名して下さい」

船客達が、また集って来た。

別れがたい思いが誰の顔にも浮んでいる。

三カ月間、一つ釜《かま》の飯を食い、一日を共に過して来た他人同士が、各々の家へ帰って行く。

港は人が集り、再び別れて行く玄関口でもあった。

そしてターミナルビルから眺めるクイン・エルフランド号は長い航海を終えて、束《つか》の間《ま》、羽を休めている思い出作りの妖精の城にみえた。

特別対談　豪華客船に乗ろう

阿川弘之
平岩弓枝

平岩　今日は先生と……
阿川　いや、楽しい話をするんだから、「阿川さん」でいいでしょう。
平岩　では失礼して……（笑）。今日は阿川さんと船旅についてあれこれお話ができるというので、楽しみにしてまいりました。二十年以上前になりますが、阿川さんに「ロッテルダム」を誘っていただいて、以来やみつきになりまして、何度かお供をさせていただきました。この間は「クリスタル・シンフォニー」をご一緒したんですけれど。今まで乗られた船の数というのは大体何隻《せき》になりますか。
阿川　僕は子供のときから好きで乗ってるんで、ちゃんと勘定してみたら、三十隻以上、もしかすると四十隻ぐらいになるかもしれません。二十年ほど前に、北杜夫の前でその自慢話を始めてね、「はるびん丸」「香港丸」「ばいかる丸」「うらる丸」「吉林《きつりん》丸」「あるぜんちな丸」「プレジデント・クリーブランド」と数え上げてたら、お願いです、お願いですからもうやめて下さいと言われたことがある（笑）。

平岩　「じゅげむじゅげむ」の世界（笑）。私の子供の頃は、豪華客船というのは目にする機会すらありませんでした。話にもあまり聞いたことがなかったですね。「ロッテルダム」までに乗った船といえば瀬戸内海航路の「くれない丸」とか佐渡へ行く船とか、それはさびしいものでした。ですから「ロッテルダム」に乗りまして、もう目からうろこでした。

阿川　当時、「クイーン・エリザベス2」が初めて日本へ来るというんで大変な評判になってね、横浜に入港したとき見物客が五十万人押し寄せるとか、そんな騒ぎだったでしょ。あなたは最初そちらに乗る予定でしたよね。ちょうど、獅子文六先生の未亡人の岩田幸子さん、元は岩国藩主のお姫様なんだけど、あの方も「クイーン・エリザベス2」に乗ってハワイまで行かれる、初めてで心細いと言われるんで、そんならって、あなたに岩田夫人をよろしく頼みますと電話をかけたんです。

平岩　私は、阿川さんはどうするんですか、「クイーン・エリザベス」には乗らないんですか、とお聞きしたんです。

阿川　僕は、あんなに人が騒ぐ船には乗りたくないと言ったの（笑）。少しあとで出る「ロッテルダム」で静かに航海するつもりですって……。そしたら、そんなのひどいじゃないの、じゃあ私も「ロッテルダム」にするわって言われて、そういうことになっちゃったんです。

平岩　お姫様のお供より提督のお供のほうが柄にあってますでしょう。それで「ロッテルダム」に乗ることにしたんです。でもあの時は、横浜を出たら嵐《あらし》が来て酔ったんでしたね。

阿川　別に嵐でもないんですけどね。本州東方海面というのは、たいていいつも少し時化《しけ》てて、ちょっとした低気圧だったと思いますが、それで最初の三日間、あなたたちは食堂に出て来なかった。

平岩　私たちの部屋は最後に申し込んだものですから、エンジンルームの上のほうで音が少し響くんです。とにかく起きていると気持ちが悪いものですから、朝も昼も抜いて夫婦二人して寝てたんです。そうしたら夕方になって、コンコンとノックの音が聞こえましてね。パジャマのままよろよろ起き上がっていってドアを開けましたら、阿川さんがタキシードをお召しになって立ってらっしゃるんですよ。今日はフォーマルですよって。こっちはパジャマでしょう。こんなに揺れているのに、フランス料理なんてとてもじゃないけど食べられませんと申し上げましたら、不憫《ふびん》に思われたんでしょうか、スタッフの方に言って下さいまして、おかげでキャンセルがあって空いていた部屋に移ることができました。スタッフの方が紅茶だのビスケットだのを運んで下さいましてね。翌朝、やっとの思いで起きだしました。甲板を歩いたほうがいいよとおっしゃるんでその通りにいたしました。それで治っちゃいました。

船上の日々はこうして過ぎる

阿川　僕は今まで船酔いってほとんどしたことがないんだけど、それでも少しおかしくなったことが一度あった。四十一年前の九月、ニューヨークから英国のプリマスまでフランス船での航海で、例の「タイタニック」が沈んだあたり。それこそすごい嵐にあいましてね。食堂のテーブルの上の料理がズズズズーッと。

平岩　へえーっ。

阿川　テーブルの脚が床にチェーンで繋《つな》がれてて、テーブルに枠がはめてあってザーッといってしまっても皿が流れ落ちないようになってるんです。そこで食事をしてたら、やっぱりちょっとおかしくなった。

平岩　そりゃあそうですよ。そんなときによく起きて、ご飯を食べようという気になると思う。でも当時と比べると揺れなくなりましたね。

阿川　今はスタビライザーという飛行機の翼のようなものを水中に張り出して、横揺れについては押さえることができるんです。でも僕はいやなんだ。スタビライザーが効くと、ジェット機にブレーキがかかったみたいにグググッとくるでしょ。船旅らしい感じがしないんです。昔風にゆっくり大きく揺れてるほうが好きですね。でも、こういうこと言うとみんなに嫌がられる（笑）。

平岩　それは絶対に揺れないほうがいいですもの。私は「ロッテルダム」以来、少し揺れたなと思うと用心してプロムナードデッキを歩くようにしてます。

阿川　僕が早起きして歩いてると、もうデッキを歩いている人がいて、見ると平岩さんなんだな。

平岩　朝歩くのは、船酔い防止じゃなくて運動。船に乗ると太りますでしょう。お十時があっておやつがあって、食前酒ならぬ食前ご飯まである。食べようと思えば十一食ぐらい食べられるんですから。

阿川　それは本当にそう。まず朝五時からコーヒーとパンが出て、夜は十二時まで深夜スナックが開いていて、サンドイッチをつまんだり、カクテルを飲んだりできるんだからね。うちの女房なんかも船旅が好きになったのは、亭主の影響もあるけど、何もしないで三食以上出てくるというのが大きいと思う。

平岩　女性は船に乗ると楽です。それで運動不足になって、おまけに海の上で空気がいいから、何でもおいしいおいしいっていただいてると、ある日突然、持ってきたスカートが入らなくなる。

阿川　さっき僕がタキシードを着てたという話が出たでしょう。確かに船の上ではドレスコードがあって、定められた日の夕食は正装ということになってますけど、それがいやなら全部無視して、船室でルームサービスをとって本読んで暮らしてたってちっともかまわないんですよ。自由に自分の好きなようにしてればいいんでしてね。

平岩　そこが船旅のいいところですね。「クリスタル・シンフォニー」をご一緒して日本に帰ってきてから、一週間後に事情があってヨーロッパに行ったんですが、もうこういうあくせくした旅はいやだと思いましたね。パッキングと移動にばかり時間を取られてるうえに、入国のたびにお金の計算がややこしくて。船はそれがありませんもの。

阿川　船の上ではゆっくり時間が流れてる感じがしますね。寄港地が少ない航海だと特にそうです。この間ご一緒した「クリスタル・シンフォニー」のニューヨークからモントリオールへのクルーズは、ほとんど毎日港へ入るから、ある意味では落ちつかないんですよ。どこへ入ろうと船室で寝てるかデッキでぼんやりしてればいいんだけど、やっぱり初めての所だとちょっと町へ出てみようかな、なんて思うものだから、妙に忙しくなりますね。

平岩　私なんか怠けてる時に限って「お前、行かなかったのか。あそこはペリー提督の故郷だったんだ」って。

阿川　ニューヨークを出て次のロード・アイランド州ニューポートっていう港、小さな港町なんですけど、このすぐ近くがペリーの故郷だということを初めて知ってね。

平岩　「タイタニック」で亡《な》くなった方たちのお墓があったのは、ハリファックスでしたっけ。

阿川　カナダの、ノヴァ・スコシア半島のハリファックスですか。僕はその墓は見に行きませんでしたが、あの辺、沈んだところに比較的近いんでしょ。

平岩　船客名簿もみんな流れてしまったんでしょうか、身元がわからなかった方のお墓もありましたね。今、客船を舞台にした「幸福の船」という小説を地方新聞に書いているものですから、胸が詰まるような光景でした。

阿川　じゃあ、それは今までの船旅の体験を織りまぜた作品？

平岩　はい。ただ舞台は特定の船にするといろいろと支障があるので、日本船籍の「クイン・エルフランド」としています。登場人物に特定のモデルというのはいないんですが、船で会った外国人の方のことを日本人に置き換えて書いたりすることはありますね。

阿川　船客どうしというのは、二万トンぐらいまでだとわりにお互い仲良くなるんですよ。だけど「クリスタル・シンフォニー」だと五万トンで、船客だけでも九百人いるでしょう。知り合いになる前に旅が終わってしまう感じなんですね。

平岩　「ロッテルダム」で物すごい夫婦喧嘩《げんか》があったという話、お話ししましたっけ。ご主人が半泣きになって謝ってるのに、奥さんが船室に入れないいんですよ。隣の部屋ですから気になりまして、事情を聞くはめになったんですが、ご主人がカジノに夢中なんですって。毎晩カジノにいりびたりで部屋に帰ってこない、いろんな話ができると思っていたのに、何のために船に乗ったのかと。翌日、その奥さんに英語で聞き出すのに大変苦労をいたしましたけれども（笑）。

阿川　五万トン級の大きな船でも毎晩カジノに来る客だけは決ってましてね（笑）。あいつまた会ったというのばかり。そうやって顔を会わせてるうちに、だんだん親しくなったりすることはありますがね。

平岩　「ロッテルダム」の従業員の方でおもしろい話がありましてね。日本で知り合った女性に宛《あ》てて、恐らく玄人《くろうと》の女性だと思うんですが、日本語でラブレターを書いてるんです。見たら全部ローマ字。日本語は少し話せても、書くことはできませんから。そこで、私にそのローマ字を日本語に変換せよと言うわけです。読んでいきますと「Ｔａｒａｋｏ-ｓａｎ」とありましてね。いくらなんでもタラコじゃないでしょうと思って、一生懸命聞いたんです。そうこうしてるうち、あ、タミコじゃないのって言ったら、そうだそうだって。タミコさんがいい人でありますようにと思いながら、代筆いたしました。もちろんすべての方とそういう交流ができるわけではないんですけれど。

阿川　僕は「シンフォニー」のバトラーのアントニオなんてポルトガル人、もう十何年前からの知り合いで。

平岩　私はアントニオさんに会ったのは今回が三度めです。何度か乗っているうちにそうした顔なじみの方ができたり、あるいは思いがけないお付き合いがあったり。船旅のいいところですね。

阿川　それに不文律ですけれど、洋上でのロマンスも友情も、下船したらぱっと忘れて全部ナシというような、人間関係がさらっとしているところも非常にいいね。

平岩　それは本当にそうですね。

忘れられないあの旅のこと

阿川　初めの話の「クイーン・エリザベス2」に、その後北杜夫たちと大勢で乗ったことがあるでしょう。北夫人は乗らなかったんだけど、ご母堂の斎藤輝子さんが一緒でね。輝子夫人にはまいったよ（笑）。これは純粋な英国船籍の船ですから、食事は保証いたしませんよと言っておいたのに、夕食が始まったら「阿川さん」。「はい」と答えると、「お蕎麦《そば》か何か出ないの」。まだ東京湾を出離《はな》れてないいんだよ（笑）。

平岩　あの時は本当におかしかったですね。健啖家《けんたんか》ではいらっしゃるからメニューを見て美味《お》しそうだなと思うと、何でも注文なさる。ところが一口召し上がると、「あらまずいわ。これ阿川さんあげましょう」って。

阿川　それから「宗吉、お食べなさい」って北杜夫に渡すわけ。

平岩　そしたら北さんは「お母様、僕はお母様のごみ箱じゃありません」っておっしゃるのね（笑）。「弓枝さん、食べない？」とか勧めて下さるんだけど、みんな「いや、結構です」って。それでもまたちゃんと次をお取りになるんですよ。で一口食べて、「おいしくないわ、阿川さん。どうしてこの船はおいしくないの」（笑）。

阿川　だから乗る前に言ったでしょうっていうんだよ。でもおもしろかったですね、あの航海は。あなたが前にお供をしそこねた岩田幸子夫人も一緒だったし。

平岩　そうでした。お二人の奥様が貫禄《かんろく》十分で。輝子夫人が「ソムリエ」ってお呼びになると、ふっとんでくるんですものね。私たちが「あのー」なんて言っても全然だめなのに。笑い転げてるうちに日がたちましたね。

阿川　話が変わりますけど、あなた揚子江を上がったことはありましたっけ。

平岩　下ったことはあります。重慶から南京まで。

阿川　ああ、そうか。上海に入港したことは？

平岩　ないんです。

阿川　僕は敗戦の翌年、上海から復員してきたんです。だから一度行きたいと思っていた。

飛行機で行くのは簡単なんだけど、ボロボロの服着て下ってきた揚子江を、もういっぺん船で上がってみたいと思っていたら、十年ほど前にやっと望みがかないましてね。

平岩　揚子江を上がるには、タグボートかなんかで引っ張ってもらうんですか。

阿川　いえ、そんなことありません。「ロイヤル・ヴァイキング・スター」という二万トンの船でしたがね。自力で上海まで上がっていく。

平岩　いかがでしたか。

阿川　感慨無量だったですね。負けて帰ってきた時から四十年ぶりぐらいでしょう。眼が覚めたらもう、揚子江の本流から黄浦江へ入っていて、すぐ近くに沿岸の風景をずーっと眺めながら、上海へ向けて遡行《そこう》しているんです。昔どおりの港に沿った公園、いわゆるバンドの一帯が見えてきましてね、かつては「犬と支那《シナ》人入るべからず」という札が立っていたところですよ。その、沿岸の、英国人の建てた高層ビル群が、四十年前と少しも変らず堂々としてるのに驚きました。

平岩　そうでしたか。私は船旅での忘れられない出来事と言ったら、やはり「飛鳥《あすか》」に乗った時ですね。「シンフォニー」も「ハーモニー」も船籍は日本ではありませんが、「飛鳥」は日本船籍でしょう。出船入船の時に日章旗が翻《ひるがえ》って、外国の港に入っていくと出迎えた人達がジャパンとかハポンとか言って指さしているのがわかるんです。その光景を見て思わず涙がこぼれてしまって。あの時は誰にも伝えようがなくて、阿川さんにお手紙を差し上げてしまいました。

すよ。

阿川　日章旗についてはそのとおりですけど、それを掲げると問題になることがあってね。ひとつはカジノで金が賭《か》けられない。本国の競馬競輪を認めてるのに、なぜ公海上のカジノはだめなんですかね。国際的な基準から考えれば乗る気がしないという人が出てくるわけですよ。

平岩　そうですね。お金の代わりに景品のTシャツをもらってもどうもつまらない。

阿川　それからもうひとつは、従業員の雇用問題。日本船籍だと外国人の船員を雇うのが少し難しくなるんでしょ。だから「シンフォニー」も日本郵船が親会社の船だけど、ナッソー船籍にしてフィリピンにクルーの養成学校を持ってますよ。でも、「飛鳥」ではなかなか結構な日本食が食べられるからね。

平岩　朝から和定食が出て、お粥《かゆ》かご飯かを選ぶことができます。お昼は鉄火丼《てつかどん》、イクラ丼といった丼物《どんぶりもの》や鰻《うなぎ》もありますね。もちろん日本食だけではなく、洋風のヴァイキングを出すレストランも別にありますけれど。

阿川　輝子夫人じゃないけど、日本人にとって、食事は「飛鳥」のほうが楽でしょうね。

平岩　そうですね。あとグランドスパという、銭湯のようなものもありまして、シャワーだけではなく湯船につかりたいという方には喜ばれてます。それと何より、日本語が通用するということはありがたいのではないでしょうか。従業員は外国人が多いんですけれども、かたことの日本語はしゃべりますから。夫婦二人で今まで外国に行ったことがない、でも日本語以外は話せないからこの船なら安心だと思って、とおっしゃる方は船客でもずいぶん多かったですね。そういう方たちにとっては、確かに過ごしやすい船だと思います。

阿川　「飛鳥」というのはまさに日本の船なんです。ホテルにたとえると、「ハーモニー」や「シンフォニー」はホテルオークラなり帝国ホテルなりの、世界的に同じやり方で通用するホテルですが、別府や加賀の温泉旅館で「〇〇グランド・ホテル」というのがあるでしょう、そうしたホテルが「飛鳥」です。格が落ちるという意味ではなく、宿としての性格がちがうということですね。

平岩　そうですね。でも乗客が日本人ばかりだと、他人の眼を気にしない振る舞いをする方がどうしてもいらっしゃるんです。船側がドレスコードを決めても、なんで飯を食うのにネクタイしめてタキシード着なきゃならんのかって、作務衣《さむえ》で現れたり。

阿川　「クリスタル・シンフォニー」でも日本人が一割弱いたけれど、ヤクザが肩肘《かたひじ》張って歩いてるような、あれ？　と思うような人がいないでもなかった。

平岩　「飛鳥」にはダンス教室があるんです。夕食の後もホールでみなさん踊ってるんですが、すごいですよ。先生が廻りながら、生徒のステップや姿勢の悪いのを直していくんです。また生徒の方がきちんと言われたとおりに直して踊るんです。食後のダンスなんだからリラックスして好きなように踊ればいいのに。日本人の律儀なところですね。

阿川　イタリア船の「レオナルド・ダ・ヴィンチ」、三十五年ほど前、ジェノバからニューヨークまでこれのファーストクラスに一人で乗ったんです。当時は船室に一等二等三等の別がありました。そこでアメリカ人と一緒のテーブルになって、その中に今でもよく覚えてるんだけど、ミセス・ブラントという金持ちの奥さんがいてね。ダンスしようって言われて、ノーノー、チークダンスしかできないって断ったんだけど、それでもいいっていうんだよ。仕方なく抱き合って踊ったら、なんだかカバを抱いてるようでねえ（笑）。

平岩 やだやだ、耳が痛い（笑）。

船上紳士淑女録・ここだけの話

阿川 最近のクルーズ・ブームについて、少し皮肉な話があるんですよ。ロスに「クリスタル・ハーモニー」と「シンフォニー」を運営しているクリスタル・クルーズという会社があって、日本郵船の別会社なんですが、この二隻が大変評判がよくてね、サウジアラビアの王様が興味を示したんだそうです。説明会に来いっていうんで重役がサウジへ飛んでったら、皇太子だけで十六人ぐらいいて、そのファミリーがみんな乗りたがってる、金に糸目はつけないと。アラブの富豪って我々の想像を絶する金持ちですからね、ありがたい話なんだけど、会社にとっては痛し痒《かゆ》し。

平岩 えっ、それはどうしてでしょう。

阿川 それはね、クリスタル・クルーズの常連客の八十パーセントがアメリカ人で、そのアメリカ人船客の何割だか、かなりのパーセンテージがユダヤ系なんです。そこにアラブの人間が二十人も三十人も乗り込んでくるとなると、お互い知らん顔するにしてもやっぱり具合悪いんでしょう。

平岩　なるほど。難しいんですね。

阿川　ひとにぎりのアラブの王族をとるか、多数派のユダヤ系アメリカ人の気持を尊重するか、ちょっと問題らしい。金持ちといえばブラジル系だの香港系だのの、中国人の金持ちも、近ごろよく船に乗ってますね。

平岩　「クリスタル・シンフォニー」でも目立ちましたね。一族で乗り込んで、どこへ行くにも固まりになってぞろぞろと。その人数ときたらラウンジの前のほうを一族で占めちゃうぐらい。

阿川　長老のおやじがぶっきらぼうで唯我《ゆいが》独尊というか。体の動かし方からして、どうも威張ってる感じでね。

平岩　一族の女の方たちの宝石がすごかったんですよ。ある方に言われてちょっと目をやったら……要するに大きいんです。そばでじっとのぞきこむわけにもいきませんから、はっきりとはわかりませんが、偽物ではないと思いますね。ああ、やっぱり中国人はそういうものにちゃんとお金をかけているんだなと思いました。

阿川　そういうの僕は全然気がつかないんだ。でも「ロイヤル・ヴァイキング・サン」の処女航海のときにおもしろい人がいたよ。

平岩　私は乗りそびれちゃいました。よかったでしょう。

阿川　これはよかった。ミセス・ライトという九十年輩の未亡人と同じテーブルになりましてね。彼女は私たちみたいにシドニー香港間二十何日ではなくて、サンフランシスコからフロリダまでの世界一周に乗ってるわけです。うちの女房が、お食事の時のお召し物が毎晩ちがうって興味示すから、お部屋を見せていただけますかって聞いたんだ。そうしたら、どうぞって入れてくれた。それが一人で一部屋占領してってね。どのぐらいドレスと靴を持ってらっしゃるんでしょうと聞いたら、答えが五十着に五十足。

平岩　へーえ。

阿川　世界一周っていうと八十何日間ですから、同じものを二度着るか着ないかでしょう。あきれ返っちゃってね。そのミセス・ライトがつけていた宝石と金のジャラジャラ、女房の話だと全部本物らしい。内緒で「ツタンカーメンの未亡人」というあだ名を進呈したんだけどね。

平岩　今はシングルの部屋というのがありませんけど、これから出てくるかもしれませんね。未亡人専用の。

阿川　そうね。フランスやイタリアが最高級の客船を持ってたころは、シングルの部屋もありましたけど、今はないものね。

平岩　船でお会いしたご夫婦でこんな方がいらっしゃいました。お二人とも七十代で、お子さんとは同居なさらずにマンションで暮らしてらっしゃるんですが、ふだんはお齢《とし》で家事が大変なので、昼夜二人の家政婦さんをお願いしている。ご主人が病気をなさったので、通院もしなければいけない。看護婦さんにも時々来てもらっている。そういった経費を合わせると、船に乗っているほうが安いんだそうです。船だとドクターもいらっしゃいますから、とおっしゃってました。

阿川　それは同感。僕も以前、遠藤周作から、お前怠け者の貧乏作家のくせによう金が続くな、なんて言われたことがあるけど、老い先もう短いんだし、健康保持のために入院することを考えれば安いんですよ。ドクターがいるから二十四時間看護と同じだし、従業員はみんな親切にしてくれる。仕事は持って行かないから電話がかからないし、それで心安らかになれるから睡眠剤もいらない。老齢のアメリカ人で、生涯客船に乗ったきりというのがちょくちょくいましてね。もうすぐアメリカで、一般客を半分乗せてあとの半分は買い取りの住みきり、つまり洋上に住んでて、そこで生涯を終えるコンドミニアム船ができるらしいですよ。

平岩　いいですね。「ロッテルダム」にはシングルがあったんです。内側の、あまりいい部屋ではないんですけれど。ある老齢の方が、ニューヨークで降りられる時、わたしたち夫婦に「今年も伴侶《はんりょ》が見つからなかった」ってとても寂しそうにおっしゃってね。今年も、ということは去年も乗ってらしたということですよね。ちょっとジーンとしました。私は客船に乗る人というのは、すごく恵まれた人たちだと思っていたんです。時間とお金に余裕がなければできないことですから。でも実際乗ってみると必ずしもそうではない。みなさんいろんな思いを抱えて乗ってらっしゃる。幸福の基準って何なんだろうと考えこむことが度々あります。「幸福の船」では、それを船を舞台にして書いていきたいなと思っているんです。

阿川　ああ、そう。しかし連れ合いを探すために船に乗るというのは確かにあることらしい。

「ロイヤル・ヴァイキング・サン」の処女航海のことを取り上げた「ウォール・ストリート・ジャーナル」がその記事のなかで、船に一人で乗っている人の分析をしてましてね。まず一人で乗っているのは圧倒的に女性が多い。連れ合いを亡くして、今のお話のように、半ば新しい相手を探すのが楽しみで乗ってるんですね。それでさしあたりその人たちのお相手をするために、エスコート役の男性を五人乗せていると記事にありましたよ。

平岩　えーっ。

阿川　その男性というのは、ちゃんとした給料は出ないけど船会社に雇われてるわけで、ただで世界一周ができるんです。しかも、女性をバーにご案内するときのために酒代のチケットももらえる。そういうときは、当然男性が勘定を持ちますからね。ただしだいぶ厳しい条件があるんです。やや白髪であること、しかし真っ白ではいけない。ジェームス・ボンド並みの微笑ができること。仕事はダンスでも何でも、未亡人たちのお慰めになるように上手なお相手をすること。ただし特定の婦人と親しくなりすぎたり、特定の場所へ消えてしまうのは厳禁。あくまでも分を過ぎない程度で、というんだけど、どのぐらいどう守られてたか、僕は知らない（笑）。「シンフォニー」や「ハーモニー」にはそうした人、乗せてないみたいですね。

平岩　私、一人でしたけど誰も声をかけてくれませんでしたもの（笑）。日本の船でやったら顰蹙《ひんしゅく》を買うでしょうね。それに女の人は必ず言いますから。あの人にばっかり親切にしてるとか。でも五十代ぐらいでしょうか、そのエスコートの男性というのは。小説の主人公になりそうですね。

船旅でしか味わえないこの楽しみ

阿川　さきおととし、「シンフォニー」に乗った時はおもしろかったね。メキシコ領のカリフォルニア半島ってあるでしょう、あの沖でマンボウがいた。

平岩　私、見そこねちゃったんですよ。それまで阿川さんのそばにいたんですけど、ひょっと船室に帰ったすきに出たんです。

阿川　あの時、あなたいなかったの？

平岩　そうです。ほんの一瞬の差。船って意外と走るの速いんですよ。だから、聞いてすっ飛んでいった時には、もうはるか彼方で見えない。だから後で、お前は運が悪いなあって言われました。

阿川　最初は船長が見つけてね。クジラが見えるって言うんです。えっ、どこどこって言ってたら、あーって下見て叫んでるから真下にクジラがいるのかと思ったら、マンボウでさ。船にぶつかるんじゃないかと思うほど、だらあーっと遠ざかって行くの。北杜夫が昼寝してるようでしたよ、まさに。船長も、生涯でマンボウを見るのはこれが二度めですって言ってた。実際、見る機会は少ないらしいですね。

平岩　ああ、見たかったな。でも自分に似ててがっくりしたかもしれないしなぁ（笑）。

阿川　あと、昨年はセントローレンス河でクジラの大群に出会いましたね。
平岩　これはちゃんと見せていただきました。私、あんなにうじゃうじゃ、それこそ釣れそうなくらいたくさんいるのは初めて見ました。
阿川　四種類いて、一種類がシロナガスだって船員が言ってた。あとミンククジラと、それからザトウクジラですかね。ああいうことがあると、船に乗ってて本当によかったと思いますよ。
平岩　夕方にもういっぺんクジラを見たんですよね。何もなくたって十分満足なのに二度も見ることができて、あれはラッキーでした。
阿川　あのへんはもともとクジラがくるところらしいんだけど、船のパンフレットなんかには一切そういうこと書いてない。現れるかどうかまったく予測できないでしょうからね。
平岩　イスタンブールの沖と黒海でイルカを見たこともありました。佐和子ちゃん（エッセイストの阿川佐和子氏・阿川氏の長女）も一緒でしたね。私は阿川さんとご一緒しているといっても、片手で足りるほどしか船旅を経験していませんが、阿川さんはびっくりするような数の船に乗ってらっしゃるでしょう。今までお乗りになった船でどれが一番良かったですか。
阿川　それはやっぱり三十年前に乗った「ミケランジェロ」でしょうね。これが僕の乗った中では最高の船。当時、世界最高級の客船団を持ってたのはイタリアとフランスで、そのイタリアラインの中でも、新しくできた「ミケランジェロ」と「ラファエロ」という姉妹船は特に素晴らしかった。船内は全部ミケランジェロの作品を現代風にアレンジした装飾でね。

食事もたいへんよかったです。

平岩　へえー。

阿川　船内のほとんどが黒と白と銀色で統一してある。本当に素晴らしかったな。隣りのテーブルにデボラ・カーがいて。

平岩　えーっ、本当ですか？

阿川　そう。デボラ・カーとケイリー・グラントがいて、二人で踊ってるんだ。実に優雅でしたよ。少し話もしました。ミフネをご存じですか、って聞いたら、ハリウッドで会ったことがあるとか言ってました（笑）。

平岩　ああ、一度乗ってみたかった。今はもうないんですよね。

阿川　身売りしちゃいました。今はカリブ海かどこかで、いわば落ちぶれて稼いでるそうです。

平岩　そうでしたか。

阿川　今、最高の船旅の話をしたけれど、贅沢《ぜいたく》な旅ばっかりしてるようにとられると多少心外なんでしてね。最低の船旅というのも経験してますから。還暦近いのに、リュックサック枕にデッキで毛布敷いて寝て航海したこともあるんですよ。

平岩　へえー。

阿川　今から二十年ほど前に、新潮社から『軍艦長門《ながと》の生涯』っていう本を出したんです。「長門」というのは、戦後例のビキニ環礁《かんしょう》でアメリカの原爆実験によって沈められた戦艦です。書いた以上、「長門」の墓場へ行ってきたいと思って、四百トンの、物資配給船と医療船を兼ねた船に乗せてもらって内南洋のクェジェリンを出たんだけど、船室はミクロネシア人のお医者さんと看護婦たちでいっぱいでね。僕はデッキで寝かされたまま一週間、これが本当のデッキ・パッセンジャーだと思いました。

平岩　気候的にはどうなんでしょうか。

阿川　暑いんです。もっとも夜、雨が吹き込んでくると寒くなる。

平岩　それはそうでしょう。でも、お星様なんかよく見えるんじゃないですか。

阿川　星も美しいし、ミクロネシアの船員たちと話したりなんかしてね。のどかというか、およそなんにもない、ただ島々を巡る航海でした。

平岩　大変でしたね。でもその分、思い出は大きいでしょう。

阿川　やはり非常に印象深いですね。「ヤップアイランダー」という船でした。日本の徳島造船所で造った船です。本来なら、瀬戸内海廻りの小型貨物船みたいなものなんでしょうけどね。

平岩　それで「長門」はご覧になれたんですか。

阿川　ぜんぜん。期待してたんだけど。ビキニ環礁というのは地図だとちっぽけなもんですが、行ってみれば実に広大な海でね。それでも大体ここらへんだというところで、シュノーケルを付けて泳ぎに出たんです。そしたら、たちまち電気クラゲに刺されちゃって、上がってきちゃいました。だらしのないことです。

今度はどこへ行こう

平岩　客船の小説の取材で、スエズ運河の通行料をスタッフに伺ったことがありましてね。私は高く踏んで五百万かと思ったんですよ。そうしたら、五百万なら楽ですよ、二千万かかりますからと言われて、腰が抜けるほど驚いてしまって。

阿川　二千万取るの、通行料？

平岩　そうなんですって。一隻につき。

阿川　九百人の船客がいれば、一人あたり二万円強。貨物の単価としても、妥当な値段なのかどうか見当がつかないな。スエズ運河の運営って、いまエジプトに移ってるの？

平岩　そうですって。

阿川　じゃ、儲《もう》かってるだろうね。

平岩　私もそう言ったんです。そうしたらスタッフの方は、維持費がかかりますからとおっしゃってましたけど。見てると本当に三百六十五日、運河の土砂をすくってるんですよ。放っておくと砂漠の泥がどんどん流れ込んでしまうんだそうです。だから黙々と。それにスエズ側からポートサイドに抜けるのに、昼間で一日かかります。まあ、パナマ運河も一日がかりですけど。そういえば私、阿川さんより先にパナマ運河を通ったので嬉《うれ》しくて、あれは一度は通らなきゃって威張ってましたでしょう。スエズ運河には「飛鳥」で乗せてもらって行ったんですが、よかったですね。

阿川　そうだってね。僕が通ってないところばかりほめるんだよ、この人は（笑）。

平岩　うそ。スエズはお通りになってるでしょう。

阿川　通ってない。外から見ただけで。呉の五洋建設という建設会社がスエズの改修工事を受け持ってましてね。「あんたよう来んさったのう、うちはあそこでこういう風にやりよりまして……」と仕事の成果を広島弁で説明してもらいました。それだけ。

平岩　知らなかった。いいこと聞いちゃった（笑）。私、今まで船団の行進というのを見たことがなかったんですよ。スエズは一列縦隊で行くんです。一番手がイタリアの軍艦で、二番手がタンカーで、その次が「飛鳥」だった。もちろんずっとその後ろにも続いてます。向こう側から日本郵船のタンカーが来たんですよ。グレートビター湖というところですれ違うんですが、狂喜して手を振りました。あれは理屈じゃないのね。両方の船で日の丸の旗を出して振っていました。とにかく船団が行く光景というのが、あんなにも堂々として感動的なものかと思いました。阿川さんは船団の行進というのをさんざん見てらっしゃるから、そう威張れませんけれど。

阿川　僕もスエズ運河を日の丸の船が通るのを外から見ましたけど、感動がありました。やはり船というのはいいね。

平岩　今年は何にお乗りになりますか。

阿川　十月にベニスから地中海を廻ってバルセロナまで行こうか、それとも七月にコペンハーゲンからレイキャビク廻ってロンドンに行こうか……。迷ってるんです。

平岩　どちらもいいですね。どちらか決めたら教えてくださいね。今年もぜひお供いたします。

（「小説新潮」一九九八年一月号掲載の記事を再録した）

この作品は平成十年十一月新潮社より刊行された。

幸《こう》福《ふく》の船《ふね》

新潮文庫　ひ－5－14

平成十三年九月一日発行
平成十四年三月十日六刷

著者　平《ひら》岩《いわ》弓《ゆみ》枝《え》

発行者　佐藤隆信

発行所　株式会社 新潮社

郵便番号　一六二―八七一一
東京都新宿区矢来町七一
電話　編集部(〇三)三二六六―五四四〇
　　　読者係(〇三)三二六六―五一一一

価格はカバーに表示してあります。

乱丁・落丁本は、ご面倒ですが小社読者係宛ご送付ください。送料小社負担にてお取替えいたします。

印刷・二光印刷株式会社　製本・加藤製本株式会社

ISBN4-10-124114-7 C0193